——闲·闲·拾·光——

天津出版传媒集团
百花文艺出版社

目录 Contents

/ 第一章 /

山雨欲来

在沧陵古城，有一个关于九子桥的诡异传闻。

这桥位于城外古桐路往西，与城内苏和路的历史风貌保护区遥遥相对。人人都说九子桥一头搭着阳间一头通往阴间，亡灵会沿着九子桥去到地府。之所以叫九子桥，相传是因为有龙的九子在镇压这桥上的阴气，这样才维护了阴阳两界的秩序。

所以，白天不论是行人还是车辆都可以在桥上行走，但一入夜那就是亡灵的通路，阳间的人宁可绕行也不会上桥，不得已上了桥的司机总要按照规矩绕桥一圈，这样方才不会得罪魂灵。

最近这几天九子桥被媒体盯上了，因为就在前不久，沧陵发生了件大事!

天际酒店就坐落在沧陵古城的苏河路上，是今年高调入驻并具有福布斯luxury brand评级的七星级酒店，因众多珍贵的收藏品出名，最惹人瞩目的当数行政酒廊中悬挂的那幅横1200厘米、纵65厘米的《江山图》。据说这《江山图》是中国失落的传世画卷之一，早年流传于外，后来收于意大利国家博物馆，再被酒店的持有人重金买下。

可就是这样一家酒店，突然有住客中了邪，紧跟着整间酒店的住客都疯了。

一时间满城风雨，市民们议论纷纷，最后总结出：那幅《江山图》里藏着鬼。

这件事还得从几日前九子桥上过了九辆出殡车说起。

九子桥，白天走人，晚上走鬼，这是沧陵人众所周知的事，但也有另立的规矩，那就是灵车上桥不管是白天还是黑夜都要绕桥一圈，这样就算在白天经过九子桥的亡灵也能找到往生的路。那一天，九辆灵车照旧绕桥经过，然后也就在那天晚上，天际酒店出事了。

传闻在这家酒店初建之前，沧陵千年古刹陀竹寺的释真和尚下了山，奉劝酒店负责人另选他址，原因是天际酒店的选址位置恰巧就在九子桥的西南方向，虽说与九子桥相隔甚远，但挡住了亡灵通往阴间的路。

西南方，鬼门处。

释真老和尚是位隐世高僧，为了此事下山可见事态严重，可酒店选址也是大事自然不能更改，释真和尚无奈之下只好建议，如果一定要在这个方位建酒店，那么酒店要有层高和占地面积的限制，否则一旦遇上极阴之气，酒店将会发生灾难。然而，酒店负责人声称之封建迷信不予理睬。

同一时间的九个亡灵，极阴之气。

所以此事一出，市民们都说，就是因为酒店负责人不相信释真的话挡住了鬼门关，使得九个亡灵只能久久徘徊在酒店里，为了躲避九子的龙气所以纷纷躲进那幅《江山图》里，但因怨气太重无处安生，酒店这才会出事，应了释真和尚的那句“极阴之气，灾难之时”的预言。

“日前，天际酒店相关负责人就酒店客人集体发疯一事已做出否认，并表示将会保留对造谣生事者追究法律责任的权利，我们会继续关注酒店事件的进一步发展。天际酒店及度假村为陆门集团旗下天际实业的奢侈酒店品牌，作为全球最大奢华酒店品牌，天际已遍及全球多个国家，均为地标性酒店及度假村。沧陵天际酒店则位于被称为沧陵市黄金湾的苏河路，按照市区未来规划蓝图，苏和路将会涌现出以天际为龙头的诸多时尚建筑，与苏和的历史风貌保护区完美结合……”

杨远按了暂停键，看向坐在会议桌旁的男人：“沧陵天际公关部负责人今早打电话来北市求助，应该是扛不住了。东深，看来我们是小瞧了沧陵那伙人。”

陆东深没说话，目光落在暂停的电视画面上，少许，摸过烟盒：“郜国强怎么样了？”

嗓音淡而沉。

“郜国强神神道道的，说自己不能出酒店房间，要不然就会被《江山图》里面的鬼掐死。”杨远扯了椅子坐下来。

郜国强，长盛集团董事长，前几日下榻沧陵天际酒店，作为陆门集团老牌对手的长盛负责人，名义上是到沧陵游山玩水，实则也同陆门一样开始进驻中国市场。不承想那一晚郜国强发了疯似的敲开了所有住客的门，声称酒店闹鬼，公关部一压再压，最后还是捅到了媒体那儿，结果就有了“全酒店住客都疯了”的传闻。

陆东深点了烟，眉间蹙意：“荒唐。”

“这件事如果放在北上广绝对就是荒唐，但放在沧陵……我跟你说，那边的人很信这个。”

“沧陵现在是什么情况？”

“半小时前有市民到市政府门口示威抗议，要求酒店搬出沧陵。”杨远自顾自地点了烟，“这些都不是重点，重点是今年总部还没对沧陵天际进行考核，长盛集团又开始施压，而且你这才接手大中华区没多久，这些事一旦传到总部那边，麻烦大了。”

陆东深吐了口烟，问：“人查到了吗？”

杨远将手旁的文件袋拿过来，抽出里面的文件递上前。陆东深接过，目光落在纸面的照片上。

“据说是沧陵谭战的人，人称蒋爷。”

资料少得可怜，只有一页纸，陆东深简单扫过便一目了然，最显眼的当数资料上的那张照片。

“让景泞安排一下吧，明天我飞沧陵亲自处理。”

“用我跟着吗？”

“你留在北市。”陆东深弹了下烟灰，“有你这位副总在公司坐镇，我放心。”

大截烟灰落在资料上，遮住了大半照片，只瞧得见唇与下巴间的优美弧度，照片旁写有一名：蒋璃。

水底刺骨的寒，幽幽地只能窥见一丝丝明暗晦涩的光。

长了青苔的石级，拾级而下是座古城的废墟，远远地就瞧见数不清的人，或站立或随着水波摇摆。

他们都死了。

皮肤却似活人一样白皙，可近看，散发幽幽的光。

他们在不见天日的水底绝望地沉默，像是被诅咒的人，年复一年日复一日。

突然，有一具尸体睁眼。

血从眼眶中汩汩而流，艰难地蠕动口型。

他在说，救我！

蒋璃蓦地睁眼。

头顶上是一枚枚开得正旺的白兰花，午后的光被鬃密的叶子过滤得只剩温暖，叶隙间可瞧见湛蓝如万顷琉璃的天。

耳边有人在小心翼翼地轻唤：“蒋爷？”

蒋璃微微侧过脸，蒋小天蹲在躺椅旁边托着腮，见她醒了，异常兴奋：“您做梦了？”

做梦有什么好奇怪的？蒋璃在躺椅上翻了个身。

蒋小天见她扭脸又合眼，急了，跟着绕过去，赔着小心：“爷，您可别睡了。”

“蒋小天，别以为你凑巧跟我一个姓我就不舍得揍你。”蒋璃没睁眼，不紧不慢地来了句。

蒋小天一听这话马上把自己撇干净：“我哪有这胆打扰您啊，是谭爷，他请您过去一趟。”

蒋璃睁眼，盯着蒋小天。

人人都知道大名鼎鼎的蒋爷长了双漂亮的眼，作为小跟班的蒋小天自然也喜欢这双眼睛，但如果被她这么瞧着，半笑不笑的，除了让他有点不好意思外还有点紧张。

“谭爷说有重大的事儿要跟您商量呢。”

蒋璃利落起了身，左胳膊伸至胸前，右胳膊交叉到腋下，手腕微微用力抻了下筋骨，然后又换了一面，左腕翻转时，可见腕口处蜿蜒了一枚青墨色狭长眼睛文身，衬得肤色更白，文身更妖异。

“先说说什么情况。”她深吸一口气，满是白兰香。

沧陵古城到了10月底的时候天气会格外好，白兰花满城飘香，因为在这里，几乎每家每户的庭院里都有白兰树。

她所在的是一处不大的纳西庭院，四方庭院围上四方的天。院后有一处木质房，房门上雕着不知名的花，窗上写有奇怪的文字，像是符咒。长4米的围栏，有茶几木椅，所以一旦赶上雨天就可以倚栏而坐，品茶听雨。

前院是店铺，透过玻璃可见店内或悬挂或摆放着各色非洲鼓，以整木制成的传统非洲鼓为多，也有零星玻璃或其他材质的现代非洲鼓。靠近店门口摆放一只13寸羊皮纯手工雕纹的非洲鼓，上面镌着跟后院窗上一样的七彩咒符，非卖品，是这家店的镇店之宝。

店铺的落地窗窗明几净，所以瞧得见对面街的那家饮品店，牌匾写有“神仙饮”三个字，牌匾旁悬有青铜风铃，风铃上也有熟悉的咒符。虽是午后，但店铺门前依旧排了长队，那是一家一年到头都人满为患的店，买饮品的除了当地人外还有千里迢迢赶到古城的外地人。

不知从哪儿跑来的小土狗趴在躺椅旁晒太阳，见蒋璃起来了，它也起了身抖了抖尾巴跑出去玩了。古城里的猫就聪明些，爬到土木结构的或店铺或客栈屋顶假寐，耳朵会因偶尔的声响拨动两下。

蒋璃最喜欢这个时节，少了国庆节走马观花的游客，古城内留下来的除了居民、商铺的主人就是留居在这儿享受阳光躲避繁世的资深背包客。

“来了个大人物，好像就是那个闹鬼的酒店的总头头，总之阵仗挺大的，保镖啊车子啊一长排，还有，来了不少记者，把林客楼围得可严实了。”蒋小天充当小号角，把看见的能听到的全都一五一十相告。

蒋璃抻筋的动作停了停，半晌后“哦”了声，也不见着急，倒是蒋小天憋着一肚子的着急上火，他可是瞧见了林客楼里波涛暗涌的情势，正打算硬着头皮开口催促，就见有人火急火燎地冲了进来。

“蒋爷、蒋爷——”

是隔壁客栈老板孟阿谷的老婆，大家都叫她“阿谷嫂”，平日里是个稳当的人，此时此刻一脸惊慌，见着蒋璃后一把扯住她的胳膊：“救救我家桑尼，我家桑尼他、他中邪了！”

桑尼是孟阿谷的儿子，孟阿谷早年奔波结婚晚，结婚后两人又费了很大力气才要上的孩子，所以对待桑尼那是放在手里怕摔着，搁在嘴里怕化了。不过这孩子倒也不娇惯，刚上初中，学习成绩不错，平日休息的时候就在客栈里打下手，嘴巴甜长得又漂亮，周围街坊都挺喜欢他。

此时此刻，神仙饮的店门前被围得里三层外三层的，人们见蒋璃来了主动让出了一条路，众说纷纭。蒋璃走近这么一瞧，桑尼就坐在青石板铺设的路中间，一手按着头一手拍着地，嘴里不知道嘟囔些什么，身子像是钟摆似的前后晃个不停。

孟阿谷急得团团转，豆大的汗珠顺着额角往下砸，几番上前搂住桑尼试图让他安稳，不承想桑尼力气不小，一使劲就给孟阿谷推个趔趄。阿谷嫂在旁红了眼眶，直跺脚。

“怎么回事？”蒋璃绕到桑尼面前，单膝跪地查看他的脸色，这么一瞧才发现这孩子眼神涣散得很。

“桑尼嚷嚷着要喝神仙饮的奶茶，谁知道还没等排到他就成这样了。”孟阿谷抬胳膊蹭了汗，“就坐在这儿啊，谁碰他都不行。”

蒋璃稍稍凑近一些。

“蒋——”

阿谷嫂刚开口就被蒋小天给制止了，眼神示意她别出声，而原本嘈杂的周围也瞬间安静下来，都不敢轻易打扰蒋璃。

蒋璃朝着桑尼伸出手，腕上的那只眼睛在阳光下异常妖异。就在蒋小天暗自捏汗时，蒋璃已经抚上了他的脸。让众人震惊的是，桑尼竟没反抗，直到蒋璃将他揽入怀中，暗自使劲止住了他前后晃动，下巴抵着他的头顶。

“他喝酒了？”蒋璃问。

“哪能啊蒋爷，他才多大，我们怎么可能给他喝酒？再说了，就算喝醉了也不能这样啊。”孟阿谷马上道。

“说实话！”蒋璃不悦。

“真没——”

“桑尼他昨晚上……偷喝了冬祭的酒，”阿谷嫂打断了孟阿谷的话，面色难堪，又急急解释，“就只是一丁点儿，我训这孩子了，他也知道错了。”

一句话掀起千层浪，周围人全都指指点点了。

“冬祭的酒怎么能偷喝呢？”

“是呀，小孩子不懂事，你们做大人的怎么不注意呀？”

“造孽啊，怨不得这孩子成这样了，不信邪不行啊。”

沧陵是座有历史年头的古城，也是多民族汇集的古城，以往各族祖辈们会根据不同时节举行各自的祭祀活动，现如今信息发达、少数民族与汉族通婚，除了个别有特色的拜祭活动外，大家公认的就是冬祭了。冬祭在沧陵是头等大事，于立冬之时，各家各户拿出最具诚意的酒肉水果入天周山祭拜天地，祈求来年五谷丰登人丁兴旺，这是沧陵人的信仰，也是对未来生活的希冀。

孟阿谷一听这话急了，但再行责怪为时已晚，一个劲儿地拍脑袋，怪自己没看住儿子。

蒋璃也没多说什么，顶着众说纷纭回了店里，桑尼又开始晃。众人都在伸头往店里瞅的时候，蒋璃从里面出来了，手里多了样东西。

不大的绣包，白色锦缎制成，黑色丝线勾勒了些符号，仔细瞅这符号跟非洲鼓和饮品店招牌上的一样。这样一个物件，古城里的人却不陌生，他们叫它符包，专属蒋璃的符包。

没有这符包解决不了的事，就正如没有蒋璃治不了的病一样，但凡认识蒋璃的人都会对她敬怕有加。

敬，是因为蒋璃像是巫医一般地存在，能治大家能看到的病，也能解决大家看不到的病；怕，因为她是当地大亨、商会领头人谭战的人，有人私底下说她和谭战是兄妹，也有人暗传她是谭战的情人，总之两人是谜一般的关系，但不论如何，蒋璃性格直率随性，曾有人为了利益差点要了谭战的命，听说蒋璃一个人愣是把几个大男人打趴下过。

所以，就是这样一个亦正亦邪、救人于水火又不能轻易得罪的蒋璃，成了大家口中的“蒋爷”。

蒋璃将符包挂在桑尼的脖子上，短短半分钟，就瞧得桑尼停了摇晃，看得众人啧啧称奇，阿谷嫂上前一把搂住桑尼，连连唤他的名字。

桑尼安静了一小会儿，眼神总算有了焦点，扭头朝阿谷嫂叫了声妈，阿谷嫂眼泪一下子就出来了。孟阿谷见儿子没事了松了口气，对蒋璃感谢一番后又呵斥桑尼：“混小子，你喝什么不好非要偷喝酒，那酒是你能喝的吗？”

蒋璃上前查看桑尼的状况，见他恢复正常，对阿谷嫂说：“符包三天不准离身。”

阿谷嫂连连点头，又把桑尼扶起来让他跟蒋璃道谢。

“他不能起来。”蒋璃冷不丁说了句，“跪着，直到太阳落山。”

孟阿谷两口子面面相觑，桑尼这时神志清晰，见平日对他善笑的蒋璃肃了神情自然也知道自己闯了祸，一脸委屈但也不敢说什么。

蒋璃看着桑尼：“人活一世要讲规矩，偷喝酒事小，对天地不敬事大，你今天就在这里，只准跪着不准动，听到了吗？”

桑尼咬咬嘴，点头。

孟阿谷两口子自然也不敢多说什么，尤其是在众人面前，再加上偷喝冬祭的酒的确非同小可，所以也只能由着去了。

人群将散的时候，蒋小天偷偷拉住蒋璃，紧张地问：“蒋爷……冬祭的酒真不能偷喝呀？”

蒋璃一听这话里是有事啊，双臂交叉环抱：“你长眼睛是用来喘气的？桑尼刚才什么样你看不见？我见过比他严重的还有呢，弄不好一整年都要倒大霉。”

蒋小天立马慌神了：“蒋爷救我，我、我偷喝了五月醉。”

“五月醉啊。”蒋璃好笑地看着他，“谭爷用在冬祭的酒你也敢偷喝，牛啊。”

五月醉是她酿给谭战的酒，采了早春天周山上的五种花蕊，添了远在长白山山头经过寒冬之后的冰霜水，再经过一年四季的发酵这才酿造而成。少而精贵，所以谭爷总会留一些出来用在冬祭。

蒋小天哭丧着脸。

蒋璃回了屋，再出来又是一枚符包交给他：“别说我不疼你，跟桑尼一样去那儿跪到太阳下山，符包不离身三天，不准沾水。”

“可洗澡……”

“那你就三天不洗澡。”

蒋小天乖乖地跑到桑尼身边跪着去了，还有些看热闹的人没散，见这一幕后又开始指指点点。

“蒋璃！”

不远处有人叫她。

蒋璃回头一看，是谭爷。

他身边还有一男子，打远就可瞧见身形挺拔高大，洇在光线里，深灰色半长羊绒大衣衬得那人风度潇洒。

虽看不清长相，但不知怎的，心口就像是被什么东西撞了一下似的。

两人身后有一排长长的车队。

车队后面，是匆匆赶来的记者群……

林客楼是沧陵古城有名的茶庄，是有着百年历史的老字号，牌匾上“林客楼”三个字源于柳宗元在《溪居》里的那句“闲依农圃邻，偶似山林客”，希望此处可以茶会友，逍遥避世。

只可惜到了后辈茶庄经营不善，店家就动了卖祖产搬家的念头，谭爷不想让这一老字号被拆，于是接手经营，他原本想着哪怕留一空壳也算是保留了历史遗迹，不承想经过一番环境翻新和蒋璃对茶品的改良，生意倒是越来越红火了。

今天林客楼比往日还要热闹，就像蒋小天说的，保镖里三层外三层不说，加上闻风前来的媒体、凑热闹的群众，各个都抻着脖子往里瞅，瞅不见的就在暗自议论林客楼里来了什么大人物。

林客楼内，两方对面而坐。

对方的保镖虽说不少，但谭战的人也可相抗衡。

“陆先生的意思是，让我去天际酒店驱邪？”蒋璃坐在谭战身边，手里把玩着茶杯，漫不经心间打量了对面。

如此近看就将对方的容貌看得真切。

五官深隽眉间冷峻，上下唇薄厚相等，说明他情欲两开，通俗点说就是他不喜欢你时他是柳下惠，他喜欢你时可倾其所有。下巴的弧度倒是性感得很，会惑了女人的眼。

看人看眼，看似温淡的男人眼深似潭，不可随意亲近。

都说富家三代才能出贵族，陆东深，赫赫有名的陆门集团副总、天际实业的总经理，身上自然流淌着陆门贵公子内敛金贵的血液，可在她没能第一时间赶到这里赴约时，他竟可以劳师动众随着谭战前来迎接，这人，深不可测。

与此同时，陆东深也在打量蒋璃。

生得帅美，这是第一眼印象。

深棕色夹克衫略显中性，咖色贴身内搭却显女性妖美，尤其是腰身纤细，黑色牛仔裤更是衬得腿修长，显眼的当数脚上那双黑色中筒纯牛皮重工军靴，一头短发干脆利落。她五官精美，最漂亮的就是那双眼，黑白分明又英气十足，似笑非笑间有不羁有邪气，就跟她手腕上那只眼睛文身一样，诱人又危险。

这样一个人，有着女人之外的帅气；又有着男人没有的细腻。

而谭战，资料显示四十岁，虽风度翩翩，但毕竟是在社会上摸爬滚打成名立业的，所以眼睛里藏了习气，这习气不同于商场上的文明厮杀，同样富贵险中求，商场求富贵靠的是谋，江湖求富贵拼的是勇。

“我的意思是，请蒋小姐到天际酒店驱邪。”陆东深重点强调了一个“请”字。

“请啊？”蒋璃故作思量，手指轻轻敲了两下桌面。

茶楼的服务人员留了两位，其中一位上前给蒋璃添了茶。蒋璃端起茶杯，轻抿了口，陆东深好耐性，始终等着她开口。

慢条斯理地喝完一杯茶，蒋璃这才反问了句：“陆先生想怎么个请法？”

陆东深看了一眼身边的特别行政助理景泞，景泞会意，从保镖手中拿过两只黑色密码箱放到茶桌上，密码锁一开，箱子一转面朝蒋璃。

成摞的现金，铺满两箱。

“来谭爷的地盘上请人，没有诚意怎么行？”陆东深道，“这是我给二位的见面礼。”

蒋璃起身上前，绕到密码箱旁，堂而皇之地坐在桌上，左手随意拿起一摞钱，右手的手指从崭新的纸币边缘扫过。她回头看了一眼谭战，笑道：“大手笔啊。”

谭战笑而不语。

“天际酒店现在落得怨声载道，这事可不是那么好平的。”蒋璃扬着那摞钱拍打着另一只手的手心，“当初不听劝，你们挡住的可是鬼门关，把你回家的路给挡了，你照样也跳脚。”

“就因为事情棘手才来请蒋小姐，听说蒋小姐有别人没有的本事，否则也不会被人尊称一声蒋爷了。”

一顶高帽，压得蒋璃无路可退。

谭战这时开口了：“钱，我们不缺，想请蒋璃帮你解决麻烦，得看你有没有这个本事。”

“谭爷请说。”

谭战拍了两声手，茶楼的人就端了70厘米长半米宽的实木托盘，托盘上摆放了满满的玻璃口杯，这样的数量摞了三层托盘一并上桌。蒋璃见状嘴角一扬，回了自己的位置。

茶具被谭战的人给撤了，玻璃口杯摆了几乎满满一桌，两名男子抱了个椭圆形的大坛搁置一旁，掀开塞子，酒香四溢。

“大家都是生意人，没必要斗狠，但求人也要有求人的规矩。”谭战眼里的笑不阴不阳，“我们比酒，是敌是友，就看你的酒量怎么样了。”

沧陵古城的本地酿，又名“醉三杯”，前味绵长后劲十足，普通人喝不过三杯就倒，再能喝的人顶多十杯。蒋璃是知道谭战酒量的，拿这“醉三杯”来说，让他一口气喝上个二三十杯没什么问题，再瞧对面的陆东深，面色不惊眼中无澜，打量不出他的深浅来。

景泞在旁小声说：“陆总——”

陆东深抬手打断了景泞：“客随主便。”

蒋璃一听这话对他有点刮目相看，就不知他是真有这酒量还是只想打肿脸充胖子。她一扬手，身后的手下开始往杯子里倒酒。

满满一桌酒，光是闻着味就醉了，茶楼成了比酒场，拼的就是谁能撑到最后。

陆东深先干为敬，一杯下肚，只觉似一把利刃划开喉管，这酒劲着实要比市面上见着的还要大。

谭战直赞其爽快，便也接着一饮而尽。

两人拉开阵势。

谭战喝酒爽快一饮而尽，陆东深不紧不慢但也滴酒不剩。

杯子空了一批，身后的人又续上一批，蒋璃最开始胸有成竹，可渐渐地心里就不怎么有底了。酒下半坛的时候，谭战喝得明显吃力了，再瞧陆东深，依旧慢条斯理不见醉意。

谭战能在沧陵占一席之地，那是一路靠勇拼出来的，喝酒必不可少。这个陆东深看上去翩然贵气，但喝起酒来丝毫不含糊。蒋璃有了思量，照这个架势下去，他们许是会拜下风。

果不其然，酒坛见底的时候谭战的眼神开始迷离，而陆东深始终正襟危坐，呼吸虽急促但没像谭战那么明显。蒋璃的心咯噔一下，那可是整整一坛子酒，别说两个人了，就算找六七个能喝酒的大汉来也会被撂倒。

眼瞅着手下开了第二坛，刚要满杯，蒋璃抬手封住了坛口。“陆先生，我跟你喝。”再这么喝下去，谭战的面子就该撂在林客楼了。

陆东深没说话，看着她时眼里有一丝兴趣。倒是景泞开口了：“蒋小姐，你们这么做不合适吧。”

蒋璃悠然自得走到景泞面前，倏地低头凑近她，深吸了一口气，似笑非笑：“美女，你很紧张啊。”

她笑起来有点痞坏，景泞竟脸红了。

“你该学学你老板的处事不惊，还是你有什么秘密是不想让你老板知道的，所以才这么紧张？”

景泞眉头微蹙：“胡说。”

蒋璃不再理会她，坐回酒坛旁，命人倒了六杯酒。

“是你们求我们办事，所以在我这里没有不合适一说。”她说话间拿了只点火器，轻轻一按，六只酒杯上就冒了火焰，“你们酒店惹上的不是小问题，除非朋友，否则我们没必要揽上这个麻烦。”

说完这话，她又用块薄薄的石棉布盖上六只酒杯，再掀开时上面的火焰已灭。六杯对分，蒋璃轻笑：“请吧，陆先生。”

陆东深手指摩挲着酒杯，思量少许便一饮而尽。只是这一口下去堪比过往的十几杯，入鼻馥郁芳香，紧跟着一股冲劲上头，喝完第三杯后就觉有什么东西在体内炸开，脑中就如万花筒似的绚烂。

他听见蒋璃在笑，可这笑声似近似远，又瞧着谭战冲着他竖手指，但又看不清他的脸。很快，蒋璃的声音从他耳边抽离，取而代之的是董事会各位股东的争执，陆家人形形色色的脸，还有个女人模糊的身影，在林中晨雾里若即若离……

身边似乎是景泞的声音：“陆总？”

陆东深倏然清醒，抬头盯着蒋璃：“你给我喝了什么？”

蒋璃笑得发邪，反问："那你又看到了什么？又或者，陆先生你已经醉了？"

陆东深重新审视蒋璃，他就知道蒋璃上阵绝没那么简单。

谭战刚刚喝得急酒劲上了头，经过蒋璃这么一折腾倒是缓和了不少，便打了圆场，朝陆东深一伸手："陆总人爽快，我谭战交你这位朋友了！"

陆东深起身，与谭战双手相握："酒店的事就有劳两位了，尤其是……"他的目光落在蒋璃身上，"蒋小姐。"

等陆东深一行人离开后，蒋璃窝在茶椅上没动，双脚搭在茶桌上，那两箱钱还摆在那儿。她始终在想陆东深临别前看向她的眼神，像是有太多的内容，可她揣摩不透。她从不怀疑自己的直觉，相信他那一眼绝对不是随意。这种感觉很糟糕，就好像有什么事情即将发生，是她控制不了的。

谭战送完陆东深从外面踉跄回来，退了搀扶他的人，走上前一手搭在蒋璃的肩膀上顺势坐在旁边的椅子上。

"你给他用了什么？"

蒋璃倒了杯茶推到谭战面前："苦艾和朝颜两种植物里提取出的侧柏酮和麦角碱，两者经过蒸发再提取其气味，能有一种难以抗拒的芳香，这气味经过酒精的发酵，透过鼻腔直接刺激人的右脑底部，一般人的右脑五感都受到左脑理性的控制和压抑，这种气味能让再怎么理性的人都能看到自己内心憎恶喜好和渴望，直接映射大脑就成了画面。"

见谭战张了半天嘴，她又补充了句："往俗了说可以让他看见心中所想，或者理解成幻象也行，小惩大诫，总不能看着你烂醉如泥。"

谭战这才明白了，点点头，喝了口茶："在他身上发现什么了吗？"

"野心。"蒋璃说，"一个人的野心是可以闻出来的，陆东深那个人，危险。"

谭战饮尽茶，未散的酒气让他的脸看上去还是红："一个在争陆门集团权力交椅的男人能有多简单？早就听说那个陆东深在商场上手段非常，是陆门的一头虎，前几年就不动声色地完成了几桩大的收购案，这几年更是垄断陆门旗下多家大型产业，势头很猛。这么一个人突然接管了中华区的生意，又把目光落在了咱们沧陵，看来是铁定要收了苏河路这一带的地皮了。

“他陆东深接手天际实业无非是想添些业绩，对我们来说就是最直接的利益受损。听说陆门还有个叫陆起白的，势力也不小，笼络了不少老股东的心，他哪会甘心做个逍遥王爷？陆东深信邪？嗬，今天大张旗鼓地弄这一出，就是想要演给众人看，速战速决不想留任何把柄在陆门。但谁能笑到最后，那就看谁的演技高了。”

蒋璃右臂搭在椅背上，低头，左手的拇指抠着指甲玩，她的指甲圆润带一弯月牙，十分漂亮。抠着抠着，目光落在刺青上，拇指微颤了下，紧跟着转了情绪。

“所以，人我得治，而且一定要给他治好，只有被我治好了才能坐实他们天际酒店招邪一说，他想借着我这个巫医的身份来堵悠悠众口，但到时候骑虎难下的会是他们。马上要冬祭了，挡了九子桥亡灵的路，影响了来年的时运，这就是触犯了沧陵人的信仰。”

谭战靠在那儿，看着她：“你的能力我从不怀疑，只是，要跟那个陆东深周旋，辛苦你了。”

蒋璃与他对视，他此时的目光温柔，就像是蒋小天说的那句，谭爷看着蒋爷您的时候，眼神很柔和。谭战实则是个有魅力的男人，高大魁梧不说，还长了张谦谦君子面容，如果不说，谁能想到这么一个看似无害的男人会是在利益泥潭中一路摸爬滚打过来的？

她说：“是谭爷给了我第二次生命，没有谭爷就没有我蒋璃的今天，所以，做什么都是应该的。”

谭战笑了，有点涩，好半天点点头说：“桌上的钱你拿着，今日不知明日事，防身用。”

回酒店的路上，陆东深的酒劲控制不住了，他靠在后座上，合着眼，脸煞白。

几辆车同时寻了处便利店停靠，景泞不放心，买了一次性毛巾回来，浸了水，将湿毛巾伸到陆东深的脸前，迟疑了片刻后又放下手，轻唤：“陆总。”

陆东深睁眼，接过景泞递上前的毛巾，擦了把脸，涨疼的太阳穴这才稍有舒缓。缓了稍许，抬手松了松领带：“查出来了吗？”

景泞坐回副驾说：“蒋璃这个人就像是凭空冒出来似的，我已经调了私家侦探，但查来查去还是那点资料。”

在部国强“中邪”后，她第一时间查看了沧陵天际酒店的监控资料。部国强那晚的确像撞鬼似的，然后打扰了整间酒店的客人，而在此之前，有人在行政酒廊的《江山图》面前站了很久，那个人，经调查就是蒋璃。

陆东深看着车窗外，沉思，许久才命车子继续前行。

景泞形容得贴切，像是凭空冒出来似的，可这世上没有谁能凭空出现。就像谭战，厚厚的一摞资料，足可以写本人物传记。土生土长的沧陵人，十三岁父亲去世，十五岁跟着母亲远嫁到了海外。竟还是高才生，二十二岁毕业于加州大学，然后回到沧陵赤手空拳一路打拼。现如今在沧陵，不少的酒吧、会所、商铺甚至还有些本土的地皮、大型商场和住宅都是他的产业，并且还是商会的会长，不论是地位还是财势都在当地屈指可数，外界也传他有见不得光的生意，可始终没有确切证据。

相反再看蒋璃，仅有的资料就是，二十六岁，三年前突然出现在沧陵就跟在谭战身边，身手不错，这三年里也救治过不少人，被沧陵人视为现代巫医。收入来源是两家店，一家是卖手工非洲鼓的，另一家是个名叫“神仙饮”的饮品店，那家饮品店常年客流如织，两家店据说都是谭战掏钱给她开的，除此之外，她打哪儿来，以前经历过什么，家庭情况等等全都查不到。

一个连过去都查不到的人……

陆东深微微蹙眉，那么，是不是她根本就不叫蒋璃？

车内安静。

景泞从后视镜里悄悄打量着陆东深。他在深思的时候目光深邃，那张脸总会让女人心悸，可眉间的淡薄峻冷也让女人不敢肆意亲近。

“这是我从那两个罚跪的人身上取来的符包，您看一下。”她将挎包里的袋子拿出来交给陆东深，“如果这就是治病救人的东西，那蒋璃不是故弄玄虚就是太邪。”

“取来的符包”算是文明说辞，实则是她在离开林客楼之前从那两人身上偷走的。

陆东深没追究她是怎么取来的符包，打开一只，微怔，里面竟是沙土，再看另一只，空的。

“里面有沙土的，是那个叫蒋小天的。”景泞补充。

可陆东深关注的是那只空符包，虽然什么都没有，但有气味。这气味很独特，像是药香，可又没有药味的浓郁，沾留指间，过鼻后瞬间让人醒神，就好像全身的毛孔都被水洗了番。而里面有沙土的，没什么气味。

这让他想到了那杯酒。

陆东深的拇指轻轻摩挲着白色锦缎，上面刺绣的符文让他想起蒋璃手腕的那只眼，狭长的眼周好像也文了这样的符文。

他说：“蒋璃这个女人，挺有意思。”

翌日，陆门集团副总、天际实业新任总经理陆东深亲自邀请高人为酒店化煞一事被媒体传得如火如荼，新闻报纸、财经杂志和各大网站新闻网页几乎都奉上了头版头条。陆门作为本土又迁徙海外的外资集团，本身盘根错节的产业链和商界传奇的垄断能力就惹人好奇，只因总部不在中国苦于无奈深剖，现如今，陆门将目光转到国内，其旗下的天际实业做了排头兵，在北上广一带发展甚好，不承想折在了沧陵，所以媒体对天际的额外“偏爱”也是在间接掀开陆门的神秘面纱。

蒋璃没在媒体上露脸。

据说媒体包围林客楼的那天，谭战的人下了死命，蒋爷不喜欢拍照，不允许刊登蒋爷的照片或留有影像资料，那些抱着侥幸心理拍到蒋璃照片的记者很快被没收了相机，删了照片更是收到警告。

谁敢得罪谭战？正如在没有得到陆门集团公关团队允许不能偷拍陆东深的情况一样，大家只想抢个重要消息做个头条即可，没人愿意惹上不必要的麻烦。

所以，消息再爆，照片上的只是当天林客楼被围得水泄不通和重重保镖的盛景。

陆起白将手头杂志搁置办公桌一旁，起身踱到窗子前，从这个高度往下看脚下的夜景，车流如织。

办公室西侧墙体被掏空，嵌入巨型的玻璃缸，白炽的光映亮缸中开阔的灌木丛和高低层次的草皮，一眼望过去像是草原的缩影。只是，那丛中卧有一条黑曼巴蛇，足有3米多长的身形，长方头部，双眼圆而黑，体色也接近黑灰，到了腹部体色由深成浅灰。在离它不到两米的距离有3只白鼠，许是刚扔进饲养缸里还觉新鲜，欢快跳蹿个不停，殊不知危险就在身边。

陆振名坐在沙发旁，用茶匙拨了干茶在茶荷上，头也没抬："这个东深啊，做事一向思虑周全，这次荒唐了，现在弄得陆门上下皆知啊。"

陆起白转过身靠在窗子旁："我那位堂兄想要的比任何人都多，脑子也太过清醒，爸，这么多年，您见他做过什么荒唐事了？照我看，这次不过就是个烟幕弹。"

同样出生在陆门，陆起白也继承了陆家人必不可少的眉目星朗和身形颀长，只是他跟陆东深相比，眉宇间更阴柔，这点倒是继承了他的父亲陆振名，是出了名的温雅如玉。而现如今坐在陆门龙椅上的陆振扬，也就是陆东深的父亲，是出了名的杀伐决断。

之所以这般形容陆振扬，是因为曾经陆振名以一步之差错失陆门掌舵人之位，陆振扬得权后除了无法撼动陆门几位元老外，其他的血液通通换掉，尤其是陆振名的人。一时间成了陆门内部一场不见血的革命。这么多年来陆振名在陆门有头衔无实权，但他似乎早就习惯了，应和了外界对他向来谦顺的标签。

陆振名洗好了壶，置茶后，第一道茶汤拿来浇淋茶壶表面，不紧不慢地开口："这人哪，有点野心也是好事。"他再冲了热水，用茶壶盖刮了茶沫，再次淋茶壶表面。

"像是东深，现在他除了原始股东和他父亲手里的生物能源没干预外，陆门的其他生意该插手的也插手了，野心之大谁都看在眼里。可野心大了，也就不那么瞻前顾后，犯错的概率也就大了。国内市场没那么好吞，一线城市倒好说，越是二、三线就越是复杂，有些是用钱能看见的关系，有些是用钱也解决不了的关系。大中华区的前任执行主席之所以能被陆东深取而代之，不是因为天际在一线的成绩运作不佳，而是因为轻视了二、三线的影响力，正所谓小鬼难缠，说的就是二、三线市场的环境。"

陆起白走到饲养缸前，双手揣裤兜，看着里面正在慢吞吞靠近白鼠的黑曼巴蛇，笑了笑："外企总会出现水土不服的状况，这个道理我的那位大伯懂，我的那位堂兄也懂，即便如此，大伯还是把这杯羹放到堂兄碗里，无非就是想堵元老们的嘴。元老们不是瞎子，陆东深什么性格的人大家都清楚，一旦坐上当家人的位置，他们从肥差里啃出来的利润就会透明。也算上天帮我们，沧陵那片地，陆门瞧得上，部国强也乐意插上一脚，而沧陵谭战哪会是省油的灯？听说就连京城的太子爷饶尊也对那片地有了兴趣，本来可以在商言商，但经过部国强这么一闹，这件事的性质就变了，就算陆东深身边还有他那个老同学杨远帮忙，怕是也没那么容易。"

说到这儿，他用指关节敲了敲玻璃："清心寡欲得久了，随随便便一场戏都挺好看。"

陆振名分好了茶，第三道茶水就变得澄明馥郁，他道："来吧，尝尝看，这些天我闲来没事就去学了茶艺，手法上倒是不怎么娴熟，但即使是不擅长的东西，用心做也总归能品出点意思来。"

陆起白坐回沙发上，茶杯刚端起，身后饲养缸里的黑巴曼就一跃而起，张开的口似黑洞，几只小白鼠还没等反应过来就被吞了，速度极快，果真不负"恐怖杀手"这一称号。

陆振名见了这幕后叹了声："这种毒蛇养不熟的。"

陆起白将杯中茶一饮而尽："杀戮不见血，这是它的魅力。"

陆振名笑："你大伯现在想要的只是歌舞升平。"

沧陵因独特的历史背景和交通便利条件成了重点经济发展城市，苏河路从诞生那日起就是沧陵的重点保护区，现如今因那座高200多米、50层的天际中心而被扣上了顶级商业区生活区的帽子，而苏河路已被圈购的35万平方米面积，天际实业将会斥巨资将其打造成汇集国际知名奢侈品品牌的购物中心、豪华酒店和高档公寓等多种商业功能于一体的核心商圈。

据说，接下来的天际实业有并购以苏河路为中心向周边辐射的地皮的打算，将建设一系列如高档百货、精品超市、高端餐饮、娱乐场所、高级会所等生活配套，到时候的沧陵，将会成为天际实业除了一线城市与经济发达的省会城市之外的超强实力地级城市的代表，也是其背后陆门集团在大中华区除一线城市外的重要尝试之一。

天际酒店就设在天际中心主楼内，占据了大壁江山，陆振扬一个远洋视频会议接到了位于49层的总经理办公区。

"不过是个当地商企，死咬着不放无非就是利益分摊不均衡，能用钱解决的尽快用钱解决，我们是做生意，看重的还是整体的利益回报，最浪费不得的就是时间，这是你从陆门基层做起的时候早就明白的道理。"

陆东深正襟危坐："爸，谭战在沧陵的威望不小，势力也不容小觑，他不是条容易满足的小巴蛇，否则沧陵天际的项目也不可能总是停滞不前。之前王董的几次地皮谈判崩盘都跟谭战从中干涉有关，他这个人明里暗里都有手段，要的哪会是中间差价这么简单。"

他口中的"王董"就是上任天际实业大中华区的负责人，临调回总部前做了份详细的述职报告，他看过，其中就提到谭战这块难啃的骨头。

"谭战在沧陵根深蒂固了这么多年，想要连根拔起需要时间。"

陆振扬闻言脸色不大好看："你动他干什么？沧陵这种地级市，你想吞本土企业，这其中的风险评估你做过没有？你要做的是双赢。"

陆东深面前的黑咖啡凉了，如他眼里的温度。沉默了少许，再开口语气果决："谭战的蛋糕我是吞定了，他那种人不会跟你利益分摊，只能彻底断了他的路才能永绝后患。”

陆振扬很显然不满意他的做法，眉头深皱：“你吞他的方式就是请个什么巫医做场戏？你别忘了对方是郜国强，现在长盛集团已经跟陆门反弹了。再来，谭战既然之前就耍过不少手段，那这次说不准他就在等机会反咬你一口，到时候酒店的声誉怎么办？”

“谭战自然有他的算盘，我也做个顺水人情请君入瓮，他想要反咬，那就要看他有没有反咬的机会。”陆东深说，“我不会给他这个机会。”

想要犯案的不会轻易留下线索，更何况是谭战的人，监控中蒋璃那么明晃晃地摆在那儿，无非就是给他顺藤摸瓜的机会。她是沧陵古城的名人，治好郜国强才能有以后的步步为营。

在这场游戏里，他们双方都知道彼此想要干什么。她想利用这次事件将他彻底赶出沧陵，而他，想抓住这次事件拔掉谭战占山为王的辉煌。靠的是时机，是谁能先下手为强。

陆振扬在那头咳嗽了两声，再开口时语气由衷：“东深哪，你要明白一点，真正填不饱的可不是谭战那些人。国内市场是块肥肉，你踢了王董取而代之已经树敌不少，再加上沧陵这件事，董事局有了不少声音出来，这跟陆起白这阵子在股东间的游走脱不了干系，他们想要什么你很清楚。”

“王董在大中华区任职这两年没少从中获利，小贪也就罢了，但戕害陆门利益绝对不行。至于陆起白，正当竞争我全然接受，但玩阴的，我也绝不会手软。”陆东深末了补上了句，“您是了解我的。”

陆振扬没说话，手抬了抬，似有无奈。

陆东深看着他，微白的鬓，虽是严肃但也无法像年轻时那般强势，他的父亲正在老去，而陆门，也将迎来新一波血雨腥风。

“您要保重身体。”

刚刚听他的咳嗽声，想来这段日子精神欠佳。在这样一个家庭，可能最不自然的就是父子间的问候，虽说这是在普通家庭里再寻常不过的事。在陆门，就像是在这场视频会议中，陆振扬首先是集团的董事长，其次才是他的父亲。

会议结束后景泞敲门进来："陆总，郜梓莘后天抵达沧陵。"

郜梓莘是郜国强的女儿，也是郜家儿女中最有商业头脑的一位，拿到博士学位后接手家族生意，成绩可圈可点，至少要比她的两位哥哥成绩好得多，这次专程赶过来，无疑就是冲着天际酒店事件来的。郜梓莘的两个哥哥也在今天一早赶到了沧陵，天际酒店以事件待查为由拒绝了郜家两位公子下榻，就不知道郜梓莘是不是也要碰一鼻子灰。

景泞在揣测陆东深的心思，听说，那位商场女强人曾是陆东深的学妹，而且两人曾经似乎还有过让人猜测的关系，再加上两家的地位，一直被外界关注。

陆东深没有情绪上的波动，随手拿了文件，语气淡然："知道了。"

景泞见探不出什么底来也就作罢，又道："蒋小姐已经到了……"

欲言又止。

陆东深从文件里抬头看她。

景泞清清嗓子，朝下指了指："蒋小姐她，在逛街。"

天际酒店的脚下就是天际购物中心，一到五层的面积，入驻了国际顶尖奢侈品品牌、国际一线和诸多知名设计师直营店。

蒋璃在五层东翼户外用品专卖，身边跟着蒋小天。

"爷，我是真没事吗？万一真倒大霉了怎么办呢？我今年才21岁啊，大好年华青春正茂，我……"

一把芬兰刀横过来，刀尖距离他的眉心只有一毫米，蒋璃慢条斯理地说："你陪着我完成任务，完成得好，灾难没；完成得不好，那就不好说了。还有，在这期间不要嘚啵个没完，否则我会忍不住让你见个血。"

说完这话将芬兰刀收回手里，扭头对着柜台服务员抛了个媚眼："美女，再介绍介绍其他款的呗，要不，拿你们店里最好的。"

她那张脸可攻可受，手拿芬兰短刀英气潇洒又带着点魅，弄得柜台小姑娘满脸通红，麻溜地把镇店之刀拿了出来。黑色纯牛皮嵌有图云合金装饰的刀鞘，径长15厘米左右的刀身，刀身上的雕刻图案精细，中间棱角凸出的刀锋有质感的流线，刀柄镶有一枚燧深色的天然坠石，那石上有花纹，乍看像是只眼，跟她手腕上的文身还有点异曲同工之妙。

“这把刀曾经在赫尔辛基展出过，是大师级刀匠KY的经典之作，很有收藏价值。”小姑娘介绍得卖力。

倒是蒋小天心中有事难平，没眼力见地开口：“说不好了是什么意思啊？桑尼的符包丢了您都给补上了，我的呢？”

“桑尼丢了符包真的会倒大霉，你嘛……”蒋璃将大师级制作的芬兰刀拿在手里左看右看，不管怎么看都心生喜欢，在手里又掂了掂，很有分量，“哎，蒋小天，你觉得这刀怎么样？”

蒋小天急得够呛，刚要问个明白就见店门口人头攒动，有几名保镖鱼贯而入，走在后面的直接守在门口，带头的是景泞，架势不小。

蒋璃扫了景泞一眼，继续摆弄手里的刀：“转告你们陆先生，别太心急，驱魔除妖这种事可不是一天两天就能解决的，我虽然答应到你们酒店帮忙，但不能一点儿私人时间都没有吧。”

景泞走上前，微笑：“蒋小姐误会了，陆先生差我来这儿的意思是，您如有入眼的东西，记陆先生的账就好。”

“当真？”

景泞谦和有礼：“陆先生从不开玩笑。”

蒋璃笑了笑，转头将刀递给柜员：“刀我要了，包好，他们老板付钱。”

一出店门，不远处有不少看热闹的人，许是都看过新闻的，楼下也拥出一些记者，之前是守在酒店大堂，听说蒋璃出现在五层购物，都跑来探风了。

蒋璃大大方方，墨镜往眼上一戴：“蒋小天，刚才有条裙子不错，你还没见过我穿裙子吧？其实我穿裙子可好看了。”

蒋小天一心挂念着自己能不能倒大霉的事，见蒋璃不把他放心上，一时间有点气：“是，好看好看，你瘦得只剩胸了，穿什么都好看！”

“这话我爱听。”蒋璃得意，又问景泞：“景助理，你们老板的账单上不介意再挂上一笔吧？”

“陆先生说，只要蒋小姐高兴就好。”

“那个鬼每晚都跟着我。”

“是个女鬼，脸上画着那种脸谱，哦对，就像是唱戏的，穿着一身戏服……”

郜国强蒙着被缩在床边，东一句西一句描述自己撞邪经历。

那是他下榻天际酒店的第一晚，沧陵之美自然不在话下，但酒店的整体设计和服务也着实让他心服口服。在行政酒廊他点了杯喝的，寻思着无非就是从竞争对手身上找些让自己心里舒坦的瑕疵。

酒廊是预约制所以安静，郜国强喝着喝着，目光就被墙上的那幅《江山图》给吸引了。他看得入了神，《江山图》从色彩到大气磅礴的内容都让他赞叹不已。

等他离开行政酒廊时，只觉得身后像是有什么人跟着他，影影绰绰，回头去瞧又不见人影。进了房间随手关门，却在关到一半的时候卡住了。

闪过的念头是，这么大的酒店房门还能坏？可等着私人管家来了之后，那房门又诡异地好了，为此，他随行的保镖又折腾查看了一番，在保证没什么危险后方才作罢。

可就在那晚之后，他看见了不该看见的东西。

“那个鬼每天晚上十二点就来，我醒着能看见她，睡着了她就跑我梦里，她问我知不知道她是怎么死的。”郜国强碎碎念叨，“她还来抓我，被她抓过的地方我都会疼上一天。

“她就是那天晚上从《江山图》里跑出来的，一路跟着我回了酒店房间，门当时为什么关不上？那是因为她站在门边要进来啊……”

郜国强所在的是间总统套，面积之大、功能之全令人咋舌不说，单是套房内那整面能一览皑皑雪山胜景的落地窗就足以养眼，更不用说天晴的日子可到私人露台花园望一望雪山脚下那片湛蓝无际的湖面。

让蒋璃看了牙根直痒痒，除了抨击资本家的奢侈外还可惜了那几面自动落地窗帘遮住了胜景。她是见过部国强意气风发的模样，此人热爱旅行，时不时赛个艇、登个峰、玩个滑翔之类。同样是行业翘楚，陆门就神秘封闭得多，但长盛集团喜欢跟媒体打交道，尤其是这个部国强，十分享受镁光灯下的亮相。

此时此刻，一向在镜头前西装革履的他没了往日的神采奕奕，形如枯槁，眼神惧而促，他现在有点被迫害妄想症，别说私人管家了，就连贴身保镖他都信不过。如不是景泞再三强调蒋璃的身份，怕是早被部国强轰出门。

“你的意思是，那个鬼一直在这个房里？”蒋璃环视了一圈。

部国强示意她小点声：“她白天睡觉晚上出来，天天威胁我说，如果我出了这个房间一定会死。”

蒋璃点头。

“有时候她就站在门口看着我，头发老长……”

部国强从被子里伸出根手指头指着门口的方向，哆哆嗦嗦地说：“她……就在那儿。”

蒋小天就倚在卧室门口，听得全身起鸡皮疙瘩的时候就见部国强往他这边一指，又来了这么一句话，吓得嗷一声就蹿到了蒋璃身后，蒋璃可不惯着他，手一伸就把他给提溜出来，一个眼神杀过去，蒋小天就算再肝颤也只能硬着头皮挺着了。

蒋璃把房间布置好的时候已经傍晚，夕阳的光亮从窗帘缝隙中斜落而入，她踱步到了窗子前，心中一动，升了窗帘。

日落前最美的时光就在眼前。

落地窗外火烧漫天，层层叠叠的霞云一直蔓延入了天际，又好像匿在了雪山神圣的顶峰之中。

有光拂面，暖暖的不刺眼。

曾有一度蒋璃不喜欢傍晚时分，那半隐半明的天色、即将陨落的光亮让她压抑得透不过气。城市的霓虹太亮，亮到取代了夜空的星，所以半落不落的夕阳更是不讨喜。可这些都不是主要原因，曾经的她游走于奢华，傍晚应该意味着回家，可她的家，在哪里？

所以她对左时说，也许夕阳很美，可你能闻得到空气里的孤独气味吗？那是热闹褪去后的孤独，能杀人的。

左时便从身后轻轻将她搂住说，你不孤独，你还有我。

左时……

蒋璃看着渐渐沉落的天色，很快就会染上夜的颜色，突然间觉得自己好像从没这么安静地看过日落，伸手去碰，霞光跃过手指，温柔得很，就像是左时在她耳畔留过的声音。

如今承诺不在，而她的孤寂也是锦书难托了。

刚要缅怀一番，就听部国强气急败坏的声音："窗帘放下！放下！"

将那份小情怀击得粉碎，蒋璃闭上眼，克制住想要一拳挥过去的冲动："蒋小天。"

蒋小天一个得令，放下手里的活就冲到部国强面前："嚷嚷什么？有蒋爷在你还怕什么？鬼来了正好，蒋爷一个大力金刚指就能把它收了，我们也能早收工！"

听得蒋璃更是一个头两个大，你丫蒋小天，我要真会大力金刚指第一个就把你给收了。

也别怪蒋小天一改刚进酒店房间的尿样，套房里很乱，蒋璃看不下去眼，蒋小天就只好任劳任怨。收拾衣物倒是没什么，最让蒋小天难以忍受的是清理地面和洗手间，也不知道那晚是部国强真喝多了还是被鬼吓的，呕吐物从洗手间蜿蜒到了会客厅地毯上。

蒋小天忍着恶心收拾干净后，蒋璃又命他给部国强洗澡，他听后快哭了，蒋璃则云淡风轻地问他："那你的意思是，让我给他洗？"

洗澡的时候部国强跟被宰了似的嗷嗷叫唤，气得蒋小天一甩手出了洗手间问她："爷，把你买的刀借我一下，我一刀捅死他行吗？"

所以，在这种生理和心理都受到极大的压榨和屈辱后，蒋小天也不再怕什么鬼的神的，一肚子的怨气正好撒在部国强身上。

郜国强被蒋小天这么一吼还真老实了。

景泞一进来误以为自己走错房间，若不是私人管家在门口杵着，她还以为进了镇魂屋。

套房客厅倒算可以，无非是多了些奇怪的符文，头顶悬着细细的红线，上面系着许多小而精致的铜铃。

那红线一直延伸入主卧，也就是郜国强所在的房间，头顶上纵横交错的都是系着铃铛的红线，形同一张巨大的蜘蛛网。网中间悬着一个较大铜铃，铜铃下有白色风摆，风摆上是用红色朱漆绘的符文。

墙壁四角各自摆放一盏祥云纹镏金炉，三腿鼎，鼎上分别嵌有绿松石、石榴石和青金石，有一种奇异的香气充塞呼吸，乍闻似果香，让人身心甜蜜，再吸又似花香，使人飘飘然，可呼出来的成了松果气，淡淡的，仿佛在森林间行走。

蒋璃见她来了，一伸手："东西呢？"

景泞唤来了私人管家，管家端了只托盘进来，托盘上有只瓷白的小碗，盖着盖子，蒋璃见郜国强又有点激动便差管家离开了。

碗中是鲜红的液体，蒋璃又从她随身携带的包中掏出个纸包，打开，将里面粉末状的东西如数倒入碗中，拿了碗旁的小匙搅和了几下，碗中的液体就变得黏稠。

看得景泞有点恶心："你倒了什么进去？"

碗中的是公鸡血，是一早蒋璃让她准备的，倒是不难找，随便跟哪个厨师要了就得，只是景泞心里还有嘀咕，从内心深处来说，她并不认为这世上真有什么邪灵。

"朱砂，跟这公鸡血一样辟邪。"蒋璃又拎了只狼毫毛笔出来，在碗里蘸了蘸。

景泞一直端着托盘，见蒋璃没有让她放下的意思也就作罢："辟邪的不都是黑狗血吗？"

蒋璃将蘸好鸡血的毛笔尖冲上一扬，眼睛一瞥落在景泞脸上："你用黑狗血驱过邪？"

景泞被她似邪非邪的眼神瞅得全身有点软："电影上看到的。"

"电影上演的你也信？景助理，你得信我。"蒋璃腾出一只手轻掐了一下景泞的脸，没等她来不及躲闪就松开，执着笔走到郜国强身边。

景泞被她调戏一番有些羞恼，但毕竟是陆东深亲自请的人也不好翻脸。眼瞅着她弓下身就凑上前，这么一看愣住。

她是在郜国强脸上……画符？

黏稠的鸡血顺着毛笔尖滑过他的脸，都能瞧见里面掺和着的朱砂颗粒，这个距离，景泞觉得鼻腔里全是血腥味。

郜国强也是一脸蒙，等蒋璃画完，他满脸鸡血十分滑稽，结结巴巴地问："法师……这、这能管用吗？"

蒋璃将毛笔放回托盘上，接过蒋小天递上来的毛巾擦了擦手："法师？不用这么客气，叫我蒋爷就行。"

"蒋……"郜国强吧嗒了两下嘴，瞅着眼前这个年轻的女子愣是没法叫出"爷"来。

"郜国强。"蒋璃收了笑，正经凑近他，指了指他的脸，"千万别擦掉，听见了吗？"

郜国强咽了下口水："不能擦……那洗脸——"

"也别洗脸！"蒋小天学着蒋璃的口吻，"什么时候蒋爷让你洗脸了你再洗，还有你身上的符包，没蒋爷的允许也不准摘下来，不能沾水，哎，反正你现在人不人鬼不鬼的，饭都不好好吃还洗什么脸啊？"

景泞这才瞧见郜国强身上的符包，系在脖子上，跟那天她偷走的那两只符包一模一样，脑中不由得浮现四个字：招摇撞骗。

蒋璃伸了个懒腰，挎包往身上一搭："景助理，我的房间也有这么大吧？"

"当然。"景泞道，"陆先生已经给您安排好房间了。"

蒋璃满意："有劳。"

"蒋小姐别客气，您住在酒店的这些日子，我负责您的所有事宜。"

蒋璃眸波一转："你是陆先生身边的红人，我就不麻烦你随时候着了。"

奈何景泞道："这是陆先生吩咐的。"

蒋璃瞅着她，半晌后哼笑，没过多掰扯，转了话题："这几天部国强不能吃酒店里的东西，记住，是所有的东西，他入口的，我来负责。"

景泞虽不明白，但还是依照要求吩咐了下去。

部国强见蒋璃有撤的意思，一脸惊骇："蒋……小姐，你不会就这么走了吧？"

"他会留在这24小时看着你。"蒋璃的下巴冲着蒋小天一扬。

吓得蒋小天一个哆嗦："啊？"

部国强也大惊失色："他？"

蒋璃转身，冲着头顶指了指："看见铃铛了吧？"

部国强点点头。

"只要铃铛不动，就说明鬼没有来，听明白我的话了吗？"

部国强半信半疑。

"爷……"蒋小天伸手扯住蒋璃的衣角，压低了声音哀求，"你杀了我吧，要不然等今天大半夜鬼真来了我也得死。"

"你放心，我布的阵，还没有哪个鬼能闯得进来。"蒋璃按了按脖子，忙活了大半天，她最想做的就是泡个热水澡鲜花浴什么的，将蒋小天的手指头一根根掰开，"你养精蓄锐，如果时间难熬你就数铃铛玩，真要是倒霉见着鬼了我也能感知到随时出现。"

蒋小天一听这话，心里稍微踏实了些，可部国强显然对蒋小天的能力表示怀疑，冷不丁问："万一铃铛……动了呢？"

"这个嘛……"蒋璃思量片刻，"把符包举到胸前，鬼就伤不了你。"

"啊？"

蒋璃一笑："信我者永生。"

入夜后苏和路的灯光织成了锦，又有一幢幢古色古香的历史建筑。沧陵是神奇的地方，能撑起奢华也能容下怀旧，有城市绚烂的灯火也有不同民族遗留的传统。

蒋璃一进行政酒廊就瞧见了陆东深。

他在谈事，跟三个西装革履的人，手旁摆着酒，三人分别在说，他安静在听，于落地窗边坐，穿了件黑色衬衫，没像上次见面时系着领带，但也落落潇洒。

如果没有利益冲突，她倒是觉得陆东深挺吸引人的。

是在谈生意？

虽无法评定酒店目前的入住率，但在酒店被绯闻缠身之际，蒋璃觉得生意也好不到哪去，可瞧着眼前光景好像又不是那么一回事。

不由得想到刚刚在酒店大堂见到的另一拨人，个个是手提行李箱的，风尘仆仆，而接待他们的人是景泞。

是些什么人重要到能让景泞亲自出面？当时，蒋璃蹭着跟服务台瞎贫的工夫旁敲侧击了一下，奈何酒店里的人也不清楚。

蒋璃暗自叹气。

也许沧陵现如今真不同了，作为经济重点开发市，哪怕留言蜚语也抵挡不住投资者的脚步，再加上天际实业的掺和，沧陵就像是一块涂了蜂蜜的巨大蛋糕，有多少争议就会有多少在意。

她有点担心谭战。

如果是以前的沧陵，谭战有占据一方的本事，那现在呢？一切真的还能像从前似的风平浪静尽在把控？

陆东深也看见了蒋璃。

酒廊的人不多，大抵都是在谈事情的，所以这里哪怕是喝酒的地方也充满了铜臭味。

可蒋璃就那么清汤清水地进来了。

穿了一身对襟盘扣竖领纯白修身中式长袍，质地很好，似丝又有棉的质感，似棉又有丝的棉逸，袍身几乎垂于脚面，衬得她身形修长。

她看上去无所事事，进来后这儿瞧瞧那儿望望的，跟这里的气氛不符，所以也引来其他的关注目光。她似乎往这边瞅了一眼，但也没上前来，转身就冲着《江山图》去了。

她在巨幅的《江山图》面前负手而立，英气潇洒，远远地看着她，也自是觉得留香。

但很快她就走了，也不知道在《江山图》里看出什么端倪来。

“陆总？”

陆东深收回目光，淡声：“继续说。”

“夜时”酒吧位于天际第49、50两层，第49层提供地道的意大利美食，旋转上楼就是顶楼花园，吧台呈180度半弧形摆设而成，其间穿梭手端托盘身穿黑色燕尾的服务生，男的帅气，女的俊俏。

蒋璃择了一处吧椅坐下，点了杯酒。从这里能瞧见大半个沧陵城夜景，尤其是苏河路的矜贵尽收眼底，而最远处的视线尽头，是半明半暗的区域，与眼前的霓虹奢影对比强烈。

她的脚下是用金钱堆砌起来的繁华世界，这就是光与暗的区别。

楼下热闹，有现场乐队，总归是有不怕邪的人来这里寻欢作乐；顶楼安静，只有真心约会和看风景的人。

许是她这身惹人喜爱，连连收到了好几杯鸡尾酒，花花绿绿甚是好看。

选了杯琥珀色的鸡尾酒入口，先是浅浅的海盐味，呼吸间是玫瑰的香，又因混了奶油，使这气味转成甜。酒劲不小，酒入胃里如枚炸弹。蒋璃将酒杯举在眼前，透过夜色中的灯火看杯中层层叠叠色泽。

世人只知层叠的是看得见摸得着的配酒原料，如花、如盐、如蜜又如奶，一点点交织在酒精里，可在她的眼里，这层叠之间是气味，她不需要看，只需轻轻过鼻便知每一杯酒中藏着的秘密。

就如，她能闻得到途经她身边每一个人身上隐藏的秘密，生理上的秘密是病，心理中的秘密是疾，这些疾病会随着人的体味发酵于肌理，终究会像酒精一样从人体散发出来成了气息，藏不住躲不掉。

呼吸间多了木香、极淡的烟草还有浅浅的酒精味，气息交织，很干净。

蒋璃扭头，竟是陆东深。

陆东深在她身边坐下：“我以为，除魔卫道都是在晚上。”

“凡事不能教条。”蒋璃一手支颐，一手食指从面前一排酒杯的杯沿滑过，“还有，能成为陆先生的特助，想来也是有常人没有的本事吧。”

“景泞无论从学识还是工作经验的确高于常人。”陆东深说。

“所以啊，物尽其用吧。”蒋璃觉得大家都是聪明人就不拐弯抹角，“特助拿来盯着我，陆先生够瞧得起我的。”

陆东深笑了笑没说话，摸出烟盒，打开后问了句：“介意吗？”

蒋璃摇了下头，心里却犯了嘀咕，他没有离开的意思，但很显然他又不像是要跟她谈公事的架势，他想干吗？

“觉得这里的酒怎么样？”他拎了支烟叼在嘴里，像是很随意地问了句。

蒋璃狐疑，好像，她和他还没熟到把酒言欢的程度吧。

“很实在的鸡尾酒。”她给了个中肯的评价。

陆东深点了烟，唇角的笑也就匿在这青白色的烟雾里：“很实在？”

“是，用料实在，酒精度实在，让人买醉起来也很实在。”蒋璃轻轻晃着酒杯，将杯口的樱桃摘了出来，补上了句，“但换作是我，我会用橙花替换樱桃，樱桃气息虽说偏冷，可果实的气息冷中有甜，如果想调一款适合给高冷美人喝的鸡尾酒，气息冷到极致的橙花是最合适的。”

陆东深转头看她，许久道：“你对气味很敏感。”

如此近距离，蒋璃瞧得见他眼里的笑意，不似初次见面时的峻漠，被这样一个男人瞅着，怕是一般女人早就败下阵来，蒋璃大方迎上他的目光：“给陆先生配烟的人，才称得上是专业人士。”

他身上还有不同的气息，皮革的、若隐若现、若即若离的金属味，像是他最本质的气息，或者又是烟的味道。连入口的烟草都出自私人订制，可见这男人对生活品质要求极高。

陆东深浅笑：“这烟有什么不一样？”

蒋璃小口抿着酒，借着夜色看他的侧脸。陆东深见状又问：“怎么了？”

“陆先生心里藏了一个人啊。”她笑，手中的酒杯空了，搁一旁，顺手拿过他的烟盒，从中取了支烟来。

这话题涉及隐私，可陆东深没恼，脸色平静。她将那支烟从鼻尖滑过，用拇指和食指轻轻转着玩：“又或者，是有人想要往陆先生的心里钻。”

陆东深饶有意味：“蒋小姐能从一支烟里看出这么多事？”

“泄露秘密的不是烟。”蒋璃把烟放了回去，“而是那个能把所有的爱慕和思念都放进陆先生烟草里的人。”

又顺了杯酒过来，笑着补上两个字：“女人。”

陆东深吐了一口烟，随手摁灭烟头：“不过是支烟而已。”

不过就是支烟罢了，要么是不重要，所以可以风轻云淡；要么就是太重要所以避而不谈。

其实陆东深不算是个很好的交谈对象，他不健谈，就算今晚意外地坐在她身边，他也大多数是沉默，可寥寥几句又总会惹人遐想。

“有空的话，陆先生应该去Meet坐坐。”

“什么地方？”

“沧陵城最大的酒吧，谭爷经营的。”蒋璃喝了杯中最后一口酒，“这里玩得太高雅，很多人更喜欢去些低俗的地方才能彻底释放和发泄。”

说完这话她准备撤了，下了高脚椅，脚尖一沾地没站稳，下一秒陆东深伸手将她扶稳。

腰间的手结实，有一瞬蒋璃认定自己是醉了，否则不会觉得有一股暖流从腰椎处迅速攀升，然后经过心口蹿到了脑子里。

“没事吧。”

他的嗓音就落在耳边，浑厚低沉，蒋璃确认自己是醉了。道了谢，站直后，陆东深的手也顺势收了回去。

“走吧，送你下楼。”他也起了身。

“怕我弃你的客人而逃？放心，我拿人钱财替人消灾。”距离如此近，蒋璃这才发现这男人真高，自己只及他肩头，怎么着都有气场随时被碾轧的感觉。

陆东深笑了，解释了句：“你是我请来的贵客，我得保证你的安全，另外，顺路。”

这一路上蒋璃都在想他口中“顺路”的概念，他一直将她送到房门口，她忍不住问：“陆先生也住这层？”

“我在3601。”

蒋璃微怔，扭头瞅了一眼自己的房间号，3401。

“你在我上面？”她原本的意思是，这还叫顺路？可话一脱口总觉得哪里不对劲，马上解释，“我是说，原来你睡在我上面啊。”

还是不对劲。

陆东深唇边隐含笑意，一直看着她。

看得她想一巴掌拍死自己，最后总算寻到了合适的逻辑：“原来你住我上面。”

陆东深清清嗓子：“是，我住你楼上。”

这话说得绅士又得体，可蒋璃怎么都能听出他一副嘲笑她是女流氓的意味来。不说再见，也不想再见，干脆连晚安都懒得说，她转过身用房卡开了门。

“蒋小姐。”

蒋璃推开房门，扭头看他。

“部国强的情况需要几天能解决？”

蒋璃想了想：“四天。”

“三天。”陆东深嗓音虽淡，可语气强硬了不少，“我只给你三天时间。”

蒋璃好笑地看着他：“陆先生你要明白一件事，是你在求我办事。”

“我是个商人，看重的不但是时间和效率，还有投入和产出比。既然大家敬你一声蒋爷，那三天时间对你来说绰绰有余，否则，我会有所怀疑。”

蒋璃半笑不笑：“怀疑什么？我的能力？又或者你认为我只是个骗子？”

“不。”陆东深不疾不徐，“我会怀疑你另有所图。”

“别人的看法我不在乎。”

“你不在乎，但谭战在乎。”

蒋璃没料到他会搬出谭战来，这就像是掐住了她的死穴，让她纵有一肚子的不悦也只能强行压下。

“今天是第一天。”陆东深似笑非笑。

蒋璃死盯着他看了许久，然后开门进了屋，从门缝里狠狠甩了两个字来：“奸商！”

房门“嘭”地一关，结束她不想承认地败下阵来。

“你来闻一下，好闻吗？”

“好闻！像是沉香，可闻上去要比沉香的气味柔和啊。”

“是白木香，也叫土沉香，剥离树皮的树脂，我将木香里苄基丙酮、白木香呋喃醇分离，只抽取白木香酸、白木香醛和挥发成分的茴香酸等气味，就是你现在闻到的味道。”

“气味分离？左时，你太牛了！”

“利用这种方法，我们很快就能知道秘方里的秘密了……”

…………

“放我出去！你们放开我！”

“放你出去你又能做什么？你以为你还能做什么？”

“你这个疯子！你会遭报应的！”

“会不会遭报应不知道，我只知道从今以后没人再会相信你说的话……”

蒋璃猛地睁眼，大口喘着气，梦境交叠，耳边还回荡着梦里的撕扯、愤怒和歇斯底里，梦中残缺的片断像是一场车祸过后留在脑中的碎片，扎得她脑神经生疼。

她从床上坐起，抱着头。

疼痛难忍，像是长了脚，由头到心口最深处，如扎了把刀，不停地剜肉挑筋。

左时……

你教会了我怎么面对孤独，可现在，我始终还是一个人，与孤独为伍。你永远都不会知道，在你之后，我也开始了害怕面对噩梦醒来的深夜。

手机铃乍响。

在这样寂静的午夜，突然有了动静的手机总归不是好事。唯一的好处是，让蒋璃觉得她不是唯一醒着的人。

接了手机，那头是蒋小天鬼哭狼嚎的动静。

“蒋爷，出事了！”

/ 第二章 /

变生意外

蒋璃赶到的时候，房里已经乱成一锅粥了。

客厅里都是保镖不说，各个慌里慌张，只穿了一条小裤衩的部国强骑在蒋小天的背上，形似八爪鱼，嘴里不停喊：“走开！你给我走开！别缠着我！”

蒋小天背着部国强，两只手乱划拉，可部国强的力气不小，胳膊卡住蒋小天的脖子，双腿缠在他腰上，任蒋小天怎么晃都不下来，见蒋璃来了，跟见着千年救星似的哀号：“爷，救我！”

景泞也在，显然这一幕弄得她不知所措，看到蒋璃后先是愣了一下，然后反应过来：“蒋小姐，快来处理一下吧。”

蒋璃也没理会景泞异样的目光，上前将挎包往沙发上一扔，冲着那几名保镖喊了一嗓子：“分开他们啊。”

是部国强手底下的保镖，许是怕伤着老板也不敢来硬的，听蒋璃这么一吼，几个大男人这才上前来掰腿的掰腿，撬胳膊的撬胳膊，蒋小天顶着鸡窝头直嚷嚷：“哎，轻点！扯我胳膊干什么？哎呀，脖子！脖子！”

好不容易把部国强从蒋小天身上拉下来了，却见他还是歇斯底里，冲着空气不停挥舞手臂：“走开！”

两名保镖死命拉扯着他。

蒋璃走上前，避开他挥舞的手臂，叫他的名字：“部国强，看着我！”

部国强这才缓过神，见是蒋璃，激动地一把将她胳膊箍住：“法师救我！她来了！她就站在那儿！”说着抽手往门口那儿一指。

蒋璃只觉得胳膊被抓得生疼，一时间又挣脱不开，见部国强冲着门口大喊大叫，一皱眉，抬起右胳膊朝着他的颈部狠狠抡下来，部国强闷哼一声，下一秒像是烂泥一样瘫软在地。

“把你们主子抬回屋。”她揉了揉左胳膊，低咒，“大爷的！”

等部国强被抬回卧室，蒋小天才缓过来，生怕蒋璃一个怒气撒他身上，马上道：“您布置的一切我都没动啊，是他自己不知道抽什么疯，凌晨刚过就跟诈尸似的，非说鬼来了，脑袋上头的铃铛连动都没动！爷，他是不是装的啊！”

这话倒是不假，景泞也是看在眼里的，部国强在嚷嚷见鬼的时候，房中一切如常，虽说，她不是很相信蒋璃的驱邪说。

蒋璃进了卧室，伸手扒拉了一下部国强，部国强没反应，她刚才那一下子打得挺狠。蒋小天也跟着进来了，在旁不停解释：“您看，他脸上的血符都没洗呢，他——”

“符包呢？”

蒋小天刹住满腔委屈：“啊？”

“部国强的符包呢？”蒋璃直起身，看着蒋小天喝道。

“没、没在他身上吗？”说完这话蒋小天才意识到部国强刚刚就穿了条裤衩满场飞，哪有地方系符包，又慌了，“我叮嘱他一定要带在身上的，他说他困了要睡觉，我就在客厅吃了顿饭的工夫——”

“谁让你在客厅吃饭的？”蒋璃又是一声喝。

景泞听见动静也走了进来，见蒋璃脸色严肃，也没说话。倒是蒋小天哭丧着脸：“我……饿了，所以……”

“这几天你吃饭都去餐厅，关好门，不准在客厅里吃东西，不准让其他味道跑进来，明白吗？”蒋璃的脸阴沉沉的。

蒋小天只在蒋璃打人的时候见过这神情，吓得连连点头。

景泞狐疑地瞅着蒋璃。

蒋璃对她没多加理睬，出了卧室，蒋小天没敢动，就杵在床头一个劲儿地打摆。没一会儿蒋璃返回来，手里又多了个符包，这次结结实实地系在部国强的脖子上，抬头恶狠狠地对蒋小天说："再让我看见他身上没符包，我就打断你的腿。"

蒋小天抽抽鼻子，点头。

景泞上前问："蒋小姐，部总的情况就这样处理吗？"

蒋璃看着景泞："怎么个意思？那你还想让我作场法事？景助理，有些邪祟可不是作场法事就能除掉的。"

"蒋小姐自有一套办法，但我想，您需要跟陆总解释一下。"

蒋璃不解。

景泞冲着卧室外扬扬下巴："这件事惊扰了陆总，他也来了，在会客厅。"

会客厅在套房的西侧，紧挨着健身室，与部国强所在的卧室隔了一个大大的客厅和一间游戏室，所以蒋璃敲门进来后，房门一关，就觉得这里也的确是极好的避难所，安静。

室内光线鹅黄，地灯的颜色温柔。

陆东深坐在沙发上，面前是一张两米多长的茶几，他正在叠纸牌塔，用两张纸牌对立成A字形的三角柱，两个三角柱顶尖保持了一张纸牌的长度距离，然后放上一张纸牌，叠了长长的底层，再一层层叠上去，每叠一层都减少一层柱子的数量。

蒋璃在没进来之前已经想到了些许可能，比方说他阴沉着脸，又或者兴师问罪，但从没想到能看到这一幕。他就坐在那儿，俊脸洇在光影中，不疾不徐地叠着纸牌。

她眼尖地数了数，他已经叠到了第十层。这种游戏她玩过，纸牌叠得越高，手就要越稳、心就要越沉，看似简单的游戏，却不是什么人都能做得来的，玩到最后，考验的是耐力、沉稳和智慧。

听见动静后，陆东深没抬头，随手拿了张纸牌："坐吧。"说话间就将手里的纸牌稳稳地平放在两柱之间。

脸色太平静，也看不出他是悦还是不悦。蒋璃在他对面坐下来，看着他的手，掌心宽厚，手指修长骨节分明，这种手，擅掌控。

“陆先生好雅兴。”

“雅兴谈不上。”陆东深眼皮始终没抬一下，“被人扰了觉，总得做点无聊的事打发时间。”

蒋璃听出意味来了，清清嗓子：“对于今晚的情况我很抱歉。”

陆东深抬眼，瞧见她的一瞬有片刻怔愣。

原来她是长发，及肩，发质很好，乌黑柔顺，衬得她那张脸越发小而白。眼里英气还在，但因为长发，那英气里就平添了妩媚。

蒋璃被他看得不自然，抬手顺了一下头发：“我知道我现在披头散发得挺狼狈，但你也不用这么瞅我吧。”

蒋小天的那通电话就跟她再不赶到就见不着他似的惨痛，她压根就没时间再想着去梳妆打扮一番，尤其是那头假的短发。她有很多假发，各式各样的短发，认识她的人都不理解她为什么这么痴迷于假发，就连蒋小天闲来没事总说，爷，戴假发不麻烦吗？听说用真头发做的假发都容易中邪啊，其实你长头发多好看呀……

他们都不知道，假发就像是她的第二张脸，她不想面对梳着长发的自己，不想面对难堪的第一张脸。

今晚倒是忘得干净，等看到景泞瞅着她的那个眼神才猛然记起酒店房间的假发。

陆东深把玩着手里的纸牌，一直看着她，半晌后说：“你身上……”

蒋璃不知就里，低下头，目光在自己身上寻摸了一圈，穿着不妥？

陆东深却没继续这个话题，笑了笑：“我们言归正传，有样东西还给你。”

她身上有隐隐幽香，极淡，刻意去闻反而闻不到，只在不经意间蹿入肺腑。这香他很熟悉，可一时间又想不起在哪里闻过。

而另一边，蒋璃心里嘀咕，谁跟你开玩笑了？正想着，就瞧见他拿出样东西来，推到她面前。

她定睛一看，是之前系在部国强身上的符包，破了，漏了里面一角，许是部国强不知怎么弄丢的。

正要取回，陆东深却伸手按住了她的手："有个问题想向蒋小姐请教一下。"

他的手温凉有力，蒋璃先是一愣，反应过来后就要抽回手，却没能如愿。他身体微微前倾，看着她说："一个空袋子，或是里面放了沙土，又或者像现在这个放了一片叶子，这是什么治病路数？"

蒋璃干脆也就任由自己的手被他按住："陆先生，你见过变戏法的会把底牌亮出来吗？你不认可我的治病方式没有关系，只要部国强顺顺利利出了你的酒店那就是我的本事。有句话说得好，别管黑猫白猫，抓住耗子就是好猫。"

陆东深看着她没说话，眼里多了一份考量，蒋璃也没被他的目光逼得败下阵来，始终跟他对视，大有较量之意。

半晌，陆东深收回了手："好，那我就等你的好消息。"

他起身，看样子打算离开了。

蒋璃盯着他的背影，这一刻松了口气，伸手刚打算推倒他叠的纸牌塔，不承想他走到门口又转过身："对了。"

她的手悬在半空。

陆东深似乎察觉她的企图，嘴角隐着笑："你现在的样子更好看。"

一夜就这么过去了。

蒋璃没离开，始终待在部国强的套房里，对蒋小天的解释是她得守住阵法。蒋小天一脸的壮士未酬，蒋璃懒得解释，把自己的房卡扔给他说："给爷滚出去睡觉。"

临走前蒋小天怯怯地问她："爷，我这不算临阵脱逃吧？我不会倒霉的对吧？"

蒋璃懒得搭理他，甩了个字："滚。"

等部国强再睁眼时，天际已经吐了白。蒋璃这一下子打得不轻，等他缓过来神的时候脖子还生疼生疼的。

卧室靠窗的一角有把贵妃椅，蒋璃躺靠在上面合着眼，双臂交叉于胸前，两只脚交叠搭放在椅凳上。

邰国强一时弄不准她是睡着还是假寐，先是清清嗓子，见她没动静后身子探出大半截，小声召唤：“法师——”

蒋璃躺在那儿没动，声音甩了过来：“继续睡，睡不着你就穿好衣服在房间里溜达，别打扰我。”

邰国强这才发现自己穿得有点洒脱，赶忙裹上睡袍。他毕竟是一家上市集团的主席，被个年轻的姑娘这般冷言冷语着实心里不舒服，可命悬一线之际也不敢多加怨怼，就说了句：“我饿了。”

“等到八点。”蒋璃说了半截话，翻个身就不再搭理他。

邰国强抬眼这么一瞧时间，还有两个半小时……

好不容易熬到早八点，天大亮。

天气不错，瓦蓝的天，金灿的光，好到一丝风都没有。

蒋璃一夜无梦，不是睡得沉，而是整宿在守着邰国强，但就算疲累，一睁眼能瞧见窗外这般光景，心情也会不错。能看见阳光，证明你还活着，只有经历过生死，才会更加明白活着的意义。

蒋璃一出卧室就瞧见了邰国强，他在窗户边踱来踱去，看上去挺焦躁，见她醒来，马上来了精神，二话没说火速抓起座机。

“你要干什么？”蒋璃斜靠在一旁，漫不经心问。

“让管家送餐！”邰国强脸上还糊着鸡血符，他知道这两天他在这里丢尽了脸，所以在不见鬼的时候总想着能拾回自己的尊严，挺了挺脊梁骨，“再说，我想你也饿了。”

“我饿了是可以叫管家，但你饿了，不行，等着。”蒋璃经过沙发的时候随手扯过自己的包，晃到了吧台。

邰国强不知就里看过去。

蒋璃从包里掏出个精致的盒子来，打开，里面放了几支玻璃器皿，器皿中有奶白色的结晶固体。她从其中一支器皿中取出些固体来放进刚倒好温水的杯子里，很快，固体融化了。

递给郜国强："喝了，这就是你的早餐。"

郜国强接过来一闻，不可思议："蜂蜜水？法师，我的早餐就是蜂蜜水？开什么玩笑？我现在马上要见管家！"

蒋璃不惯着他："要命还是要吃的？"

郜国强噎了一下，半晌后皱了皱眉头，一口气把蜂蜜水喝了。

接下来的时间里，郜国强遭了不少罪，在被蒋璃迫着喝完了"早餐"后就被一路拖出了房间。于是乎，酒店上下全都瞧见郜国强顶着一脸鸡血围着人造湖一圈一圈地遛。

还不能出汗，因为出汗就把脸上的符给洗没了。

再看蒋璃，慵懒地躺在沙滩椅上晒太阳，郜国强那边稍稍停下，她就举起扩音器慢悠悠地说："郜国强，你要是急着见鬼的话就歇着啊。"

郜国强一肚子怨气不说，腿肚子还直转筋，不到半天的工夫就已经挪不动步了。

陆东深开完会后恰巧看见这一幕。

离他不远，湖的斜对面。蒋璃白衣翩翩地躺靠在那儿，双臂交叉于胸前，嘴里还叼着根小树枝，她又戴回了假发，少了惊鸿一瞥的魅，多了亦正亦邪的帅。她身旁有女服务生，在给她端果盘，那女服务生瞅她的眼神里竟是羞答答的。

景泞见陆东深停住脚步，瞅了对面一眼："毕竟是长盛的老总，需要我去叮嘱一声蒋小姐吗？"

陆东深站在阳光里岿然不动："不用。"

中午又是一杯蜂蜜水，喝得郜国强快要抓狂，蒋璃瞧着他一脸不痛快的样子说了句："没饱啊？那再来一杯。"

郜国强一腔愤怒，但也架不住一身疲累，喝完蜂蜜水倒头就睡。

蒋璃度过了一个安静的下午。

这期间任谁来了都没给开门，包括管家、郜国强的保镖，还有景泞。直到傍晚蒋小天来了，蒋璃这才开了门。

睡饱了觉的蒋小天看上去神采奕奕，哼着小曲儿踩着小步就差跳着小舞了，见部国强还睡着，跟蒋璃说：“爷，不愧是七星级酒店啊，床可舒服死了，还大，打着滚睡都掉不了地。”

其实蒋小天挺好看的。

脸瘦削鼻梁挺，就是常年跟在谭爷身边东奔西走晒得皮肤黝黑，为人幽默，古城里有不少姑娘喜欢他。今儿他穿了件牛仔外套，里面是件套头T恤衫，一条深色休闲裤衬得他双腿老长。蒋璃有时候就会跟他开些玩笑，嘿，那个帅小伙，你过来让我轻薄一下。

今天蒋璃失了逗他的兴趣，一直盯着窗外，手旁放了本时尚杂志，封面是个女人，专题写着：季菲，与气味共舞，继夏昼之后又一位天赋超群的气味构架师。

蒋小天对杂志上的内容不感兴趣，只瞧着蒋璃两眼发直，后背就爬了凉，凑到她跟前：“爷，咱能别一副鬼上身的样吗？”

蒋璃好半天才反应过来，扭过头，喃喃道：“你说……我能离开这里吗？”

蒋小天听得有点蒙，离开这里？酒店吗？

许是蒋璃也就是自言自语，很快恢复如常：“没什么。”

蒋小天聪明地没追问，其实他知道蒋爷是藏了秘密的，古城里的人都知道她神秘，不知道怎么就跟在了谭爷身边。

“哦对了，说到离开我想起一事儿。”蒋小天转了话题，“我刚才在大厅瞧见一帮人出了酒店，个个都抱着文件箱，垂头丧气的，我在电视剧里见过，好像离职的都是那套装备。”

蒋璃心生奇怪，不由得想起之前看到的那拨人。

“我知道了！”蒋小天猛地一拍桌子，“肯定是酒店快要经营不下去了，所以裁员！”

蒋璃闭上眼揉着太阳穴，强忍着耳朵里的嗡嗡聒噪：“蒋小天，你再一惊一乍的，信不信我毒死你？”

蒋小天闭嘴，扯过桌上的杂志，没一会儿又忍不住惊呼：“天！这人牛×，叫季菲？精通气味学啊，不过啥叫气味构建啊？”

蒋璃特别后悔带蒋小天来，一巴掌呼上去的冲动一压再压：“你是最爱吃木须肉对吧，怎么做？”

“爷你饿了？”

蒋璃一个眼神杀过去。

蒋小天马上回答：“用猪肉、木耳、黄瓜和黄花菜在一起炒啊。”

“气味构建也是这个原理，用不同气味合成对方所需要的全新气味。”蒋璃淡淡地说。

“那不就跟调香水似的吗？还有那种什么精油。”蒋小天一听倒是好奇了。

“调香也好，芳香治疗也罢，都是气味构建的一种，气味构建师可以参与到各个领域，好的调香师和芳香治疗师未必能成为气味构建师，但气味构建师一定会是好的调香师和芳香治疗师，因为气味构建师不但要拥有将气味合成的能力，还要具备气味分析能力，这类人除了要将客户想要的气味和描述转化成调香师、芳香师懂得的原料名称外，还要了解客户对气味的感觉。”

“就像是你爱吃的木须肉，如果给一个星级厨师长来做，那么他首先要了解客人的偏好，吃咸还是吃淡，喜欢在什么光线下进食等等，在原料上也会更加讲究，猪肉中要选最嫩的小里脊，黄瓜要选整段2/3的位置，木耳要野生小木耳的耳肉，黄花菜要掐尖，这样的一道木须肉才是上品。”

听得蒋小天直张嘴，他怀疑这么多年来自己一直吃的是假木须肉。

“最优秀的气味构建师就像是最优秀的厨师，会从一个物体上抽取想要的气味成分来达到影响他人的目的，可以救人，甚至……可以无声无息地杀人。”

听得蒋小天一激灵：“那这个叫季菲的人够厉害的了。”

蒋璃看着杂志封面，久久没有说话。

蒋小天觉得她今天怪怪的，伸手在她眼前晃了晃，她这才缓过神：“嗨，我跟你说这些干什么，跟你说得着吗？”

“别呀，爷，我爱听、爱听！我觉得从你嘴里说出来的事儿都特别有意思。”蒋小天在她腿旁蹲下，一脸谄媚地给她捶腿，“就像你刚才讲的职业太牛了，你说我能不能学会啊？三百六十行，我也不能在一棵树上吊死不是？不都说条条大路通罗马吗？说不准我努力一下也能成为行业翘楚呢。”

“没错，条条大路通罗马，可有些人就生在罗马。”蒋璃状似怜悯地摸着他的头，“不过你努力努力也好，因为有时候你不努力一下，怎么能知道什么叫绝望呢。”

蒋小天咧着嘴，不带这么打击人的。

手机响了。

是谭战来的电话，大抵是问她住得习不习惯、有没有碰上什么麻烦等，倒是没怎么担心她在这儿要完成的工作。

这像是他的惯例了。

平日在古城，他闲暇时总会到她的店里去坐坐，不久待，就一盏茶的时间，如果他出远门，也总会时不时打电话给她，纯粹道一声问候。

蒋璃踱步到了酒吧台，谭战那边问什么她就答什么，手机那头的嗓音低柔好听，可她的目光落在酒柜中的一瓶威士忌上。

最后谭战才问了句跟酒店有关的话：“听说部国强被你折腾得不轻。”

“还好吧，想要留得住命就得扛得住折腾。”

那边轻笑：“如果遇上搞不定的，随时打给我，多晚都行。”

结束通话，蒋璃站在酒柜前没动。

蒋小天走上前：“爷——”

接下来的话被蒋璃抬手打断，她目视着那瓶酒，然后缓缓伸手上前，一转酒瓶，瓶身后面放着一枚精致的小盒，盒上有隐隐光亮，不仔细看察觉不到。

蒋璃盯着那枚盒子冷笑，一字一句地说：“陆先生，你这么个玩法就没意思了吧。”

总经理办公室。

陆东深签完手头文件后交给了财务总监："3个工作日内把遣散金发下去。"

财务总监接过文件后心里还在打战。

天际集团的这场管理层人员更迭让所有人始料未及，很多人都在猜测谁能坐上那最高职位，是内升还是空降？众说纷纭间不承想竟是陆门集团总部派的张王牌。

大家都对这位陆总略有耳闻，虽是陆董事长的长子，但据说在他十几岁时就经常出入董事会会议旁听，进入大学后开始从陆门底层推销职位做起，20岁创办了自己的第一家公司，3年间吞了竞争对手长盛集团旗下最盈利的进口连锁超市，做大公司利润。

第四年，他成功完成与陆门总部百亿业绩对赌，第五年成功垄断陆门旗下的商超，第六年凭着资本重组及几起漂亮的并购案正式入驻陆门董事会，成为董事会成员中最年轻的一位。

现如今，但凡知道陆门的人都清楚，陆东深已涉足陆门的多个产业链，是最有希望坐上头把交椅的人。

沧陵天际跟北上广的天际酒店相比不过沧海一粟，他们都认为就算权力更迭也不会波及他们，哪怕是沧陵这边出了事。毕竟地方就业人员是有局限的，更何况还是酒店服务业。

可就在今早，来了数天都没作声响的陆东深召开了高层管理会议，散会后一大拨人被殃及，上到酒店总经理下到部门主管，尤其是公关部，整个部门被辞退。

用他在会上的话说就是，天际集团不养闲人。

紧跟着就有一队人迅速填补了那些空缺职位，从高层领导到中层管理人员储备。人事主管是看过他们的履历的，那些人竟是陆东深从陆门旗下各个公司抽调出来的，有着令人咋舌的国际背景，随便拎出来一个那都是精英中的精英。

酒店上下人心惶惶，他们作为本地人最后一点儿的庆幸都不敢有，因为这个陆东深出手之快让人生寒。

财务总监这边刚要离开，陆东深又补上了句：“把酒店近几年的年度财务报表都拿给我。”

财务总监听得毛骨悚然。

等办公室只剩下景泞时，陆东深叮嘱她：“不能从那拨人嘴里听到对酒店不好的传言。”

那拨人，是被辞掉的那拨人，景泞明白：“好，我会安排。”

陆东深似乎放松了一下，按了桌上的接收器，景泞见他的咖啡凉了，便替换了一杯。

“陆总，官阳区那片地——”

陆东深抬手打断了她的话。

紧跟着从接收器里传出女人的声音：“最优秀的气味构建师就像是最优秀的厨师，会从一个物体上抽取想要的气味成分来达到影响他人的目的，可以救人，甚至可以无声无息地杀人。”

景泞微怔。

陆东深靠着椅背，一手搭着扶手，修长的手指有一下没一下地敲着皮面。

又传出蒋璃损蒋小天的话：“有时候你不努力一下，怎么能知道什么叫绝望呢？”

景泞心想，这个蒋璃损人不带脏字啊。

那边似乎又接了电话。

陆东深在这边突然问：“她的两家店是不是就在官阳区？”

“是的。”

陆东深陷入沉思。

景泞摸不准他此刻的心思，见他的话说了一半也没继续，所以就只能在原地候着。可就在这时，突然又传出蒋璃的声音：“陆先生，你这么个玩法就没意思了吧。”

紧跟着“吱”的一声响，再也没动静了。

景泞暗自一惊，再看陆东深，他竟笑了。

“官阳区那片地不急。”他端起咖啡喝了一口，不紧不慢地说，“部国强会帮我们。”

部国强的这一觉睡得结实，从前一天的午后一直睡到翌日中午，醒来的时候神采奕奕，张口第一句话就是问：“我今天吃什么？”

蒋璃从挎包中取出一枚圆盒，盒中有两枚叶片，用保鲜袋压实了密封着，取出叶片，不是新鲜的，而像是经过微火熏炙的一样，细闻，气味异样。叶片入水，经过热水煮沸，再倒入杯中。

部国强接过杯子后一瞧，里面的水竟是深绿色的，一时间迟疑，蒋璃用眼神示意他喝了，他深吸一口气，闷头干了。

蒋璃斜靠在吧台瞧着部国强，心中还是对他有点敬意的。还真是经过大风大浪的人，就这么瓷实地把自己交给了她，虽有疑问，但还是选择相信了她。用人不疑疑人不用，也难怪这部国强是个能做大事的人。

入口清香，这香不浓郁，却回味绵长，而这杯中水口感也是清甜，让他想到了山间的泉，甘而冽。

“比蜂蜜水好喝。”这是他最后下的结论。

蒋璃双臂交叉，笑了笑：“过了今晚你就没事了，明天一早，洗掉脸上的血符，还有身上的符包，记得一定要烧掉。”

部国强一肚子的疑问，最后化作一句话：“那如果过不了今晚呢？”

“有我在，我不会让你有事。”

出了部国强的房间，蒋璃走到走廊的尽头给谭战去了通电话：“部国强明天就能恢复如常，接下来就交给你了。”

“放心，所有的记者都各就各位了。”

结束通话后，蒋璃靠在墙边看着窗外的湖景陷入深思。陆东深给她3天时间，现在离限定只剩下半天光景，明天就成了重中之重，这场硬仗中，她就不相信陆东深会没有后招。

陆东深开完会回到办公室时已是夕阳西下，火烧漫天，繁景一片。身后跟着景泞，还有抱着一摞厚厚文件的秘书。

一推办公室的门，竟看见了蒋璃。

好整以暇地倚靠在办公桌旁，面朝办公室大门。见陆东深回来了，直截了当说："陆先生，谈个条件吧。"

不经过同意，没人能进得了这个办公室，景泞着实是佩服了蒋璃的胆色，抬眼一瞧站在旁边局促不安的行政秘书，心知肚明了，八成这蒋璃又是用了她那张亦攻亦受的脸迷惑了人家姑娘。

陆东深倒是没追究行政秘书的失职，看了景泞一眼，景泞会意，命秘书将文件放在办公桌上后便都离开了。

他坐回到椅子上，任由蒋璃在他面前放肆形态，笑问："你想谈什么？"

蒋璃转过身来，双手撑着办公桌："我这个人做事不喜欢被人盯着，所以你算是欠了我一笔。"

办公室的环境不错，有一整面弧形落地窗，48层的高度，足够视野开阔。夕阳的光柔和，大片落了进来，将她的侧脸轮廓修饰得尽善尽美毫无瑕疵。

她没戴假发，一头长发束起马尾，干净利落，还是一身白衣，但不同于之前的款式。上好丝绸，上衣是长衫，两侧开高衩至腰部，衬得腰身玲珑；下身宽松长裤，盘扣有复古绣刻。可见隐隐的细腰肤色，白皙，罩在霞光中。

陆东深看着她，目光毫不遮掩："你想要什么？"

监听器一事倒是他大意了，没想到她会这么警觉，更让他没想到的是，她没在第一时间找他算账，她冷静，直到现在才来朝面，所以她想要的东西一定是深思熟虑过的。

蒋璃迎上他的目光："《江山图》借我研究一下。"

陆东深挑眉。

"我不需要跟你说明原因。"蒋璃补上了句。

陆东深轻笑，多少淡化了眉间的冷峻，他悠闲地点了支烟，蒋璃看得仔细，这一次他抽的只是烟，不是那晚特制的。

吐了口烟雾，他道：“酒店的前任经理怕画丢了担责任，所以早早地命人死嵌了进去，拿走是不可能了，但你可以去摸去碰。”

《江山图》是酒店的镇店之宝，平日是不允许客人碰触的，所以，他这也算是给她开了绿灯，虽然说他实在不明白那幅画里到底有什么。

蒋璃点了一下头：“好。”

陆东深弹了下烟灰，问：“还有呢？”

这男人聪明啊，蒋璃就喜欢跟这样的男人说话，不用浪费口水：“我假发坏了不能用了，所以需要你的商场打折券。”

陆东深忍俊不禁：“你为什么这么热衷戴假发？”

蒋璃收回手，胳膊很自然地交叉胸前，反问了句：“那有些人为什么那么热衷戴帽子？”

陆东深故作恍悟：“不错的理由。”他眼里像是沁了笑，但隔着烟雾又隐约不见，“让我想想看。”

蒋璃心想着不过几张打折券，又不是要你两肋插刀，堂堂个总经理就是一句话的事，想想看？小不小气？

正想加以力争，就见陆东深夹烟的手横过去按了免提，接到了景泞那边。

“给蒋小姐办张天际黑钻会员卡。”

“是。”

蒋璃在旁一听，满腔的怨怼瞬间化作炸开的万千烟火，那叫一个怒放。黑钻啊，先别管权限如何，光是听着就比打折券要值钱太多。

“商场打折券我没有，而且据我所知商场也没有打折券。天际黑钻会员只在过百万消费额的会员中做限量招募，不仅脚下的这家商场，天际旗下所有的商超和酒店都可以享受最优质的会员特权，不知道蒋小姐满不满意？”

满意死了！

但这般好事也不意味着她要对陆东深笑靥如花，清清嗓子：“陆先生送得大方，我也接得心安理得。我想你也听说了郜国强的情况，我能保证他明天出得了酒店，所以这是我应得的。”

说完这话，又怕被他觉得自己太过理所应当，补上了句：“不过还是要谢谢陆先生，破费了。”

心早就飞了。

买！买！买！

她此时此刻最想见到的就是景泞，那个漂亮的姑娘虽说平时办事说话持稳老成，但她现在觉得她是这世上最可爱的人。

刚打算离开，就听身后的男人开了口：“等等。”

蒋璃及时稳住了脚步，心头扑腾腾飞过了几只寒鸦：千万别反悔……千万别反悔。

陆东深起身，朝着她这边走过来。

蒋璃这时脑袋里九转十八弯，盘算着如果他收回成命的话她该如何撒皮耍赖。

意外地他没上前来，只是绕到了办公桌前，跟她刚刚一样倚靠在那儿，随手拎了烟灰缸在身旁，一手随意撑着办公桌，一手弹了下烟灰，沉静潇洒。

“你的戒心很强，说好也不好。”

蒋璃没料到他会冷不丁来这么一句，反应了半天：“我向来和颜悦色。”

“你说话的时候防御性动作太明显。”陆东深看着她，“还是，你只对我有戒心？”

蒋璃暗愕，低头一瞧才发现自己习惯性动作，双臂交叉护于胸前，便不着痕迹放下手臂，一时间又觉得有点怪，不知道这双手该怎么摆。

“商人嘛，总喜欢看出点别人看不出的东西来。”她尽量让自己看着自然些，“但是，我这个人怎么样好像跟陆先生没关系吧？”

心中暗忖：我有什么行为习惯关你鸟事？再说了，你一个虎视眈眈的商人，每天想着怎么从沧陵搜刮利益，我对你有戒心太正常了，这是傻子都明白的道理。

陆东深笑了，抽了口烟，反手将烟头摁灭在烟灰缸里：“怎么没关系？我们多少都算是合作伙伴，你对我不需要有戒心。”

蒋璃正想着如何回他，桌上的座机就响了。

陆东深随手按了免提。

那头是景泞："陆总，郃小姐来了，她说今天无论如何都要见您一面。"

陆东深想了想："好。"

那头挂了电话后蒋璃反倒不着急走了，朝着他走过来。陆东深没避没让，始终悠闲地靠着办公桌。她双臂往两旁分别一搭，将他困在自己圈定的范围内。她本来在他面前就不占优势，如此动作让她更是身形一矮，目光平视只及他的领带。

不过蒋璃认为赢在气势上。

目光顺着他的喉结延到青湛的下巴，他倒也配合，纵了她的乖张，低头瞅她。她轻笑："我戒心强，陆先生桃花劫也不少啊。"

她仰头他低头，唇息自然就扫着额头，男人的气息又会顺着呼吸进入肺腑，同样地，女人香也会绕着他，他只要稍稍一伸手就能揽她的纤腰入怀。

蒋璃刚开始没觉出什么来，不过想趁机取笑一番，可这么一离近了，两人的气息纠缠总会生出些暧昧来。

"所以，我得离陆先生你远一点儿，你长得这么好看，万一我喜欢上你了怎么办？桃花潭水深千尺啊，我可不想陷进去。"

她挺直了身子，不着痕迹地收回手臂，看动作刚起，陆东深就拉住了她。她一惊想要抽回，他却趁机微微一个用力，她就被他重新拉回怀里。

"人与人之间接触没那么难。"陆东深偏头看她，眼里含笑，"就像，现在。"

蒋璃一把将他推开，离他的气息远远的，压了心头刚刚蹿起的莫名慌乱，冷笑："对于奸商，我敬而远之。"

郃梓莘一入沧陵就跟两个哥哥郃业扬、郃业帆会合，兄妹三人齐齐到了天际酒店。

陆东深提出只见郃梓莘。

气得郃业帆对着景泞直跳脚，大骂陆东深不识抬举，老大郃业扬虽没像郜业帆那样气急败坏，但脸色也不好看。

景泞明白郜家两兄弟的心思，商场如战场，利益面前父子尚可反目，更何况兄妹。这郜家向来重男轻女，就算郜梓莘凭着自己的努力参与家族生意，可在郜国强心里自然还是儿子重要，所以郜业扬和郜业帆认为，陆东深理应第一时间面见他们两位。

景泞告知这是陆总的意思，不过二位可以先去看看郜董事长。

能面见郜国强也是经过蒋璃同意的，前提是在她不在房间的时候蒋小天必须在场，郜家儿女不能以任何理由将蒋小天打发走。郜梓莘也先是见了郜国强，然后在酒店的行政酒廊与陆东深见了面。

"好久不见了。"郜梓莘举起酒杯冲着陆东深，"想想看，有3年零3个月又10天。"

陆东深与她轻碰了一下杯子："有这么久吗？"

郜梓莘眉梢有些落寞，她是了解他的，重心全在工作上，似乎除了事业，没什么事能入了他的眼进了他的心。可明明知道是这样，听他这么回答也是酸楚，她度日如年，他风轻云淡。

抿下一口酒，酒中的单宁就涩了口，也褶了心。

"或许也是我自己记错了。"郜梓莘不想让自尊在他面前溃不成军，"恭喜你，如愿以偿接手天际。"

陆东深眼里的笑清浅疏离："也恭喜你，这两年你在长盛的成绩不错，有几次打得陆门猝不及防。"

郜梓莘从不是个柔弱女子，这是从他认识她那天起就知道的事实。她骨子里藏了一股子倔强，也有不输给男儿的气魄，进入长盛后，几次收拾了两位兄长的烂摊子，在股市上一路死咬着陆门不放，她是朵带刺的红玫瑰，美丽又危险。

郜梓莘笑了笑没接话。

前餐过后，布列塔尼蓝龙虾登场。

"尝尝看，是不是你喜欢的味道。"陆东深说。

郜梓莘执餐刀轻轻分开虾身，餐叉入虾肉，衔进口，肉质弹脆香料得当，喉咙堵了一下，笑：“是，但实际上你应该带我去吃正宗的中国菜。”

自从分别她就去了国外，一待就是3年，她见不着他，唯一的途径就只有商场上的厮杀。

“是我的失误，很抱歉。”

郃梓莘一听这话有些失望。

其实她说这话是有试探的意思，如果他说，下次带你去吃中国菜，那说明他有想再见到她的意愿，可他一句抱歉就断了她所有的念想。陆东深是个极其聪明的男人，尤其是在男女关系上，如果他不想，他绝不会给对方留有回味的余地，这一点，她在3年前就知道。

所以哪是他想不到？只是她不是他思虑的那一个，就像是，他哪会不主动，只是因为他不够喜欢你。

“令尊的事我也很抱歉，但好在这次有惊无险，回头我会亲自跟令尊致歉。”陆东深说回了正题。

他没有叙旧之意，郃梓莘固有的骄傲也不会纵着自己无限缅怀，于是道：“始料未及的事，但说实话，我并不相信我爸中邪，这听起来太匪夷所思。”

陆东深刚要开口，就见两名工作人员扛着梯子走了进来，蒋璃懒洋洋的声音跟在他们后头：“放好摆正啊，千万别剐坏了画，这间酒店的老板是个奸商，你们弄坏了画，他会把屎盆子扣我头上。”

郃梓莘虽说斜对着酒廊的入口方向，但因为行政酒廊一面墙有镜像效果，所以她也看见了吵吵嚷嚷的一幕，不过还是回头认真地瞅了一眼，然后诧异地问陆东深：“是在说你吗？”

那边的梯子已经搭好了，蒋璃利落地爬了上去，面朝高悬着的《江山图》骑坐好。可能是为了方便上上下下，她穿得休闲，牛仔裤外加宽松的T恤衫，最酷的还是那双机车靴。

陆东深将视线不着痕迹地拉回来，笑了笑，没说话。

郃梓莘端着酒杯，抬眼看向对面墙，那里面的女人长发慵懒地编在一侧，身影玲珑有致。

“是那个巫师吧？”

“巫师谈不上。”陆东深轻描淡写，“只不过治病救人的手法奇特了些。”

“她在做什么？”

“也许，《江山图》里真有鬼吧，谁知道。”陆东深笑了笑，趁着抿酒的空隙又扫了对面一眼。

他的眼神控制得很好，像是看了，又像是随意，可郜梓莘的第六感告诉她，他在关注那个女人。

“有没有邪灵这种事其实你我都心知肚明，虽然我没办法找出我爸出状况的原因，但也不认为她有什么高明的手段。”郜梓莘微微蹙眉，“听说，我爸已经好几天没正经吃饭了，她只让他喝蜂蜜水和乱七八糟的东西，这是治病吗？”

“既然她信誓旦旦，就不妨让她试试。”

“太荒唐了。”郜梓莘见他这般袒护，心里更不是滋味，“我刚才去看了我爸，都瘦了一圈，她在装神弄鬼。”

“那你还有其他办法吗？”陆东深反问。

郜梓莘语塞。

是没其他办法，因为之前她也听说了，天际酒店也请了不少医生过来，甚至郜家的私人医生都出动了，但都不见效果。

“就剩最后一晚了，等等看吧。”陆东深说了句。

郜梓莘攥了攥酒杯，刚要开口就听陆东深淡淡说了句：“稍等。”他起了身。

这边，蒋璃正在努力地挪位置。

工作人员将梯子放在《江山图》的正中间后便都走了，蒋璃坐上去之后觉得视线局限，又懒得下梯子去调整，所以干脆就两手撑着《江山图》来回滑动。

梯子下面是带滑轮的，蒋璃这一下力气用得有点大，梯子滑出老远，身子一晃，刚要哀号，一只大手稳稳地扶住了梯子。

蒋璃低头这么一瞧，乐了："嗨，奸商！"

陆东深无奈低笑，连着她带梯子徐徐推近了《江山图》："你注意安全。"

"你怎么在这儿？怕我毁了你的《江山图》？"蒋璃语速很快，又回头瞅了一眼，只觉得远远的有个美女正朝这边瞧，眼神有点不友善，马上明白了，"哦哦哦。"

"哦什么哦？"陆东深还在扶着梯子，抬头看着她，"下来吧，太危险了。"

"调整好位置就行了，你别管了，不正在约会吗？不怕被姑娘误会啊。"蒋璃边说边朝着他挥手。

陆东深瞧见她背着个挎包，不定里面又带着什么工具来研究《江山图》，也知道她是不达目的不罢休，便任由她折腾。

可刚走了一半，就听她"哎"了一声，回头看她，她正朝他招手，他又折了回来。

"受累帮我再推一下呗。"蒋璃笑得跟朵花似的，指了指《江山图》左侧，"推到那儿。"

陆东深倒也平易近人，没怒没恼，推她到了指定位置。

郃梓莘一直在座位上等着，见他回来了，为他递上一块湿手巾："平时都是你指使别人，哪轮到别人来指使你啊？随便叫个工作人员做不就行了。"

陆东深接过手巾，擦了擦手："顺手的事。"

"不知道的还以为你俩有什么关系。"郃梓莘语气有点酸。

陆东深放下手巾："她毕竟是个姑娘家，这话传出去不好。"

郃梓莘瞧见他眉间的峻漠，便不再继续这个话题，虽说她现如今在商场上的地位足可以跟他平起平坐，可就是他身上那股子不怒自威的劲儿旁人是学不来的。

"听说，你把陈瑜留在身边了。"这才是她最关心的话题。

陆东深没遮掩："是，她现在是天际集团的首席调香师。"

郜梓莘微愕："下一步，你是不是要让她取代季菲？"

"季菲是陆门高薪聘请的气味构架师，陈瑜只是调香师，资历不够，还进不到总部任职，当然，不排除会安排她跟季菲学习的可能。"

郜梓莘看了他半天，最后摇头苦笑："3年前她什么都不是。"

"3年能坐到天际首席调香师，证明她有能力。"陆东深语气很淡。

"是她有能力还是你给了她机会？你在她身上花了3年心血，如果没有你，她连进天际的资格都不够，更别提摇身一变成了调香师。"她将杯中酒一饮而尽，语气低了下来，"陆东深，你不能这么偏心，你不能让这么一个普通的女人来让我……"

她努力在找一个合适的词语来形容，末了补上："颜面尽失。"

陆家和郜家的关系微妙，因为产业链有重叠，所以会有竞争也实属正常，但真正交恶是在3年前。那一年，陆东深当众拒绝陆郜两家联姻，公然对抗陆门长辈，生生断了郜、陆两家想要强强联合资源整合的念想。

只因为，陆门做了一件彻底惹怒陆东深的事。

一直以来，郜、陆两家都有心结成亲家，而且郜梓莘是陆东深的学妹，很早就认识，更是倾慕于陆东深。可直到有一天她撞见陆东深跟一个女孩子走得很近，她就有种不好的预感。

她父亲重男轻女，自然想要得到陆东深这样的良婿，而当时陆东深对两家联姻似乎没什么意见。直到订婚礼上，宾客如云，所有人都来见证她即将成为他未婚妻的时刻。可也就在那一天，他得知陆门绑架了那个女孩，于是冲冠一怒为红颜。

他以前所未有的强势，撕毁了他对陆门的退让和隐忍。她惶惶不安，跟他说，那是个普通得不能再普通的女孩，她配不上你，配不上陆门。

他一字一句告诉她，他会让她配得上他，又盯着陆振扬告知，从此以后，我的事任何人都没资格插手。

万幸的是，她没成为大众笑柄，不管是陆门还是郜家都有封锁消息的本事，只是她心高气傲，一怒之下去了法国。

3年里，她听过关于陆东深很多的消息，例如他在陆门怎么步步为营，再例如他是怎么一点点接手陆门的其他产业，更例如那个叫陈瑜的女孩，听说他始终有她陪伴。

郜梓莘说这话的时候有些激动，但陆东深始终平静如初，等她说完，他只说了句："对不起。"

"你爱她吗？"郜梓莘冷不丁问。

陆东深看着她，没说话。

"我不喜欢陈瑜，不是因为她家境普通，是觉得她那个人没表面看着那么简单。"郜梓莘盯着他，"你喜欢她什么呢？或者，她只是你用来抗争陆门的借口？知道当年我为什么没对你死缠烂打？我不想逼你是因为我想看你每天过得开心快乐。"

陆东深将她的酒杯拿到了一边："梓莘，你醉了。"

郜梓莘压住了酒杯，似有跟他抗衡的架势。陆东深低叹，松了手，任由她了。

半晌后他才说："你是女儿身，生在郜家尚且都不能如愿，而我生在陆门，能狠、能斗，就是不能快乐，像我这样的一个男人，早就不知道快乐是什么了。"

郜梓莘笑得苦涩，陆东深的这番话算是说到她的心坎里了，人人都道生在富家有多光鲜，可光鲜背后的孤寂呢？

又倒了杯酒，一饮而尽。

再看他时，她已然不再小女儿心态："沧陵的这份蛋糕我们郜家有心要吃，陆东深，你会因为我是女人让我一棋吗？"

陆东深轻笑："战场无父子，商场无男女。"

"好，我懂了。"郜梓莘最喜欢的也就是他这份不近人情，"那就各凭本事了。"

"好。"

手机响了，是郜梓莘的，与此同时，陆东深的手机也响了，是景泞，嗓音低而促，他闻言后眉间一厉。

结束通话后，郜梓莘那边也挂了电话，脸色冰冷："如果我爸有什么三长两短，我一定不会放过她。”

部梓莘口中的“她”指的是蒋璃。

因为，部国强不明原因地昏倒了。

事发突然。

据蒋小天说，部国强是跟部业扬、部业帆两兄弟聊天的时候晕倒的。这期间部国强吃了只苹果，是部梓莘临走前削给他的，但这苹果也是经蒋璃同意才食用，所以也不可能是苹果导致昏迷。

部国强被送往医院，经医生们会诊也没得出什么结果，身体指标都挺正常，可就像个植物人似的躺在那儿没反应。

景泞依照陆东深的吩咐进行全程封锁消息，半点风声都不允许走漏。蒋璃是最后一个赶到医院的，在这之前，她仔细检查了部国强的房间，几乎是地毯式搜索。

部业帆气盛，见蒋璃露面，一下子扑到她面前：“你给我爸用了什么？”

语气不善，态度不佳，蒋璃不想搭理这种人，径直往重症室里走。

“你什么意思？”部业帆一把扯住她的胳膊，“你给我把话说清楚！”

“哎哎哎，干什么呢？”蒋小天跟在后面看不下眼了，指着他的手，“松开！”

“你算老几啊跟我大呼小叫！”部业帆一把将蒋小天推开。

蒋小天脾气也上来了，二话没说就要往上扑，被蒋璃一把挡住了，她看向部业帆，语气很淡：“我进重症室看一下你父亲。”

“看他死了没有是吧？”部业帆咬牙切齿。

“你会不会说话？我们蒋爷——”

“蒋小天。”蒋璃低声喝止了他。

蒋小天怒瞪着部业帆，还是乖乖闭了嘴。

一旁的部业扬走上前，相比部业帆的冲动，他稳重些：“蒋小姐，这3天是你在负责我父亲，现在，你势必要给我们一个合理的解释。”

“现在我没法做出任何解释。”蒋璃一字一句，转头看向部业帆，

“还有，把你的手给我松开。”

陆东深从院长那儿了解完情况后就一个电话打到北市，让杨远安排专家来沧陵会诊，刚出电梯就听见郜业帆在咆哮。

“尽快安排会诊专家。”他匆匆叮嘱了句挂断电话。

这边，郜业帆一声歇斯底里，缘由是他一直死扯着蒋璃的胳膊不放，态度嚣张语气恶劣，蒋璃的坏脾气也上来了，在警告他一遍不听的情况下朝着他虎口狠狠一掐，紧跟着被他钳住的胳膊就解放了。

本来已经摩拳擦掌的蒋小天见状乐了：“该！我们蒋爷的宗旨是能动手就不动口，再让你有眼不识泰山！”

这下子彻底激怒了郜业帆，冲着蒋璃就过来了，蒋璃早就看他不顺眼，刚打算一拳迎上去，紧跟着就被人拉到了身后。

是陆东深。

高大身形将蒋璃挡了个严实，一手稳稳地接住了郜业帆即将落下来的拳头：“郜公子，打女人不好吧？”

“陆东深！”郜业帆本来就在气头上，见到他后更是分外眼红，拳头死命扯了几下都没能如愿挣脱，恨得牙根痒痒，“你来得正好！我说你是安的什么心？故意整我们郜家是吧？商场利益，我们郜家是杀你父母了还是害你性命了？你先是悔婚闹得郜家抬不起头，现在又来害我爸？”

蒋璃在他身后听得真切，暗自吃惊，不承想还有这么大的瓜葛。抬眼只能瞧见陆东深的侧脸，他面色平静，跟郜业帆有着截然相反的冷静。

她又低头，他还握着她的手腕，没怎么用力气，但也不允许她的挣脱，他的拇指触在她手腕的眼睛刺青上，温热的，透过刺青的纹路渗到肌理，又汇进血液，血液入心。

“郜公子，说话最好注意点分寸。”陆东深语气沉稳，“除非你想跟陆家彻底撕破脸。”

郜业帆还要理论，郜梓莘正好打完电话也赶了过来，喝止了郜业帆，郜业扬也不想把事情闹大，赶忙上前打了圆场。

“陆总。”郜梓莘看向陆东深。

陆东深看了郃业帆一眼，没再说什么，松了手。

这一番下来郃业帆没占到什么上风，自然一肚子恼火，但也尚算顾全大局不再叫嚣，毕竟陆东深把话说到这个份儿上了，他也不敢在没得到父亲的首肯下跟陆家闹掰。

郃业扬是长子，见陆东深卖了郃梓莘一个面子，心中不爽，忙给自己也找了个台阶下：“大家以和为贵、以和为贵。”

“陆总，我为我哥的冲动跟你道歉，但是，我爸无病无灾突然晕倒，我想这种状况应该跟蒋小姐脱不了关系吧。”郃梓莘冷静地说。

陆东深这才松开蒋璃的手，转过身看着她，他的目光不怒却有威，不凉却有厉，蒋璃不知他心里怎么想，迎上他的目光：“如果是我造成的，我会负责，但前提是，我需要见郃国强。”

陆东深看了她良久：“进去吧。”

蒋璃心中石头落地，给她机会就好办了，而这个时候，怕是对她仅存信任的人就只有陆东深了。

郃业帆眼睁睁瞧着蒋璃进了重症监护室，气得吹胡子瞪眼：“陆东深你——”

“解铃还须系铃人。”郃梓莘冷冷打断郃业帆，扭头看向陆东深，“只是，希望陆总没信错人。”

陆东深没接话，看着重症监护室的方向，沉默。

蒋璃进去的这段时间里，蒋小天心里七上八下的，足足半小时，这是他从未有过的担心。在他心里蒋璃无所不能，不论什么疑难杂症，看见的看不见的她都能应付自如，可今天有些不同寻常。

看着脸色阴郁的郃家人，还有虽说面色平静但沉稳威严的陆东深，蒋小天总有一种预感，也许这只是一个开始，接下来所有的事情都将会被改变。

如平稳的现状，又如他们彼此之间的命运。

尤其是蒋璃的命运。

半小时后，蒋璃从重症监护室里出来了，紧跟着提出个要求，她需要再回酒店看看。

部业帆好不容易压下来的火气又冲上来了，认为她有装神弄鬼拖延时间之嫌，部业扬虽说没气急败坏，可对她明显不信任。部梓莘跟两个兄弟比起来是最冷静的一个，但对于蒋璃的什么都不解释也面露不悦。

对于部家的质疑，蒋璃没多加理会，她盯着陆东深，在等他的应允。

陆东深思量少许问："有怀疑的方向了吗？"

"没有。"蒋璃如实回答，"但既然部国强是在酒店里昏倒的，那昏倒的原因就只能在酒店找，也许，是我之前忽略了什么。"

在旁的蒋小天一听这话，后背的冷汗都爬出来了，我的爷啊，说话就不能不这么直接？哪怕说些回旋的话给自己留个余地也好。

陆东深沉默片刻，然后掏出手机给景泞打了个电话，命她立马赶到医院盯着，吩咐完这些后，他对蒋璃说："走吧，我送你。"

蒋璃点头。

"陆总。"部梓莘叫住陆东深，但也只是叫住，接下来的话没说出口。

陆东深知她想法，沉声说："关于部老先生，我一定会给你个满意答复。"

蒋小天作为目击者再次被蒋璃盘问。

车行了一路，蒋璃就问了蒋小天一路，恨不得细化到她不在套房时的每一分每一秒钟。

陆东深彻彻底底做了回司机，一路保持沉默，不参与任何的问话。

等到了酒店房间后，蒋小天还在不停重复："真的是没什么了，该说的都说了，除了那只苹果，部国强吃的用的都跟前两天一样。"

看上去像是吃了苹果出事的，但蒋璃很确定苹果没问题，虽说这3天她没让部国强吃酒店里的东西，但吃些苹果还是可以的。

陆东深的手机总是不停地响，他接了不少电话，有公事，也有部国强的事，总之各种事情一大堆。

他没在郃国强的房间里多待，因为手机又响了，这一次他没急着接，跟蒋璃说："有了结果去房间找我。"话毕接听着手机就离开了。

窗外是黑压压的天，今晚的月都不明，被云遮了影，远处的建筑黑漆漆一片。

蒋小天确定房门关好后看了一眼时间："午夜十二点啊，去房间找他？"

蒋璃忽略他那张八卦得跃跃欲试的脸："你再重复一遍从我离开房间后的情形。"

"啊？"蒋小天苦哈着脸，"还要说一遍？爷，再说我就该把隔夜饭吐出来了。"

"你把前半生的血吐出来也得给我说。"蒋璃边说边挨个房间巡视，"郃国强尤其是在这个时候绝对不能出事，影响了我倒是没关系，一旦把谭爷拖下水就麻烦了。"

蒋小天跟在她后面，听了这话一激灵："谭爷也会有麻烦？"

蒋璃站在窗子前，面色凝重："是，谭爷的麻烦会最大。"

一切应该进行得顺风顺水，她以巫医的身份治好了郃国强，只等天一亮，谭战早已安排好的记者就会大肆渲染，虽不能公开宣传神灵邪祟一说，可整个沧陵的人还会相信郃国强的确是中了邪。

那么就坐实了天际酒店挡住鬼门关遭煞、影响沧陵运势一说，这种说辞虽上不了台面，也虽然会成为文明社会中的笑谈，但只要是百姓们关心的问题就行。有时候，流言蜚语看似无害，像是几只蚂蚁咬过大象不疼不痒，可如果遭来蚁群呢？

天际就是那头大象，她和谭战剑走偏锋引发的流言蜚语就是蚁群。

但人算不如天算，郃国强怎么就偏偏在最后一晚上昏倒了呢？

人醒着都好办，像个植物人似的躺在医院里才叫麻烦，倒不是怕折了自己的名声，只是惶恐谭战受此牵连。一旦郃国强出事，他们相当于把郃家和陆家都给得罪了。

蒋小天不敢再逗贫了，赶忙又将今天发生的一切一五一十相告。可说来说去也还是那些，他觉得已经事无巨细了。

“这盆绿植是怎么回事？”走到健身室的时候，蒋璃突然问了一嘴。

蒋小天没明白她话中意思，走上前查看了一番：“绿植怎么了？这两天都摆在这儿啊。”

是一株有了年头的野生红豆杉，高1米5左右，栽种在有酒店logo的白色花盆中，枝杈间已结了不少红豆，既有观赏性又有收藏价值。

蒋璃二话没说伸手折了一条枝杈下来，闻了闻。

吓得蒋小天直叫唤：“爷，听说这种红豆杉可贵了！”

蒋璃管它贵不贵，问了句：“今天有人碰过吗？”

蒋小天不知就里，皱紧眉头想了想：“部国强也没碰它啊……”

“除了部国强。”

“除了部国强……”蒋小天想了半天，突然“啊”了声，“想起来了，是套房的管家，他带了个工作人员搬走了红豆杉，也就不到半小时吧又搬回来了。”

“你的意思是，问题出在红豆杉上？”陆东深坐在沙发上，微微蹙眉问。

蒋璃纠正：“确切地说，问题出在除虫剂上，我已经跟管家确认过了，今天傍晚部国强房间里的那株红豆杉的确做过除虫，然后就发生了昏迷事件。”

已过凌晨1点，她敲开了3601的套房。

陆东深亲自给她开的门。

刚开始蒋璃没觉出什么来，满脑子都是发现线索后的兴奋和激动。等房门在她身后无声无息关上时，她才觉得有点怪。

房里没管家。

意味着这深更半夜的，偌大的房间里就只有他和她两个人。

房间格局跟她的差不多，但整齐得变态，好多细软装饰也收了起来，他的所有用品有序排列，就连茶几上的杯子口都朝着一个方向。

套房的管家再细致也没到这步田地，许是陆东深的个人喜好。

只要跟男人生活有关的地方，不论是家还是酒店，都会多少透露一些隐私，有隐私，就会徒添几分暧昧。

他还是回来的那件衬衫，许是公事太多没来得及换。蒋璃坐在对面也能隐隐闻到医院消毒水的气味，混着他本身的木质香，清冷得很。

红茶泡得刚刚好，早喝一口会烫嘴，晚来一秒会苦涩，陆东深这个人把控时间到位，蒋璃不知道他是算准了她一定会找到原因，还是在房间里坐等她上来求饶。

她把怀疑的原因抛出，剩下的时间就看陆东深是否相信她。

他在她对面而坐，室内光线不亮，恰到好处精修了他棱角分明的脸，蒋璃不由得想到刚才蒋小天的一番担忧："爷，这么晚了你还真要上楼啊，要不我陪你吧，毕竟不是咱的地盘，你这么漂亮，万一那个姓陆的兽性大发把你奸了怎么办？"

再看对面，他优雅沉稳，蒋璃拼命脑补像是这类男人纵情狂野的一面，无济于事，无法想象。

"如果是除虫剂的问题，那就不单单是一个部国强了。"陆东深抿了口茶，放下茶杯后轻描淡写地说。

蒋璃明白他的意思，她的这个说辞任谁听了都匪夷所思，这相当于她把问题的矛头指向了酒店，陆东深的表现算是挺有涵养的了。

"如果没错的话，天际酒店里使用的除虫剂并不是市面上能买到的，成分上有艾纳香、白千层，还有一种叫藒车的植物，气味清雅跟兰花挺像，少部分人会对这种香气过敏。"

陆东深不动声色地倾听。

蒋璃微微朝前探身："是听上去挺没道理的，但想证实我说的有错没错，查一下除虫剂就知道了。"

陆东深看着她，眼里有思量。

"你要相信我。"蒋璃有点急。

许是从她眼里看出真切来，陆东深便按下电话，叫来了管家。

管家听了陆东深的询问后回答："是，酒店里所有的除虫剂都不走市面的，都是由总部统一安排，因为酒店内不少奇花异草，市面上的除虫剂成分对花草有损伤，至于除虫剂的成分……陆总，我是外行，关于成分的事只能咨询调香师或调配师了。”

“谁负责调配的？”陆东深问。

管家表示不清楚，他不过就是个服务人员，对于高层的事一无所知。陆东深遣走了管家，又一个电话打到杨远那儿。

部国强的消息没外泄，杨远还不知道这边情况的严重性，睡得懒洋洋的：“还能是谁啊，当然是你的情人陈瑜了。现在整个天际旗下酒店的气味空间都是她来负责，所以沧陵天际那些带香味的东西肯定也是经过她手啊。赫赫有名的调香师啊，跟你又是那种关系，我当然要请她把关了。怎么着？你想她了啊还是——”

陆东深二话没说挂了电话，切断了杨远的啰里啰唆，因为是用座机，为了方便蒋璃倾听又按了免提键，所以杨远的话一字不差地钻进蒋璃的耳朵里。

他端起茶杯喝了口茶，许久清清嗓子说了句：“是天际集团的副总杨远，正经的时候很正经，不正经的时候的确没个正行。”

所以，他是在跟她解释些什么吗？蒋璃有点蒙，一时间没明白他说这话的意思。

接下来，两人有近半分钟的沉默。

“那……”蒋璃一心想着正事，看了一眼时间，“陆先生要不要给你的情人打个电话询问一下？”

心里忍不住嘀咕，先是一个有婚约的部梓莘，现在又来了个情人陈什么的，眼前这个男人看上去清风徐来，不承想也是万花丛中过啊。

陆东深看着她，一直不说话。

看得蒋璃浑身发毛：“事态紧急啊陆先生……你情人少睡一会儿没关系的。”

陆东深低叹了一口气，却细不可闻，拨了一个号码，这次是用手机。接通后他起了身踱到了别处。

蒋璃算了一下时间，心中暗忖，这情人间夜话怎么着都得照着半小时打底来吧，岂料一杯茶下肚，陆东深就回来了。

前后不到5分钟。

“这就聊完了？”

“聊？”陆东深似乎不满她的用词，“不是问成分吗？是你说的事态紧急。”

“啊？啊……”蒋璃嘟囔了句，“做你的女人估计也没啥意思。”

声音很低，但还是被陆东深先听到了。他笑：“你又没做过我的女人，怎么知道做我的女人没意思？”

这话说着正常，听着就暧昧了，蒋璃的心忽悠一下，像是被人抓起来抛高一样。

“那个……你情人怎么说？”

陆东深给她倒了茶：“她叫陈瑜。”

“好，陈瑜怎么说？”蒋璃剜了他一眼，叫啥不都是你情人？

不过这个陈瑜挺厉害的，应该不会年龄太大吧，像是陆东深这种成功人士，双眼都是盯着年轻漂亮的姑娘看的。

处理气味空间也是调香师的工作范畴之一，事实证明，气味会跟一个人的记忆相关。一个空间，或商场或酒店有了自己独特的气味会更让消费者记得住，越是大型商场、店铺和酒店就越是有自己象征性的气味，这气味就跟品牌效应一样至关重要。

有的气味不是很明显，甚至会让消费者闻不到，可置身其中就觉得温暖愉悦，下次还有光临的欲望，这就是调香师调香的最高境界。

“除虫剂里的成分跟你描述的一样，里面含有藕车香、艾纳香和白千层。”陆东深说回正事，“只是，你怎么确定这里有部国强过敏的成分？”

“艾纳香的全草主要成分有5个，白千层的全草成分有39个，这两种植物的叶、茎都可提取香氛，或经过提炼后都有驱虫和防腐的效果。艾纳香和白千层因为还具有镇痛等药用价值被很多调香师、芳疗师甚至是中医所青睐，使用广泛。栽培也普遍，性温，所以几乎不会有人对这两种植物有反应，唯独藒车香。”蒋璃顿了一下。

“藒车香很特殊？”

“是。”蒋璃如实相告，“事实上，藒车香是一种极为罕见的植物，大多出现在古籍中，别说大众，就连很多专业研究植物学的人都未必有幸见过，或者就算见过也不认识。这种植物气味很淡，黄色叶子开着白花，主要芳香就来自白花。花跟叶脉经过晒晾再蒸馏提香，如果封存泥坛数月再拿来制成香丸，清淡的香气能维持一周多，蒸馏出的水能起到最好的除虫效果。”

“所以，就是因为它不常见，你才怀疑它会导致过敏？”

“我只能用排除法。”蒋璃道，“艾纳香和白千层的成分都在大众能接受的范围内，引起过敏的话也不该是部国强的那种状况。”

陆东深朝沙发上一靠：“我需要证据。”

“我知道我这么说空口无凭。”蒋璃深吸一口气，“其实想查清楚这件事并不难，一是要排查一下部国强的过敏史，二是我知道克制藒车香毒性的东西，如果部国强用了之后能醒，那就可以证明他是因为除虫剂过敏而导致的昏迷。”

“换句话说，部国强还是要做试验对象。”陆东深一语中的。

蒋璃态度明确：“这是目前唯一的办法，我知道你们有能力去请些专家来会诊，但是，他们叫不醒部国强。”

陆东深的手搭在沙发扶手上，手指敲了两下：“你想让我做什么？”

“给我时间。”

“多久？”

“7天。”

陆东深眉间染了少许严苛，看着她，许久后探过身，手臂搭着腿，两手十指交叉：“蒋璃。”

蒋璃心中一凛。

从认识到现在，他都是礼节性地唤她蒋小姐，从未像现在似的连名带姓地叫她，而在整个沧陵，敢连名带姓叫她的就只有谭战。

"你要我给你7天时间，你知道，7天的时间意味着什么？"

蒋璃从容淡定："意味着酒店的声誉随时毁于一旦。郃家兄妹来势汹汹，郃国强一天不醒，天际就多一天的信任危机，而陆先生你，会在这场信任危机中彻底丧失主动权。"

陆东深顺势从烟盒里摸了支烟来，起身踱步到窗前，点了烟吸了一口，窗子上就盛开了朵橙亮的花。他注视着窗外的夜色，而蒋璃注视着他的背影，夜色下他的背影挺拔伟岸，只是，他的沉默让她的心里七上八下。

许久后他才开口："26岁那年，我筹备了几个月，打算对一家娱乐文化公司进行强制性收购，收购的前一晚，那家老总沉溺温柔乡乐不思蜀，等他第二天再飞回公司后才发现董事会已易主。"

陆东深转过身，朝着她这边过来，绕到她的身后，双手撑在她两旁的沙发靠背上，探身下来，微微侧脸，薄唇近到她的耳："不过才一晚，他辛辛苦苦打拼的江山就被我给吞了。7天，蒋璃，你来告诉我，我应不应该信任你？"

她脊梁挺直，眼角的余光还能瞥见他夹烟的大手，就那么搭在一旁，这姿势让人遐想。

"7天是我找原料的时间。"她明白他话中意思，商场如战场，多一分多一秒都会瞬息万变，他给了她时间，就意味着扛起了所有风险，"现在你只能信任我，别无选择。"

陆东深手一伸，扳过她的脸，捏起她的下巴："你是怕我找谭战的麻烦。"

夹在他手指间的烟头离她的脸极近，近到她只需要偏移一点儿就会被烧个血窟窿，这般动作，既危险又诱惑。

"是。"蒋璃不想跟他兜圈子，他耳聪目明，想瞒也瞒不住，"如果我不去证明我是无辜的，郃国强的事就会落我头上，到时候就算你大人有大量不去追究，郃家兄妹也不会善罢甘休，谭战是不会看着我落难的，所以他会遭殃。"

她感觉他手指的力气加重了些，捏得她的下巴有点疼。

稍许，陆东深松了手，挺直脊梁，大手在她肩膀上压了一压，示有警告之意："所以，你要我信任你可以，先交了你们的实底。"

他回到沙发旁坐下，看着她好整以暇。

蒋璃心中警觉，不好的预感跟着陆东深下一句话油然而生。

他说："从来就没有什么和尚预言，一切都是你们搞的鬼。"

沧陵是谭战的地盘，这些年他披荆斩棘一路拼杀才有了现在的地位。天际集团的强势入驻，给谭战的利益拉了红灯，于是各种阴招阳招都层出不穷，甚至在谭战的影响下，沧陵天际这边一度跟政府关系弄得紧张，可见谭战在本市的势力不小。

当地政府有心要做政绩，能吸纳外资注入当然是极好的事，可如果民众都反对的话，那这必然会是烂尾项目。所以在天际侥幸继续推进项目时，谭战就打起了民众的主意。

关于沧陵九子桥的传说是真的，这是整个沧陵人都知道并且默守的规矩；陀竹寺也真实存在，听说寺中的确有位高僧叫释真，可经过陆东深后来调查，那位叫释真的高僧从未下过山，更没有在酒店选址时说出挡了鬼门关的话，所以压根就没有所谓预言一说。

传出沧陵天际酒店《江山图》藏了煞气导致住客中邪一说时，正是陆东深刚接手天际集团大中华区业务没多久，有关沧陵的情况，这边的负责人早就上报过天际集团总部，主要圈出谭战这块骨头有多难啃、阻碍有多大。现在，部国强一出事就被渲染得如火如荼，又能在监控中轻易查到是蒋璃，很显然是谭战有备而来。

"利用迷信倒打酒店一耙，然后再以巫医的身份来酒店治病，无非就是想要坐实了部国强中邪一说。"陆东深探了身弹了下烟灰，"如果估算没错的话，明天的新闻通稿应该是被你们买通了吧，新闻标题怎么起的？说来听听，我给你们参谋一下。"

他风轻云淡，却字字似刀子划开了当初她和谭战的打算，刀刃过而不留痕，也能让人汩汩地冒出鲜血。

这种感觉是从未有过的糟糕，像是被人当众剥光了衣服，所有的隐私全都暴露人前。虽说蒋璃早就清楚陆东深不是一头温驯的羊，在这场较量中势必要扳回一局，可这般被人劈头盖脸地揭穿，还是打得她全身虚脱无力。

“怕是天际公关部也早就备好了新闻通稿吧？”话已至此，再掖着藏着也没什么意思，蒋璃干脆开诚布公，“其实你我都知道彼此的目的，我想利用你来证实酒店有煞气不能留，而你想利用我来宣布巫医已除邪祟，酒店前景一片大好，你我拼的只不过是谁比谁更快一步。”

“但是，部国强昏迷一事的确超出我的意料。”蒋璃又补上了一句。

烟丝游移在陆东深的手指间，若有若无，就像他眼角眉梢的笑：“我怎么知道不是你故意为之？”

“你怎么能不知道？就像是你能猜出我必须治好部国强才能给你们酒店定罪一样。”蒋璃闻言不满。

陆东深隔着青白色的烟雾看她，她的眉生得漂亮精致，眉色浓淡相宜，恰到好处地衬得她那张巴掌大的脸皙白，眉间微微一蹙时更是别有风情。有些女人徒有张漂亮的脸，有些女人不但有张漂亮的脸还有颗七窍玲珑的心，蒋璃是后者，所以不简单，也不容小觑。

“部国强所谓的中邪是怎么回事？”

蒋璃听着这语气，不是疑问，也不是虚心求教，是质问，而且还是居高临下的那种。搁平时谁敢这么跟她说话，她早就一脚踹上去外加一句“你大爷的”，可现在的情势容不得她乖张生事。

一天没证实部国强的昏迷跟她无关，她和谭战就一天不得安生，虽然谭战有谭战的优势，可陆东深背后有个庞大的陆门背景，真要是两方撕扯起来，对谁都没有好处。

“在沧陵的天周山上有一种叫作香迷的藤类植物，春夏茂叶时普通不过，秋冬叶脉泛黄时就有了毒性，从叶脉中提取毒液，所散发的气味可以让人的瞳孔涣散，精神恍惚产生幻觉，但又没有颠茄的毒性和攻击力大，所以不至于要人性命。”

蒋璃将事情一五一十道来：“香迷叶脉提取出的汁液气味很弱，普通人闻不出来，但比颠茄有优势的是气味留长，所以，《江山图》下面的装饰架上被我涂了香迷，只要在气味散发时有人驻留的时间较长就会中招，恰好那个时候部国强对《江山图》感了兴趣，所以也算是他倒霉。香迷气味引发的幻想内容可以诱导，这也是为什么要强调《江山图》藏鬼一说，他听得多了，就信了自己真的见鬼。”

“幻草？”陆东深好笑地看着她，“你还真是个心狠手辣的女骗子。”

蒋璃急了，马上为自己正名：“我知道你在想什么，你认为沧陵很多人找我看病都是我之前故意害的吧？我从来都没用气味害过人，他们找上我，真的就是生病了。”

但是，气味提取及气味医病毕竟是专业领域上的东西，她也总不能对每一位上门求助者去解释这些，没那个精力并且对方也听不懂，所以干脆就是符包示人。古城里的人大多数也就是个头疼脑热，大病的话直接送医院，因此她的符包也是用常备的气味熏制。

这还是谭战的主意，使用符包，这反倒让众人不会产生怀疑。

“是，你只用气味害过我。”陆东深半开玩笑半认真。

蒋璃不自然地清清嗓子，她尚算是个知进退的姑娘，关于初次见面她利用气味诈害他的事的确是事实。

“气味相生相克，你怎么知道对方什么情况下使用什么气味？”这是陆东深不大理解的事。

蒋璃没瞒他：“人的体味就像是个预警器，能随时反射疾病，哪怕是心理上的疾病，也能最后转化成生理疾病透过体味显现出来。”说到这儿她抽了抽鼻子，“怪就怪我长了个灵敏的鼻子，能闻得到普通人闻不到的气味，所以很容易判断一个人是不是生了病、生了什么病和使用哪种气味可以进行调理。”

像是之前偷喝了冬祭酒的桑尼，虽说过了一晚，但体内的酒精余残还会从肌理和呼吸间散发，有些人对酒精不敏感，桑尼却是属于敏感的那拨人，而“神仙饮”的店门前常年留香，桑尼起了反应也很正常。

给桑尼的符包是经过番石榴、合欢和迷迭香，再配上她之前从天周山上砍的奇槐木熏制而成，这些花草都具有抗敏、解酒护肝、清理血管的功效，通过呼吸入肺效果更佳。像是这类符包她做了不少，都密封在固定的蜡油浇灌的牛皮鼓中，古城里的人爱喝酒，解酒的符包就尤为重要。

但她给蒋小天的纯粹就是沙土，他又没什么事，只是捉弄加警告一下罢了。

让桑尼跪到太阳下山也是有讲究的，男孩阳气盛，在有光亮的地方更能很好地清理体内垃圾，是治疗手段的一种。而蒋小天就倒霉了点，顶多就是个陪跑的。

陆东深听完这番话后状似称赞："蒋璃你挺厉害啊，用老天爷给你的天赋来对付我，你可真瞧得起我。"

被他这番话羞辱得近乎想要爆粗口，但蒋璃还是忍了，耷拉着脑袋，也不看他。

陆东深见她一改往日的嚣张跋扈，不知怎的就又气又笑，又觉得自己这番心境有些奇怪，换作别人这般处心积虑，他会整得对方生不如死。

"部国强房里那些装神弄鬼的设备，几分真几分假？"他稍稍肃了口吻。

蒋璃识时务者为俊杰，坐直抬眼："三分真七分假。"

见陆东深一蹙眉，马上又解释："香迷虽然毒性持久，但有固定的克星，是叫迷碎的树木，也是香迷常年依附的植物，迷碎春夏旺盛，秋冬就眠，导致依附在树干上的香迷春夏无毒秋冬有毒的特征，所以，部国强的符包里有迷碎的气味和叶子。香熏炉里燃的是具有安神作用的特遐香和有聚烟作用的艾纳香，冬雪之前采摘，地面茎叶割下晒干，研磨成粉或细碎留用。先让部国强喝蜂蜜水是为了清理肠道，然后再服用具有饱腹感的大桑叶，有利于他恢复头脑清醒。"

说到这儿她轻叹了一口气："符包不能沾水，是以防气味流失，搁置胸前是方便呼吸，一般不重的情况3天就能解决问题，当然头两天比较重要，部国强不能闻到其他异味，这也是我呵斥蒋小天在室内吃饭的原因，让部国强绕湖跑是为了让他促进新陈代谢，焚烧符包只不过是不想惹麻烦，其余的……都是假的。”

什么朱砂鸡血、铃铛红线的，都是遮人耳目的东西。

陆东深掐了手里的烟，靠在沙发靠背上，就那么瞅着蒋璃，眼里的光是让人捉摸不透的深。

蒋璃吐了心中一口闷气，跟他强调：“我已经知无不言言无不尽了。”

“你还有其他选择吗？”陆东深反问。

蒋璃闭嘴。

眼前的茶凉了，陆东深又添了热的：“给你7天时间，你要去哪儿找原料？”

“登祈神，入抚仙。”

陆东深倒茶的动作微微一滞，不确定地问她：“祈神山、抚仙湖？”

“是。”

他将茶器搁置一旁，对她的话有了番思量。

虽说他刚到沧陵不久，但对这里的人文地貌也了解得差不多。抚仙湖自然不用多说，这几年怪事频频，听说是在水下发现了座千年古城，但具体位置无人能知。

整个沧陵的森林覆盖率在全国是出了名的高，这要源于众多的山脉，像是刚刚她所提及的天周山就是众山代表，众多树木飞鸟，沧陵每年的冬祭也设在那里。

而众山之中最神秘诡悬的当数祈神山。

有传言说那座山才是《山海经》中提到的昆仑，是远古上神们的居住地。不论是《山海经》还是《淮南子》中提及昆仑都是它，有奇兽有怪鸟，有草焉有众木，有深渊百仞有万丈岭背，有走不尽的林海有探不到头的矿藏，等等这些描述，与祈神山极为相似。

没人会到那里去，因为那里山岭的领线之长、山势之险已然超出秦岭等无人境，再加上变幻莫测的气候，当地人谈之色变。

蒋璃刚刚说了一通嘴巴有点干，见他把茶器放到一旁，十分自觉地端了过来自力更生，斟满，一口饮尽，才道：“如果部国强是对藕车香过敏，那我只能试试香史中记载的一种返魂香，其中就需要祈神山的一种小兽和抚仙湖中的一种白鱼。”

“把你需要的原料列出来，我派人去找。”

“只有我才能找得到，旁人代替不了，而且也不能有旁人跟着。”

陆东深眉头一皱：“不行。”

蒋璃乐了：“陆先生，你是怕我跑了还是在关心我？”也没等他的回答，她又倒了杯茶滋溜了一口，“如果怕我跑了，那你可以把蒋小天扣在酒店，再不济还有谭爷在那儿押着呢；如果你是担心我就大可不必了，一是被你这种奸商惦记着准没好事，二是我武艺超群上天入地不在话下，真要是遇上什么上古神兽我还能生擒上交给国家，多好。”

“你真认为你能保得住谭战？”

风轻云淡的语气，却暗藏着利益倾轧下的杀机，蒋璃态度坚决：“尽我所能，保不住也得保。”

陆东深的唇微微抿起时就严肃得很，良久后开口：“问你最后一个问题。”

蒋璃竟没由来地紧张了一下。

他盯着她：“你到底是谁？”

蒋璃微微一怔，稍许淡淡回答：“蒋璃，我是蒋璃。”

/ 第三章 /

四面楚歌

杨远办事利落，翌日，各路专家就乘坐专机赶到了沧陵市中心医院。这期间郜梓莘也将郜国强的情况传回了法国，找了国外一些专家进行远程会诊。

可蒋璃一语成谶。

无论中外专家，在看过郜国强所有的检查报告和临床情况后都纷纷摇头，表示从来没见过这种状况。

正所谓福不双至祸不单行，就在郜梓莘急得像是热锅上的蚂蚁时，网上突然爆出郜国强在沧陵天际酒店昏迷不醒的消息！

一时间如深水鱼雷，引炸了整个商圈。

之前郜国强中邪一事一压再压，外界虽听闻沧陵天际酒店遭煞一事，但个中详情无人知晓，现如今，这条新闻将郜国强事件从头撸到尾，各种细节堪比娱乐八卦，热闹程度可想而知。

消息爆得太突然，让郜、陆两家都猝不及防，等做出相应措施时，网络上早已各种相关话题泛滥成灾。

有人认为这是郜、陆两家的一场暗战，谁教两大集团同时盯上沧陵了？也有人认为沧陵天际酒店就是邪祟太厉害，就连当地鼎鼎大名的巫医都搞不定，于是乎，沧陵的各种传闻又被扒了一遍。还有人觉得什么中不中邪的，鹬蚌相争渔翁得利，都在分析谁才是最后的那个渔翁。

陆、郜两家同时受到牵连，董事局虎视眈眈，股票市场很快随之动荡，郃梓莘一道纸令强行让公关部围堵话题，但很显然她不大了解国内网络市场，更没想到网络传播的速度如此之快，信息分叉渠道之广，问题非但没有解决反而更加严重。

没辙之下，她一个电话打给陆东深，心中虽不悦，但语气示弱。

其实就算她不打电话，陆东深也没闲着，在得知情况后就放下手头事，第一时间命景泞启动了紧急公关处理方案，先是用钱砸了主流媒体，能删帖的尽量删，不能第一时间左右的舆论就改为话题引导。

就这样，总算熬到了股市收盘。

长盛集团下跌0.2个百分点，陆门集团下跌了0.1个百分点，损失了不少，但至少没全盘皆输。

然而，这仅仅是第一天。

陆东深的手机就没闲着，办公室里的座机更是此起彼伏，有的电话景泞就给拦下了，但面对陆门董事局的质疑声，还得陆东深亲自出马。

郃梓莘在医院也不好过，记者见不到陆东深就来医院围堵郃家兄妹，郃业扬和郃业帆更是不敢离开医院半步，生怕稍不注意就被记者逮到了。

气得郃业帆直骂蒋璃，他怀疑这件事跟蒋璃、跟谭战脱不了干系。

陆东深遣了些保镖给郃梓莘，护着她躲开记者驾着保姆车一路回了酒店。他跟郃梓莘说了蒋璃的推测和想法，并表示问题真出在酒店，那郃家的一切损失他来承担。

郃梓莘问他："你让一个心怀叵测的竞争对手来证明是你的问题？陆东深，你是想提前退休了还是被人蛊惑了？"

陆东深说："现在最重要的是能让你父亲醒过来。"

"我绝对有理由相信我爸的昏迷跟蒋璃有关，对她我会走司法程序。"郃梓莘十分坚决，"这是很明显的事，郃家和陆家倒了霉，谁从中获利？你不会看不出来。"

"除非你不想让你父亲醒了。"

郃梓莘看着他，心中五味杂陈："我看你是疯了，你就这么信任她？"

信任她吗？

陆东深久久没能回答。

对于陆、部两家，这一天形同打仗。

而对于蒋璃来说，这一天的夜才开始。在还没得到陆东深答复之前，她决定养精蓄锐，反正她觉得这趟上山下水是必然要去的。

前提就是先要睡个好觉。

泡了不错的鲜花浴，又做了脸，等回到床上时已经10点半了，随便一开电脑才知晓今天的网络纷争。

心中一惊，再去查看电话，手机上果然好几通谭战的未接来电。马上回拨了过去，才响半声那头就接通了。

"怎么才回电话？"谭战的嗓音低沉，但有担忧。

"手机调静音了。"

谭战也没责怪她的意思："部国强的事你不要插手了，今天新闻闹得沸沸扬扬，我不想你搅和进去。"

蒋璃脱口而出："新闻是你发的吗？"

"怎么可能是我？这么做会让你惹上麻烦。"

蒋璃转念一想也对。

"收拾一下，我马上到酒店了，接你回去。"

蒋璃微微一怔："不行，我不能走。"

"蒋璃。"

"我知道你担心我，但是谭爷，你要相信我，这件事我必须查清楚。"

谭战那边沉默。

"你是知道我的，一旦做了决定就不会更改。"蒋璃说。

她太了解谭战，就像谭战很了解她一样，末了，谭战也只能任由她去了。

通完电话11点多了，窗外沉沉的，夜色不明朗，"华灯初上"这四个字也成了无的放矢的修饰。

蒋璃只觉得胸口闷闷的，看着网上的消息，一阵阵烦躁。

又油然而生一种恐惧。这是活在她骨子里的恐惧，一旦有了苏醒的迹象，就成了万条细线控制着她的五脏和骨骼，让她变得跟牵线木偶一样身不由己和身心剧痛。

是呀，她太清楚舆论的力量，那种漫天而至的流言蜚语，会成为一把把锋利的刀，剜得她痛彻心扉。

注定是个失眠夜。

她从黑色烟盒里抽出支烟来，点燃。

那淡而清浅的香就成了温柔的手，伴着她的吞吐之间，一下又一下地安抚她的焦躁和恐惧不安。

门铃响了。

手抖了一下，大截烟灰落地，蒋璃伸手将烟灰拂到一边，烟头往烟灰缸里一摁，起身去开了门。

是陆东深。

他站在门口，胳膊上搭着西装外套，眉间少许倦意。衣衫上有烟草气，应该是处理了一天的公事。

蒋璃没想到他会大半夜登门造访，一时间愣怔。

“不请我进去吗？”

这样的深夜，他的嗓音低低的，入耳十分好听，蒋璃觉得自己有点被蛊惑，但脑子空前地清醒起来，立马捂着胸口，脸一皱：“特别不方便，胃疼着呢，恐怕没精力跟你围炉夜话。”

漫天新闻在飞，他出现一准没什么好事，关键的问题是，她自己还没捋清楚来龙去脉呢。

陆东深站在那儿看着她快皱成核桃的脸，十分平静地说：“那正好送你去医院，顺便聊一下今天的事。”

“突然觉得胃没那么疼了。”蒋璃挺直腰。

“那就好。”

蒋璃眼睁睁地看着他堂而皇之地进门入室，房门一关，他俨然反客为主坐在了沙发上。

来者大半夜擅闯也不礼貌吧。

她在他对面沙发上坐下，盘着腿，开始抢占先机："是你的酒店不假，但房间现在是我住，你这样不合适吧？"

"有什么不合适的？"陆东深自顾自地倒了杯水。

蒋璃瞅着他哼笑："三更半夜孤男寡女，你是不是见我长得漂亮，想占我便宜啊？"

陆东深放下杯子，愕然地瞅着她。

她没穿酒店睡袍，穿了自己的，一套青白色睡衣睡裤，看似简单的颜色，如果皮肤黑的姑娘就难以驾驭。她皮肤底子极好，也不知是衣服衬得肤色愈加白皙，还是皮肤衬得衣服更加柔和干净。

样式虽说传统，但一字领设计得恰到好处，她有着美丽的锁骨，深浅适度如月牙般的窝，长发散落，似有似无地遮着锁骨，着实惑人。

只不过，这般自恋又心直口快的姑娘他倒是头一次碰到。

"哎哎哎，你不会真对本爷有非分之想吧？你是人高马大不假，但也别以为我打不过你啊。"

"挺漂亮个姑娘，别一天到晚把打打杀杀放在嘴上。"陆东深喝了口水，这水是无滋无味，所以他喝到嘴里也是无滋无味。

想到下午时杨远的一通来电，那杨远说得也是不尽客气。

"消息外泄这件事不排除是谭战的可能，说不定他就是有恃无恐呢。还有那个叫蒋璃的也不可信，毕竟是谭战的人，她所想所做肯定是一门心思为了谭战，就像当年她为了守住谭战的地盘，打得那些闹事的人骨折的骨折、住院的住院，如果不是对他有情，她能这么拼命吗？"

末了，杨远还十分婆婆妈妈地提醒了他一句："看照片那个蒋璃长得还不是一般漂亮，就不知道你这个大少爷能不能过得了美人关。你想脚踏两只船我倒是不担心，你要是被迷了心我才担心。"杨远说得跟绕口令似的，但他听得明白。

蒋璃自然不知道短短的几秒钟他脑子里已经过了这么多的事，清清嗓子道："我这个人很讲道理，人不犯我我不犯人，人若犯我我斩草除根。"

说得正欢实时，瞧见陆东深拿过茶几上的那枚黑色金属烟盒，没来得及阻止，烟盒盖就被他打开。

里面还有8支烟，顺带的，盒盖上的照片也落入他眼。

“过分了啊。”蒋璃不悦，伸手就夺了烟盒。

陆东深似笑非笑：“你还抽烟呢？”

“不行吗？”

陆东深没提照片的事，朝着她一伸手：“我的烟落办公室里了，来一支。”

“我这是女士烟。”

“偶尔试试也不错。”

“我的烟很贵！”蒋璃没打算给他。

更重要的是她一直在揣摩他登门的目的，这个人从坐下来到现在就没说正事。

陆东深却是好耐性，掏出钱夹，拿出几张大钞来放在茶几上：“买你支烟总行吧？”

谁跟钱有仇？

下一秒茶几上的大钞就被蒋璃给收了，从烟盒里拎出支烟来，冲着他晃了晃：“一支的价钱啊。”

燃了烟。

烟丝幽幽，清香入肺，这香是独一无二，就像是今晚缠着她衣衫上的气息，还有那晚的留香。

原来都跟这烟有关。

这香，牵扯了他记忆深处的那个气息，像，又不像。

“也是特制的？”他问。

蒋璃看着那支细长的烟杆夹在他修长的手指间，看上去挺不和谐的，抓过抱枕搂在怀里，下巴抵在抱枕上：“特制烟草这种事可不是你那位心上人的特权，是那个叫陈瑜的姑娘吧，看得出来，她挺爱你。”

“这烟的气味更好，清新淡雅，让人安神。”陆东深像是回答了她的问题，又像是没回答。

蒋璃懒洋洋道：“那是，原料在市面上都买不到。”

“所以，治疗部国强的原料你也必须找到。”陆东深弹了下烟灰。

蒋璃“噌”地抬头，来了来了，终于说到正题上了。

“你同意给我时间了？”

“像你说的，我还有其他选择吗？”陆东深慢条斯理。

“我以为……”

陆东深吐了一口烟，抬眼瞅她：“你以为我会找你算账，因为今天的新闻？”

“你相信不是我们做的？”

陆东深哼笑：“不相信。”

蒋璃一愣。

“但事情已经发生了，我现在只能去找解决问题的办法。”

不相信她，但还要求助于她，这什么人啊？

“不怕我跑了？”

“所以我采纳了你的建议。”陆东深浅笑，“把蒋小天留在这儿，7天之后你回不来，蒋小天倒霉，会倒大霉。”

蒋璃一口气没提上来差点喷血，当时她不过就是为了证明自己清白的据以力争，不承想这家伙动了真格，如果被蒋小天知道是她出卖了他，非抑郁而终不可。

可也着实领教了他的不动声色，谈笑风生间藏着锋利和狠辣。

“你放心，就算我落个半残，就是爬我也能爬回来。”

“好。”陆东深很快就抽完了那支女士烟，摁灭，起了身，“你需要什么直接跟景泞提，我已经跟她打过招呼了。”

想得还真是周全，蒋璃哼哼，抱枕扔到一边，起身送他到了玄关。

玄关昏暗，只厅内的一些光亮，落在他挺拔的后背上，影影绰绰。

她刚要为他开门，他却突然止步，转过身来看着她。

这般光亮，她只瞧得见他眼中的深邃，没了刚刚的轻松，似凝重。他开口："如果治不好郜国强，你会惹上郜家的官司。蒋璃，你确定你一定要去？"

能说服郜梓莘让蒋璃离开不是件容易的事，在没有确凿证据下，她不会相信蒋璃的无辜，如果蒋璃失手，那郜家必将疯狂反扑。

蒋璃不解陆东深说这番话的目的："如果是这样，你不是万事大吉了？正好你们酒店不用担责任。"

陆东深微微皱了眉："我还不至于让个女人替我背锅。"话毕他开了门。

"哎——"

他转头。

"那个……谢谢你。"

这场舆论纷争，谁都不可能是赢家，她扛起来自郜家和陆家的威胁，但他陆东深又何尝能全身而退？现在给她时间，那就是挡住了一切压力护她周全，至少在这7天里她能安然度过，也不管他究竟还有其他什么打算。

陆东深许是没料到她会道谢，微微一怔，少许后说："你的行程我会对外保密，你自己也不要对外张扬，以防万一。"

"我又不傻。"蒋璃嘴上这么说，心里却蜿蜒一丝异样，别管他出于什么目的，这种做法还是考虑周全的。

不见他动弹。

她不解地打量他："还有什么叮嘱的？"

"没什么。"陆东深低叹了一声，"安全回来，我等你。"

翌日，又是纷争的一天。

主流的一些媒体声音是压下去了，但还有其他渠道的声音冒出来，来势凶猛。

只是，舆论的导向又落在酒店中邪一说上了，大抵还是说有些东西不信邪不行，又有众多网友纷纷扬扬说这次邪祟太厉害，如果酒店再不做措施的话，可能会殃及周遭。

照理说像是这种商界新闻再热闹都不会引发群众围观，可这次事件独独就多了闹鬼中邪、适合众乐的迷信色彩，一时间热度不减也成了正常。

郃家的情况不见得好到哪儿去，虽说他们是受害方，可郃国强作为长盛集团老总轰然倒地不醒，就相当于整个集团失了主心骨，民众对郃家的新闻不关心，但圈内传得沸沸扬扬，董事局更是一天几遍电话打到郃梓莘那儿。

郃梓莘又不是温室里的花朵，自然明白坐在董事局那一把把皮椅上的股东们的心思，只是不明白远在海外的董事局怎么就对这边的情况了如指掌。后来一调查方知，原来是她那两个哥哥，利用公司职权竟许了股东们不少好处，如此一来，股东们所有的反弹都压在了郃梓莘头上。

郃梓莘寒心，不过，这的确像郃家人做事的风格。

专家们一批一批地来，又一批一批地走，都对郃国强的情况束手无策。

陆东深又拨了不少保镖给郃家兄妹，方便他们进出，在顶住陆门总部的施压后，也会到医院来瞅瞅郃国强的情况。

“知道卫薄宗吧？”医院休息室里，郃梓莘倦怠地靠在沙发扶手上，看着陆东深问。

“你们集团高薪聘用的气味构建师。”陆东深忙活了一整天，夕阳西下时才稍稍松口气，也顺带地将与股东们周旋一天的郃梓莘解救了出来。

卫薄宗同季菲一样，都是行业顶级的气味构建师，一个就职于长盛集团，一个就职于陆门集团。卫薄宗是闻术协会的会长，季菲则是闻术协会的副会长，两人气味构建的能力不分伯仲。

“在这个时候我选择相信蒋璃不是个骗子，虽然连卫薄宗都觉得蒋璃给出的理由可笑。”郃梓莘揉了揉太阳穴，无奈轻笑，“是呀，我一定是疯了才会去相信一个江湖骗子。”

要论专业，谁能比得过卫薄宗和季菲？其实这是郃梓莘甚至是陆东深都明白的道理。

而陆东深也就郃国强的情况问过季菲，季菲也十分肯定地说不可能是除虫剂的问题，虽说藕车香罕见，但当时陈瑜将配方成分提交过总部，经过她的提取化验，得出藕车香性温的特征，这才批准同意使用藕车香。

至于蒋璃口中的返魂香，季菲更是认为离谱，表示没有听过所谓的返魂香。

换句话说，不管是卫薄宗还是季菲，都否认了除虫剂引发部国强昏迷这一说辞，那么，所有的责任就不在酒店而在蒋璃身上。

陆东深点了支烟，烟雾缭绕的那一刻，不经意就想起了昨夜那支女士烟，呼吸间似乎还留着香。

“你怎么样？”

部梓莘深吸了一口气，再清浅吐出：“死不了就能扛得住。”

其实她很想将这两天股东压得她快窒息的情绪跟他说说，甚至在他面前痛哭，但骄傲如她，正因为对方是陆东深，她才要揣着哪怕丝毫不值钱的尊严强行欢笑继续前行。

等部梓莘离开后，景泞敲门进来了，汇报了下截至目前的情况：“公关总监的意思是要尽快调整应对策略。”

陆东深靠在沙发上，思索。

景泞不知道他在想什么，等了半天却也不见他给出指示，轻声唤道：“陆总？”

“好。”他淡淡应答。

景泞得到答复后也没再敢多加叨扰，又静静退了出去。

陆东深起身踱步到了窗子前，看着窗外高高低低的建筑，再度陷入沉思。许久后他拿起手机，拨了个号码过去。

那头很快接通。

他道：“杨远，接下来照我说的去做。”

天擦黑的时候，谭战来了。

阵仗不小，浩浩荡荡的二十多号人，个个西装革履的，跟陆东深派到医院里的保镖有一拼。

谭战穿得休闲，白褂长裤，在一群人中尤显风雅，再配上颀长身形，甚是养眼。他怀抱一大束鲜花，刚踏进特需病房就被保镖给拦下了。

紧跟着身后的手下们行动迅速地阻了保镖们的行为，大有较量的意思，谭战一个眼神过去："有点礼貌，我们是来看病人的。"

手下们这才松开跟保镖拉扯的手。

特需病房的护士们奔走相告，火速将谭爷到访的消息传遍了整家医院，这下可好，不但医院门口堵着一群记者，就连通往特需病房的走廊门口也都围了一群医生护士。

一来，大家早有耳闻，特需病房这两天有位姓陆的老总出入，但因保镖护着，外科室医护人员都无法瞧个真着，可有近距离打过照面的医生，描述起来那是一个激动，说打远看就让人心潮澎湃，近看更是帅得惨绝人寰。

二来，谭爷是沧陵市的传奇人物，大家都敬着谭爷，所以很想亲近，更重要的是，众人都知谭战也是风度翩翩的帅哥一枚。特需病房这一下子容了两位绝世倾城的男人，大家不疯才怪。

门口都有陆东深和谭战的人守着，能进出的就只有特需病房的医护人员。

邰家两兄弟不在医院，直迎谭战的人是邰梓莘。景泞出来打电话的时候恰巧瞧见这一幕，心中预感不对，忙折身去休息室找陆东深了。

邰梓莘进病房的时候，正好瞧见谭战将怀里的花放置桌上，那花倒是极大束，只是不吉利：天堂鸟。

祭拜死人的花。

来者不善。

诚心来探病人的话，谁会带一束天堂鸟？

邰梓莘自打接触生意以来，大大小小的风浪算是也见过不少。一个女人，在男人的世界里厮杀，跟男人抢饭吃，本身就属于弱势群体，她能有今天的成就，能让商界肯定她的地位，也是踩着被折戟沉沙的男人们的肩头扛过来的。所以，像是谭战这般上门滋事者她见过太多。

天堂鸟，就是谭战给她的下马威。

愤怒也得强忍着。

“谭先生有心了。”

她身后跟着的是秦弈，她的司机兼贴身保镖，在她18岁那年就跟在她身边，一跟就跟了10年。他见到那束天堂鸟后眉心一皱，刚要上前，部梓莘抬手阻了他。

谭战听见动静后转身过来。

部梓莘在第一眼见着谭战后微微一怔，她之前是有见过他的照片，可见到真人，更是看上去平和无害，眉眼英俊得很，怎么看都不像是心狠手辣的人。

身边的手下给谭战搬了椅子，他坐了下来，大有反客为主的架势，唇挂浅笑：“你就是部梓莘？就连陆东深都要敬我一声谭爷。”

部梓莘自然听得懂他话中意思，改了口：“谭爷。”

谭战笑了笑，转头看了病床上的部国强一眼：“部总的情况看上去不大好啊。”

“多谢谭爷挂记。”

“挂记谈不上。”谭战驳了部梓莘的面子，“我就是来看看部国强死了没有。”

部梓莘气滞了一下，秦弈忍无可忍，走上前：“你怎么说话呢？”

“你算个毛啊！我们谭爷想怎么说话就怎么说话，你管得着吗你！”谭战的手下齐刚也直迎而上，语气横得很。

秦弈面色一厉：“闹事是吧？”

“就闹事了，想打架啊，来呀，谁怕谁？”

秦弈不是被吓大的人，刚要硬碰硬，就听门外扬起了一道声音：“这个屋子里真要是乱了，那就便宜外面的记者了。”

门边的人主动让出了一条路。

是陆东深。

他站在那儿，两手插兜，形似悠闲却神态肃穆，身后没有保镖，只有一个景汀，还有本来要去吃饭又闻风赶到的蒋小天，气喘吁吁的。

那手下一冲口："谁他妈说话呢——"

"齐刚。"谭战低喝了一句，"跟陆总别这么放肆。"

齐刚定睛一看，这才瞧见是陆东深来了，噤了声。虽说在这里谭爷最大，可能让谭爷给上三分薄面的人自然也不能得罪。

部梓莘一腔的愤怒加紧张全随着陆东深的出现而消失殆尽，又或者她觉得，在这个时候，哪怕只是听到他的声音，她也会充满力量。

陆东深走了进来，扫了一眼桌上的花，这才明白部梓莘脸色煞白的原因，笑了笑："谭爷这么大的阵仗来，吓到姑娘家就不好了。"

"我是来找你的。"谭战直截了当说。

陆东深一伸手："那谭爷，请吧。"

医院的休息室成了重地，门口守着的有陆东深的人，也有谭战的人，面对面负手而立，个个都剑拔弩张。

部梓莘看着休息室的方向，几次想要上前都被两方的人给拦了下来，心里急得就跟热锅上的蚂蚁似的。

休息室里气氛不怎么好，就连大大咧咧的蒋小天都能感觉得到。

他是唯一能陪着谭战进休息室的人，也将会是唯一一个见证休息室里发生了什么故事的人。他心里早就把从小到大都认识的神仙拜了一遍，生怕这两人大动干戈。

眼珠子瞄过来瞅过去，从谭战脸上扫到陆东深的脸色。两人看上去心平气和得很，陆东深怎样蒋小天不了解，但他了解谭战，这般大阵仗来找一个人可没叙旧那么简单，说明在他心头压了一团火。

他主动充当了杂役，勤快地给陆东深和谭战沏茶打杂，就希望这两位爷可千万有话要好好说。

那厢正烧着水呢，这厢谭战就开门见山了，相比刚刚在外的温风和煦，他的脸色看上去不大好看。

"陆总，是你们酒店的问题，凭什么拉蒋璃下水？"

陆东深坐在他对面："是酒店的问题还是你们的问题，现在一切都没有定论。"

谭战冷笑："如果蒋璃想害人，部国强就不是昏了这么简单了。"

"你很了解她。"陆东深抽了一口烟，轻描淡写道。

"废话。"谭战一字一句，盯着他，"所以，她说是你的酒店出了问题，那就是你们的问题。"

蒋小天在旁看着干着急，不知如何是好，谭战平日里都是冷静沉稳，就只有遇上蒋璃的事才会紧张，是他大意了，之前的那通电话实属应该瞒着谭战。

那还是在蒋璃临离开酒店之前，她千叮咛万嘱咐此次一行千万不能告诉谭战。蒋小天没去过那座山，但也知危险重重。就在他迟疑要不要将这事告诉谭战时，恰逢谭战打来一通电话，最后他实在绷不住了，就跟谭战说，蒋爷要去祈神山和抚仙湖里找东西。

具体找什么东西蒋小天不知道，他只知道谭战当时在电话里就怒了。

水吱吱地响，蒋小天忙倒水泡茶。

这里不比酒店，也不比谭战的林客楼，茶叶自然也就没那么讲究。将两袋茶包分别扔进两个杯子里，迅速倒了水，茶杯的盖子一盖，然后上前奉茶。

"谭爷，您喝口茶，消消气。"

蒋小天将其中一杯茶搁置谭战面前，又颠颠地将另一杯奉上："陆总，您也有话好好说，大家和气生财、和气生财。"

奈何，陆东深压根就没给蒋小天情面，弹了弹烟灰道："然而，对于我不了解的人，最直接的方式就是看证据。何况还是对天际有威胁的人，我没必要给谁开绿灯。"

话说得清风淡雨，可话间力道如同刀子，嗖嗖地刮着脊梁骨。

蒋小天有种不妙的预感，忙闭上双眼。

果不其然谭战拍案而起，冲着陆东深怒喝："是，我谭战是对你们天际很不满，利益之争我乐意奉陪到底，但你有什么就冲着我来啊，你冲着蒋璃使劲干什么？”

“谭爷谭爷！”蒋小天忙上去劝说，“您别着急上火，蒋爷办事您还不放心吗？她……”

“滚犊子！祈神山是什么地儿你不清楚吗？”谭战本来就在气头上，一听蒋小天这么说更是怒火中烧，两眼瞪圆又冲着陆东深喝，“我今天来不跟你谈什么利益不利益的，我就跟你谈蒋璃去祈神山的事！那座山没有人敢轻易上去，先别说狼群和毒雾阵了，光是在里面一旦迷路就别想出来！这么跟你说吧，这3年来蒋璃把沧陵和周围市区能爬的山都爬遍了，能潜的湖也都潜遍了，什么原料在什么方位她闭着眼睛都能找到，但就是祈神山她从来没去过，她是个姑娘家难道不怕吗？如果真有把握，她就不会跟蒋小天说那些话了！”

陆东深没理会谭战的冷声愤喝，转头看着蒋小天：“她临走时候说什么了？”

“啊……”蒋小天忙整理了脑中记忆，“她跟我说，如果7天后她回不来的话，不允许任何人去找她，只当她背信弃义逍遥快活去了。”

陆东深面色一沉。

见状蒋小天忙解释：“陆、陆总，您千万别当真啊，蒋爷她平时就爱开玩笑，她说了她会负责这件事就一定会负责，绝对不会半路逃跑的。”

陆东深没说话，夹着烟，眼里也是烟雾般阴沉沉的。

他明白，蒋璃口中的“回不来”是什么意思。

蒋小天又被当成了空气。

谭战叉着腰来回地踱步，末了，将手里的烟头往烟灰缸里一摁：“话我今天就撂在这儿，如果蒋璃有什么三长两短，我谭战这辈子都跟你没完！”

桌上倒好的茶都没动一口。

谭战临走的时候冲着蒋小天不耐烦地嚷：“还站那儿干吗？赶紧跟我走！”

蒋小天悄悄抬眼瞄了陆东深一下，支支吾吾地说：“蒋爷把我押这儿了……"

谭战冷声笑："我今天就要把你带走，我看谁敢动你！"

"那个……谭爷。"蒋小天小脸抽成了核桃，可怜巴巴地看着谭战，"我想留在这儿。"

"你抽什么疯？"

一直在沉思的陆东深也抬眼看他。

蒋小天清清嗓子："我是想啊，蒋爷从来不做没把握的事，她既然能把我押在这儿那她就一定能回来，我……我就在这里等她，我在这儿，她肯定能回来。"

陆东深微微一怔。

谭战也没料到蒋小天会这么说，眉头皱了许久，愤愤来了句"随你便"，甩门离去。

一切都安静下来了。

门外远去了一些脚步声，是谭战的人。

蒋小天一直站在那儿没出去，半晌后凑到陆东深跟前，赔着笑："陆总，您多少喝点茶，给我个面子啊。"

刚才他泡茶的时候紧张过度，没少烫手。

陆东深倒也给了他面子，将烟头摁灭，端起茶杯抿了一口，放下，然后淡声问："你还有事跟我说？"

蒋小天搓搓手："那个……是。"

"坐吧。"

蒋小天别别扭扭地坐在了谭战刚刚坐过的位置，想了半天措辞也觉得不妥，干脆罢了："我直说吧，陆总，请你帮帮我家蒋爷。"

陆东深挑眉看着他。

"抚仙湖我一点儿都不担心，因为我家蒋爷潜过好几次了，最危险的是祈神山，前几年发生过好几起失踪案，那些失踪了的全都是挺有经验的探险家，外面都在传敢走罗布泊的人都不敢登祈神山，所以，蒋爷一个人的话肯定会遇上危险。”

陆东深朝后一靠，胳膊搭在沙发扶手上，看着蒋小天：“其实你很清楚，蒋璃真要是遇了险，你在这儿也没用。”

蒋小天张了张嘴巴，半天掏出句话来：“我……就是想讨个吉利。”

“你绕过谭战来求我帮忙，是不想谭战冒险吧？”

蒋小天噎了一下。

这是他第一次跟陆东深谈话，就像蒋璃说的，陆东深的双眼似箭，一些个弯弯绕绕的都逃不过他的那双眼，以为侥幸逃过的，结果都会被万箭穿心。

既然被他看穿，蒋小天也就交了实底，脊梁骨一挺：“是，蒋爷入祈神山，谭爷一定会亲自上山去找，但这个时候，他不能出事。”

陆东深饶有兴致：“哦？为什么是这个时候不能出事？”

蒋小天语塞，半晌后说：“再过几天就是商会会长换届选举，我们都想让谭爷连任，其他那些人要么就是只想着自己的，要么就是目光短浅的，做商会会长我们谁都不服。商会会长是冬祭的主祭人，是能为沧陵带来好运的人，这个人非谭爷莫属。可如果谭爷这个时候去找蒋爷，那对他虎视眈眈的人就有机可乘了，说不定会出什么损招阴招害谭爷呢——”

说到这儿，又怕陆东深误会，忙解释：“我的意思是这些年一直在给谭爷惹麻烦的人，不是像陆总您这样的生意人，他们都是混江湖的，煞气得很。”

陆东深笑而不语。

“谭爷最讲义气，不像其他人那样只看利益。”蒋小天打开了话匣子，“谭爷手底下不少酒吧、餐厅这些的，员工从来不招外地人，就是给沧陵本地很多找不上工作的人提供就业机会，不会没有关系，那些个出去学习本事的人，学费哪一个不是谭爷掏腰包？还有一次，那伙煞气的人抓了谭爷的人，其实谭爷完全可以不用管，但他还是去见了那伙人，为了救人，他捅了自己5刀，流了一路的血把人带了回来。陆总，我们敬谭战为一声爷，不是因为他多有钱，只因为他做事想着手底下的人，想着沧陵人。”

说到这儿，蒋小天见陆东深始终神情淡淡，吧嗒了两下嘴：“所以，蒋爷不能有事，谭爷也不能出事……”

陆东深这才有了反应，探过身摸了烟盒，点了支烟。

“你讲的故事很感人。”他吐出烟雾，眼前青白色的雾化竟让他想起那晚蒋璃的特制烟，似乎又能闻得到那抹浅香。

“但是，我为什么要帮你？”他话锋一转，“我的手下也是人，去那么危险的地方，他们的命就不是命？”

蒋小天一怔。

“这么说吧蒋小天，你们有你们的规矩，商场也有商场上的义气。”陆东深夹着烟，“但前提是利益，我敬你们谭爷的胆识和有情有义，可跟我无关。”

几句话把蒋小天顶得无话可说，许久，喃喃了句：“可蒋爷是因为你们酒店的事啊……”

总得负责吧？

后半句话，他没敢说出来。

陆东深回怼了句：“酒店的事也是你们搞出来的吧。”

蒋小天恨不得一头撞死在豆腐上。

怪他笨嘴笨舌了，就连蒋爷那么得理不饶人的人都会被陆东深气得直骂人，他这点伎俩怕是成了炮灰。

陆东深弹了下烟灰：“不过，要我派人支援也可以，除非你来帮我做一件事。”

沧陵一天比一天热闹了，因为冬祭的日子要开始数着手指头来了，家家户户都在为冬祭那天做准备，这是一次不输于过年的热闹，是沧陵的大日子，连大街小巷都开始挂上了冬祭的宣传条幅。

北市这边依旧干冷，未下雪的城市，总会让人心生浮躁。

杨远目不转睛地盯着电脑屏幕，半晌气得一捶桌子。刚要抓起桌上的座机，不料座机响了。

按了电话键，不耐烦道："说！"

电话那头急声："股价再跌，董事会那边刚出的结果，调任陆起白来京，陆振扬放弃了一票否决权。"

杨远咬咬牙，盯着窗外阴沉沉的天色："知道了。"

陆起白高调亮相于记者会，就调任北市一事接受记者采访。

全场到会人员个个西装革履，唯独他在台上一身休闲。

记者们的问题主要集中在此次北市行是否将陆东深取而代之上，陆起白回答得滴水不漏，表示大家想多了，他经董事会同意，这次不过是去为陆东深打下手。

又笑谈目前国内市场处于高速发展阶段，活力和竞争力也远胜于其他国家，他此去主要是学习。谦和文雅、风度翩翩赢得了媒体们的好感，各个感叹陆家儿郎有着出众能干的基因。

记者会时间不长，加上提问环节总共也就半小时，但这对于向来不愿跟媒体打交道的陆门来说，已经是难得了。

回了休息室，遣了秘书。从酒架上拿了两只杯子，分别加上冰块，烈酒的温度就被稀释了，杯壁上快速铺了层冰霜。

酒喝三成的时候，手机响了。

他接起。

那头直截了当："你什么意思？"

陆起白手里转着酒杯："什么什么意思？"

"调任北市。"

"我去北市不好吗？"陆起白笑。

"你就那么心急？"对方不悦。

陆起白道："不是我心急，是陆东深办事不利，股东们自然担心自己的钱包瘪了，总得做出些调整才行。"

陆振名打点好参会人员后进了休息室，推门就见陆起白在讲电话。他没扰他，踱步到了吧台拿了陆起白一早为他倒好的酒，抿了一口，酒杯一晃，琥珀色液体中的冰块轻轻撞击了一下杯壁。

等陆起白讲完电话后，他问："信得过吗？"

"信不过。"陆起白收好手机，一手端着酒杯靠在窗子边，"但如果捏死了对方的弱点，对方就只剩下乖乖为你卖命这条路了。"

陆振名笑了。

"只是大伯他未必能咽得下这口气。"陆起白说。

"你大伯现在恐怕也是有心无力，坐在那个位置上，也不能太偏袒自己的儿子。"陆振名说，"因为天际的事，陆门股价就跟坐船似的起伏不定，如果沧陵那片地传不出利好消息，那你大伯就不是放弃一票否决权那么简单了。"

陆起白微微一笑："天时地利人和，上天始终是关照我们的，听说谭战要面临商会会长改选了。"

"谭战？跟他有什么关系？"陆振名不解。

陆起白将杯中酒饮尽，说了句："您别忘了，饶尊也是个厉害角色。"

"饶尊？"陆振名恍悟，"没错，他可不是个省油的灯。现在想想，一个陆东深，一个谭战，再加上一个饶尊，这三人一个牵制一个，想想还真有意思。"

陆起白道："所以，接下来的戏是越来越有意思了。"

杨远一个电话打到沧陵时，陆东深正好开完会回到办公室。

"我想你也接到通知了吧，这群王八蛋。"杨远直接在电话里开骂，"还有你那个老子，怎么回事啊？弃权？怎么想的？他是陆门集团的主席！主席！"

陆东深当然知道他在骂什么，他这个老同学什么都好，做起事情来也是雷厉风行，但就是脾气暴，点火就着，所以在接起电话的下一秒，陆东深就十分明智地把手机拿到一边，等杨远嚷嚷完了，他才把手机拿过来。

"人近中年了，怎么脾气说上来就上来？"陆东深心平气和，一手接过景泞递上来的文件，翻看。

“什么人近中年？我正是而立之年！”杨远说到这儿又“哎”了声，“我跟你说这些干什么？别转移话题，你现在还坐得住呢？都被人夺权了！”

“哪有那么夸张，陆起白不是说了吗，到京是来辅助你的工作。”陆东深笑了笑，通着电话，却丝毫没影响看文件的速度。

杨远冷哼：“是辅助我的工作还是来盯着我们的？然后就等着你在沧陵的那块地成了泡影之后将咱俩一锅端了！”

陆东深手头的文件很快审完了，签了字，递给景泞后又接过另一份，对着电话说：“沧陵这边有家神仙饮，常年爆满，听说有专门缓解抑郁暴躁的，你要不要飞来沧陵尝尝看？”

杨远那头正在气头上呢，一听陆东深这么说，先是一愣，然后反应过来后冲着手机嚷嚷：“你丫还有心情开玩笑呢？我都替你急死了！我走了没关系，大不了我跟我家老爷子认个错乖乖回自家公司上班。你呢？你要是被架空了，你们家这一脉可就别想翻身了。咱不说别的，就单拎你家这一撇的人啊，南深不用说了，人压根就对做生意不感兴趣，你那两个同父异母的弟弟，陆北辰天天跟死人打交道，现在又因为萧雪的案子跑回国内，陆北深下落不明，兄弟四个，就你一个还在陆家硬挺着，人脉凋零啊。”

“我谢你的提醒啊。”陆东深翻了一页文件，“你不帮我这么捋顺一次，我还真以为自己身后百万雄师呢。”

“你身后只有我！言归正传，你到底怎么打算的？沧陵那片地有没有把握？”

“没什么打算。”陆东深道，“做生意就跟谈恋爱一样，强求不来，所以一切顺其自然。”

“饱汉子不知道饿汉子饥是吧，您老当然不用强求了，姑娘们一个个都恨不得粘在你身上，你还用费心？”杨远重重叹口气，“不过听你这么一说啊，我更没把握了，你说我要不要投靠陆起白？”

陆东深笑笑：“你的面子和里子我都了解得差不多，你想易主也得有点利用价值，你以为陆起白傻？”

杨远被怼得在那头顿了顿，转了话题：“突然想起一件事。”

“说。”

“前两天我跟一位专家见面，无意间聊到了蒋璃，你说巧不巧，我朋友竟然知道蒋璃。”

陆东深签名的动作一顿：“什么专家？”

“研究梦境分析的，叫素叶，在赫赫有名的联众任职。”杨远告知，“她说，她跟蒋璃是不错的朋友。”

等结束通话后，陆东深的耳朵里还回荡着杨远的声音，失了神，直到景泞在旁连唤了两声，他这才意识到手下的文件只签了一半的名。

补上签名后，景泞接了文件，走到办公室门口时迟疑了一下，转头看着陆东深。

“还有事？”

景泞想了想说：“陆总，陆起白这次的调任不简单，您不能掉以轻心。”

“我知道。”陆东深看着她，“但是，你想说的应该不是这句话。”

“是。”景泞如实道，“我想说的是，陆起白对沧陵这边的情况有点了解过头了。”

“所以，你怀疑有内鬼？”

“是。”

蒋璃走的第二天，谭战就坐不住了，一大早就吩咐了手下备齐上山的东西，这期间他没少接到手下电话，大抵都是询问什么该买什么不该买。

沧陵是座旅游发达城市，尤其是古城风光和大自然山水吸引了不少背包客，所以沧陵市区有不少户外装备店。

谭战虽说是土生土长的沧陵人，但对户外旅行没太多经验，仅存的那点户外知识还都是蒋璃教的，所以，当手下的电话一遍遍打过来后，谭战烦了：“把能给我买的都买了，不清楚的就问老板，什么装备适合徒步用！”

没人知道蒋璃入祈神山的事，这是谭战多年的习惯，利益之下必然会有危险，而且他在沧陵还有死对头，最忌讳就是把危险示人，以免身陷囹圄。所以，他对外声称蒋璃还在酒店，而他也不过是去趟天周山排查一下冬祭场地的情况。

就这样，快近中午的时候所有装备都齐全了，谭战整装待发。

手底下有弟兄看来实在是憋得不行，问了："谭爷，这种事以前都是蒋爷做的，您要不要等蒋爷回来让她去啊？背这么重的东西，万一您再磕了碰了的——"

"瞎操心什么？说得就像我跟温水花朵似的，别一个个都跟参加追悼会似的，该干什么干什么去！"谭战大声豪气地说。

他虽说没什么野外经验，可这么多年闯荡江湖也没少经历险恶，所以他并不在乎祈神山有多险峻，只要能找到蒋璃，他就能保她安全。

想找蒋璃倒也不难，他知道蒋璃的一些户外习惯。

可就在谭战准备出门的时候，齐刚从外面急匆匆跑进来了，一推门，不承想跟谭战打了个照面，愣了一下，紧跟着说："出事了！"

祈神山位于天周山的北侧，与天周山的主峰遥遥相对。沧陵人每年会登天周山峰顶面湖而拜，其中的一拜就是给了祈神山。

是因为祈神山由9座山峰组成，最高为东边主峰，依次而下，主峰的海拔可达5000多米。9座山峰连起来看就恰似一尊神女侧卧而躺，似崔嵬又似悠闲地俯视着整个沧陵，所以，沧陵人对祈神山又敬又怕。

山内峰谷纵横交错，又有无数条分叉路犹若星罗棋布，低海拔到高海拔一路喀斯特地貌到原始热带雨林，怪石林立，峦崖碎玉，如果蒋璃不是有着丰富的户外经验，那一定就会死在这里。

这是她入山的第三天，没敢往深处走，只盯着主峰前行。一来，她要寻的原料听说就在主峰，二来如果寻不到她也方便折回。

上午阳光尚好，可也被葱郁的林木遮住了，山中多瘴气，尤其是到了晚上几乎伸手不见五指，这般浓郁的瘴气只能等到中午前后才能彻底散尽。

她靠着树干歇息，手旁躺着大背包，从背包里拿出压缩饼干和水。在这里，这两样是最好的食物。

这是游离众多驴友视线的无人之境，蒋璃想着这两天遇上的危险，还真是后背发凉。

刚入山就有食人树候着，却是贴着地皮而生，树杈分枝众多，与草皮混在一起极不起眼，又没有食人花那样妖艳的花朵，却是极其危险的杀手。

幸好她尚算长了个灵敏的鼻子，还未见其树先闻其味，但凡能通过自身体液来消化被捕猎物的植物，不见生物骸骨，却有强烈的腐臭味，这让蒋璃侥幸过关。

紧跟着是爬藤遍布的小路，如果不仔细观察，她必然要走进野兽的老巢。她闻得到血腥味，新鲜的血腥味，说明不久前才经过一番食物链的厮杀。

逃过有毒的植物，避开凶猛的野兽，不承想又被毒蚂蚁一路追着咬。毒蚂蚁不是只有祈神山才有，在天周山的最深处也会有毒蚂蚁，但毒性不高，被咬的人体内毒性发作时，会发烧个两三天，之后也就没事了。

但祈神山上的毒蚂蚁个个大如蝗虫，看上去就十分骇人，攻击力极强，一旦被咬肯定是没了性命，好在她知道有毒蚂蚁的地方必有解毒的草药，她走一路，身上飘着一路的草药味。

白天，要谨防迷失了方向，晚上篝火不敢熄，生怕被狼叼走。总之这一路上，她可是尝尽了这几年历尽的徒步之苦。都说祈神山是个生死坑，入山之前是生，入山之后就是死，如果换作平常普通人，怕早就被这祈神山给吞了。

蒋璃也不知道自己还能撑多久，还没算上未知的险境呢，鬼才知道这个山里还有什么是她要经历的。这是片原始森林，陆地上有陆地上的危险，水下的危险更是不容小觑。

将肚子填了七分饱，不敢多吃，全饱的话爱犯困影响行程，她必须在天黑之前找到下一个落脚点。

背上行囊，肩头上火辣辣疼，背包已经严重超负荷了，她被压得几乎挺不直腰，就这样边走边骂：陆东深你大爷的……

她发现一件事，只要在累得不行的时候，骂上几句这样的话就轻快很多，所以，这两天她嘟囔最多的就是这句话了。

骂得正欢时，突然觉得有什么东西在扯她，低头一瞧竟是只猴子。那猴子生得古灵精怪，眼珠子乱转，前爪死死揪住她的冲锋裤。

蒋璃有经验，冲着猴子一瞪眼："我警告你啊，你敢动你蒋爷的东西，我饶不了你！爷我可是好几天没开荤了，抓了你烧猴脑吃！"

吓得猴子一溜烟跑了。

她松了口气。

这种山林之物别看看着无辜，实则凶险，她有过上当受骗的经验，上一次是只浣熊，她以为小小一只不足危险，不承想被它偷吃了食物，害得她差点饿死。

蒋璃转身就走，此地不宜久留。

可她忘了，猴子是报复心极强的动物，还没等走上10步路，只觉得头顶上的林叶沙沙作响，树干摇晃，刚要惊呼不好，就见七八只猴子飞速蹿下，她伸手去拦，紧跟着就被扑倒在地，然后出现了一头足有一人多高的大黑猩猩，夺过她的背包就跑了。

蒋璃这一跤摔得不轻，爬起来的时候就觉得脚踝骨生疼。在野外行囊丢了等同丢命，想都没想起身疯追。

那群猴子散得快，又身形娇小，很快就不见了踪影。

夺她包的那只黑猩猩很好辨识，蹿到哪里，哪里的树枝就晃得厉害。蒋璃不敢有半分的松弛，拼尽全力追赶，在这种地方，人就成了最渺小的那一类物种，不再是活在食物链顶端的那一个。

很快，头顶上的树枝停了晃动。

等蒋璃追到的时候，那只大猩猩就坐在树干上，前爪拎着她的背包带，在半空直晃荡。

陆东深你大爷的！

她又在嘴边嘟囔了一句，然后冲着大猩猩喊：“你当你是金刚啊？那么大的坨你欺负弱小算什么本事？有能耐你就给我下来，咱俩单挑！”

大猩猩停了晃荡的动作，直勾勾盯着蒋璃。

蒋璃头皮一阵发紧。

“那个……单挑这句话我只是意思意思，你把背包还给我，想吃啥你随便，我想你长这么大没吃过火腿吧？我切给你吃啊。”

大猩猩还在盯着她，能有个半分多钟，突然就蹿起身来，十分兴奋地在上面大呼小叫。

“哎你——”话刚出口，蒋璃就觉得呼吸间有点不对劲，周遭原本都是草皮林木的气味，可气味游离间多了一缕芳香。

她暗呼不好，一扭头，就见有一大片黑色爬藤类植物向她逼近，速度之快就像暗涌而来的波浪。她拔腿就跑，可没跑两步，脚踝就被枝蔓缠住，只觉一股劲力，下一秒她被拉回了原地。

一切发生得太快。

那些枝枝蔓蔓缠胳膊的缠胳膊，缠腿的缠腿，她越是挣扎缠得就越紧。这个空当，蒋璃才看清这些藤蔓，原来黑枝黑叶，就连枝叶间开的小花都是黑色的，怪不得乍一看就跟黑色海浪似的。

缠得她快透不过气来，别看这些枝蔓纤细，但多了也能把一个大活人缠死。

抬头再看那只猩猩，将她的背包挂在树杈上，冲着她呼扇着双臂欢腾地叫唤，幸灾乐祸之相。

蒋璃这一刻才明白它为什么跑着跑着就停了，敢情是把她往险境上引。她恨得牙根直痒痒，都说人心险恶，看来这动物也不可信啊。

大猩猩欢腾完后就不再搭理她了，一扭屁股呼啸而去。

深林之中藤蔓之下，她被只猩猩陷害，像个殉难者似的一动不能动，她的背包悬在半空，她也只能看着无法够及。

该死！

林客楼被人砸了，几名员工受伤，其中一个伤势严重，齐刚生怕耽误救治，先叫了救护车才去通知的谭战，所以等谭战赶到的时候，只瞧见楼内一片狼藉和地上的血迹。

来闹事的人背景不详。

据林客楼的服务生说，之前是来了一拨客人，点名要茶楼里最好的茶叶，结果上了茶，其中一人嫌茶不好，咬死了茶楼里贩卖质量不过关的茶叶。茶楼里有谭战的手下，是专门守着茶楼治安的，见对方的人对茶楼里的服务生推推搡搡的就上前制止，结果两拨人就打了起来。

对方动了刀子，一看就不是善茬。

见了血，就会有警察。

谭战前脚刚到，后脚警察就来了，只是那伙人在闹完事后就散得干净，这做法像极了道上的作风。做了相关笔录，又排查了现场，又询问最近跟什么人结了仇惹了事等。

谭战对警察没什么忌讳，只是一心惦记送往医院的几个员工，所以笔录过程都是齐刚代劳。

可林客楼这边的情况刚压下，齐刚又接到了电话，然后面色凝重地跟谭战说，酒吧和歌厅、饭店那边也都出事了。

这一次不是被人砸场子，而是惊动了检察厅、税务局和扫黄组的人。

谭战被人举报行贿、偷税漏税和公共场合下涉黄等几项罪名，一时间谭战分身不暇。

但对于谭战来说，这些事都差不多是这几年的常态了，做他这行的，能爬到这个位置得罪人在所难免。

幸好这几块的人他都认识，能说得上话，大家也算是给他几分薄面，末了，税务局的人跟他交了实底："这几年你的情况我们该查的都查了，也知道你是老狐狸我们找不出证据来，但这次怎么着也得提溜你几天，给你提个醒，怎么就单单这个时候被人举报了？还不是商会选举快到了，你自己心里有个数。"

谭战心里明镜似的。

忙让齐刚好生招待这几块的人，他也乖乖接受调查。心里自是焦急也没办法，再派去其他人也未必有本事找到蒋璃。如焚心境，却只能任其燃烧。

/ 第四章 /

惊魂夺魄

祈神山这边又是另番光景。

蒋璃被困藤蔓阵已经个把时辰了，大正午的阳光已经渐渐偏移，她心生绝望，如果太阳落山之前她还无法逃脱，那最后只有两种结局，一是会被晚上出动的毒虫野兽蚕食，二是被捆在这里活活脱水而死。

不管怎样死相都很难看，这对一个十分在意自己容貌的姑娘来说是场致命打击。

手腕、胳膊、脚腕等被缠住的地方都不过血了，这是她拼命挣扎后的结果，那些藤蔓像是触角一样勒紧了她，她在想，也许她还有第三种死法，那就是全身血液不通肿大而死。

蒋璃越想越觉得这趟来得不值，想过祈神山对于普通人来说是很危险，那对于她来讲或许危险系数就能降低些吧？这几天一路走到现在，结果横竖还是个死，太糟心了。早知道这样，她还不如在刚上山时就被那变态的食人树给吃了，起码能死得渣都不剩，也好过死的时候全身肿得跟猪一样。

她在心里愤愤咒骂，朝天大吼：“陆东深你大爷的！你大爷的陆东深！陆东深——”

“差不多就行了。”一道声音从不远处传了出来，“骂人骂上瘾了？”

蒋璃一愣，误以为出了幻觉，嘴巴张了张，想再骂一句试试看，就见树影间走出来一道男人的身影。

下一秒瞪圆了双眼，冲着那个身影欢呼：“啊！奸商！是你吗？”

是陆东深。

蒋璃使劲儿眨了眨眼睛，这才确定自己看到的不是幻象，可陆东深就这么出现在她面前，总让她觉得恍恍惚惚似做梦。

陆东深打老远就听到有人在叫他的名字，然后“你大爷”一句接着一句，想来除了她也没什么人敢这么咒他。这会儿终于瞧见她了，见到眼前这幕一时，觉得好笑，又很认真地问她一句：“我怎么得罪你了，要你这么骂我？”

“我真不是在做梦啊？”

不远处的男人逆光而站，落下颀长的影子。他没了平日的西装革履，黑T恤配了件皮夹克，一条黑色休闲裤还是显得腿老长，脚上踩了双黑色登山靴，背着挺大的军绿色背包。

这种背包是沧陵户外用品店的标配，结实耐用，主要是兜多，功能强。

见惯了他平时的模样，现在看着这样一个他，还多少有点不习惯。少了商人的精明，多了徒步者的潇洒。

陆东深摘了太阳镜，随手挂在胸前领口上，看起来风尘仆仆，却是目光含笑：“看见我很奇怪吗？”

蒋璃马上道：“不奇怪不奇怪，我知道我这个人一向福大命大，肯定能有人来救我。”

陆东深打量着被缠得跟只蝉蛹的她：“你这是阴沟里翻船啊，还是真没两把刷子？”

“被只猩猩给耍了。”

陆东深了悟地点点头，却不着急救她：“如果我不来，你今晚就会命丧于此了吧？”

蒋璃也不瞒他：“是，这种植物本身没毒，但就是做了那些毒虫野兽的鹰犬了，又或者就是能让人血脉不通而死，总之还有待研究，你先别问那么多了，快救我出来。”

“让我救你也行，怎么报答我？”陆东深好整以暇。

蒋璃诧异地看着他：“你不就是来找我的吗？”

既然如此，救她出险境也是应该的吧。虽然说她很诧异他会出现在这儿，因为在她认为，就算真的有人来找她，那最有可能出现的人是谭战，而不是眼前这位口口声声并不信任她的陆东深。

等等，是因为不信任，所以他来了？这是什么不要命的理论？

陆东深双臂环抱，看着她笑：“我是来找你的，但没想到还没见到人就被骂得狗血淋头，所以，我有理由相信我这趟进山是进错了。”

蒋璃觉得他有点小心眼，至于吗，她就是骂他了，他还能少块肉还是断只胳膊？

“我要是出事了，部国强这辈子都别想醒过来，到时候倒霉的可是你陆先生。”

陆东深笑了：“你这算是威胁我？”

“威胁你谈不上，就是要告诉你一个血淋淋的事实，我现在是你唯一的救星，我不能出事。”

陆东深不紧不慢道：“还有什么消息能比沧陵巫医死在这里更劲爆的？到时候八成那些记者也没空搭理天际，这一来一回的时间空当，正好方便我处理天际不利舆论。”

“陆东深你——”“大爷的”这三个字硬生生被她咽下去了，“那行吧，你想我怎么报答你？先说好了，违背原则的事我不做。”

“例如？”

“例如杀人放火。”蒋璃没好气，“再例如陪睡和以身相许。”

陆东深哑然失笑：“你还真是个奇女子。”

蒋璃倔脾气还上来了，死咬着牙挣扎，结果有一条藤蔓使劲一勒，她的脖子就出了血道子。

陆东深无奈：“行行行，你先别动了。”说着扯下背包，从里面掏出把瑞士军刀来。

蒋璃看得门儿清：“行啊陆先生，你挺专业啊。”

陆东深亮出刀，上前没几步，就见有旁的藤蔓迅速朝着脚边过来。

“小心！”蒋璃惊呼的同时，陆东深已经疾步闪开。

“别往前走了，这东西只要有一点儿沾上你，你就逃不掉。”蒋璃见他身手敏捷，对他另眼相看，“把刀扔给我。”

陆东深刚刚也着实小瞧了这些藤蔓，把刀子扔到蒋璃手里之后，这才仔细打量不远处的黑色藤蔓，像是一群有着妖术的手爪。

“什么东西？”他问。

“在亚马孙森林里生活了一种叫巫婆草的植物，这种植物只要一碰到它，它的红花绿叶就成了能缠死人的绳索，而且越抓越紧让人动弹不得，被缠的人最终会活活饿死，然后被虫子吃掉。”

蒋璃的左手尚算能动，紧紧握着刀，一用力脖子被勒紧，憋得她满脸通红，却还不忘发挥普及大众的神圣职能变着音儿道：“这种植物的属性跟巫婆草差不多，可攻击力远胜于巫婆草，也不知道叫什么名！我只知道藤蔓上面都是腐臭味，奶奶的！熏死我了。”

不知有多少生灵死在这种藤蔓之中了。

一个咬牙，锋利的瑞士刀砍断了胸前的藤蔓，蒋璃总算能喘口畅快的气，手腕上的束缚越来越少，方便她更快地挥刀。

“像是这种无名的但危险的植物在这种森林里太常见了，你是身娇肉贵的大少爷，来这种地方能活下来就算是个奇迹。”说着又挥刀砍断缠在腿上的藤蔓，那藤蔓就像是能试着疼似的猛地回缩了一下，蒋璃将断了根的藤蔓踢到一旁继续说：“但你刚才救我于水火，你放心，我一定会护你周全。”

紧跟着最后一刀，除去了脚腕处仅有的束缚：“首先告诉你个小常识，在原始森林里，越是美丽的东西就越危险，你看见了离远点就是，至少先能保个平安。”话毕将手里的瑞士刀利落地扔给陆东深。

刀子在空中划了道优美的弧线，陆东深一伸手准确无误地接住。

可就在下一秒，有根未伤到根脉的藤蔓迅速朝这边过来，千钧之际，陆东深疾步蹿前一把将蒋璃拉离，这才避免了她再次被缠绕的可能。

蒋璃扭头一看，那根藤蔓在一堆藤蔓尸体群里张牙舞爪，方才明白自己险些再陷危难。

“越是美丽的东西就越危险？那你呢？”陆东深在她耳畔低笑。

蒋璃只觉得耳朵一烫，伸手推他：“别占本爷的便宜啊。”

可一下子没推开，陆东深搂着她的单臂借机一收，两人就贴得更近了，他低头瞅她，故意笑道：“我这个人向来精打细算，所以算上刚刚，你欠我两个人情，具体怎么还，我还真得好好想想。”

“放开我。”蒋璃觉得脸烫，手臂再次发力。

这次陆东深没为难她，顺势就松了手。

“搂上瘾了你？”蒋璃不悦。

陆东深上下打量了她一番：“腰细，搂起来手感是不错。”

蒋璃不想跟他打嘴仗了，她觉得这个陆东深着西装时尚算沉闷的人，话少安静又金贵文明的，现在脱了西装了，性情也跟着变了，在这个未涉及文明之地，他戏谑人的时候就像是个斯文流氓，又或者，“斯文”这俩字去掉。

可陆东深没能如她所愿，大手朝着她领口就伸过来了。搁平时，她绝对不会容得旁人这般无理，只因对方是陆东深，她是万万没想到他会有此行径，一愣神的工夫，她的领口就被扯开大半，锁骨露得那叫一个风情万种。

“你干什么？”蒋璃羞怒，一个情急就朝着他动手了。

陆东深及时躲过她的“毒手”：“我想看看你脖子上的伤，你怕什么？我还能吃了你？”

蒋璃摸了摸脖子，不过是皮外伤，对她来说又不是什么大不了的。抬头瞅了一眼挂在树上的背包，里面就装着那把芬兰刀，如果刀在手，她必剁了他的手。想着，走到树干前，搓了搓手。

“你要爬树？”陆东深在她身后问。

傻子都能猜出来吧。

蒋璃冲上面努努嘴：“没看见我的包在上面吊着啊？”

陆东深走上前将她拉到一旁：“你有伤在身，逞什么能？”

“我所有能活命的东西都在上面呢。”蒋璃不大习惯有人对她这么指手画脚，“我不爬树你爬啊？”

不过是句随口的话，不承想陆东深道：“不就是爬个树拿个包吗？”然后将挂在胸前的太阳镜取下来往蒋璃脸上一戴，脱了外套往她手里一塞，“等着。”

蒋璃先是一愣，紧跟着摘下太阳镜，那陆东深已经走到树前，撸起了袖子。她惊讶极了，这么个……呃，算是几世祖？总之，这么个常年坐办公室的男人，爬树？还是徒手的？

正想着，就见陆东深手臂扒住树干，两脚利用鞋底与树干的摩擦力找好了角度蹬住，然后双脚交替移动手脚上行。

看得蒋璃目瞪口呆。

他爬树的速度不慢，这种架势不是经验丰富的人压根做不到，因为徒手爬树本来就要掌握技巧，尤其是这种原始森林里的参天大树，更是考验攀爬人的臂力和腿力。

蒋璃将太阳镜挂头上，席地而坐，怀里抱着陆东深的外套，仰着头看着他渐行渐高。

以往看他穿西装得体，早知道这男人是衣服架子，换了身户外休闲装，尤其是胳膊一露，这才发现他的身材可真是好，宽肩窄腰自然不用说，结实的肌肉伴着爬行的力量贲张，看上去健硕又有力。

她觉得，也许他也不是她平时想象中的那个样子，这不，她就瞧见了他的另一面。

没一会儿，陆东深就摘到了她的背包，又十分利落地下了树。

等走到她面前时，他一手拎着包，一手伸向她。

“真人不露相啊。”蒋璃仰着头看着他赞了句，然后将手里的衣服递给他。

然而陆东深连衣服一起拉住她的手，微微一个用力，蒋璃就被他拉站了起来，没等她说什么，他就松开她的手，却没接外套。

“你是装了多少东西进去，包够沉的。”

“野外生存啊大哥，你当来过家家的？”蒋璃觉得手心还温热着，是他大手的温度。

刚爬完树，他的额头沾了少许汗珠，可就是这少许汗珠，让这样一个陆东深多了不是商场上的野性，挺诱惑人的。

刚要夺包，却见陆东深将她的包往肩上一挂，弯身拎起自己的包："走吧。"

蒋璃怀里抱着他的外套，于心不忍："那个……陆先生，你这样很让我诚惶诚恐啊。"堂堂陆门的太子爷啊，她就这么任由他大包小包地跟个背山工似的，是不是有点大逆不道啊，万一哪天这位太子爷登基成了正主，依照他素来"精打细算"的性子，她不得被诛九族？

陆东深没管她脑子里的这些弯弯绕绕："赶紧找到原料赶紧撤，找不到原料我掐死你。"

得，又恢复了高冷状。

蒋璃觉得，这人是不是分裂啊。

部梓莘一进病房就看见部业帆来了，一身的酒气，双手拄床身子还有点晃，低着头跟床上的部国强喋喋不休。

"爸，赶紧醒过来吧，这个鬼地方太没劲了，玩得都不尽兴。"

"那个谭战，还有那个什么什么璃的，早晚有一天我弄死他们替你报仇。"

说完这话他又嘿嘿直乐："那个叫什么璃的先擒来玩玩，长得挺漂亮的。"

部业扬在沙发上坐着看杂志，没理会部业帆的疯言疯语。倒是这话听进部梓莘的耳朵里了，转头看了秦弈一眼，秦弈会意，反身去关了门。

她上前，一把将部业帆扯离了病床，面色清冷："我警告你，这些话你最好只在病房说说，说过就给我忘了，否则出了什么事，我可不会再给你收拾烂摊子！"

"烂摊子？你还嫌咱们部家烂事不够多吗？"部业帆喝了点酒口无遮拦，"他陆门算个什么？还真当我部业帆怕了他们啊？这笔账我一定会跟他们算！”

“就凭你？”部梓莘冷笑，“你有什么本事跟陆门斗？先别说陆门了，单是一个陆东深就能扒掉你一层皮。”

“我没本事？那你有本事？你的本事就是抢自家哥哥的生意踩着自家哥哥的肩膀往上爬。”部业帆醉眼圆瞪，“部梓莘，以前我怎么就没看出你有这么大的野心呢？别以为我不知道你是怎么想的，不就是被陆东深甩了你拉不下来脸吗？你以为你在商场做大做强就能让陆东深回心转意？你给我记住了，咱们部家不需要求着谁巴着谁，你也别给我犯贱去招惹那个陆东深，你——”

部梓莘抬手一个耳光扇过来，掴得挺狠。

掴愣了部业帆，也让始终将自己当成局外人的部业扬抬起了头，惊愕地瞅着部梓莘。

“醒了吗？”部梓莘冷冷地说了句。

“你有病啊！”部业帆说着就抬手过来。

巴掌没落下来，被秦弈拦下了。部业帆怒了，冲着秦弈嚷嚷：“给我滚蛋！”

部业扬看不下去了，起身上前：“差不多行了，一家人闹成这样有意思吗？有这个时间和精力，倒不如想想接下来怎么办。”

部业帆虽说性格乖张，但始终还是不会忍心打自家妹妹，手一甩，转身一屁股坐在沙发上。

“我还是那句话，现在部家处于敏感时期，因为咱爸昏迷不醒，上个月刚谈成的能源项目现在随时都会面临变动，一旦有变动，董事局那边怎么交代？还有，沧陵这边的地皮一直是爸的心愿，我们必须替他完成。”部梓莘嗓音清冷，思路清晰。

部业帆没出声，倒是部业扬开了口：“能源项目我会继续跟进，沧陵这边原本父亲是要交给业帆来做的。”

话说得很明显，部梓莘语气沉凉：“你觉得他有那个本事跟陆东深抢吗？”

“我怎么就没本事？”郜业帆一听这话又急了，“我大小都是集团的副总吧。”

“是呀，郜副总，你能坐上这个位置凭的是什么你心里最清楚，你说你有本事对吗？行，趁着现在陆家也被舆论压着，你倒是把地皮的合同给我拿回来，去跟谭战谈，去跟当地政府谈啊。”

“我他妈现在就去！”郜业帆说着就起身，踉踉跄跄地朝门口走。

“晚了。”郜梓莘冷冷甩了句。

郜业帆脚步一顿，转头看她：“你说什么？”

郜业扬也不解地看着郜梓莘。

郜梓莘一字一句地说：“官阳区那片最有价值开发的地皮，陆东深已经先下手为强了。”

近傍晚的时候，陆东深和蒋璃两人终于找到一处适合落脚的地方，林木少却从外瞅进来视野较隐蔽。

陆东深负责搭帐篷，先堆了不少枯叶垫底，一搭一建都十分娴熟和专业，蒋璃看在眼里，心里明镜似的，却什么都没说，从背包里拿起水壶就走了。

等陆东深将两顶帐篷都搭完后这才发现蒋璃没了踪影，原以为她不过就在附近转转拾些柴木，岂料压根就不是。

正想着，就见不远处林间的缓坡处摇曳着一个女人身影，他的眉头稍稍松开，是蒋璃回来了。

蒋璃拾了不少柴木，以干藤蔓充绳捆紧背在后面，怀里抱着只水壶。等走上前，将柴木往地上一放，瞧着一前一后的两顶帐篷乐了：“你搭得挺快啊。”

而且将她的帐篷搭在他的帐篷之后，躲开风口，这么一瞧还挺有绅士风度。

“你去哪儿了？”

“我？”蒋璃朝着柴木一踢，又示意了一下水壶，“找水，生火。”

这还用问？

陆东深脸色看上去有点难看，但也没多说什么。蒋璃觉得他有点奇怪，刚要开口问，他就接过她手里的水壶："你跟我说一声我去找就行。"

蒋璃抿嘴乐。

陆东深瞥了她一眼，将水壶搁一边，开始拾掇柴火。

"你知道在这种地方怎么找水吗？"蒋璃蹲下身来，偏仰着头瞧着陆东深。

陆东深没搭理她。

蒋璃耸耸肩膀，这人怎么阴晴不定的。干脆席地而坐，帮着他一同架柴木，但出于同行之谊，她觉得还是有必要跟他普及一下："走户外的都遵循'走脊不走沟'的原则，山沟多荆棘，又有隐藏的危险，山脊就不同了，因为地势较高，所以可以避免一些隐性危险，最便利的就是找水源，一路朝着地势低的方向走就一定能找到水源。"

陆东深拿了打火器，也不知是听没听进去，火苗一蹿，烧在柴木上很快就浮游了淡淡松香。

"这是香松木。"蒋璃在旁等着火苗慢慢升起，"如果能在野外找到这种树，那证明是老天垂爱。这种香松木油性好，可以拿来做火把驱走野兽，也能维持篝火两天两夜不灭，而这种植物的根、茎、皮都可以拿来入药，不过最好的就是拿来制香。在汉武帝时期，有外藩进贡香料，其中有一种叫作迭鸾香的，里面就是加了这种香松木的气味，不过香松木提取有用气味也不是很简单，得把一部分油性成分去离，保留松的清雅之味才行。我个人是觉得古代的气味分离技术肯定不如现代，所以那味迭鸾香也未必有传说中的那么好闻吧。香松木在迭鸾香里也只是其中一道气味，像是牛角花啊卷丹什么的肯定也会有，不然怎么能催情呢？"

见陆东深转头看着她，她马上解释："你别紧张啊，放心放心，单单只是香松木的话绝对没有催情效果。"

篝火起来了。

火苗烧得匀称，又没有呛鼻的味道，入呼吸就是绵长的清香。

她在准备锅碗瓢盆时，陆东深拾起一根松木枝，翻了翻火，转头去看她。夕阳已一点点沉落天际，扯动了最后一点儿的余晖，乍明乍暗，又不及眼前的火影明亮，却衬得她的背影妖娆。

她穿得简单，就是走户外常见的冲锋衣冲锋裤，没戴假发，长发松散地编在一侧，折腾了一天，她的头发就更松了，有散发垂下来，侧脸看上去就娇美得很。

陆东深看着看着，不经意想起她刚刚的解释，好笑地扬了扬唇。

晚餐很丰盛，源于蒋璃熬制的一锅鲜鱼汤，用她的话说就是："抚仙湖当季的鱼，捕了之后用特制的香料腌渍个七天七夜，然后晾干封存，你在别的地方吃不到，只有我才会做。"

陆东深也着实觉得好吃，这口鲜美，是他在外面的餐厅或陆家私人厨师那儿吃不到的。

"怪不得你背包那么沉。"

恨不得把家搬来，能不重吗?

"你什么都没带?"蒋璃问。

"简单口粮，再不济可以打些野味充饥。"陆东深直截了当。

"这话说的，要么就是不知天高地厚，要么就是野外生存经验丰富，让我猜猜你属于哪一种?"蒋璃偏头瞅他。

陆东深也干脆转过脸来看着她。

火光下他的脸俊朗得很，蒋璃看着看着心口竟有点慌，以笑掩之："你是后者，其实你有非常丰富的户外经验，徒手爬树、知道帐篷怎么搭才又避风又结实，这一路上你能自觉避开危险，还有，你把找水找柴说得十分自然。"

说完这些，她认为他会来一番长篇大论。

岂料，陆东深说："你说的这些事，是个人都会做。"

一句话噎得蒋璃直瞪眼。

陆东深虽没看她，但也知道她一直在盯着他瞧，有暗光做掩，悄然抿了唇，笑意入眼。

果不其然，蒋璃不达目的不罢休：“你那把瑞士军刀呢？有磨损啊，不像是把新的。”将自己的那把芬兰刀往他身旁一拍，“看清楚了，我这把才是新的。”

陆东深又往火堆里添了些柴木，淡淡地回答：“杨远经常拿它切菜。”

蒋璃心里暗骂了句：陆东深你大爷的……

最终，陆东深问了句正经的话：“你来祈神山到底要找什么？”

夕阳彻底沉落后，温度就降下来了。蒋璃抱着碗喝了口热汤：“麝香鼠。”

陆东深不解地看着她。

见状蒋璃笑了，腾出只手重重地拍了他一下肩膀：“对，就是这种不耻下问的眼神，你得让我有点成就感，要不然我会觉得我没那么重要了，是不是不知道什么是麝香鼠？”

陆东深也任由她这般放肆，风轻云淡：“不就是青根貂吗？我在北美的时候见过那种东西，我不明白的是，为什么要来这里找麝香鼠？”

一句话说得让蒋璃十分不快，斜眼瞪了他足有半分钟，瞪得陆东深都觉得后背发凉，尤其是她手边还放了把芬兰刀，于是清清嗓子：“我也算不耻下问了吧？你看，我不知道这里的麝香鼠跟北美那边的有什么不同。”

“没什么不同。”蒋璃没好气，身子一转，背对着他喝汤。

竟有些孩子气，陆东深被逗笑，平时看她转得不行，现在瞧着倒十分可爱了。他忍不住抬手揉了揉她的脑袋：“我是真不知道，这种事还得请教蒋爷。”

“别碰我。”这种亲昵让她不适应，头一歪躲开了他的大手，嘟囔了句，“当我是宠物狗啊。”

说完这话情绪又一转，一双眼染了笑：“不过，从你嘴里叫出蒋爷可真好听。”

“别得寸进尺啊。”

蒋璃也知道让这么个大男人叫她蒋爷，那简直是比登天还难，既然叫了一声她也就受用了，将鱼汤一放，摆好姿势。

“你呢，刚刚说得没错，麝香鼠一般都生活在北美洲，但不意味着其他地方没有，只是没有人家土生土长的好。很多人知道麝香鼠都以为是它的皮毛金贵，但实际上，雌麝香鼠分泌的麝香中含有跟天然麝香相同的麝香酮、降麝香酮、烷酮等成分，具有耐缺氧、抗炎、降血压、抗过敏、抗衰老的作用，是天然麝香的最佳代替品，而且很多高级品牌的香水里也含有麝香鼠的麝香，另外，麝香鼠的粪便也可以制成蚊香驱蚊。

“这种麝香百种好，可唯一的不足就是要等到繁殖期的成年雌麝香鼠才行，一来，邰国强的情况等不了那么久；二来，现在也不到麝香鼠的繁殖期。听说祈神山上就生活着麝香鼠，而这里的麝香鼠不用等到繁殖期就有极大的药用价值，只要抓住一只，我取了麝香液就行。”

“听说那东西不是很容易抓。”陆东深拿起她的碗，又给她添了些热汤，递给她。

蒋璃很自然地接了过来：“当然，容易的话还用我蒋璃亲自出马吗？随便打发个小喽啰就行了。”

三句话不忘夸自己一下，这种本事陆东深也算是领教了。

“漫山遍野地找？”陆东深这次是真不理解了，这么找下去，别说七天，就算给她七个月也未必能找得到吧。

蒋璃冲前一指：“主峰，麝香鼠狡猾，主峰隐蔽适合它们居住。”

“抚仙湖呢？”他又问。

“抚仙湖啊……”蒋璃迟疑了一下，慢吞吞地喝了汤吃了肉，将五根手指头挨个咂巴了一遍，才说，“就是一种小白鱼，相比麝香鼠来说太容易不过了。”

借着火光，陆东深看得清楚。她在说麝香鼠的时候神采奕奕，但提及抚仙湖，眼神就明显暗了下来，虽说看似不在意，但他觉得这其中没那么简单。

山林的时间游走似乎很快，没了城市的霓虹和车水马龙，夜晚就变得纯粹。

晚餐过后，陆东深主动承担起收拾炊具和清理餐具的工作，这又让蒋璃大跌眼镜。借着火光，蒋璃盯着他那双正在劳作的大手看，那骨节分明的手指修长流畅得很，看得她都直心疼，暴殄天物。

她问他，是不是觉得吃了她的东西嘴软了？要真这么觉得的话以后见了她礼让三分就行，或者跟蒋小天他们一样叫上她一声蒋爷，不用非得祸害自己的双手。

陆东深却给了她“正确答案”：“我做这些，仅仅因为你是女人，我是男人。”

蒋璃盘着腿坐在一垛香松木上，头顶上是大片星子，坠着天际，夜色太好，碎星就显得很近，似乎抬手可触。

火光摇曳，她笑得狡黠：“受人恩果千年记，今天你吃我口粮，我也不需要你感恩戴德，就顶了你前后两次救我，咱们扯平了。”

陆东深上前从她腿底下抽出条香松木来，她一晃险些从上面掉下来，他大手一扶，稳住她的身子：“不做商人可惜了，算盘倒是打得精细。”

蒋璃看着他将那条香松木扔进火堆里，篝火又燃亮了不少，驱散了夜幕下沉凉的寒意，这么看着他，她突然觉得有些异样，心底深处也有种暖洋洋的东西在滋生。

不似平时的高高在上，这样的陆东深让她觉得很有烟火气。

她支起腿，一只胳膊搭在膝盖上，懒洋洋的：“在这么个荒郊野岭，口粮可是救命的，这本来就是等价买卖，大不了明天我再让你蹭一顿我的口粮。”

陆东深坐在篝火旁，四两拨千斤：“今天我吃了你的鱼，明天大不了打来还你，但你欠我的就是欠我的，抵不了。”

这个人还真是油盐不进。

蒋璃懒得跟他多费口舌，从香松木上下来，又从里面翻腾出四根较粗的枝干，一屁股坐在篝火旁，将浸了油的布头拿出来裹住枝干一头，一层一层压住捆紧。

“这一路上凶残着呢，还不定最后谁欠谁的。”

陆东深没说话，靠在旁边，借着火光看她。被他瞅得不自在，蒋璃将两根粗枝绑好后，一扭脸去洗漱回了帐篷。

山林之中，落日而息。

夜里寒气大，所以回到帐篷里是最明智的选择。蒋璃在帐篷里点了亮，将这一天的行程路线和所见所闻记录在记事本里，然后，十分自觉地将陆东深从记录中屏蔽了去。

如果脚程没问题的话，明天就该到达主峰，尚且不说还有怎样的危险等着她，就单说抓麝香鼠就没那么容易。

旁边的帐篷里有了动静，应该是陆东深也回去了。蒋璃突然想起他在酒店住的房间，整齐得近乎变态，心想着帐篷里不知什么样。

想来不管什么样吧，肯定不如她帐篷里这般热闹。背包里的东西几乎被她摆了一帐篷，原因是要找笔。

把该记的都记好了，她伸了个懒腰，这才觉得肩膀酸疼得很，负重太大的结果，许是破皮了。解了衣服拉链，打算瞧瞧伤势如何，可衣服褪到一半的时候蓦地反应过来，紧跟着重新穿好衣服。

回头，帐篷外黑兮兮一片。

她只觉得头忽悠一下，心脏怦怦直跳，陆东深的帐篷始终没亮，那她刚刚脱衣服的影子肯定会晃进他的视线里，当然，如果他要是有心看的话。

这两天她独自一人惯了，怎么就把他给忘了？

旁边帐篷无声无息，蒋璃很有冲动想要闯进去揪住他脖领子，问他刚刚有没有偷看，可这么想着又觉得自己真是矫情，想他陆东深什么样的女人没见过，环肥燕瘦的还差她这一款？再说了，刚刚她又不是当着他的面脱光了衣服。

脸有点烫，蒋璃从一堆东西里翻腾出只小镜子，借着光亮一照，脸色绯红。

熄了帐灯。

彻底陷入黑暗。

她钻进了睡袋里。已经充分蓬松的充绒升级版睡袋，一钻进去就跟躺在棉花里一样，舒服温暖。在户外，跟大自然搏斗了一整天，到了此时此刻能安稳躺在睡袋里实在是件幸福的事。

可今晚失了睡意。

翻来覆去，最后像只蝉蛹似的蹭到帐篷边，冲着空气咳嗽了两声。

隔壁没动静。

她把耳朵竖直了也没听见半点声，就像死人似的听不见呼吸声。

这男人是睡着了？

她其实特别好奇他是睡着还是醒着。

睡着的话，那他打不打鼾？

醒着的话……

蒋璃打了个寒战。

那他在干什么呢？

挺尸般地又过了十多分钟，那边还是一点儿动静都没有。

蒋璃清清嗓子，头冲向他那边："奸商？"

没人回应。

"陆奸商？"

"干什么？"

蒋璃听见他动静后心里总算踏实了，又裹着睡袋骨碌回原位，刚要合眼，岂料那头开口了，命令口吻："说话！"

她双手扒着睡袋，说话？

既然对方有聊的意愿，那她还真是有一肚子疑问。

"陆奸商，你真是来找我的吗？"

"废话。"

还真是……

"你为什么来找我？"这是蒋璃在见到他之后想了大半天都没想明白的问题。

担心她？

别闹了，他跟她非亲非故的。

那头沉默了。

就在蒋璃以为他打算结束聊天了，不想他又开口："你这个人在我眼里没什么信誉度，所以，为了以防万一。"

果然！

"你说这话我就不爱听了，我怎么就没信誉度了？要不是为了部国强，我现在能在这儿凄风苦雨吗？"

"如果不是你装神弄鬼，你现在的确不用在这儿凄风苦雨。"他语气很淡，听不出什么感情波动来。

蒋璃就知道跟这个人聊天一准没什么好结果，干脆也就不继续了，一翻身，有一点点的凉入了肩头，她把睡袋拉高，整张脸蒙了进去。过了好一会儿探出脸来："你是怎么找到我的？"

那头没声音。

蒋璃又等了半天，还是没等到陆东深的回答，估计着这次八成是睡着了，可念头刚落下，就听他说："你做的记号，瞎子都能看见。"

冷不丁的出声吓了她一跳。这人是反射弧长吗？

"所以，还说你没户外经验？如果没经验的话怎么能看得懂我留的记号？"她决定把他拉下马。

然而，没能如愿。陆东深轻描淡写："只要不是傻子，都能看得懂。"

夜半时，蒋璃蓦地惊醒。

只觉得头皮嗖嗖地凉，不是寒冷，是一种危险正在靠近，直觉。

像她经常游走荒芜的人，直觉往往比理智更重要。

蒋璃一骨碌起身，冲着隔壁低声喊："陆先生！"

头半夜聊天聊得不愉快也就那样了，真遇上个什么危险她对他弃之不理的，也不是她性格能办出来的事。

可声音刚落下，就听陆东深的声音从帐篷外传进来，低低的："蒋璃，赶紧起来。"

这一声让她头皮发紧，三下五除二从睡袋里爬了出来，一掀帐篷，见陆东深早就坐在篝火旁，身边摆放着六把手工照明火把，其中两把是她临进帐篷前做好的，他这是又做了四把？

也就是说，她睡着的时候他其实一直没睡，守在帐篷外做火把？

见她出来后，陆东深将其中一火把扔给她：“一会儿不论发生什么事，都必须在我身边。”

这话向来是她对别人说的。

“你也感觉到了危险？”

陆东深将手中的火把燃亮，又顺势点亮了她的：“有时候感知危险未必要靠直觉，我不大相信直觉。”

话毕他将火把冲着林间一指，蒋璃借亮看过去，后背的凉意就更泛滥了。林间幽深，黑暗处有一对对绿光，贼亮贼亮的，分布了几处。

“是狼！”蒋璃低声惊呼。

陆东深看上去十分冷静：“有十几头。”

蒋璃心头一凛。

别说十几头，在这种地方，哪怕一匹孤狼也能置人于死地。

她又拾了两把火把，分别点燃，其中一把递给他：“只要篝火不灭、火把充足就没事，到了天亮狼群就会散去。”

陆东深接过火把，看了她一眼没说话。

绿光渐近。

是狼的眼，透着饿极了的光。

两人背对背而站，靠近篝火，手中的火把照亮了方圆之地。

那些狼或远或近，错落而有序地逼近，渐渐暴露于火光之中，悄无声息，犹若地狱使者。蒋璃借着火光悄然一数，心里一咯噔。陆东深估算得没错，十三头狼。整座祈神山有多少头狼她不清楚，但此时此刻的十三头，已经超出她的心理极限。

这不是她头一次见到狼，可就算前前后后见过的头数加起来也不及这次的多。都说狼群在减少，敢情都跑到这儿来了。

蒋璃将手中的两把火把捆在一起并成一把，手在腰间刀套一撤，抽出芬兰刀，时刻候着。

有一头狼在步步靠近。

火光映亮了它的眼，凶狠锋锐，尖利的牙齿都近乎透着寒光。它冷静极了，不急不躁，让蒋璃背后生凉。

“是狼王。”陆东深开口。

蒋璃侧头瞅他：“突然间觉得你俩挺像。”

都什么时候了，他还波澜不惊的。

陆东深轻笑：“我长得能比它耐看点。”

这个玩笑不好笑，至少蒋璃笑不出来：“我看它可不这么认为，你看那些狼……”

因为有狼王打头阵，其他的狼也都开始前行，像是幽暗中行走的鬼魅。

“一会儿逮到机会你就跑。”蒋璃压低了嗓音对陆东深说，“这么大的恩情能抵了你之前救我的两次了吧？”

陆东深嗓音低沉：“我说过，你欠我的就是欠我的。”

“哎你这个人……”

“小心！”

说时迟那时快，狼王蓦地原地蹿起，冲着他们的方向就扑了过来，陆东深眼疾手快，一把将蒋璃扯到了身后，紧跟着狼王就扑了个空。

这时蒋璃瞪圆了双眼：“奶奶的！拼了命了？连火都不怕了？”

陆东深没说话，死盯着前方动静，一直护着蒋璃。

那狼王一招没得势，在原地刹住脚步，转过身盯着他们。

蒋璃瞧着它的眼神，不愧是狼王，就算没马上得手都不急不躁。念头刚落，就见狼王冲天嗥叫，心中一凛，暗呼：“不好！”

狼有着极高的智商，狼王刚刚那一扑不过是虚晃一枪，能扑倒他们是最好，给其他狼节省了体力，但如果没得逞，那狼王也会试出他们的本事，然后再调整攻击策略。

许是狼王察觉他们两人并非那么好对付，于是仰天长啸。

那是一声令下。

意味着十三头狼将会群起而攻之！

蒋璃刚要提醒陆东深，却见他也抽出了刀。火光晃动，她离得他近，顺带也瞧见他那双眼。

跟狼王的眼一样，冷静又深沉。

心中狐疑。

虽说只是短短半天下来，但她也察觉出陆东深不同常人的户外经验，可现在她觉得也许他并非是只有户外经验那么简单，黑暗中他能迅速判断危险，又能从狼嚎中听出端倪，这一次不像是他说的瞎猫碰死耗子吧。

“我防西南，你顾东北。”陆东深低低地说。

最直接又是最周密的安排，蒋璃点头赞同，跟他背靠背而站。

那群狼果然靠近了。

在离近篝火的位置，都像是不怕火似的。只有一匹狼离火较远，是只幼崽，许是第一次跟着大狼出来觅食，怕火。

蒋璃心里那叫一个气啊，好嘛，这群狼敢情是拿着它们的命来训练它们的狼孩子。

狼王又是一声嚎叫，紧跟着几只狼从四面八方一跃而起，生猛扑来，速度极快。

蒋璃将火把一闪，冲着扑上去的狼就挥了一刀，那狼却躲得极快，没被伤到分毫，但许是被火把的烟呛到，熏得直打喷嚏。

而陆东深那边也是同样，快速躲过进攻狼群，其中一头狼的爪子被他的瑞士刀划伤，一时间几头狼不敢轻易上前。

蒋璃这边还未松口气，又有狼扑了过来，她惊骇，想要后退却抵住了陆东深的后背，紧跟着被一股劲力扯开，陆东深一个侧身护住了她，挥了手头火把，硬生生躲开了进攻。

蒋璃的手腕被他手间的刀柄硌的生疼，刚要抽回手，那狼王就冲着陆东深的后背扑过来。

人与动物的对决，尤其是在野外，最忌讳的就是将后背暴露，这也是陆东深最开始做的策略的正确之处，可刚刚他为了救她，后背就空了出来。

那狼王就瞅准机会试图攻之，蒋璃眼快，行动更快，迅速补了陆东深的暴露点，锋利的刀刃一扫，拦住了陆东深可能被狼王生扑的可能，却也只伤及狼王的皮毛，紧跟着那狼王来了个绝地反击，还没等蒋璃反应过来就再一次扑过来，这一次它大爪一挥，将她手中的刀打落在地。

陆东深快速转身，那头一脚踹了上前的狼，胳膊肘狠狠一顶，将狼王顶飞，却又觉得身旁生风，眼角就瞄见另一头狼直迎而上，千钧一发，蒋璃顶了上来，利落出手，成功击退那头狼。

不过短短两三分钟，两人已经气喘吁吁，那群进攻的狼也都暂时停了进攻，也跟他们一样气喘吁吁，还有没进攻的狼在那儿等着呢，虎视眈眈，许是都知道他们并非好对付。

“这次如果能死里逃生，那咱们就算是生死之交了。”蒋璃攥了攥手腕，刚才力气用大麻筋了，“这在道上是要歃血为盟拜把子的。”

她的刀已经拾不回来了，狡猾的狼王将那把刀踩在爪子下面。

“拜把子？”

“就这际遇了还不能拜把子？”蒋璃尽量调整自己的呼吸，“又或者你还惦记着那两次救命之恩呢？陆先生，刚才的一来一回我可是还清了。”

她动了一下胳膊，后肩疼得厉害，被狼爪子划的。

陆东深将手里的瑞士刀递给她：“拿着。”

“那你怎么办？”

愣神的工夫，瑞士刀已经被他塞到她手里了。

陆东深没说话，将她手里的两把火把夺了过来，跟他那两把捆在一起一并拿在手里，空出来的大手将她的手紧紧握住：“谁跟你拜把子？这一劫能活命的话，你欠我的还是要还。”

“那你松手，让我死吧。”蒋璃来了句。

“你的命是我的，留着还债。”

陆东深这边说着，那边就有狼群再次攻击。

两人身手敏捷，相互配合，可架不住狼多，它们可以替换喘气，可他们不行。很快，他们被狼群逼得离开了篝火，两人身上都有伤。其中几头狼也负了伤，蒋璃下手也不轻。

这期间，陆东深一直攥着蒋璃的手，群狼呈扇形排开将他们团团围住。

“不管怎么样我谢谢你。”蒋璃已经没力气了，她拿刀的手都在抖，这已经是她的极限了，换成其他人，压根坚持不了这么长时间，“这次我估计会挂在这儿，欠你的就下辈子还吧。”

陆东深也累得够呛，对面的毕竟是狼群，任他再怎么能打都架不住车轮战，但他始终没放手，闻言后道：“今日事今日毕，今生债今生还。”

“陆东深！”蒋璃从牙缝里咬出声音，骂出口，“你大爷的……我宁可被狼吃了！”

“那你还不如被我吃了。”陆东深死盯着前方的狼，甩了句。

蒋璃实在累得难忍，腿一软坐在地上，任由陆东深怎么拉都拉不起来了，她冲着他摆手：“你想把我拆骨入腹那得快点，要不然我就是狼王的了。”

那狼王已经带着狼群再次逼近，经过调整，它们还有的是力气，而她和陆东深已经注定是手下败将。

“蒋璃。”陆东深低唤了声她的名字。

她肩头不知怎的就一抖，总觉得这个时候他这么叫她没什么好事。果不其然，他说：“狼会先护着眼前食物，一会儿瞅准机会你能跑就跑。”

蒋璃心一紧。

她明白他口中的“机会”是指什么，这个机会就是他自己，当他成为狼群的食物时，就是她最好的逃生机会。

“我可不想欠你这么大的人情。”蒋璃心底迸生一种难以言喻的感觉，又暖又难受，揪着心脏疼，“要死就一起死。”

陆东深回头瞅了她一眼，忽而笑了：“放心，这次欠了也就欠了，不用你还。”

“陆东深！”

“还想骂我？”

不，她不想骂他，只是觉得，很累很绝望的时候，念到他的名字时多少会有点力气。

她跟他对视，久久说不出这番话。

直到狼王逼到他们跟前。

火把微弱的光终究灭了，唯一的一把刀这个时候也派不上用场。那狼王凑近了陆东深，只等嘴巴一张，锋利的牙齿一合，他们就会成为它们的食物。蒋璃虽说绝望，但也害怕，紧攥着陆东深的手。

陆东深却将她推到身后，任她想要上前都于事无补，她看着那狼王张开血盆大口，想拼尽全力再去挥刀，可就在这时震惊的一幕出现了。

狼王凑近陆东深，半张的嘴巴又合上了，鼻子在他身上闻了闻，紧跟着发出一声嚎叫。

这嚎叫跟刚刚的不一样，但具体哪儿不一样蒋璃说不上来，就觉得它好像是害怕什么似的，其他狼听到狼王的嚎叫后也开始节节后退。

只有那只幼崽一副初生牛犊不怕虎的架势往前冲，还踉踉跄跄地冲不利落。很快它就到了蒋璃跟前，却也只会用鼻子蹭她，然后叼住她的裤腿使劲晃脑袋。

蒋璃想到这一晚上的遭遇，气不打一处来，使出吃奶的劲朝着幼狼举起了刀，紧跟着不远处有狼在嚎叫，那小幼崽一愣，抬头瞅着蒋璃。

这一眼就让蒋璃下不去刀了，搁在半空，迟迟落不下来，她觉得这哪像是头凶猛的狼啊，跟桑尼家养的小狗似的可爱。

陆东深在旁喘着气："放了吧。"

蒋璃也是真心下不去手，末了手一松，刀子就落了地。那幼崽许是才明白过来刚刚的险境，一扭脸又踉踉跄跄地跑远了。

那群狼渐渐退去，就像是来时一样悄无声息。

蒋璃整个人趴在地上，现在能活下来她还是觉得不大真实。陆东深也坐在原地缓了许久，然后伸手拍了她一下："走吧。"

蒋璃趴着不动，半天后道："你掐我一下，我得先证明一下我不是在做梦。"

陆东深哭笑不得，上前环过她的肩膀将她拉坐了起来。

她也着实是一点儿力气都没了，头歪着靠在他的肩膀上，连眼睛都睁不开。陆东深转头瞅着她，她的脸皎洁如月，忍不住抬手，修长的手指即将触碰她的脸时滞了一下，然后初衷一改，掐了她的脸一下。

蒋璃呼痛，这才睁眼。

“咱们没死是吧？”

“是，命大。”陆东深仍旧搂着她。

蒋璃这才长长地松了一口气，那颗早就以为不复存在的心脏又开始有规律地跳动了。

夜风徐来，生凉。

有了冷意，蒋璃这才意识到自己还靠在他怀里，而他也还在看着她，两人的距离从未这般近过，尤其是他的脸近在咫尺，气息直往她呼吸里钻。

她蓦地推开他，一脸的不自在。

陆东深也顺势将身子斜栽一边，似笑非笑：“虽然说大恩不言谢，但你也不用这么快过河拆桥吧？”

“不敢不敢，小恩小惠你都斤斤计较，要是欠你个大恩，那我这辈子还能好过？”

嘴巴不饶人。

陆东深嘴角隐着笑，起了身，冲着她一伸手：“起来吧。”

蒋璃没把手给他。

隔着夜色，她与他对视。

他背后是大片星空，他的眼也似夜阑般深邃难懂，从她这个角度看着他，他高大如神祇。

她问：“你吃过狼？”

陆东深看着她不语。

蒋璃与他对视，再次问，一字一句：“你吃过狼，对吗？”

夜空下陆东深收回了手，这一次回答了：“是，我吃过狼。”

谭战被相关部门拉去问话，等出来时天际线半明半暗。

黎明前总是最黑暗。

齐刚等人一直在外面候着，终见谭战从楼梯上下来后，倚靠在车旁抽烟的齐刚马上把烟头一掐，快步上前。

谭战在临去问话之前一直在处理受伤员工的事，还有被封的几处场所他都要一一处理，紧跟着就被带走问话，这一天一夜下来心力交瘁。

天明前气温低，有风。

谭战没穿外套，大衣搭在胳膊上，齐刚上前后接过他手里的外套，其他手下开了车门。

“来根烟。”谭战没急着上车。

齐刚从兜里掏出烟盒，抽了支烟出来递给谭战，又为他点了火。做完这些，又给大家伙递了个眼色，让他们先退下了。

“天凉，您披上点。”齐刚将外套披在他的肩头上。

然后他自己也点了支烟，陪着谭战站在车旁抽烟。

“闹事的人查出来了吗？”良久，谭战问。

“估计是被人雇的暗路子。”暗路子就是指不务正业的混子或是道上的人，遇上这种情况，一般人也就作罢了，多一事不如少一事。

可谭战不行。

他从来都不是认㞞的主儿，势必是要将对方拎出来。关于这点，齐刚是最清楚的。

果不其然，谭战吐了口烟雾，阴沉沉地说：“我不管他们是哪个道上的，都通通给我查出来。”

“明白了。”

“举报的呢？”谭战问。

“正想跟您说这事呢，谭爷，举报的人查出来了，是龙鬼的人，叫天余，您应该有印象，就是总跟在龙鬼身边的那个年轻人，戴着眼镜，看上去斯斯文文的。”

谭战想了半天，总算想起了那个小伙子。

“这些事肯定都是龙鬼指使的！”齐刚语气愤愤，“这几年龙鬼看着咱们眼红没少给咱们惹事，我早就看他不顺眼了，他们不是玩阴招吗，那我就跟他来明的！”

在沧陵倒是有那么几个混道上的人，但多数都不成气候，充其量就是小混混，大事不敢做，小偷小摸的做得快。倒是龙鬼势力不小，没少为非作歹。

那个时候沧陵还没彻底整顿，也没像现在似的四通八达蒸蒸日上，古城里的人尤其是做买卖的营生都不算好，却便宜了龙鬼这类人钻空子捞偏门。当谭战在沧陵崭露头角时，他就没少避开警方的视线带人打压谭战，想要从中分羹，谭战不屑与他为伍，他便夜袭谭战的住所，差点要了谭战的命。

那一年，谭战伤势很重下落不明，龙鬼出一千万暗花来买谭战的命。所有人，包括齐刚在内，都以为谭战肯定过不了那一关了，岂料他回来了，身边还多了蒋璃。

龙鬼接到谭战回沧陵的消息后就去阻止，那蒋璃跟谭战一样能打，愣是披荆斩棘陪着谭战等来了救援，龙鬼的人元气大伤。

而再次归来的谭战更有意铲了龙鬼这颗毒瘤，他积极融资建企，连通外地外省企业共同发展，渐渐地，很多兄弟不愿意跟着龙鬼了，谁不愿意去过安稳日子？谁不愿意去赚些安心钱？所以不少人洗心革面来谭战这边工作，自食其力。

龙鬼心生不满，就将主意打在蒋璃身上，趁着谭战出差之时派了几个壮汉生擒了蒋璃。蒋璃平日身边不喜人跟，起居出入也独行惯了，所以知道她出事已经是次日早晨。

谭战得知后火速从外地赶回来，去龙鬼那儿要人，岂料他们刚赶到，就见龙鬼提着裤子从屋子里跑出来，见到谭战后反而一把揪住他，惊骇地指着里面说：“你女人、你女人她不是人！太吓人了！”

后来，有人说起蒋璃被龙鬼抓住之后的事，说龙鬼想要她从了他，但她不肯，龙鬼就关了她一夜，并且让她尝了皮肉之苦。但蒋璃生得太漂亮，龙鬼色心起也不忍她受皮肉之苦，翌日就打算连哄带劝让她从了。

没人知道龙鬼将蒋璃带进卧室后发生了什么事，以至于龙鬼从那天起一提到蒋璃就胆战心惊。

谭战这口气始终憋着，先不说依着蒋璃的本事肯定不能让龙鬼得逞，单是他看着龙鬼提着裤子的模样就恨得咬牙切齿，什么好言相劝，不过就是想霸王硬上弓而已。

如果不是蒋璃拉着，谭战肯定就对龙鬼大打出手了。

现在，许是龙鬼知道蒋璃不在谭战身边，所以就动了鬼心思。齐刚狠狠地吐了口烟，别说谭战有气，他齐刚也恨得牙根痒痒。

“那咱们就照着道上的规矩来。”谭战吸了口烟，慢悠悠地吐出，青白色的烟雾笼着他眉间的倦怠，“找人把龙鬼的人给咬出来，有了证据，我们做什么都是光明正大。”

“知情人也是龙鬼那边的，要他当闲话说说还好，明面指证龙鬼的左右手，估计他也不敢。”

“那就让他当闲话传。”谭战冷笑，“再给他点钱，告诉他什么该说什么不该说。”

齐刚点头。

谭战弹了下烟灰，语气沉凛：“这一次，除掉龙鬼。”

齐刚心头一凛，他从谭战眼睛里看出一丝狠意来：“明白了。”

天际一丝白，有光糅了进去，即将天亮。

谭战沉默了许久后问：“有蒋璃的消息吗？”

齐刚摇头。

谭战却道：“这次幸好她不在。”

齐刚看着谭战，心中五味杂陈。他们的谭爷，这次终下决心八成也是跟蒋璃有关，毕竟当年的那口气谭爷还憋在心里。

暗叹，红颜祸水。

蒋璃的帐篷毁了，连同背包里的食物。

在跟狼群的打斗中，帐篷成了最无辜的牺牲品，前仆后继的狼捣毁了能让她得以安生的住所，临退败之前，那群狼也不忘叼走她的食物。

恨得蒋璃咬牙切齿，认定了这件事肯定跟狼王有关，然后又觉得放了幼崽简直是错误至极。

不知感恩图报！这是蒋璃给那群狼的评价。

陆东深跟她的义愤填膺截然相反，淡定地说："说明你的手艺连狼都喜欢。"

他说的这些字串起来就是一句表扬的话，可蒋璃听着心里总是透着一股子不爽。

黎明前的那席谈话让她对陆东深有了全新的审视。

弱肉强食是所有生物成长的规律，狼群凶猛，但再凶猛的动物一旦得知对方比自己强大也会选择避让。那头狼王在自己占上风的局面下选择撤离，是因为闻到了陆东深身上危险的气息，这气息会强大到令它们退避三舍。

什么气息？

只有吃过它们的同伴，它们才会害怕。

有一种气味叫作同类反应气味，是存在于同类间的气味，很微妙也无法科学解释。这世上万物都有气味，闻不到，并不代表气味不存在。

陆东深吃过狼。

他为什么会吃狼？她绝不相信是他百无聊赖让厨师弄头狼来做各种美食烹饪。

那他到底经历过什么？

只可惜，在陆东深仅仅承认他吃过狼后，她再多的疑问他都不再作答。

逃过死劫后，天际就放亮了。

蒋璃也没时间多想，简单收拾一下就继续往主峰赶。这一路上倒是顺畅，许是上天垂怜，也没遇上太大的危险。

只是她肩头的伤会时不时疼一下，那一爪子抓得狠。陆东深问及她的伤势，她轻描淡写一带而过。可沿途她一直在找去腐生肌的草药，想着入夜后用清水洗过敷上。

陆东深身上的伤大多露于表面，皮外伤，伤势不重，她原本担心伤口会发炎，但他大开大合，途经泉水后简单处理即可。

蒋璃瞧着那泉水清澈入口甘甜也就放心了，顺势灌了满壶，留着路上喝。陆东深更是直接，单膝支地手捧泉水喝了几口，然后脸扎水里，再抬头时用力甩了一下头，抬手抹了把脸，整个过程利落豪爽。

蒋璃在旁看着这一幕，不知怎的又把他和那狼王联系在一起了。

两人启程早，所以到了主峰之后刚刚中午。主峰多山崖峻岭，林木就远比来时少了很多，又多溪河深潭，风景甚好，只是潜在的危险也不少。

寻找麝香鼠的踪迹不易，毕竟是漫山遍野，不像是在养殖场似的随便抓来便是。这一路上蒋璃一直盯着地面不放，两只眼睛跟雷达似的，陆东深问及，她回答说：找麝香鼠的屎。

有排泄物就证明有麝香鼠在附近活动。

皇天不负有心人，终于在一片靠近潭水的山地让她发现了麝香鼠的排泄物。

“死耗子够狡猾，靠水这么近，看来方便没事的时候出洞找水喝。”蒋璃叉着腰，脚底下是一小撮草丛，草丛下有个不大的圆洞。

陆东深走上前一瞧，问：“鼠洞？”

“是。”蒋璃蹲下身，从包里取出一次性手套戴上，捏了洞口的一小撮泥土来，手指捻了捻，又凑到鼻子前闻了闻，然后说了句“老天”，紧跟着身子一歪倒地。

陆东深见状一惊，大步上前，蹲身下来，见她合着眼，轻拍她的脸：“蒋璃？”

蒋璃没动静。

陆东深探了一下她的呼吸，正常，然后手指一绕，按在她的颈动脉上，就见蒋璃缩了一下脖子，笑道：“痒死了。”

见她没事，陆东深这才松了口气。

蒋璃一骨碌坐起来：“不错啊，没急着把我拉起来，怎么你们从商的还要学习急救常识吗？”

陆东深见她笑得发贼，他也笑了，清风淡雨却有故意之嫌，反问：

“你是打算在这儿捉麝香鼠了对吧？”

“当然。”蒋璃两只眼睛发亮，戴着手套的手在他眼前晃了晃，“分泌很旺盛的麝香啊，这下可被我赚到了，这种野生麝香太珍贵了！”

陆东深顺势握住她乱晃的手：“你这么兴奋，原本不该打击你，但有句话不得不说。”

“什么话？”一时间倒忘了抽回手。

陆东深笑容更炽：“你的帐篷被狼给毁了。”

没错。

她的帐篷被狼毁了。

在陆东深十分故意地提醒她之后，她就盘腿坐在地上跟入定了似的思考了十来分钟。

意味着什么？

意味着她只能面朝黄土背朝天，运气好的话能找棵靠谱的大树把睡袋悬挂，自己像蝉似的窝在里面竖着睡，但这种地方，哪怕是看似慈祥的树木都有危险。

又或者……蒋璃扭过头一瞧，不远处陆东深已然搭好了帐篷。

瞥见他的身影后，蒋璃马上又转过头来，不知怎的心脏就跳得厉害。一挺脊梁骨，她蒋璃自恃傲骨，还没沦落到接嗟来之食的地步，再不济狼还给她留了个睡袋。

一门心思用一路收集来的藤蔓编织篓兜。

抓麝香鼠倒是难不住她，只要找到了它的老巢，用上这篓兜就能如愿，就希望祈神山的麝香鼠别像是那群狼似的成了精，再耗上个两三天，她非疯了不可。

正想着，头就被人摸了一下。

蒋璃俊眉一蹙，头一偏。陆东深居高临下，跟她说：“别乱走，我一会儿就回。”

干什么去啊？

这话都没来得及问出口他就走了。

掂量着手里的篓兜，估计十来个就够了。刚刚她探过一番，洞口有麝香味的也就那么几个，把其中一头洞口用篓兜兜住，也算是天罗地网了吧，就算时运再差总能抓上一只。部国强的情况，一只麝香鼠的麝香足够，赌的就是她判断是否正确了。

蒋璃深吸了一口气，抬眼看向远方。

叠嶂万里山峦起伏，近一些是刺眼的光，再远一点儿就是沉沉暮霭，耳畔是清徐风声，偶尔还有窸窸窣窣的声响，也许是不知名野兽前来探路的脚步声，也许是能取人性命的虫鸟蛇蚁。

呼吸间是清冽的气味，有树木、有花草，还有陆东深临走时残留在她鼻翼间的气息。

只要别是馥郁的香就好，在气味学中，恶臭的气味一定是有毒的，但在这原始丛林中、这般无人之境，香气逼人的东西往往致命。

悬在胸腔的那口气轻轻舒出。

山上一日人间百年，想来不过四天光景，有关天际酒店的事、有关沧陵利益之争等等此类，一时间竟觉得是上辈子的事了。就连原本应该是她的死对头的陆东深，她从未想过有一天能跟他一起出入这无人之境，历经生死。

手背微微刺痛。

蒋璃低头一瞧，干枯的藤枝刺破了她的手背，没出血，却有感觉。

顺势将手头的篓兜编完，一伸胳膊，牵了肩头的伤。

背包里寥寥几棵草。

在这一点上就不及天周山了，闭着眼睛随便一抓都是能敷伤口的草药。

倒是没有多痛，只是觉得为了个部国强在肩胛骨上留道疤太不值当了，可这点草药敷上去也起不了太多作用。

心中哀号，一失足成千古恨。于是，万般不痛快的心思化作骂人的冲动：陆东深，你大爷的……

身后有人咳嗽了两声。

蒋璃肩头一僵，扭头。

陆东深不知什么时候已经回来了，正准备生火，见她转过头，不紧不慢地说："背后不说人的道理不懂吗？"

"你走路怎么没声音？"蒋璃也是觉得邪门了，前后两次骂人都被他逮个正着。

陆东深堆起了篝火，香松木燃起的小火苗迅速蹿高，他又往里扔了根香松木："不是我走路没声，是你骂人骂得太投入。"

蒋璃真是瞧不上他的气定神闲，支起腿，胳膊架上去拄着脸："哎，陆奸商，问你件事呗。"

陆东深抬头扫了她一眼。

"你跟你的陈瑜在一起的时候也这样吗？"

"哪样？"

"就是现在这样啊。"蒋璃上下打量了一下他，"居高临下的。"

陆东深停了手上动作，看了她少许，然后说："你过来。"

"你看你看，就这副模样，你家陈瑜能受得了你啊？"蒋璃虽这么说，但还是起身上前，一屁股坐他身边，"说说你和陈瑜的事呗，比如什么时候认识的，怎么谈恋爱的，在一起多长时间了，是不是要结婚了。"

陆东深将一只篓往她面前一搁："做鱼吧。"

蒋璃一愣，然后拎起篓朝里一看，惊喜："行啊你。"

小篓编得不怎么样，充其量就是拿藤条简单捆成了个容器，但篓里的东西可真是让人心悦，四条还在活蹦乱跳的鱼，随便一条拎出来都有三斤多重，这在她以为没了食物会吃糠咽菜的心情下突然见了荤腥，比中彩票还要高兴。

"在哪儿抓的？"她拎出条鱼来，但鱼身太滑，一个蹿劲就从她手里蹦出来了，她一个飞扑在地，压住了企图逃跑的鱼。

"离这一公里外有个深潭，我看鱼质肥美应该能吃，所以钓了几条。"陆东深将她拉了起来，在鱼蹦起之前大手一按，抓鱼回篓，"昨天吃了你的鱼，今天就当还了。"

"你钓的鱼？"蒋璃惊诧，想他临走时两手空空，回来的时候也不见渔具，“怎么钓的？”

“潭边有些小动物的骸肉，再做个简单的渔具不难。”

蒋璃一听，第一反应是反胃，第二反应是：“骸肉？新鲜的？”

“新鲜的骸肉是最好的鱼饵。”陆东深知她的意思，“骸肉新鲜，说明潭里危险，我钓鱼的时候，潭里的确有几只看上去像是鳄鱼的东西浮在那儿。”

“看上去像是鳄鱼的东西？那是什么东西？”

“知道咸水鳄吧？”

蒋璃点头，那是体长能排世界之最的鳄鱼，她之前见过一次。

“潭里的东西比咸水鳄还要长，目测能有十多米，体型庞大，头生角。”

蒋璃听他这般描述，后背泛凉，像是鳄鱼，又长着角，那是什么东西？

“这山里有些奇珍异兽很正常，我们小心点就行。”陆东深轻声安慰。

蒋璃看着他，脑补出了这样一个画面：几只看上去像是鳄鱼的巨型怪兽漂浮在水面上，他却慢条斯理地在潭边钓鱼。

这男人的心理构造是怎么长的？

“不想它们夜袭，首先要管好你的伤口，听说水里的东西会顺着血腥味找过来。”陆东深从背包里拿出大把植物来。

蒋璃定睛一看，竟是她一路沿途要找的草药，又是惊讶。

“我在潭边看着跟你一路采的有点像，就都给你摘回来了。”

蒋璃点头：“浮木草。”

她怎么就没想到，那潭水危险，但很多小动物都要去那儿喝水，一旦被袭，重则丧命，就如潭边的那些尸骸；轻伤的动物都会寻最近的救命植物来食。浮木草不仅生长山野，只要有水的地方就会生长。

枝叶可入药，晒干可提香，用作香熏最好，能调理五脏气血。

陆东深什么都没说，起身拿过她的背包，将浮木草一并放了进去。蒋璃看着他的背影，知道这个时候应该跟他道声感谢，可又不知道怎么说出口，所以一时间也陷入沉默。

“想怎么吃？”陆东深将浮木草放好后，又回她身边坐下。

蒋璃没反应过来。

陆东深将四条鱼从篓里拎出来："鱼，想怎么吃？"

蒋璃这才恍悟，果断做了决定："两条炖汤，两条烤着吃。"

"好。"

"哎，是不是应该留两条晚上吃啊？"蒋璃为今晚的口粮犯愁。

"不用。"陆东深几下将鱼敲昏，抽出瑞士刀十分利落地收拾鱼，"晚上保证你能吃上兔肉。"

蒋璃心里泛暖，就如眼前篝火，徐徐热浪，素日在古城见惯了嘴巴抹蜜脚底抹油的男人，喝起酒来口若悬河，承诺之事更是信手拈来，像是陆东深这种一诺千金的人倒是少见，看来他也不是口出狂言，的确是能上山打猎下河抓鱼的主。

入夜，麝香鼠出动的时间。

蒋璃将自己乔装打扮了一下，采了带着宽大叶脉的树枝围了顶帽子扣头上，遮住了大半张脸，脸上蹭了脏兮兮的泥巴，在离麝香鼠洞口几米开外的地方守株待兔。

陆东深还真是说到做到，天刚刚擦黑的时候他就擒了两只野兔来，一公一母。蒋璃看着他用藤和粗树枝做成的简易原始弓箭，就差对他五体投地了。

"估计这公兔和母兔跟咱们的关系一样，一对冤家，双双丧命。"

陆东深却道："说不准是对夫妻。"

蒋璃一听这话心软了，跟他说："那你杀它们的时候千万别让我看到，否则我吃不进去。"

陆东深笑："我还以为你让我放了它们。"

放了它们？

那他们就得饿肚子。

祈神山上危险重重，一旦体力跟不上就有生命危险。面对生命，谁第一时间要做的都是拼尽全力不择手段。

美美吃了顿兔子肉，蒋璃打了个漂亮的嗝儿，然后就开始折腾捕捉麝香鼠事宜。

陆东深有心帮忙被蒋璃拒绝，原因是陆东深说的话没能让她心悦，他说：“你现在也算不上是个健全人士，捉鼠的方法你告诉我，我来帮你。”

蒋璃的眼珠子都快翻出来了，跟他嚷嚷了一通：“就你能！”

于是，她亲自上阵。

他落得一身清闲，先是排查了周遭的危险系数，然后溜达到她跟前，见她一本正经地守在那儿，忍不住提醒了句：“抓只耗子而已，你把自己扮得跟原始部落似的有必要吗？”

“你懂什么？”蒋璃怼了一句，“我头上戴的和脸上的泥都有麝香鼠的气味，这样才能吸引麝香鼠回巢。”

陆东深不继续打击她了。

事实证明蒋璃的做法是专业的。

月上三竿时，有窸窸窣窣声入耳，像是小动物在乱窜的声响，又像是啮齿动物在觅食。

蒋璃守在原地没动，死盯着早已布置好的鼠洞。陆东深靠在帐篷外，双臂抱胸假寐，但凡听见一丝动静都会睁眼看看情况，每每瞧见蒋璃还在不远处，然后再闭上眼。

突然，蒋璃拔地而起。

陆东深也听到了声音，蓦地睁眼，迅速起身，冲着蒋璃就过去了。再看蒋璃早已蹿远，身形十分敏捷，让陆东深又想起之前抓的那两只兔子。

暗笑，这蒋璃能是只温驯的兔子吗？

月色下草影晃动，是那麝香鼠在逃窜。蒋璃在后面连扑带追，最后累得气喘吁吁。等陆东深追上来时，她坐在草地上一脸的苦大仇深。

“鼠呢？”陆东深站在她跟前问道。

蒋璃抬手用力地搓了把脸：“成精了。”

陆东深挑了挑眉。

蒋璃没再说什么，起了身，刚打算往回走，胳膊被陆东深一把拉住。

她回头看他，没好气地说：“你放心，今晚上我一定会抓只耗子。”

陆东深置若罔闻：“你肩膀的伤怎么样了？”

蒋璃将胳膊从他手里抽出来：“死不了。”

再成精的动物都架不住陷阱重重，蒋璃做了不少小篓，目的就是全面撒网，不能将全部的希望押在最大的鼠洞上。

她拿了一口小锅和勺子，挨个洞口前敲响。陆东深坐在离篝火旁几米开外的地方瞧着蒋璃抓鼠，一时间也不觉得山林时间漫漫，倒是觉得还挺有意思。

不知过了多久，就听见蒋璃欢呼一声。

他看过去。

于是乎，入眼的是这样一幕。

暮色的天，悬着一牙月，星子被洗得铿亮。星空下，蒋璃就站在那儿，一手叉腰，一手高举着小篓，那篓里有一只活蹦乱跳的麝香鼠。她笑得十分嚣张，麝香鼠许是被她魔性的笑声刺激着了，更是惊恐万分。

还真被她抓住了。

陆东深看着夜色下的蒋璃，胸口不知怎么的泛起一丝痒痛。

有多久没这样过了？

山中虽险，却远离尘世。在商场上打拼的年头多了，来到这险要之地方才觉得，即使这里再凶险也不及利益倾轧下的人性。

他开始贪念这样的时刻，肆意又随心所欲。而蒋璃，这般洒脱的女子，即使知她秘密重重，但也觉得，她是活出了他想要的模样。

“陆奸商！”蒋璃打远喊他。

陆东深微微一蹙眉，这个称呼着实让他头疼。

她冲他晃了晃手里的小篓，笑得越发得意：“鼠王啊！我抓了只鼠王！”

陆东深冲着她竖起了大拇指。

蒋璃在这边有种终于大喘气的畅快，想来她这一路上历尽风险，就为了这么一只鼠，又被陆东深的气场一直压到现在。如今鼠在手，她就是那个赢家，可以扬眉吐气了。

只是，蒋璃光顾着欣喜了，忘了祈神山上的动物都有超出寻常的负隅抵抗精神，那只麝香鼠在小篓里突然来了个绝地反击，拼尽了力气往上一冲。这股子力气来得突然又劲猛，蒋璃一个松神，紧跟着小篓就从手中挣脱。

“哎！”

蒋璃惊呼，眼睁睁看着那只麝香鼠带着小篓往前跑，很快，它七甩八撞下终于从小篓里逃了出来，慌不择路冲着篝火的方向去了。

陆东深眼瞧着一个灰锵锵的东西冲着这边过来，紧跟着是蒋璃的一声歇斯底里：“陆奸商！”

他抬眼看过去。

蒋璃离他四五米远，冲着他摆出少安毋躁的手势，跟他说：“你别动啊，千万别动。”

陆东深余光一扫，就瞄到了身边那只灰锵锵的鼠影，这麝香鼠的胆子还真不小，又或者它是被肉味给吸引了？总之，它就在他身边。

陆东深第一个反应是迅速将它擒拿，但见到蒋璃那副他只要一动她就敢跟他玉石俱焚的神情就作罢了，左右他也没逮过麝香鼠，万一没逮到，蒋璃肯定会跟他拼命。

蒋璃朝着这边蹑手蹑脚过来。

那只麝香鼠两脚着地站立，两只前爪端在胸前，左顾右看，又瞧见蒋璃朝着这边过来，脑袋就不动了，直直地盯着她，全身警觉。

“你乖啊，别动哟。”蒋璃哄劝。

“你这话是说给谁听的？”陆东深好笑地看着她。

吓得蒋璃忙将食指竖在嘴边，示意他噤声，陆东深忍笑，任她像个贼似的一点点上前。

那麝香鼠果真是冲着肉味来的，还有些吃剩的兔肉搁在香松木上，鼠就凑上前来闻，如此，就离他不到一臂的距离。陆东深看了蒋璃一眼，蒋璃目测了一下距离，给他做了个提示。这提示陆东深倒是看懂了，她的意思是，两人通力合作里应外合。

也不愧是麝香鼠王，有着硕大、圆滚滚的身体。寻常麝香鼠不过三十多厘米长，这只麝香鼠身长目测能有半米，光是那条尾巴就有三十厘米长。颈短头扁，眼睛乌溜溜地转，通体棕黑色，就跟成精了似的。

后肢较长，趾阔有蹼，前腿短，爪中抱兔肉就状如人手，吃得那叫一个津津有味，看得蒋璃一时间产生质疑，都说麝香鼠平日会食些小鱼小虾，或是些水草草根之类，怎么还对这大荤之食感了兴趣？

最后得出个结论，鼠王就是鼠王，口味都跟普通的麝香鼠不同。

不管怎样，它能安静吞噬是好事，方便了蒋璃的进一步行动。

慢慢靠近是不可能了，这厮狡猾得很。

蒋璃向陆东深伸出手指，开始倒数，三、二、一！

最后一个数字落下后，蒋璃冲上前，与此同时陆东深也反身大手一抓。说时迟那时快，就听那鼠发出一声叫，蓦地反弹而起，陆东深只瞧见眼前一团东西跃过来，借着篝火的光亮，眼角的余光又扫见蒋璃一冲上前的身影。

手指还没等碰到麝香鼠，下一秒他整个人就被蒋璃扑倒在地，她结结实实地压在他身上。

月色清冷。

有些光落入陆东深的眼眸里，蒋璃近乎跟他脸贴脸，这般亲近是之前未曾有过的，距离之近就能清楚瞧见他的眼，似墨黑似海深，只是事发突然，他看上去愕然，浓眉高鼻，英俊模样让人看了就心生欢喜。

她两手把着他的肩膀，方才觉得他的双肩要比看上去的还宽阔，身下是他的胸膛，他的胸膛亦是肌理流畅结实。

看着看着蒋璃竟想起部梓莘来，还有那个陈瑜，这男人生了一副极好的皮囊，也怪不得那些个女人为他痴为他狂。

身下的陆东深已然恢复平常，瞧着她，薄唇含笑："蒋璃，你投怀送抱都这么豪爽？"

蒋璃眉一皱："我对你投怀送抱？别想美事了！"话毕一手在他身上直摸，"鼠呢，鼠呢？"

陆东深刚刚不过是在逗她，想来她就是逮鼠心切意外之况罢了。可她这么一动，说是没有心猿意马那是瞎话。

他喉头紧了一下，伸手控住了她的手，一并搭在她的腰上："别乱动。"

隔着衣料，蒋璃觉得腰间一暖，不知怎的耳根就烫了一下："你到底有没有抓住它啊？"要不是怕跑了鼠，她早就起身了。

话音刚落，就觉得腿间像是被什么东西顶了一下。

"你大爷的！你对我耍流氓是吧？"月色下蒋璃倏地红了脸，嘴巴不饶人。

陆东深无奈，大手一探，紧跟着揪出团毛茸茸的东西来。蒋璃定睛这么一看，倏地松了口气。

是麝香鼠。

终于逮到这厮了。

伸手去接，下一秒陆东深翻身将她压在身下，一手钳着那只不安分的麝香鼠。

"你干什么？"

陆东深将脸低垂下来："下次再让我听见你骂人，我就……"

像是警告，可这话就说了一半他就不说了。蒋璃觉得他盯着她的眼比刚刚更暗了，像是有化不开的黑雾缭绕，他的喉结似乎滑动了一下，这样的一个陆东深，总是昭示着跟平常沉静理智不一样的野性危险。

没由来地，她觉得气短，原是理直气壮的话脱出口就成了轻飘飘的："你、你就怎样？"

陆东深看着她皎洁如月的脸，目光又下移，落在了她的唇上。良久后才开口，气息少许紊乱："我就饶不了你。"

蒋璃只觉得身上一轻，他起了身，把手里的麝香鼠递给她："再让它跑了，我也同样饶不了你。"

她一手按住麝香鼠，瞅了一眼他的背影。"饶不了你"这句话像是刻在脑子里似的，一遍遍在耳边回放。

麝香不难取。

蒋璃用绳子缠好了一只小网兜，一头套住麝香鼠的上半身，留了尾部在外面。

一般的麝香鼠，只有在发情期才能取出麝香液，但祈神山上的麝香鼠繁殖能力极强，尤其是麝香鼠王，只要轻轻按摩其腹部就能取出极好的麝香液。

只是，一个人忙不开。

蒋璃将网兜的一头拴在树干上，勉强固定好麝香鼠，从背包里取了小型容器，用了简易胶带固定在麝香鼠的生殖器口上。可那麝香鼠唯恐性命不保，惊慌失措不停乱窜，影响取麝香的工作。

蒋璃只好向陆东深求救。

陆东深按照她的吩咐控住了乱窜的麝香鼠，这下子，麝香鼠只能乖乖就范，她将容器重新置好，一手按摩麝香鼠腹部的香腺囊，然后，麝香液就顺着麝香鼠的生殖器口流出，容器中就慢慢地得到了乳白色黏稠物。

原本也没什么，可陆东深看着看着就觉得异样了。

尤其是蒋璃手指葱白纤细，按在鼠腹时力道轻柔，即使那挣扎的鼠都停了动作，嘴里发出低低的声响，乳白而黏稠的麝香液徐徐流出，麝香鼠的小腿一蹬，液体就有些溅在她的手指上。

陆东深将目光移开，落在她脸上。她认真工作时有一种执拗的美，微微偏着头，露出优美的颈部弧线。

他觉得小腹没由来地一紧。

眉头一皱，然后将小兜重新固定在树干上，没好气地说了句："这活我做不来。"

"哎！"蒋璃忙将器皿扶好，抬眼一瞧他已经回了篝火旁坐下，嘟囔了句，"真是身娇肉贵的大少爷。"

一顿折腾，已是月黑风高。

蒋璃将麝香液放好了之后蹭到篝火旁，陆东深坐在旁边往里添香松木，火焰就高了些。她将手伸前暖了暖，可怎么暖，风一吹过都觉得瑟瑟发冷，终究还是跟大自然妥了协，轻咳了两声："那个……"

陆东深瞅了她一眼。

蒋璃挠了挠脖子："今晚你还打算守夜吗？"

陆东深说了句："看情况。"

一听这话，蒋璃马上道："那我睡你的帐篷里吧，别浪费了。"

陆东深将手里的香松木扔进火里，侧过身看着她，眼中促狭："你想跟我睡在一起？"

蒋璃心口一掀："什么睡在一起啊？反正你都打算守夜了，还有，我这么九死一生的还不是因为你？有点绅士风度行不行？"起身抱起背包和睡袋，"就这么说定了啊。"

陆东深见她跟强盗似的钻进了他的帐篷，顿时失笑。

简单洗了洗，又做了两把火把，围了篝火，做完这些后陆东深想了想，掀了帐篷进去。

他初衷很简单，取了睡袋睡在篝火旁，一是不至于那么冷，二是警觉夜里危险。可没想到的是帐篷一掀，他就瞧见蒋璃坐在那儿，衣服褪了大半，露着肩膀，肌肤生香。

陆东深一愣。

里面的蒋璃也吓了一跳，抬眼看他时，眼里是有粼粼的光亮。她没点头灯，帐篷里只着外面篝火的光亮，托得这一幕分外妖娆。

直到冷风起，蒋璃忍不住打了个寒战，一把拉高衣领，却不小心碰了伤口，疼得龇牙咧嘴："大哥，你看也看了，要么进来要么出去，冷！"

陆东深略有尴尬："抱歉。"话毕要退出去。

"哎——"

他停了动作，凝视着她。

蒋璃清清嗓子，再开口就有点别扭："那个……能帮我个忙吗？"

昨夜狼王一爪子下来毫不留情，当陆东深瞧见蒋璃后肩上的伤口时方知深浅。

敷伤口的草药都被蒋璃弄好，想要一点点涂在伤口上只能靠外人帮忙。四条抓痕，伤口周边有些红肿。

陆东深嘴上不说，但心中着实愧疚，当时她替他挡那一下子他是看在眼里的，一路上她不喊疼，又身手敏捷地抓麝香鼠，他还真以为是伤口不深。

取了壶中水，净了手，然后取了纱布替她清理伤口。

壶中水清凉，是清泉之水，入了夜水温也就跟着冰了。冷水一沾肌肤，蒋璃就忍不住轻颤一下，然后，陆东深眼睁睁看着她裸露在外的肌肤起了鸡皮疙瘩。

这丫头挺敏感。

他忍不住笑，拎了水壶出帐篷。

蒋璃费解，凑到帐篷前掀开一角瞧出去，陆东深正在火上温水，心口就跟着热了一下。

等他再回帐篷帮她清理伤口时，那水温不冷不热，洗过时也不刺激伤口，蒋璃说："陆奸商，你的心可真细呀，我收回之前说过的话。"

"你背地里没少骂我，收回哪句？"陆东深清理伤口的力道放轻。

"不过是被你抓了两次的口头语而已，哪有你想的那么阴暗？我蒋璃做人做事向来坦坦荡荡。"

陆东深笑而不语。

"之前我觉得你这个人吧，怎么说呢，城府太深心思太重，当然，现在我也这么认为。"蒋璃环着双腿，伤口经过温水的处理胀痛感舒缓了不少，"但经过这两天的相处，我觉得谁能做你的女人也不会那么没意思，应该会被你照顾得挺好吧。"

后肩微凉，是清理了伤口后等肌肤干润才好上药。

蒋璃说完这话后始终等不来陆东深的回答，回头来瞅他。他在看着她，眼里的光依旧很深，无法揣测他心中所想。

"你的反应让我觉得我像是说错话了。"她奇怪他的沉默。

陆东深唇角微微扯了一下，她的眼里有太多的探究，眸光睿智又明朗，这本就是个七窍玲珑的姑娘。目光一转，瞧见她别处的风光。大手一伸将她的脸扳回去，拿了研磨好的草药，照着伤口涂了上去。

蒋璃的肩膀缩了一下，嘴上哼了一声。

“疼了？”

“嗯。”她也没故作轻松，这草药固然百般好，但汁液入伤口时总会引起疼痛，疼痛过后方才解脱。

“我轻点。”

蒋璃也没多解释，额角渗了细汗，洇湿了发，草药再涂上伤口时，灼烧般的疼痛让她忍不住一把抓住了陆东深的胳膊。

这一抓就抓进了陆东深的心里，只觉得她的手柔软温凉，抓着他形同在抓着一根救命稻草。

“是不是我采错草药了？”他担忧。

蒋璃摇头：“就是这样，前后要涂三层，一层疼，二层烧，三层冷，过后就好。”说完这话才知自己一直抓着他的胳膊，忙松开，道了声歉。

“没关系，疼你就抓着，忍不住的话咬我也行。”

一句话说的蒋璃笑了。

还真是奇怪，经他这么一说，她反而觉得不那么疼了。

敷好药，蒋璃就开始瑟瑟发抖，草药的汁像是渗了冰，彻骨的寒。草药在发挥第三重功效时不能躺不能趴，所以蒋璃只能将衣领拉得挺高，坐在睡袋旁咬着牙强忍。

见状，陆东深将身上外套脱下来披在她身上，顺势将她搂在了怀里。

蒋璃一怔。

他却低笑：“放松点。”

她的后背贴着他的胸膛，裹着她的外套上是男人身上的气息，抬脸就能擦到他的下巴，就这么靠在他身上，能身体力行地感受到他结实的肌肤。

这般亲近，总会让人心慌啊。

“还冷吗？”陆东深低头问。

浑厚的嗓音像是长了脚似的顺着她的耳畔爬进心里，她摇摇头，心被掀快，想要避开这般暧昧，他的手臂却固若金汤。

“别乱动。”他见她有心躲着，笑得低沉，“你还有不好意思的时候？”

“你说这话我就不爱听了啊，我好歹是个姑娘家吧？”蒋璃为自己正名，“这也就是时代进步，要搁古代，你看了我大片后背，要么你娶了我，要么我杀了你，这可是名节问题。”

陆东深故作沉吟：“嗯，倒是可以考虑。”

这话听得她心脏一翻滚，条件反射地回头看他：“考虑什么？”

陆东深眼里有笑，微微偏头瞅她，不说话。

不知怎的，她就觉得有瞬间窒息了，只觉得他眼里像是有把钩子，一直在勾着她的某种情绪。又有一种混沌不清的感觉在滋生，似远似近的。这种感觉，叫暧昧。

这才见陆东深慢悠悠地开口：“可以考虑杀了你。”

蒋璃一怔。

“荒郊野岭，最理想的抛尸地。”他唇角笑谑。

像是被人晃点了一下，依照蒋璃的性子也是睚眦必报的。她的目光所及就是他性感的喉结，最直接的念头就是狠狠咬上一口，于是，她就这么做了。

陆东深绝没想到她会扑上来咬他，闷哼一声，将她拉开，脖子就多了两道牙印。

“狼崽子啊你？”他盯着她。有一点点疼，但更多的是温热，还印着她唇的柔软。更多的就是这份柔软，勾得他心头刺痒。

蒋璃笑得肆意：“是你刚才说的，疼得受不了的话咬你也行。”

奈何，陆东深从不是被动挨打的那一个，抬手箍住了她的后脑，紧跟着压下脸。突如其来的变故让蒋璃下意识地抵住了他的胸膛，盯着他一脸警觉，心里七上八下的。

陆东深也没有侵犯的意图，任由她的手臂就那么抵着，沉笑：“咬我？胆够肥啊。”

他的脸颊几乎擦着她的脸，控着她后脑的大手看似虚扣，实际上却将她牢牢箍住。

见避无可避，她就轻咳了两声：“陆奸商，在这种地方你我势均力敌，我可不怕你。”

“这么说，你怕过我？”

“怕，当然怕。你背后是能碾死人的陆门，你说我怕不怕？”

陆门是商业帝国，蒋璃猜想陆门以天际为排头兵，陆陆续续在国内发展各项产业，目的也不会那么单纯，如果再能打通几个重点城市，那陆门的势力将会可想而知。

但陆门进军国内市场，是好也是不好。好是因为国内目前高速发展，经济飞涨市场繁荣；不好就是外资想要融入本土，势必是要先扒一层皮来，尤其是要面对当地利益的竞争。

蒋璃觉得，陆门想要在国内市场长袖善舞是迟早的事。还有一点她没说出口的是，相比陆门来说，陆东深这个人才是更让她心生惧意。

有一种男人的狠是写在脸上的，有一种男人的狠是刻在骨子里的，前者装腔作势，遇上真格的就㞞了，蒋璃这几年碰着的前者比较多，后者才是真正的山中虎林中狮，不动声色能成大事。

谭战是后者，有商业头脑，但斗狠起来那是真叫一个狠。

陆东深也是后者。

可他不同于谭战，他身上没匪气，却能在商界所向披靡，被外界称为战神，足可见得他的狠劲藏得更深。像是在陆门能傲居群雄之首，靠的可不是什么裙带关系，想来都是靠着实打实的本事坐上权位。

陆东深作为陆门太子爷，旗下笼络了陆门大部分产业，怎么会是个单纯的人？想来这些年不管什么人他都见多了。但这就好比万花丛中过，片叶不沾身，不染荤俗，可见他知进退擅谋略。

这是真正意义上的狠，凌驾在人性和利益之上。

这股子狠劲经过岁月的打磨和商场历练，匿藏在沉稳的力量之中，透过眼眸渗出来，成了他独一无二的气质。

蒋璃怕他，是因为看不透他，哪怕他在笑，她亦是无法彻底揣摩他的心思。无法看透的男人，才叫真的可怕。

陆东深的薄唇微微张开：“是吗？”

这嗓音如沙石过耳，令人心痒又觉得热，让蒋璃一时间不知怎么抗拒，她的眼无处安放，落在他的脖颈，她的牙印犹在。她没抬头，却也明显感到他在看着她，心头有种预感在蜿蜒清晰。

只消再一点点角度，这种预感就能成真。

可下一秒，她的身子就被转了过去，后背重新贴上他的胸膛，他低低叹了口气："看来，你的伤口是不疼了。"

蒋璃不想细究心思，想她个姑娘家在这山上披荆斩棘多不容易，现在受了点伤，被他这般照顾也实属应当。往他胸膛上懒洋洋靠了靠："还多亏了你的这尊人肉沙发嘛，陆奸商，虽然说你给人的感觉是生人勿近，但不得不说，胸膛很暖呀。"

陆东深一直听她数落完，沉默少许开口："商量件事。"

"你说。"

"出于礼节和救命之恩，你以后可以继续叫我陆先生，当然，你这个人野惯了，估计也没什么耐性持守礼节，所以，可以直接叫我的名字。"

蒋璃转头瞅他："直接叫你名字？"

陆东深眼中恍悟："差点忘了，你叫过我名字，就是烦请蒋姑娘把后缀的口头禅去掉，而且提醒一句，我没大爷。"

蒋璃先是一愣，然后扑哧乐了："也对，你是你们陆家的太子爷啊，长幼有序。哎，你们陆家是不是挺复杂的？有要跟你争权夺位的吧？我还听说陆家儿郎个个俊朗，有比你帅的吗？"

陆东深刚要开口，却见蒋璃脸色陡然一变，目光跃过他的脸盯着他的身后。

他转过头。

瞧见帐篷后侧一角像是有什么东西划过，遮风布时不时凸起一块。

"什么东西在外面？"蒋璃警觉。

头灯虽暗，但毕竟有光，影响判断。陆东深抬手灭了头灯，整个帐篷陷入黑暗之中。

视觉有一瞬的不舒服，直到帐篷外篝火的光亮一点点渗进来，给了帐篷内一点儿光亮，也顺带地将帐篷外侵袭者的影子照了个通明，晃晃荡荡映在帐篷上。

是个巨型的东西，长长的影子几乎围了帐篷大半圈，正在缓慢地围着帐篷爬。

蒋璃从没见过这种玩意儿，惊喘一声，下一秒陆东深捂住她的嘴。

“是深潭里的兽。”他在她耳畔低语。

蒋璃身体一僵，就是之前陆东深说的在深潭中那个像鳄鱼的东西？

就在这时，那兽用巨大的身体撞了一下帐篷，许是察觉里面有人，变得格外急躁，喘着粗气在蹭帐篷，蒋璃就借着火光趁机瞧见那东西尖长的嘴巴，四肢爬行的巨大身体和拖着长长的尾巴。还有那对角，竖在头顶，尖锐而弯，乍一看像是犀牛角，但目测又比犀牛角要长。

蒋璃屏住呼吸。

当时听陆东深对这兽描述一番后她也在脑海中过了一遍，但绝没想到会有这么大，更重要的是，匿于千里之外的深潭，竟能找到这里来。

攻击力自然不用怀疑，光是这体型就能碾轧她好几轮了。

拉开陆东深的手，不敢大声语，回过头瞅他，陆东深低下头，她仰头对他耳语：“你见过这东西，斗赢的可能性多大？”

他的唇擦下来，轻贴她耳，低低说：“能逃生就好。”

明明是危急时刻，可这般场景，竟让蒋璃脑中闪过四个字：耳鬓厮磨。

她伸手摸了摸身上的芬兰刀，咬牙切齿说：“我要是怕了它我的名字就倒着写！”

“别逞能。”陆东深一手箍紧她的腰，“八成是长了灵敏的鼻子，一路闻着血味过来的，想个办法引开它就行。”话虽这么说，他还是将瑞士军刀摸了出来，以防万一。

蒋璃也知道有些动物的嗅觉十分灵敏，尤其是在这祈神山。说实话，她也不想跟这种东西硬碰硬，万一挂了，她连死在什么动物手里都不知道，多亏。

想了想，反身从包里拿出剩下的浮木草。这草味能遮血气，虽没那么多了，但多少能有些用途。

她身上有伤，陆东深没让她乱动，从她手里拿过浮木草，依照她的要求掐碎。浮木草的汁液气味更重些，被陆东深均匀地铺撒在帐篷内圈一周。

蒋璃坐在原地没动，死死地盯着帐篷外晃动的大型影子，没由来地想到了侏罗纪公园。

陆东深撒完浮木草后，也警觉地盯着外面的动静。

那兽在缓慢爬行，时不时还朝着帐篷喷口粗气，爪子有力，踩得帐篷外的石子咯吱咯吱地响，落在耳朵里很是不舒服。但它没有进一步攻击帐篷，只是围着帐篷一圈圈地爬，许是浮木草的气味起了作用，迷惑了它的判断。

蒋璃和陆东深谁都没说话，帐篷内死寂一片，帐篷上是那兽的影子，时大时小，是它忽远忽近的倒像。

握着芬兰刀的手有些滑。蒋璃这才觉得是手心里出了冷汗。

就这样，过了大概有十几分钟的样子，帐篷上的影子渐渐消失，帐篷外小石子被踩得咯吱乱响的动静也没了。

蒋璃蹑手蹑脚地凑到陆东深身边，用口型问他：走了？陆东深摇摇头，示意她别那么心急。

又等了好一会儿，帐篷外彻底没了异样，两人这才放心下来。

“你在帐篷里等着，千万别出来。”陆东深决定出去看看情况，只有亲眼见到没危险了他才能放心。

胳膊被蒋璃一把扯住。

扯住之后她就愣住了，其实也不知道为什么要扯住他，就好像这动作是下意识的。

见状陆东深笑了，腾出手揉了揉她的头：“没事。”

蒋璃松开了手。

可就在他刚掀开帐篷的瞬间，只听见身后一声响动。蒋璃蓦地回头，就见一副锋利獠牙竟刺穿帐篷，紧跟着一张类似鳄鱼嘴以极快速度冲了进来，大嘴一张一合就咬住了背包，然后往外拖。

“喂！”

蒋璃见那背包是陆东深的，急了，说时迟那时快，身子一跃而起，一手勾住背包的带子，下一秒就被那兽拖出了帐篷外。

变故发生太快，前后不过几秒钟，陆东深反应过来时蒋璃已经被拖出好远。眼前的帐篷一阵剧烈摇晃，然后是庞然大物压过地面的声响。

夜色中隐约可见兽的身影，像是在拉扯什么。陆东深快速冲上去，却见那兽将蒋璃高高抛起，张开了血盆大口。他拼尽全力往前冲，可心早就凉了半截，尤其是眼睁睁看着蒋璃被吞进了兽的嘴巴里。

“蒋璃！”陆东深厉吼。

下一秒眼前的状况发生了逆转，那兽没能合上嘴巴，拼了命地在地上打滚，巨大的身体顿时将地面上的泥土扑腾而起，竟形成了巨大的土灰旋涡，让陆东深一时间看不清究竟发生了什么事。

土灰弥漫着空气，呛得人直咳嗽，陆东深正打算往里冲，就见土灰旋涡落了，眼前的一切都清晰明了了。

可也就是这么一瞬的明了，让陆东深止住了脚步，惊愕。

那兽的嘴巴竖杵着一根很粗的木棍，木棍上还挂着他的背包，就是因为这木棍才让它的嘴巴想合却合不上。再看蒋璃，她竟不知什么时候从兽的嘴里逃脱出来，骑在它的身上，一手攥着它头上的一只角，一手高高举起刀。

月光明，明不过那把芬兰刀。

夜色下只见刀影一闪，寒光乍现，蒋璃手起刀落干脆利落，锋利的刀尖狠狠扎进那兽的脑袋里。

那兽发出一声嘶吼，剧烈的疼痛让它拼了命地翻滚，蒋璃被它晃得跟个纸片人似的。

“小心！”

陆东深的提醒刚落，就见蒋璃紧紧攥住刀柄，一咬牙一用力，泛着铮铮光亮的刀刃从兽头一路划到身躯，她竟硬生生地给那兽的后背划开了个大口子。

血一喷而出。

兽发出了歇斯底里的叫声，巨型身躯拼尽全力一晃，试图做最后挣扎。奈何蒋璃死活不撒手，一手攥角一手攥刀。

终于兽抵不过伤势，轰的一声倒地。

蒋璃骑在它身上直喘气，攥角的手都在抖。直到兽不再抽搐，她才松开手，又费力地将刀拔了出来，从兽身跳了下来。双脚沾地时，她只觉得两腿都在打战。

陆东深将瑞士刀插回腰间，走上前看着蒋璃，她脸和头发上都是血，还有些喷进了眼睛里，衬得她的眼角血红。

是兽的血。

在这么生死一线的情况下，她竟毫发无损，只手杀了那只庞然大物，举刀落刀的干脆，那可不是一般女子能做到的事。这个过程极短，足见她的沉着冷静，也足见她的心冷手狠。

这一刻陆东深就在想，她究竟是经历过什么才能这般狠绝？

蒋璃手里的刀猩红，兽的血成流地汇集在刀尖上一滴滴往下淌。她仰头看陆东深："你的包还在它嘴上挂着呢，你去取吧，我没力气了……"话毕腿一软。

陆东深手臂一伸，及时将她接住："一个包而已，你是不是傻？"

就在刚刚的一瞬他竟怕了，他怕她就这么没了，这种感觉，是他从来没有过的，这么想着手臂忍不住收紧，将她圈入怀里。

只是下一秒被蒋璃煞了风景，她龇牙咧嘴道："哥、哥！疼！肩膀有伤啊喂……"

陆东深哭笑不得，抬手擦了她脸上的血："这里住不成了，收拾一下，我们连夜往回返。"

杀了兽，并不意味着他们就安然无事，相反会更加危险。深潭里的兽喜血腥，蒋璃动了刀子，那只兽的血流得遍地都是，保不齐就会引来潭里的其他兽，到时候来的可不止一只，所以当务之急，走为上策。

蒋璃也知他的意思，点了下头。

反正麝香液也取了，再在祈神山上耽搁下去也没了意义，虽说赶夜路也很危险，但好在是返程，她只要顺着来时的记号一路前行就没太大问题。

/ 第五章 /

祈神迷踪

千城赋位于沧陵市角，是一处专供有钱人享乐的高端会所，从规模上来说虽无法跟沧陵数一数二的凰天会所相媲美，但胜在项目多花样多。

千城赋背后的老板是龙鬼，出面打理生意的人就是跟在他身边的天余。早几年，千城赋绝对是响当当的会所，吸引了沧陵周边几省的有钱人纷纷前往，大家都冲着会所的头牌芙蓉来的。

要说这芙蓉可谓是人如其名，出落大方又不失妖娆，据说她的魅是从每个毛孔里透出来的，男人只消看上一眼就迈不开腿。

花魁自是有花魁的规矩，可不是随便什么男人都见的，没有个慑人的身份哪会是芙蓉的入幕之宾？可如此一来，更引得不少有权势的男人千里闻风赶来，一掷千金。

但随着凰天会所的成立，千城赋的生意就一落千丈，甚至凰天会所开业当天就挖走了千城赋的头牌芙蓉，一下子打了龙鬼个措手不及。

凰天在规模上压倒了千城赋，就是在客源上也高于千城赋。千城赋是朝着有钱人打开大门，只要你有钱你就是千城赋的客人。凰天则不是，有钱人也分等级，小来小去的自然是入不了凰天的大门，权势之人才是凰天的重点客源。

凰天的老板是个四十多岁的大块肌肉男，一脸横肉，大家都叫他伍哥，听说早年犯了点事入狱，出来后老老实实给谭战打工，后来做了凰天的老板。

所以有人说伍哥只是个幌子，凰天背后的大老板是谭战，关于这点龙鬼相信，谭战此人精明，很多生意都不露面，不显山不露水地就把钱给赚了。

不过这几天千城赋倒是人满为患，缘由是凰天停业装修，这么一来，龙鬼更相信谭战就是凰天的背后老板，怎么就那么巧，这些天他被查，凰天就停业装修？

龙鬼这几天的气很顺，天余留了个包房给他。过了一会儿，天余走到龙鬼身边，低下头在他耳边说了句话。

龙鬼眉头一皱：“他怎么来了？”

话正说着，包房的门就被推开了。

门口龙鬼的保镖被上门的保镖逼到了一边，前头是齐刚开路，推开包房的门后，保镖于两侧排开负手而立，谭战走了进来，一身黑色西装西裤，搭了件齐膝的同色系羊绒大衣，气场强大。

走廊里全都是会所的工作人员，议论纷纷。包房门一关，隔绝了外头的目光。

“原来是谭爷大驾光临啊。”龙鬼笑呵呵起身，心里却盘算着他此行的目的。

谭战没迎合龙鬼的热情，径直走到沙发旁坐了下来。龙鬼早就习惯谭战不阴不明的架势，也没气恼，绕到对面坐了下来，给天余递了个眼神。

天余上前主动为谭战点烟。

谭战却没接，朝着齐刚一侧头，齐刚将烟奉上，他接过，斜叼在嘴里，齐刚摸出打火机，又为谭战点了烟。

坐在龙鬼旁边的姑娘悄悄瞅了一眼对面的谭战，大名鼎鼎的谭爷，任哪个姑娘看了心里都痒痒的。

“龙鬼，这家会所经营得还不错。”谭战淡淡开口。

谭战对他直呼其名，龙鬼心里自然不爽，但还是皮笑肉不笑的：“小门小户，哪赶得上凰天气派？就是这些天凰天停业装修了，你说巧不巧？”

谭战吐了一口烟雾，似笑非笑的：“凰天不停一停，千城赋怎么透口气？怎么，你这是被凰天压习惯了？”

龙鬼被谭战说得面子上有点挂不住，但也不好当面掀桌子，转头对屋里的姑娘嚷嚷：“怎么这么没眼力见儿呢？还不去伺候谭爷！”

那姑娘战战兢兢地放下托盘，也没敢起身，半跪着给谭战倒酒。

“新来的，不懂事，让谭爷见笑了。”龙鬼接过怀中姑娘递上来的酒杯，“小姑娘长得不错，谭爷看好没？看好尽管带走好好调教调教。”

齐刚喝道：“让我们谭爷帮你调教姑娘？龙鬼，你活腻了是吧？”

龙鬼面色一冷，眼中明显有怒气。

谭战此时开口：“龙鬼，今天我来是知会你一声，你手底下的望江楼、千禧汇、乐都还有现在的千城赋，我打算接手。”

“什、什么？”龙鬼一愣。

齐刚在旁道：“我们谭爷话不说第二遍，你哪那么多废话？”

这四家有酒庄有歌舞厅的，都是经营不错的产业，说是接手，实则就是想吞，相当于挖去了龙鬼的大半江山。

“谭战！”龙鬼怒了，拍案而起，“你当老子好欺负是吧？我在沧陵混的时候你还不知道吃谁的奶呢！我警告你，做人别太过分，给别人留条路那就是给自己留口气！”

“道不同不相为谋。”谭战用手指慢慢捻灭烟头，扔到了烟灰缸里，起了身，“原来你也知道给别人留条路就是给自己留口气的道理？有意思。”

龙鬼眯着双眼：“你这话什么意思？”

“三天。”谭战语气淡凉，“三天后我看不到转让合同，别怪我不客气。”话毕转身离开。

龙鬼气得直哆嗦。

保镖们鱼贯而出，齐刚走在最后，看了天余一眼，抬手拍了拍他的脸，挺用力，笑得阴沉：“你就是天余？小子，走着瞧。”

等一行人离去后，这边龙鬼掀了桌子：“谭战蹬鼻子上脸是吧？”

天余给旁边的保镖递了个眼神，包房剩下的都是自己人，天余也就开门见山了：“这次谭战来势汹汹有点不对劲啊，您可得防着点了。”

“怎么？借他十个胆子他也不敢拿我怎么样！”龙鬼拉硬，“商会那边只要把他撤下来，他以后见了我连个屁都不敢放一声！”

天余沉默，心事重重。

龙鬼刚才也不过就是嘴硬，这几年他不是不知道谭战的势力版图有多大，甚至他的生意都做到了部分沿海城市，那些富到流油的港口他都不少插手，巨额利润之下，站在谭战身后的力量那就更多了。

龙鬼觉得后悔，这几年光是胡搞瞎闹，眼见着比自己小这么多的谭战都骑到头上了，而且发展得越来越好，这口气真是咽不下。

眼瞧着天余的神情，他捏了支雪茄在手，点燃：“你说说看，什么意思？”

“咱当时让他栽了一次，无非就是想让他在商会折了面子，商会会长被查，别管因为什么那都是给商会抹黑，这事儿再传到民众的耳朵里，谭战的威信也就毁了。可这谭战很奇怪，怎么就主动把自己的场子给关了呢？”

谭战底子有多厚谁都不清楚，但他们知道，单凭着举报是动不了谭战的根，并且他们也没想过能动谭战的根，只要他能乖乖从商会退出去就行。谭战有自己的实业，还有些他压根就不露面的场子，可就算如此，他的那些场子也没人敢动。

龙鬼抽了口雪茄，狠狠吐出烟雾，良久后说：“这只狐狸对自己还真够狠，说不准他是怕了。”

“也许……不是怕。”天余一脸担忧。

龙鬼一愣，对上天余忧心忡忡的双眼，不知怎的，背后陡生寒凉。

祈神山，黎明时。

陆东深和蒋璃一刻没停歇，简单收拾了行囊就踏上回程的路。

那兽锋利的牙齿划破了他们唯一赖以避风的帐篷，临行前蒋璃蹲在地上打量着防风布上的那一道道大口子，最长的口子近乎一米，呈一条条锯齿状的弧线彻底报废了帐篷。

陆东深见她看得入神，问她在想什么？她拄着下巴抬眼瞅了他半天，很认真地问：“你能做最原始的弓箭抓兔子，缝帐篷应该也难不倒你吧？”

陆东深见她话里没个正行也没搭理她。她跟在他后面，挺能撩闲：“你试试蚕丝织线啊，技多不压身啊。”

帐篷没了也好，路上倒是轻松了不少。

夜色与光明在拼命拉扯，像是一场痛苦的涅槃，天际的一点点光亮正在努力撕开夜幕一角，然后光与暗交织交融，渗透拉扯。

只是山林瘴气起，黑黏黏的一团，黎明那抹微弱的光无法穿透浮暗，隐隐的像是镀了层没魂的影子，不过千里有云层，在黑与明的交换下如层叠鱼鳞，鳞片是黑，鳞片的边缘透着亮。

蒋璃在这一路上做了不少记号，当然，这记号不能简单到一根红绳、几叠石头之类，一来会给心思不正之人留下线索，二来会被野兽破坏。她留的记号经过户外探险标记改编，隐蔽而专业，形成自己能看得懂的标识。

这样在旁人眼里看上去不过杂符一堆，但有着极其丰富户外经验的人还是可以从标识中循到规律性，这也是蒋璃怀疑陆东深的原因。

回程的路就好走多了，至少走过一遍后就能自动规避险境，所以蒋璃这一路上心情也放松不少。

“给你讲个黎明前的传说怎么样？”蒋璃一手挥着用香松木做成的火把，腰间的芬兰刀随时候着。

陆东深在旁开路，闻言后问她什么黎明前的传说？

“是关于这座祈神山的传说。”蒋璃觉得有他在旁心安不少，“人人都说这祈神山其实就是昆仑，不是咱们常说的昆仑山啊，是《山海经》中提到的昆仑。昆仑为上神居所，又因为神力影响，使得山中多精怪。也有说其实是上神创造了精怪，那些仙气高的精怪就是半人半兽的，像是女娲、夸父那些；仙气低的呢，黑暗来临时就会打回原形，只有见光才能变回人样。都说黎明前黑暗，可祈神山上的精怪们都在期盼着黎明前的黑暗，因为是它们变幻人形的最佳时机。”

说话间她的腿被干树枝缠了一下，陆东深的大手及时扶了过来。她道了声谢，几下踩平了扰人的干枝，心里寻思着，这忽明乍暗的环境，他还能发现这般细枝末节，多缜密的观察力啊。

“陆奸——”

她刚开口，陆东深的目光就扫了过来。

蒋璃是多么八面玲珑的姑娘，马上改口：“陆先生，我讲的传说你爱听吗？”

“凑合能听，继续讲。”陆东深回过头，继续前行。

还只是凑合能听？幽暗中蒋璃撇撇嘴，碍于前路漫漫，她就继续开讲。

“有老一辈人登过祈神山，当然是九死一生，那些好不容易保住性命的登山人说黎明时的祈神山最危险。精怪在黎明前最活跃，更是喜欢戏弄过路人，但有的精怪可不单单是戏弄，它们会在变幻人形时吸食阳气，这样会更好地稳固人形，听闻精怪吸食阳气时可恐怖了，一会儿是兽脸一会儿是人脸的，身上的形状更是奇怪，例如多脚的动物，会一下子变幻出好几只人手人脚，长在身体的各个部位上，然后再慢慢融掉。

“常见的精怪就是熊啊猫啊老鼠狮子什么的，当然还有些虫子之类的，总之，很多奇奇怪怪的动物都有可能是精怪，例如被我杀了的潭水兽，谁知道现在躺在地上的能是什么东西。”

前方开路的陆东深停了步子，回头瞅着她似笑非笑：“那你是什么？狐狸精？”

“骂谁狐狸精呢？”蒋璃不乐意了，绕过他径直往前走。

手腕被陆东深拉住，控着她的速度跟他并行，笑道：“怎么说翻脸就翻脸？狐狸精现在落在女人耳朵里不是褒义词吗？”

蒋璃挑眉，十分痞气：“您老的语文是体育老师教的？这词儿怎么就被洗白了？我是狐狸精？我祸害你什么了？我要真是个狐狸精我就……”

“你就怎样？”

因为有了光的修饰，他的眼眸就宛若星河，让人迷陷。蒋璃的呼吸滞了下，越发觉得他眼里就是有钩子，在这样明暗交接的时刻，那钩子也染了银光，一把能钩住她所有的魂魄，让她动弹不得。

她就说这男人危险，生意场上危险，情场上更危险。所以她遵从了自己的内心：“我就勾引你试试看，看看你是不是真对你家陈瑜一往情深至死不渝。”

说完这句话，突然觉得有点奇怪，尬意刚升，就听陆东深轻笑一声：“那你可以试试看。”

“挑衅？”蒋璃从鼻腔里哼哼了两声。

“或者换个其他说法，例如，期待。”

蒋璃听见耳膜被心脏撞了一下的声响，还没等反击，陆东深就握住她没拿火把的手：“走吧，别忘了我只给你七天时间。”

从他的态度看，刚刚就像是一句玩笑话，可她怎么就觉得心不安分了呢？一时间竟也没抽出手来，任由他一路拉着自己前行。

林影重重，万籁俱寂。

可越是寂静，耳朵里就总能捕捉到许多声音。风过叶摇、枯草轻轻擦着地皮、偶尔有鸟儿扑棱了两下翅膀，再远处还能时不时听见布谷鸟在叫。这山间匿藏的危险全都掩在这些声音里，还有听不见的，就像是说不准他们身后一直跟着老虎狮子之类。

天际变明，试图穿过层层叠叠的雾气。蒋璃抬头看了一眼天，估计着再走上半个时辰就差不多天色大亮，也正是走出主峰的好时机。

正想着，就见陆东深停了脚步。

蒋璃在旁问他怎么了？

陆东深没说话，径直走到前方的一株冷杉树旁驻足静默，蒋璃走上前，仔细打量过去，很快发现了端倪，惊喘一声。

陆东深面色凝重：“我们迷路了。”

迷路是户外大忌，尤其是在祈神山这种地方。眼前是成片成片的冷杉，蒋璃不觉得陌生，这个地方她有印象，换句话说，这条路他们之前走过。

蒋璃并未慌乱，在周围又仔细打量了一番，有些树干上留有她曾做下的标记，只要找到标记就能走出迷境。

一般做标记的人喜欢用“叠标线法”，也就是说利用三点一线来维持方向的正确性，但蒋璃是将三线变换成五线，如此就更加精密。

对于她做标记的方式，陆东深也早就摸出端倪，否则这一路上他就不能自如前行，可到了其中一个该有标记的冷杉前时，蒋璃发现上面的标记竟然没了！

“这不对。”蒋璃尽量让自己沉着冷静。

两人再按她之前做过的标记方式寻找一番，试图找到那个第五线的出口标记，但诡异的是，第五线消失了。

蒋璃先是否决了忘做记号的可能，她在户外向来谨慎，做记号是头等大事，有了记号那是保了性命，最后她得出个结论：她的记号被破坏了。

被破坏有两个含义：人为和非人为。

她做的记号是刻在树干上，如果人为破坏，那只能是将记号蹭去又或者将整棵树砍掉，可能吗？

蒋璃觉得可能性极低。

一来这里是无人境，如果有人尾随，她和陆东深能发现；二来就算是砍掉整棵树或蹭去记号，那也会留下痕迹，这不就是明晃晃地告诉她被破坏的位置是第五线吗？

那只剩下最后一种可能性。

“非人为。”她轻声开口。

陆东深向来理性，对于她这种说辞抱怀疑态度：“非人为？你的意思是山中真有精怪作祟？”

蒋璃想了半天：“我的意思是说，标记其实存在，只是我们看不见它。”

“障眼法？”

“又俗称鬼打墙。”蒋璃说。

陆东深微微皱眉：“总会走出去的。”

他拿了指南针出来，可指针就像是被粘在表盘上似的一动不动。蒋璃看在眼里，冷不丁有种预感，就是在这场鬼打墙中，他们使用的一切科学测量方式都不管用。

林间瘴气多，不能利用光线辨位，那就只能利用地物特征，例如独立的树木通常南面枝叶茂盛树皮光滑、树桩上的年轮线通常是南稀北密。如遇土堆、树林，则南面草木茂盛，北则易生青苔……

诸如此类。

而陆东深也在一项项排查，但凡能用上的都用上了，那他们所在的这片区域就跟个禁区似的，找不到丝毫线索，就连赖以生存的卫星电话都失去了作用。

蒋璃越发觉得不对劲，这压根就不是正常户外能遇上的问题。

两人又试图走了一段路，等再看到那株冷杉树时，他们终于明白是彻底出不去了。

蒋璃走到那株冷杉树前坐下，头靠在树干上，仰头看着天。陆东深没歇着，依旧在想有可能走出去的办法。

"我觉得……"

陆东深回头看她。

蒋璃朝着头顶上指了指："这棵树就跟假的似的，树枝连动都不动，就连上面的杉果都排列有序，周围一点儿声音都没有，在之前起码还能听见个虫爬鸟叫声。还有眼前的雾气，都已经过了时辰了可还是没散，就好像……"她试图寻找一个合适的词语。

陆东深替她说完了想说的话："就好像我们被困在了一个不属于祈神山的空间。"

蒋璃点头，眼神凝重。

来时她清楚记得是经过这片冷杉，绵延百里，可现在依旧是这冷杉，却不是他们来时的空间。

脊梁骨爬上一股子寒，她蜷起腿，将脸埋在膝盖间。

如果走不出去，她该怎么办？会死在这里？那在很久的以后会不会有人发现她的骸骨，还是就连她的骸骨也不会被发现，她的灵魂将会像是受到诅咒似的永生永世在这个空间里飘荡？

就像是她的梦。

那座水下的城，浮游着死不瞑目的尸体，他们在沉默、在绝望，看不见光明，触不到温暖。

蒋璃觉得周身发凉，只觉自己也像是置身寒潭之中，来往不见鱼群，只有无尽的黑暗。可黑暗的尽头有一点点的光圈，光圈中似乎匿了个人影。那人影一点点拉长，像是陆东深，又不像。

他朝她走过来，光圈太亮，他逆着光，让她看不见他的唇眼。可他转瞬到了她身旁，脸颊是他覆上的手，温热的指肚在轻轻摩挲着她的脸颊。

蒋璃看清了眼前的男人，细碎的短发像是染了光，他的眼温暖又含笑。

“左时……”蒋璃不可置信，嗓音发颤，她伸手要来摸他的脸，却一下子摸了个空。

蒋璃蓦地起身，要去追逐他的影子，可就眼瞧着那影子越来越稀薄。

不!

她拼劲全力搂紧眼前的影子，这一搂，就实实在在地搂住了。

左时……左时，是你没错吧?

她紧紧抱住眼前的男人，胸膛结实又温热。

“蒋璃。”

耳畔有人在唤她。

她蓦地回眼，愕然发现自己是在陆东深的怀里。他正低头看着她，眼底有些许担忧。

蒋璃恍惚片刻。

她明明看到的是左时，怎么就成了陆东深?她使劲闭了下眼睛，尽可能缓解昏昏沉沉的大脑，再睁眼时，眼前的男人就清清楚楚的是陆东深了。

可是陆东深也不见得好到哪儿去，他额角有汗，微蹙眉头，或许是跟她一样正在经历着什么困惑。

蒋璃努力调整呼吸，可就是这么一调整，才恍然觉得不对劲。

入鼻有香。

刚才尚不觉得，现在就有极淡香气。

蒋璃马上去翻背包里的防毒面罩，只可惜防毒面罩在之前的人狼大战中被毁。陆东深也来翻他的防毒面罩，不幸的是，他的面罩被那深潭兽咬坏了。

“是迷雾阵？”他冷不丁想起谭战的话。

话音落下后只觉周围的香气更浓，却不熏人，让人飘飘然又深陷其中。

蒋璃抬起胳膊尽量捂住鼻子：“有奇香，应该是紫茸香和胆八香。”

“有毒？”

“有毒的是鬼八子，这鬼八子是山林间的杀手，平日没什么气味，遇潮湿才能挥发极淡的气味。气味倒是不能害人，可会左右人脑想象，像是之前我给你用过的幻草，可它所制造出的幻象会让人信以为真，分不清真假。”

就像是她刚刚看到的左时，像是真实地出现在她眼前。她估计陆东深也是中招了，就不知道他刚刚看见了谁。

话说间，呼吸里的奇香就更浓了些，蒋璃的脑子开始变得渐渐明朗，她盯着两株冷杉树间的以藤条圈封的小路，半晌后毅然决然地走过去。陆东深一把将她拉住：“这条路不能走，也许会有野兽出没。”

虽说祈神山上鲜有人走，也分析不出固定路型，但基本原则还是不会变的，有些路不是人能走的，例如眼前这条，目测过去，上半身会碰到藤条，脚踩之地却平整无藤，说明这条路经常有野兽出没，要立刻掉头返回。

可蒋璃给了他其他理由。

“气味相生相克，鬼八子气味极淡，不知不觉就会让我们沉浸幻象之中出不来，但现在鬼八子的气味被紫茸香和胆八香覆盖，我们现在又能清清楚楚回到现实，说明这两种香气就是鬼八子的解药，山林之中就是这样，有一毒便有一解，这样才能维持山林平衡。”

她朝着里面的小路指了指：“气味是从里面钻出来的，我得找到紫茸香和胆八香，这样以防再受鬼八子的毒害。”

“我陪你。”

蒋璃看着他：“你可以在原地等，万一……”

万一里面真有野兽或其他危险，万一她判断失误，万一……

“没有万一，我相信你。”陆东深朝着她一伸手，“走吧。”

紫茸香出自沉香，属于速香的一种，质地却非常薄腻，之所以被叫作紫茸，是因为此种植物通体紫黑色，以外形命名。胆八香的树形似极小的桂花树，叶子却为鲜红色，乍一看像极了秋天里的枫叶。

蒋璃一路普及，陆东深也听得仔细，以便帮她一路寻找。

小路越深，香气就越重。倒是没见着危险的野兽，估计是跟天明有关，如果是在伸手不见五指的黑夜，八成他们就沦为野兽的口粮。因为这一路上有小动物的骸骨，骸骨上有抓痕有咬痕，系野兽所为。

就这样竟走出了数里之外。

眼前一片阔朗。

虽也有冷杉，但还掺杂着其他高木，又远远可见山形，足以说明蒋璃刚刚的判断是对的，迷惑他们的就是鬼八子，将他们困在其中看不到回时的路。

树影间竟有屋影。

青泥为墙茅草为盖，无院落，只是孤零零的一处屋，不大，像是缀在郁郁葱葱间。屋南还有大片红彤彤的植物，远远一看宛若血色河流。

雾影稀薄了些。

两人离近了那小屋，蒋璃站在门口仔细打量，陆东深瞧着门前无杂草，思量了半晌：“照理说这种地方不该有人住。”

没人会住在祈神山的深处，哪怕真有避世之人也不会选择来这种地方。蒋璃也是这么想的，但也知道陆东深其实这话只是说了半句。

她二话没说就推门进去了，屋子里的构造一目了然。

一张石床，上面铺有草垫，一处围炉于屋子正中间，炉内无火，却有灰烬，陆东深上前捻了一指燃灰，又见燃灰中有零星没烧透的干枝。屋北的角落有张石桌，桌下是孤零零的圆形石椅。

一处小窗，不大，从墙壁凿开。

稀薄的光透过开口处钻了进来，落在对面墙壁上钉着的虎皮上。陆东深瞧着那虎皮是上了年头的，毛色很干稀薄，虎嘴处有一道十几公分的裂痕，裂痕上还沾有血迹。

“看上去像是狩猎人落脚的地方。”蒋璃说了句。

这种小屋在以前应该很常见。在经济还没那么发达的以前，村民都是靠山吃山，平日狩猎就是山民的重要工作之一。可随着社会发展，国家限制狩猎，狩猎行为已不复存在，哪怕有，那也是极落后的山野，像沧陵这般重点城市是不可能了。

更重要的是，谁会那么大胆在祈神山上狩猎？

陆东深的目光不在那张虎皮上，他伸手摸了摸虎皮旁的枯骨，那枯骨是被处理过的，只截了一小段嵌入泥墙中，一头挑起破损的虎嘴。他道：“这骨头，如果是人骨的话，那这里就很危险，不宜久留。”

话毕却见蒋璃站在石桌前，手指不知在捻着什么。他走上前，这才瞧见桌上有一简陋的石炉，很小一只，香熏炉似的，炉中有燃物，是细细的木屑，木屑上沾着油腻。

“这是我们刚刚闻到的香味？”陆东深长指一探，炉内温热，他眉间一蹙，“刚刚有人离开。”

“不知道对方什么来头，算是救了我们一命，不管有心还是无意。”

蒋璃将炉内的细屑捻了些在手心里，示意给陆东深看：“这就是我刚才说的紫茸香，上面沾着的油状东西是胆八香。胆八香是最适合调和诸香气的一种植物，选果实压油，能让紫茸的香气更纯粹。”

陆东深不解：“我们刚刚离这里有段距离。”

蒋璃明白他的意思，解释：“紫茸香是很特殊的香木，几步之外都能闻得到从树木间散发的香气，它是沉香中品质最优良的一种，如果拿来焚烧，那数里之外都能闻得到它的香气，再加上胆八香的调和，会让气味更加绵长。”

她走到窗子前，朝外一指：“你看，那株就是紫茸香，在它身边依着生存的小木丛就是胆八香，竟然还有唵叭木，这里简直是处宝藏，可真是便宜了这里的主人。”

陆东深在她身旁站定，因为窗子很小，所以两人就贴得很近，想来也是奇怪，屋后有最浓郁的紫茸香，他呼吸入肺的就只有她的体香。

顺着她的手指他只是扫过去一眼，然后，转头视线落在她脸上。

她看上去很欢悦，尤其是在讲到气味间的相生相克之道时，他虽不是很懂，可听着也觉悦耳。有光亮落在她的鼻翼，轻柔得很，衬得她眉骨也是美不胜收，只是唇角有一点儿脏，是因为刚才钻了灌木林。

他忍不住抬手。

蒋璃却在这时转过头，许是没料到他一直在看着自己，有少许怔愣，又见他抬了手，条件反射地问："干什么？"

陆东深原想拭去她唇角的那一点儿脏，却被她突然转头的动作给阻了一下，可心中这么想着，也就继续这么做了。手指轻轻覆上她的唇角，只觉得指间柔软，一时间竟不舍得移开。

蒋璃一时间没反应过来。

他很快手指轻轻一蹭："脏了。"

"谢谢。"蒋璃道了谢后才觉得自己心跳挺快的。

陆东深瞧见她脸颊有一点点粉红，心口泛暖，还有一点儿甜，这是一种他力所不能及的感觉，想她刚刚黏软在怀，他竟是想做她口中的那个男子了。

"鬼八子，那片长着绿叶的就是鬼八子。"蒋璃知道他一直看着自己，总觉得不自在，马上寻了新物转移话题，"就是这种东西，毒得很。啊，我明白了！刚才山林多湿气，鬼八子就透着湿气随着焚烧的紫茸一路飘香，这才让我们产生幻象，但因为紫茸和胆八香混合的香气又能克制鬼八子，所以我们才能相安无事。你说这算不算我们命大？我们还是要感谢这屋子里的人喜欢焚香？"

陆东深知她别扭，可心中偏偏就是滋生捉弄，揉了揉她的头，笑道："上天向来眷顾有准备的人，你见多识广深谙气味，只是……"

"只是什么？"蒋璃怎么都没避开他罩在她头上的大手，"夸人你就夸得干脆一点儿，别来转折啊。"

陆东深目光柔和："只是有时候脸皮薄了些。"

原以为她会有小女子的娇憨，岂料她闻言后摸了摸自己的脸，笑得得意："那是，我可是个千娇百媚的女子。"

陆东深刚想笑，她冲着他一指，横眉冷对："不准笑，惹了我你可没好果子吃！"

陆东深却顺势拉下她的纤指连手一并握住："指人的习惯不好，要改。"

他这般微笑时，总会让人忘了他实则是商海中最危险的狼，那些锋利和不择手段通通都被匿在浅浅的笑眼中，溺死人不偿命。

她刚要还口，却见陆东深眉心一肃，"屋外有人。"他压低了嗓音。

蒋璃倏地将视线落在房门外。

小屋的房门是双扇对开的，两人当时推门进来后就随手把房门关上了，只有细细的小条缝透着外面的光亮，看不到具体情况。

陆东深将她拉到身后，两人躲在避光的角落里。

其实小屋无处可藏，只是刚刚他们两人站在窗子前太容易暴露，到门边也不现实，如果有人绕到窗子旁，那同样会将他们看得一清二楚。

门外有脚步声。

但不正常。

那脚步声就像是拖着地面似的，一点一点地蹭，在房门前徘徊，偶尔会阻了门缝间的光。

蒋璃小声问陆东深："是不是这屋子里的主人回来了？"

"也许。"他护着她的头在怀里，低低地说，"但一直不进屋就很可疑。"

难道对方也发现屋子里有人？如果是这样的话，那相互解释一下也就过去了，可是……她冷不丁想起陆东深刚刚提到的骨头，转过头一看，那张虎皮的嘴角旁的确有根森森白骨，真的是人骨吗？

后背一凉，一手摸出了芬兰刀。

蒋璃的动作是下意识的，陆东深看得清楚。换作是其他女人，可能想到的第一件事是害怕而不是拔刀，别说是女人了，就拿大多数男人来说，第一反应也只是防备而不是进攻。

蒋璃有野性，直接又不受世俗影响，可她又不是乡野匹夫，虽现在无法窥知她的过往，但她有学识，而且造诣极高，所以野性就成了胆识。有了胆识的狠劲，在文明社会中会变得隐忍间接。

蒋璃的狠劲是直迎而上，如在狼群中为自己拼一息生机；又如直接斩了像是鳄鱼的怪物；再如现在想到的是直接动刀子……如果不是经历过大起大落的生与死，她不会狠到如此直接和通透。

这样一来，陆东深对她的过往更感兴趣了。

他没阻拦她的行为，在这种地方危机四伏，突然出现的人也许比兽还要凶险。

门边的人却迟迟不进。

门板上有尖细的声响，就像是门外的人正用指甲划门，可这种动静维持不到几秒钟就停止了。

没由来的安静。

蒋璃死死地盯着房门，突然觉得这种安静很可怕，就像是那人也直直地站在门口一动不动，正隔着房门注视着他们。

依照她的脾气是按捺不住的，两方对峙，她习惯做主攻方。可刚要抬腿奔门边去，就听见空气中有了一声叹息。这声叹息幽怨绵长，竟是女人的声音。

蒋璃一听，手里抓刀子的动作更狠。

陆东深将她的行为不动声色看在眼里，低笑："如果门外是个女人，那就没什么好怕的了。"

蒋璃抬眼看他："陆先生这是动了恻隐之心？你瞧，人家不过是叹了一口气你就放下防备了，还说这女人不可怕呢？"

陆东深被她这番歪理弄得哭笑不得。

"怪兽都能遇见，还有什么是不能发生的？你以为外面站着的是个女人，说不准就是传说中的精怪变的呢，《聊斋》没看过啊？"蒋璃话里话外十分呛人，"你同情她，回头她把你精气吸干拆骨入腹你都不知道，墙上的骨头说不准就是美色当前的恶果！”

陆东深饶有兴致地看着她被怒火染红的脸，低问：“女人害男人的标配都是先吸干男人的精气吗？”

蒋璃被他这句话问得一愣，然后反应过来后耳朵就热了一下，刚要反驳，就听又是一道幽幽的声音。

“入我相思门，知我相思苦，长相思兮长相忆，短相思兮无穷极……”

蒋璃噤声。

那声音像是在空气中缭绕，空灵又飘忽，夹杂着轻轻的叹息声，像是在道无尽哀愁。

出自李白的《秋风词》。

李白诗歌大多洒脱阔落，有大开大合之势，唯有这首《秋风词》，寥寥几句惹尽哀思，有人说他是在怀纪友人，也有人说他是在追思美人。

现在听进耳中，除了相思又多了哀怨。

声音似近似远，像是飘在门边，可又像是落在窗棂，这般哀楚却让蒋璃心生怜意。门边像是没了人，她小心来到窗前，窗外只有入眼的大片红和摇曳的鬼八子。

有雾气，氤氲中，有影绰人形。

蒋璃定睛，那人形飘于眼前化作具体，那张脸俊逸清朗得很，抬手轻轻捧住她的脸：“平生不会相思，才会相思，便害相思……”

他的脸近在眼前，似笑，眼里却还挂着怜。她仰头去瞧，红唇翕动，声音却像是卡在喉咙里拖不出来。呼吸间是他的气息，亲切得让她想哭，他轻声说：“留下来陪我，别走……”

她不想走。

天知道有他在身边的日子，她活得才像个人样，这些年，她生不能生死又不敢死，活脱脱像只鬼，她有一肚子的话要跟他说，还有一肚子的问题要问他。

“蒋璃！”

冷不丁的，耳畔是陆东深的一声厉喝。

像是当头一棒，蒋璃蓦地清醒。

眼前雾气更重，衬得那张男人脸越发清晰。蒋璃盯着那张脸，冷笑一声，举起芬兰刀陡然朝着手心一挥，左手的手心就多了道口子，血从伤口中流了出来。

“生来复来归，死当长相思，只可惜，你的相思子差了点意思。想让我死，你的道行还浅了点！今天小爷先给你留个血掌印，等小爷倒出时间再来收拾你这只妖孽！”

话毕，她举起流血的手一掌拍墙上，五指清晰。这一巴掌下去牵动伤口，异常疼痛，却让她吃足了精神，强撑着用血拾回来的清醒，对陆东深说：“我们沿着唵叭木的方向走，生死有命富贵在天。”

唵叭木，外形像极了桦树，却要比桦树矮了些，枝杈繁多，叶脉呈紫黑色。不多，与屋后的紫茸、胆八并排而生。

“从前，唵叭木只存在于传说里，有人说这种香木是生长在唵叭国，晒干后色泽乌黑带有红润为上品。焚烧时不是特别香，但比较好闻。这种香木之所以被传奇化，是因为在古代，人人都将唵叭木视为辟除邪气鬼魅的香料。在《香史》中有这样一段记载，燕都有一处空置的房舍，房内居住着鬼怪，没人敢进去居住。有个人偶然留宿房内，焚烧唵叭香，当天夜里，听到一个声音说：‘是谁在焚烧这种香？害得我们头疼，这里不能住了！’从此，这处房舍就再也没有鬼怪了。”

蒋璃拨开唵叭木的枝杈，深一步浅一步，陆东深从旁拉住她，问：“刚刚你在屋子里看见了什么？”

蒋璃停住脚步，少许思量也没能说出口。视线从他脸上偏移，落在了稍远处屋子的方向：“你看。”

石屋的窗子前，那片嫣红之中，有一白衣女子站在那儿，她长发披脸，正朝着他们这边缓缓招手。

搁一般人那就铁定觉得见鬼无疑了，但在蒋璃认为，幻由心生，在经过太多人生风雨过后，再如遇此类也就不觉得什么了。

陆东深顺着她的视线看过去：“看什么？”

蒋璃双臂交叉于胸前：“一个女人，站在那片相思豆里。”

“你的意思是，那片红色的植物里有人？”

“是。”蒋璃说完后又笑，“估计也只有我才能看见，哦，对，刚才她还念诗来着，一首相思词念得好幽怨。”

陆东深思量，他刚刚只听见一声叹息，也正是那一声叹息，他被她奚落得够呛。“这其中有什么玄机？”

“红豆生南国，春来发几枝，愿君多采撷，此物最相思。这首王维诗中所说的红豆，就是我们现在常见的落叶乔木相思树结出的红豆，种子全红，是相思豆，也叫海红豆。而石屋栽的那片是藤本相思子，结出的豆子虽红，但跟海红豆的红比起来颜色暗沉，更重要的是，这种相思子有剧毒，毒性大过砒霜。又是跟鬼八子混长在一起，毒性就更可想而知。鬼八子遇湿散发毒气，所以我们在数里之外被鬼八子的毒气影响，幸好有紫茸和胆八香才救了我们一命。刚刚雾气再起，只不过紫茸和胆八香没燃，所以鬼八子的气味畅通无阻。”

蒋璃抽了抽鼻子，看了陆东深一眼：“鬼八子的气味极淡，但我的嗅觉比一般人灵敏，所以深受其害，也许屋外真的有一个女人，可未必是我刚刚看到的长相，如果刚刚不是你喊了一嗓子，我想我会被那鬼八子一路引到那片相思子中，吞食相思子有毒的种子而身亡。”

说到这儿，蒋璃没等陆东深开口就马上又道：“别再说你救了我一命的话啊，我现在带你出去也算是抵了刚才的救命之恩。”

陆东深忍俊不禁：“学聪明了。”

蒋璃嗤笑：“跟鼎鼎大名的陆门太子爷过招总得思虑周全才避免死无全尸。”又指了指眼前的唵叭木，“刚才说到这唵叭木被用来辟邪驱魔用，现在也被用作调和香，可它还有个用途不被人知。在山野里，唵叭木就像是一个路标，在你畅通无阻的时候看见唵叭木就是死机，说明如果沿着唵叭木的方向走过去就会遇上危险。但在你迷路的时候看见这种木就是生机，说明前路无阻。我们现在穿过唵叭木就会摆脱鬼八子的毒气范围，但能不能找到我留下来的记号还得看运气。走吧，趁着雾气没再起来的时候，否则不知道还能遇上什么事。”

穿过唵叭木，离开石屋范围的时候，时间已经指向了午后一点。这么算来，他们在石屋也没待多长时间，可就那么短短的时间里，如果稍有不慎就会死于非命。

阳光还是没穿透山里。

抬头看上去，树丫之上还都是瘳白，闷得要命。

在确定周遭没有鬼八子的气味后，陆东深这才拉过蒋璃的手，查看：“伤口怎么样了？”

这一路上她沉默了不少，没逗贫，也没八卦他的事，而对于在石屋里看见的人和事她却闭口不谈。

她不说，可他多少能猜得出来。

蒋璃一直沉浸在自己的世界里，直到被陆东深拉住她还呆呆的。见他盯着自己的手心，她这才反应过来：“啊，没事，我的凝血功能很强，回头再找浮木草之类的消炎草药，随便涂上点就行。”

话毕欲要抽回手，可陆东深却抓紧了她的手腕，从背包里拿出水杯来，拧开盖子，用里面的水为她清理伤口。

他们这一路上喝的都是山泉水，之前他也用这种山泉水为她清理过肩头的伤口，要不说清澈之水才是最好的良药，她现在后肩上的伤口已经不疼不痒了。

现在陆东深为她清理伤口的动作十分娴熟，像是再自然不过的事，只是脸色比较难看，在……生气？

蒋璃想破了头也想不出自己哪里得罪他了。

伤口不深，血止住后，一碰就会刺痒疼痛，但清水处理后就舒服很多。陆东深动作利落，几下处理好伤口后又扯了白纱布缠好防止感染，然后视线落在她手腕的刺青上。

那只眼睛刺青，狭长又神秘。

陆东深握着她手腕的手指转了方向，拇指轻轻摩挲在眼睛刺青上，指下微微的凸起令他摩挲的动作轻轻一滞，再仔细打量，眼里就有了沉光。

蒋璃忙挣脱，这一次，他如她愿放开了手。

“那个……我渴了。”

陆东深将手中的杯子递给她，她接了过来，慌里慌张地喝了大半杯之后才蓦地想起这杯子是他的，一时间又觉尴尬，将杯子还给他。

“如果顺利的话，我们很快就能出去了。”她靠着树干坐下来休息，没话找话。

陆东深只是“嗯”了一声，然后在她身边坐下，将杯子里剩下的水喝了。

蒋璃盯着他性感的喉结，耳根就臊了一下，他似不经意，可她刚刚用过他的水杯，而他又喝了她喝过的位置……

这种感觉，怪得让人心慌啊。

“他是谁？”

蒋璃一愣，目光对上他的。

他目光如炬：“左时，他是你什么人？”

蒋璃目光一抖：“说什么呢……”

“一个能让你为他割腕的男人，我很好奇。”

这话像是心头一刀，剜得生疼，让蒋璃猝不及防，她下意识用右手遮住左手腕上的刺青，可紧跟着意识到这个动作的不妥。

再松开为时已晚，从陆东深一目了然的神情中不难看出，她过往的不堪如同退潮后的海石，所有最真实的棱角都裸露在外。但她毕竟是蒋璃，头微微一抬桀骜不驯：“我以为像是陆先生这种人应该没时间好奇别人的事，别人活得怎样跟你也没关系吧？”

这话充满敌意，陆东深却没恼，反而问她：“在你心里我是哪种人？”

“做事情只看结果不问过程，时间至上，为了利益不择手段。”

“我以为经过这几天的相处，你至少对我会有改观。”

“我看人只看本性，看似再怎么温良亲和，但本性难移。”

她心里清楚，陆东深这人其实并没有她嘴里说的那么坏，这一路上他披荆斩棘，多次救她于水火。可他却戳穿她的过往……转念又是愤愤，他陆东深凭什么这么直接？就连谭战都知规避她过往的伤痛，他陆东深凭什么？

陆东深笑道："看来你对我的了解还不够，来日方长。"

一句话令蒋璃紧了头皮，盯着他。他唇角上扬，不温不火："不过，你倒是说对了一点。"

"什么？"

"我这个人的确对别人的事不感兴趣。"陆东深眼里的笑浅浅，像是盛了一路走来的山泉水，似温还凉，他顿了顿，话锋一转，"但对于蒋小姐的过往，我感兴趣得很。"

蒋璃身边极少出现像陆东深这样的男人，做事和说话滴水不漏，生性强势且攻击力极强。因为她素日里性子强硬，再加上她的身份摆在那儿，所以放眼整个沧陵，但凡知道她蒋璃的人都对她恭敬有加。就算谭战这个不好惹的主儿，也没像陆东深这般放肆。

她回击："不劳烦陆先生记挂了，我蒋璃没什么值钱的过往。"

"值不值钱，我说了算。"

"陆东深——"蒋璃随口就想骂人，可硬生生地还是咽下去了，"你与其好奇我的事，倒不如把精力用在找路上，我们好像又在兜兜转转了。"

精力转回山林间。

正如她所说，走了一段时间后果然发现还是在兜兜转转，就跟之前经历过的状况一样，只不过之前放眼望去是一株株冷杉，现在，眼前各色植物生长，却丝毫没有参考价值。

全是冷杉倒也好说，最起码冷杉无毒无害，可眼前有生机也有死机，生机是一旦利用这些各色植物辨位成功，可以重新开辟一条出路；死机是，这些植物中说不准是有剧毒的，藏于暗处害他们一命。

这一天的阳光不佳，本应该是最艳阳高照的时间，可头上的光还是白寥寥的，就跟罩了一层雾似的不通透，找不到方位，林间的瘴气又跟游魂似的四处蔓延。

"唵叭木只能带我们离开石屋，剩下的路要看我们的运气了。"蒋璃叹道。

陆东深不是个喜欢拼运气的人，他打了头阵："继续走。"

在野外总要有个精神领袖，或决定方向，或决定生死。

蒋璃在早年的户外生活中领教过生死，那个时候，哪怕是意志再坚定的领队都会在卑劣的人性中动摇，所以她喜欢独行。可陆东深身上的毅力强大到异于常人，再遇险境和绝望时，都不见他有半点妥协，这种坚毅让她心生踏实。

"你有过放弃的事吗？"她跟在他身边问。

陆东深回头瞅了她一眼。

蒋璃问完这话后又觉得好笑："以你现在的身价和地位，怕是只有让别人放弃的份儿。"

陆东深没回话，继续往前走，穿过重重瘴气，拨开伸在眼前的枝蔓，良久后才道："我妥协过。"

蒋璃一怔。

陆东深停住脚步，看着前方被白茫茫瘴气缭绕的林木，低沉道："可妥协的后果不尽如人意甚至害人害己，所以从那天起我就明白个道理：与其委曲求全不如据理力争。"

他转头来看她，补上全部的意思："哪怕不择手段，也好过违心成全。"

"所以，"她想到了他与谭战的利益之争，"你势必不达目的不罢休？"

"没错，只要是我想要得到的。"

都说看人看眼，可她觉得，能将人出卖的只有体味。人的经历决定人的心理，心理因素会潜移默化影响生理，继而影响人的气味。这世上每个人的气味都不同，就像没有一模一样的叶子，放眼过去也没有一模一样的体味，体味是辨别人的标志，哪怕是用香水或其他气味掩盖，这体味仍会存在。

不是所有人都长了蒋璃那么灵敏的鼻子，大多数人只能通过体味来辨别对方是谁，但蒋璃可以通过人的气味窥视对方的心理和阅历，或危险或野心，或来势汹汹或心存善念。

陆东深，非善者。

都说商场如战场，战场上的尔虞我诈、枪林弹雨跟这户外生存旗鼓相当，甚至有过之而无不及。所以，他在户外表现出的冷静狠绝何尝不是在商界浮沉中的常态？

蒋璃轻笑："或者就地把你杀了也是不错的选择。"

陆东深唇角噙笑："你杀得了我吗？"

蒋璃盯着他，嘴唇微抿。

"或者换种说法，你承担得起杀了我的后果吗？"

蒋璃沉默不语。

他这种身份的人是杀不得的。

"人还有一种死法，就是死于非命，在这种地方连我都不保证自己能平安活着，陆先生还是别太自信的好，就比如，你还有本事再从狼群里逃脱一次吗？"蒋璃看向他的身后。

陆东深顺着她的目光转头过去，远远瞧见林间有野兽的身影，虽影绰却也能辨认是狼。

那狼就站在那边一动不动，隔着层层瘴气盯着他们。

"都说狼若回头，不是报恩就是报仇，恩情我们跟它们是谈不上了。"蒋璃将腰间的刀子抽了出来，做好拼杀的准备，"你说是不是那狼王回去左想右想都觉得不甘心，便派了它的手下来盯梢，虽然说你吃过狼，但狼王为了置口气终于还是决定拼一把。"

说话间，那头狼已经朝着这边走过来了，步伐很缓慢，却很坚定，穿过暮霭，身形庞大。

陆东深也将刀子悄然抽了出来："那今晚我让你尝尝狼肉的味道。"

蒋璃不再说话，生死面前，她没心思开玩笑，可怪异的是，狼不会单独行动，它们这又是玩儿的哪一出？

正想着，只见一团小东西已经冲出了瘴气到了他们面前。蒋璃定睛一看，竟是陆东深让她放掉的那只幼狼。

刚要放松警惕，又见那头成年狼走了出来，站在幼崽的旁边似有护意。蒋璃收紧了手，那把芬兰刀被她攥得紧紧的，与那狼对视。

突然，那头狼朝着天空嗥叫了一声，蒋璃头皮一紧，以为它是在呼叫同伴，岂料它竟转头走了，然后走了几步又停下来看着他们，又是一声叫唤，这一次不是嗥叫，像是召唤。

蒋璃有点蒙。

那头幼崽一下子冲上前，咬住了她的裤脚，一个劲儿地往前拖。

陆东深将手里的刀子往腰间一插："我们有救了，它在为我们引路。"

天河娱乐城位于沧陵市川阳区，与沧陵的官阳区不同。官阳区属后开发的商业区，也是市政府重点扶持开发的最具商业前景的区域。川阳区汇集沧陵本地人较多，是沧陵市第一个经济发展起来的区域，后来经环境规划，建了大型的湿地公园和绿化带，繁华程度也是经久不衰。

两区紧挨，形成相互衔接又相互竞争的局面，最有意思的当数横跨两区的历史文化街苏河路，苏河路一直以来都是沧陵市的代表，所以当时两区划分地域时没少起争执，最后苏河路以东属于官阳区，以西属于川阳区。

陆东深所在的天际酒店及天际购物中心就坐落在苏河路上，其规模之大在官阳区可见一斑，而天河娱乐城是谭战的产业，也是整个沧陵数一数二的娱乐之地，有上到达官贵胄光顾的顶级会所、酒楼，下到百姓闲暇时喜欢钻的KTV、酒吧、大型游戏厅。

所以在天际入驻沧陵时，城中人就戏称沧陵有天字相争，就是指官阳区的天际和川阳区的天河，虽说经营范围不尽相同，但同样占据了重要两区的不小规模。

外行看热闹，内行才看门道。谭战的野心自然不用说了，先不提他在外省的产业，单在沧陵，这些年来没人能从他嘴里剜肉吃。但天际来势汹汹，以迅雷不及掩耳之势拿下了苏河路的招标，从那天起，天际酒店拔地而起，紧跟着就是天际购物中心等大型购物场所。

现在大家都清楚天际的野心，苏河路只占据官阳区一角哪是天际的目的？天际集团要的是整条苏河路的发展规划，以及以苏河路为中心朝着四周辐射开来，这意味着什么？意味着天际背后的陆门集团不但要吞了官阳区，还有川阳区等重要区域。

这就是在动谭战的蛋糕。

两虎相争，一个是陆门最有前景的太子爷，一个是盘踞沧陵多年的猛虎，两个实力相当的男人，自然成为大家关注的焦点。

郃梓莘赶到天河城的时候天色将暗，这一带越夜越热闹，现在还算安静，头顶上的霓虹还没开启，据司机说，等入了夜，天河的霓虹堪比天上的星河，漂亮得让人流连忘返。

但郃梓莘知道，能让人流连忘返的哪会是十里霓虹？这里灯红酒绿歌舞升平，燕呢过耳胭脂飘香，这才是真正的惑人之地。

入天河城进到赫赫有名的凰天会所，郃梓莘身边的保镖们被拦了下来，理由是凰天目前停业装修，不便那么多人进去。秦奕不悦，倒是郃梓莘冷静，故意大声说："谭爷知道我来，还能故意为难了我吗？其他人就待在这儿，秦奕跟着我就行。"

凰天会所停业装修本是幌子，等郃梓莘踏进会所后就明白了。齐刚接待的他们，到了包房门口，拦下秦奕，说："我们谭爷不喜外人在场。"

郃梓莘既然敢来就有足够的把握应对，她示意秦奕留下，自己推门进去了。

有烟草味，极淡，入鼻更多的是清雅的香，这香味不庸俗，让人想到空谷幽兰，可不像是能在这种场合有的气味，倒是让郃梓莘对这个谭战的品位另眼相看了。

包房面积挺大，一侧墙面是一整面液晶屏，另一面被宽厚的天鹅绒窗帘遮住，室内光线柔和，谭战就坐在黑色沙发里，面前摆了茶海。

他在洗茶具，骨节分明的手在茶具和清水间甚是修长干净，茶斗里有几种混在一起的干茶，郃梓莘猜想谭战应该有自己配茶的喜好。

听见动静，谭战头也没抬，说了句："坐吧。"

郃梓莘大方落座，与谭战茶海之隔，那茶海为上好黑檀，一靠近就有檀木的香气。对面的男人今日着装简单，只一袭白衬衫就托得眉眼英气，硬朗非常，袖口缩在手肘，露出结实麦色的小臂。

“听闻凰天装修，所以寻了个见面礼给谭爷送来，想着很快凰天就能开门大吉，正好用上。”

谭战这边已经洗好茶具，那边热水也已烧得，他抬头瞅了一眼桌上的礼盒，轻笑：“能让郜姑娘这么费心的，想来也不是普通的上门礼了。”

他叫她一声郜姑娘而不是郜总，足以见得他并没有将她堂堂老总的身份放在眼里，或者说在他眼里，女人只是男人在为利益拼杀后闲暇时的调味剂，而不应该是跟男人争夺一席之地的。

“谭爷是风雅之人，所以普通的上门礼怎么能入得了您谭爷的眼呢？”郜梓莘瞧了一眼墙角，堆了不少礼物，金饰玉器居多，显眼的是一尊半人高金镶玉关羽。那玉石郜梓莘瞧得清楚，是羊脂玉，整块无衔缝。单拿这一米多高的玉关羽来说，足块整雕就实属罕见，价值连城。

看来仅是这一天，以送礼为名来找谭战的人就不少。

“哦？那我倒要看看郜姑娘的礼物有什么不同。”

郜梓莘将礼盒打开，内有紫色丝带捆定的画卷，卷轴两头嵌有上好松石。展开画卷，那画纸上的色彩便款款入目，人物线条甚是精湛。

谭战最开始没当回事，待画卷一展时只觉眼前一亮，又有香气入鼻，像是纸张自身的香气，又像是来自彩墨的气味。

“这是吴道子的《浮生图》，现如今吴道子的真迹难寻，这幅《浮生图》是当时我的祖上从一家晚清官宦之家手中买到的，先不说这幅画的色彩难得一见，单说这画纸就已经是绝迹佳品了。”郜梓莘的手指在画纸的边缘轻抚，“吴道子的传世画卷少之又少，前些年市面上竟有人拿着《浮生图》拍卖，倒是诓骗了不少人，可懂行的人一眼就能看出真伪，拍卖的《浮生图》用的画纸是玉板宣。”

谭战轻笑：“玉板宣已经是书画纸中最名贵的了。”

“谭爷懂行，玉板宣的确是时下最名贵的画纸，吸墨性最强质地最优，所以在那场拍卖会中，内行人都知道那是幅仿品，但也因为这纸张甘愿收藏。可是，真正的《浮生图》用纸是藏经纸。藏经纸又叫金栗笺，现如今这种纸张已经见不到了。现在很多专家学者一提到藏经纸就扣上‘宋笺’的字眼，认为藏经纸只流行于宋代，而盛唐时期的画卷多是蜀笺，然而吴道子的《浮生图》真迹早就用了藏经纸，并且纸张比宋代时期的染色更精细。”

郜梓莘用指关节小心翼翼地滑了一下画纸：“纸色如黄金，纸面莹润，以这种画纸作画可存千年不朽。都说宋代之后再无藏经纸张，这话倒也不假，拿到现如今这般技术先进也是仿不出金粟笺半点影子的。”

“郜姑娘出手大方。”谭战笑容清淡。

“谭爷的身份摆在这儿，来沧陵做事，那就是在您的地盘上谋个生路，谁人的面子都可薄，唯独谭爷这边要来拜上一拜。谭爷您也是聪明人，如果不是料到我定会来敬您，门外的保镖早就把我拒了。”

谭战笑不入眼：“天际有《江山图》，现在郜姑娘拎了幅《浮生图》，挺有意思。吴道子真迹难寻，眼前这幅单是画纸就价值连城，更别提画本身的一价难求，可惜，我谭某算不上你口中的风雅之人，名画在手怕是糟蹋了。”

郜梓莘心想，这只老狐狸，明知道我是诚心来访还故意推托，完全是吃定了她是弱势，想趁机刮些利益罢了。轻轻一笑来了个杀手锏：“听说蒋璃对天际的《江山图》很感兴趣，看来是喜欢名画的，沧陵人都知道蒋璃之好就是谭爷之好，我这幅吴道子的画应该再合适不过。”

“蒋璃倒是喜欢不假。”

郜梓莘听谭战这么一说，心中就明镜了。她的那声蒋璃算是试探，如果谭战对蒋璃无心，那在这种场合他理应称她一声蒋爷才是，但若是有情，那断然会自然流露真意，他称她时即使不叫昵称也断不会叫她蒋爷。

谭战没再提画卷一事，为彼此倒了茶，切明了她的目的：“陆东深来势汹汹，你想从他手里分羹太难。”

郜梓莘也言归正传：“我的背后这不是还有谭爷吗？陆东深想要独吞，我不同，我要的是双赢，现在沧陵经济环境大好，谭爷其实心里也清楚得很，今天能挤走一个陆东深，明天可能还会来第二个第三个，沧陵这块蛋糕迟早是要让出一些的。陆东深做事太绝，一心独大，而谭爷您呢，从来都是您将肉分出去，哪轮得到别人剜您手中肉？所以您和陆东深势必水火不容，而我们长盛愿意分摊利益孝敬谭爷，您有背景我们有资金，共赢的目的就是束缚天际的手脚。”

谭战一手端杯，一手掀开茶盖轻轻刮了刮杯口：“部姑娘是聪明人，不像陆东深不识抬举。共赢倒是不错的点子，只是……”他一针见血，“长盛打算让出多少利呢？”

“川阳区的地王，发展前景不输给官阳区的地皮。我知道谭爷势在必得，但如果有资金注入，那日后的发展更是无法估量，当然，谭爷自然有办法引来外资，可竞投在即，最合适的人选就是我，我的背后是长盛，长盛的背后是国际市场，谭爷出面摆平一些人情关系是信手拈来的事，长盛就是谭爷的钱袋，这样也就一拍即合了。”

说到这儿，部梓莘将茶杯放下，轻轻一笑：“谭爷一分钱不用掏，我只当请谭爷为我们长盛蹚条路，三个点拿出来是孝敬谭爷您的，当然，如果我父亲现在能主持大局，想来以父亲的性情肯定会慷慨交朋友，我一介女流，眼里心里还是计较蝇头小利的。”

她意明话不透，也知谭战是老油条听得出她的意思，她先给谭战颗红枣，然后提出她父亲现在昏迷实则是因为受他所害之故，如此也算是他欠了她一笔。

“令尊的事我听着也觉得惋惜，凭着部老先生的名望我理应要领你的情面才是，只可惜……”谭战顿了顿，意味深长。

部梓莘耳聪目明，心里一咯噔。

谭战笑了笑，按了手机，对那头命令了句：“把部公子的影像切过来。”

话落，谭战对面墙壁的大屏幕就亮了，部梓莘回头一瞧，先是十二宫格的分视频，紧跟着被锁定了其中一格，放大，定睛一看，画面中的人是她的哥哥——部业帆！

也是个包房，身后可见古希腊浮雕，跟他对坐的有三人，面孔不生，都是有头有脸的人物，在外是谦和儒雅的形象，在这里因为怀抱娇女手中揩油而完全倒出本性。

郜业帆身旁也坐着一美人，婀娜身段如柳般黏在他身上。

“陪着郜公子的就是凰天的头牌芙蓉，郜公子最近迷她迷得紧，甚至一怒为红颜的事也在凰天传得沸沸扬扬。当然上门都是客，只要郜公子做得别太过分，凡事都给我谭战留几分情面，女人的事那都是小事。”

谭战从烟盒里拿了支烟出来，斜叼在嘴上，打火机“啪”的一声，有蓝色火苗就蹿了出来，映亮了他俊秀的眉眼，烟头燃亮，他吸了一口，再吐出时青白色的烟雾影绰了他的脸。

“郜公子私下在凰天开赌局，这两天赢的七七八八加起来也有两三千万了，于是，我的手下都很好奇，也想跟郜公子学上一学，哪怕只是学来一两招也够下半辈子衣食无忧了。”

郜梓莘脊梁骨一凉，私下开赌局？没听说过他的赌技有多高，难道……

念头刚起，就见墙上的画面成四格，里面只有郜业帆自己，没有芙蓉，时间不同，地点都是在那包房。摄像头捕捉得很细，郜业帆手上的微小动作和与荷官的眉来眼去都拍个清楚。

郜梓莘的预感应验，郜业帆果然在出老千，不但如此，瞧着那荷官看他风情万种的眼神，八成想他也暗自买通了荷官。

画面定格在郜业帆换牌的瞬间动作上。

郜梓莘蓦地转过头看向谭战。

谭战不急不躁，探身将烟灰缸拉近，弹了下烟灰：“凰天不是赌场，郜公子私下开赌本来就是坏了规矩，当然，郜公子真要是凭本事赢了钱，两三千万就当是我谭某塞给郜公子的零花钱。可郜公子藏了心思藏了手段，这笔账就要另算了。”

郜梓莘恨得牙根痒痒，原本胜券在握的局面不承想被她这个二哥打得粉碎。

“看来谭爷是想用这件事跟我谈条件了？他郜业帆是成年人，有些错自己可以承担。”

谭战笑了：“郜姑娘误会了，我只是想着总要让郜公子的家属知情才对，要不然等到郃公子被人抬出了凰天，郃家会误会我谭战不给郃家面子。”

郃梓莘不寒而栗：“既然只涉及钱，那让郃业帆把钱吐出来，抬出凰天，谭爷有些过了吧？”

“郃公子为了争芙蓉在我这儿打架斗殴，他还能相安无事那是因为手下压了这件事，但郃公子开赌局出老千脏了凰天，那就不仅仅是钱的事了。”

“谭爷想怎样？”

谭战吸了口烟，淡淡一笑：“听说，郃公子对我的女人感兴趣，还扬言要品品她的滋味？”

郃梓莘一滞，这才是关键！

当时郃业帆不过是句醉话，在病房里又只有他们几个，这谭战的眼线却能无声无息听个仔细，不得不让她对他心生恐惧。

“我这里不是喂饱人的地方，今天我不提醒一下郃公子，他怕是永远不知道‘规矩’二字怎么写。”

郃梓莘攥了攥手，谭战这是明摆着告诉外界蒋璃的重要性，哪怕只是一句醉话调戏也是不可以的。

她痛恨郃业帆作死的行为，但又不能不管他。

“四个点，多出来的一个点，当是我保下我二哥。”

谭战隔着烟雾盯着她：“五个点，郃公子顺利出凰天，他喜欢芙蓉，以后凰天会所任他自由出入，但不准再私下开赌局。”

郃梓莘咬牙，五个点，谭战够狠，这相当于他只搭了人情网络就要剜去川阳区项目的一半肉。

齐刚敲门进来走到谭战身边，弯腰在他耳边嘀咕了句，只见谭战原本沉郁的目光就变得柔和，烟头往烟灰缸里一摁，起了身。

郃梓莘这边的心还在吊着，见谭战竟公事谈了一半就要走，十分焦急，便冲着他背影喊了一声“谭爷”。

她被齐刚拦下：“谭爷今天没空了，郃公子我们先扣下，至于怎么处理等谭爷的消息吧。”

郜梓莘一把拨开齐刚，快步走到门口，齐刚上前，下一秒就被秦奕拦下。等郜梓莘追到一楼大厅刚一拐弯就听见蒋璃的声音，又挑逗又轻浮：“姑娘们，想我蒋爷了没有啊？”

蒋璃回来了。

郜梓莘想到了之前的七天之约，她回来得倒是及时，就不知道她这次是真有办法救人还是继续装神弄鬼，郜梓莘对于蒋璃这个人还是抱有警觉的。

郜梓莘站在楼上的拐角没下来，从这个角度她能看见蒋璃，蒋璃看不见她。秦奕上前守在她身旁，齐刚也过来了，见她不像是惹事的样也就任由她去了，快步下了楼，大老远就扯着嗓子喊：“蒋爷，您总算回来了啊，再不回来我们谭爷就该把整个沧陵倒过来了。”

蒋璃虽是风尘仆仆，但笑起来甚是爽朗，她进了凰天后就随手将背包扔到了一旁，几步登上了台子，夹杂在那些婀娜的姑娘里面左拥右抱，她怀里的两个姑娘就跟她嬉笑，好不热闹。

齐刚在旁一脸羡慕：“蒋爷每次来凰天就跟皇帝临幸嫔妃似的，就差酒池肉林了。”

谭战站在台子下面，双手插兜而立，一直看着跟姑娘们胡闹的蒋璃，眉眼柔和唇角挂笑。蒋璃跟台上的姑娘们疯得差不多了，便道：“该干什么干什么去。”

谭战没催没促，一直等着蒋璃拿了背包走上前，含笑：“平安回来就好。”话音刚落，瞧见她脖颈处露着的纱布白边，眉头一蹙，抬手将她的脸轻轻扳到一边，“受伤了？”

蒋璃笑笑：“被狼爪子挠了一下，小伤。”

谭战眉头皱得更深，齐刚在旁一惊：“不就是出趟门吗？怎么还能遇上狼？”

“齐刚，打电话给徐大夫。”谭战嗓音沉沉的。

齐刚刚要掏手机，被蒋璃一把拦住：“干吗呀？要是有事我早就挂了，还能挺到现在啊？这点伤能难住我吗？行了，死不了。”

谭战一把将她拉到怀里，搂住。她一怔，想要挣脱却被他搂得更紧，她就任由他了。

齐刚在旁瞧着这一幕也心知肚明了，看这架势八成是去了危险的地方，但既然谭爷不说也必然是有不说的道理，笑了笑：“您是我们谭爷的心尖啊，可要养好伤。”

蒋璃在谭战的怀中，心底深处有一丝暖流慢慢渗透。

人非草木，这些年他纵着她，任她撒野放肆，他给她撑起了一片天，让她在最艰难无助、人生最黑暗的时候看见了希望，是他让她活得有了尊严，她心里的冰层有了一道裂缝，他的暖就沿着裂缝慢慢地渗透进去。

她抬手轻碰了下他的眉间，浅笑：“别皱眉啊，一皱眉就让人退避三舍了。”

谭战被她逗笑，眉间的川字纹松了开来：“还有你这个野丫头怕的人吗？”

蒋璃刚想说没有，脑海中不经意蹿过陆东深的身影。

“还是要看看医生的。”

蒋璃拗不过他，点了点头，又看向齐刚：“我要简单收拾一下，例如泡个澡之类的。”

齐刚马上道：“天字房谭爷一直给您备着呢，我刚刚又让人收拾了一遍，该准备的都准备好了。”

蒋璃将背包往齐刚怀里一扔：“懂事啊。”

走廊尽头就是天字房，也是整个凰天最豪华的休息室，谭战看着她的背影，对齐刚吩咐：“叫伺候的人机灵点，她身上有伤。”

“您就放心，谭爷，您要是真放不下蒋爷，娶回家得了，老是这么散养着保不齐哪天会出事。”

谭战将视线收回来落齐刚脸上，齐刚最怕谭战这种眼神，马上搓着手打着哈哈：“听说蒋爷是被辆车送回来的，咱们的人眼尖，车里坐着的是陆东深。”

谭战松缓的眉心又一皱，他怎么会跟蒋璃在一起？

齐刚往楼上瞅了一眼，用胳膊肘碰了一下谭战："郜公子那头怎么办？"

说话间郜梓莘已经下了楼，直截了当说："谭爷想剜的肉太多，长盛不是我一人能说了算的，这件事我总要跟董事们通个气才行，还请谭爷手下留情，哪怕等到长盛有了结果您再处理也不迟。"

齐刚一步上前："跟谭爷讨价还价，你活腻了是吧？"

"齐刚。"谭战冷声。

齐刚闭嘴。

谭战道："你可以回去考虑，郜公子就委屈几天，凰天的大门随时为郜姑娘候着。"

蒋璃终于舒坦地泡了个热水澡，想她这几天只能在户外用烧开了的水简单擦拭下身子，还得是趁陆东深去猎食物的时候。现在，好不痛快。

热气氤氲，水中浮动淡淡花香，光洁的台子上早有套备好的衣服。蒋璃枕着浴台，通过如白纱的热气，仿佛又瞧见了陆东深的脸，想起两人被那头狼一路引着出了祈神山的情形。

一头报恩的狼。

源于当时她的恻隐之心没有落下刀子。

母狼在前方带路，霏霏暮气中它的身形隐约，那头小狼倒是活泼，一会儿在母狼身边跑上几步，一会儿又返回来钻到她脚底下磨蹭。

他们一路跟随，与那头狼保持着一定的距离，同样地，每每狼崽子跑到他们这边嬉戏玩耍时总会被那头母狼唤回去。

面临丛林法则时狼比人要有原则，要报的恩势必不能欠着，但对势均力敌的入侵者也势必要提高警觉。

就这样，母狼一路将他们带出了雾霭。

那一刻眼前蓦然开阔，一草一木、一石一水都尽是她所熟悉的，还有她做过的标记。

母狼停住了脚步不再继续前行。

蒋璃知道它就送到此了，一时间心头感慨万分。虽然它还是离他们有一段距离，但如果没有它，她和陆东深将会永远游荡在这片无尽头的山野中，终究会被时间、被这诡异的山野吞噬，生命消逝。

陆东深拉过她的手，说了句走吧。

他们注定还要前行，回到属于他们的世界。蒋璃转头过去，那头狼还站在那儿，不只是它自己，在它的身后，高高矮矮的坡地、丛木间都有狼的身影，它们都在静静注视着他们，像是守护着同伴，又像是与他们道别……

落日坠入云端，天角的血红被一点点暗沉了下去，他们走出了祈神山。直到山脚下，陆东深都一直牵着她的手。

山下有车，好几辆。

见他们露了面，车子开了过来，一纵排停靠，景泞带头，保镖们尽数下了车，好生气派。

蒋璃这才知道，这些车原来从陆东深入山后就一直隐蔽地守在这儿。所以她终于明白个道理，陆东深不会死，哪怕是在那片深不可测的山林里。如果真遇不测，他势必会有办法留下信号给这群人，哪怕踏平这祈神山，他们也会想尽办法救他于水火。

是她忘了，这样的一个男人，怎么可能没有准备就贸然入山？

众目睽睽之下，他牵着她的手一路前行。

景泞打开后车门。

她抽回了手。

陆东深回过头看她，眼里似有不解。她看着他的脸，竟然有一刻的悸动。他再次朝她伸手，她没说话只是笑笑，没再牵他的手，径直钻进车子里了。

浴室的水染红了蒋璃的脸颊，热气是罪魁祸首，水面上一片片花的香也有了原罪。她拈过一叶花瓣，又衔在嘴里，芳香沁入水，那花瓣就变得苦涩，像极了她回来这一路上的心情。

她和陆东深曾站在同一战线上的，与天斗的时候他们是同类。

可看到车子的那一刻，她幡然醒悟，他们之前再如何亲密无间终究还是回到了现实。现实中的博弈是人与人的厮战，比跟天斗来得隐晦间接，却最残忍。她和他注定要站在江河的两岸，不再携手合作，而是一场见证人性最恶劣的战争。

利益的战争。

权谋的战争。

她和他的战争。

到了凰天的范围，陆东深没让那几辆保镖车跟着，景泞担忧他的安危，他淡淡说："这是谭爷的地盘，谁敢闹事？"

她把这话听在耳朵里，知道陆东深这是在给谭战面子。

她要开车门的时候，他忽然叫住了她，他叫的是，蒋璃。

他的眼陷在车内的黑暗里，又或者是他的眸光太黑，黑到能将她吸入他的那片黑暗中。他朝着她这边探身过来，有那么一刻他的脸近在咫尺。

他抬手朝着她的脸伸过来，修长的手指擦着她的耳郭而过，在发丝里择出一片枯叶，小小的，叶脉尖尖，他捻在指间，粉碎。

是樱树的叶子，如若烟花三月，落在她发丝间的该会是胜似白雪的樱花。

直到现在，她的耳郭都是热的，他的指尖温热，可就是那么轻轻一触，犹似烙铁。

有媚笑声随着推门而入。

氤氲间是款款而来的女子，一袭烟色素缎旗袍，拂柳腰婀娜段，凝脂肤胭脂容，那醉人的香从衣料中透出来，裹着一股子的魅惑。

她上前来坐在浴缸旁，手里的帕子往蒋璃脖子上一撩，含笑嗔怪："你还舍得来凰天啊，我还以为你被哪个野女人勾去了魂呢。"说到这儿瞧着她后颈的伤，啧啧了两声，"还真是被狼爪子挠的？"

"是被野女人挠的，那野女人的爪子就跟你芙蓉一样锋利。"蒋璃没避讳她，任由她那双丹凤眼将她水中的身段瞧个仔细，抬起胳膊往女人纤细的腰上一搂，“能让我们凰天的头牌伺候我洗澡，我可真是三生有幸啊。”

芙蓉笑：“那蒋爷想我怎么伺候你啊？”

蒋璃抿唇邪笑：“当然是先脱衣再沐浴了。”

刚进门时的魅浪媚笑尽无，芙蓉抬手朝蒋璃的后背狠狠一拍：“不跟你翻脸就不说实话是吧？这么大一道伤口子你想瞒我？”

蒋璃龇牙咧嘴，玲珑身段一扭，避开芙蓉的无影掌：“就是被山上的狼给抓了一下，大惊小怪干什么啊，你好歹也是凰天的头牌，能不能温柔点？敢这么对小爷我放肆？”

“温柔你大爷！你都差点喂狼了！”芙蓉在外那是十里飘香媚骨柔情的，唯独面对蒋璃才会撕开面具放飞自我，“怪不得谭爷不让别的姑娘来呢，他这是怕其他人瞧着这伤口在外面乱嚼舌根。”

蒋璃早就习惯她内外两张皮的模样，靠在浴缸旁，胳膊朝外一搭，滑如凝脂：“三句不离谭爷，你那么喜欢他，跟了他得了。”

“是我想跟就能跟的？谁不知道他心里只藏了你这只妖精？哪还会把别的女人看在眼里。”芙蓉将水面上浮动的花瓣一片片捞起，往蒋璃的身上贴，“听说你是被那位陆总送回来的？”

“你想说什么？”

芙蓉沾着水珠的纤纤玉指往她太阳穴上一指：“揣着明白装糊涂，谭爷纵着你，那是因为他把你看作是他的女人，他耐性也好温柔也罢，只因为对方是你。但你可别忘了，谭爷毕竟是谭爷，戾气和凶狠也不是收着的，你在他眼皮子底下跟野男人厮混，这不是触了谭爷的底线吗？万一他……”

说到这儿芙蓉抬起手做刀状，在蒋璃的喉咙处划过，剩下的话就尽在这个动作里了。

蒋璃将她的手拉下来，细细把玩着她的柔荑，笑得不以为然：“你这是多希望我能挂命啊？竟然扣这么顶帽子给我？人家不过好心好意送了我一程，就成了你嘴里的野男人了，这话要是被陆总心尖上的女人听到了过来挠我，我就舍了你这张脸去接那九阴白骨爪。”

她最开始不是想回凰天。

陆东深给景泞的指示是回酒店，他的态度明确，他是要带她直接回天际的。

川阳区和官阳区只有一个路口之差，往左是谭战的地盘，往右是陆东深的地盘。还没到苏河路的时候景泞接了个电话，然后转给陆东深。

车内太安静了，以至于让蒋璃听到了手机里女人娇滴滴的声音：“东深……”

景泞开了车载音乐。

悠沉的大提琴乐，不吵人，恰到好处地遮住了电话里的内容。

就这样一直到了苏河路。她才对司机说：“去凰天。”

她没看陆东深，却也能感觉到陆东深在看她，而司机显然是在等他的命令。他沉默少许说：“你该回酒店好好休息一晚。”

她说：“凰天有谭爷在，我会休息得更好。”

他的脸色似乎沉了很多，像是不悦。她不知道自己为什么偏偏这般讲，只知道这句话使得车里气氛更加沉寂。景泞从倒车镜里看了一眼后座，没说话。

车子在转入苏河路的路口停了下来，所有的保镖车也都等着命令。

许久后他说：“去凰天。”

芙蓉将手抽了出来，柔荑一撩，纤指轻轻敲了蒋璃肩头两下：“没关系最好，我知道你比寻常女人都聪明，什么男人该抓，什么男人该放你更清楚才对。现在全城的人都知道谭爷跟那位陆总势如水火，你能避嫌就避嫌。谭爷为了你可什么事都能做出来，那位郜公子就因为说了一句不合规矩的话，被谭爷整得好惨。”

“郜业帆？”蒋璃脑袋里已快速转了个弯，郜业扬生性稳重，能在外面招摇生事的只有郜业帆。

“除了他还能有谁？还真以为自己是赌神转世，殊不知是谭爷天天让人在给他喂牌。”芙蓉抬手遮红唇笑了笑，“可你说奇不奇怪，有人给了我一笔钱，暗示让我为郜业帆出台，瞧着这架势，这人可不是谭爷。”

蒋璃撩水的手一滞：“也就是说，郜业帆日日来是因为你？”

“有钱干吗不赚？很显然这是有人在给郜业帆下套，可这件事跟我无关，我只管勾得那郜公子夜夜笙歌，醉生梦死。”

蒋璃觉得后背发凉。

凰天目前不营业，姑娘们也在休息，谭战命人喂饱郜业帆的胃，其目的可想而知，有了郜业帆的把柄在手，想要从长盛手里夺肉吃那就易如反掌，可背后给芙蓉钱的人又是谁？目的又是什么？

自然，问芙蓉是不清楚的，而她也活得通透，像是她这种在男人堆里讨生活的女人哪会看不出这里面的诡谲暗涌？只不过不该知道的事她从不问罢了。

没等到翌日，蒋璃在凰天结结实实泡了个鲜花浴后就打算直奔抚仙湖。现在离她跟陆东深约定的时间只剩下一天，能尽早出发最好。

距上次谭战场子出事没有几天，谭战又被商会的事情缠了个分身不暇，临走之前命齐刚找了数十保镖跟着蒋璃，确保她的安全。

蒋璃一见这架势就皱了眉头，齐刚知她习惯独来独往的性子，忙道：“您不是受伤了吗？”

是谭战下的命令，她当着这么多人的面也不好驳了谭战的面子，也就由着他们跟随，末了只提一个条件：到了抚仙湖只准在岸上等着，她一个人下水。

/ 第六章 /

抚仙归来

抚仙湖，万顷琉璃，大多数游客都是冲着这番盛景来的。但在沧陵人眼里，抚仙湖是圣地，是天赐之湖，平日里顶多是在湖中打鱼，从不深潜，生怕惊扰神灵，这种习俗在沧陵保留数百年，直到湖底的千年古城被发现，沧陵人更加确信祖宗的信仰。

有人说抚仙湖底的古城就是历史上的古滇国，因为人为建筑太明显；也有人说那是两千多年前的祭祀地，抚仙湖是离天最近的地方，古代皇帝就来此祭祀，后来祭祀地沉入湖底。

沧陵人则认为，水下城存在并非只有两千多年，许是更久，那是座龙宫，是神灵的居所。

曾经有媒体以直播报道的形式来对外公开抚仙湖的水下城，可报道到一半就停下了，以至引来诸多怀疑，说抚仙湖水下古城不过是诓骗游客的噱头和骗局。

也有不同的声音出来，说当时的报道之所以中断是因为发现了水下尸库，匿藏在古城之中，成了无法解释的谜。

众说纷纭，谁都不清楚当年究竟发生了什么事才使得报道中断。

现在这个季节不是旅游旺季，抚仙湖又恢复了过往的平静。蒋璃抵达抚仙湖的时候，天际深处是沉沉的黑，如一张被墨浸染的布遮住了天幕。星子洒了满天，但也晦涩不明的。

齐刚等人甚是担忧，不理解蒋璃为什么独独挑着一天之中最黑暗的时候下湖，蒋璃看着被天幕染黑的广袤湖面，说：“都是要潜水的，无所谓白天黑天。”

她下湖底是最深处，不见光，只有偶尔的水纹会折出粼粼光亮。

这是蒋璃数次深潜入水中都能看到的场景，水底深幽，还有许多从不在人们视线里出现的怪鱼，每每从她头灯上经过时她都会横在水中瞧上许久。

抚仙湖底是她潜过的水中较为舒服的，危险性没那么大。

曾经她潜过一片海，深海之中，连水温都凉过抚仙湖。先是成群的沙丁在她周围飞舞，再深就是深邃宁静的海底，深得令人忌惮。

她听见从海底深处回荡出的鲸鱼声，那声音幽幽地让人脊背发凉。她置身其中犹若尘埃，那鲸像是鬼魅，从黑暗中徐徐现身，从她头顶掠过时，她只觉像是在地府里走过一遭。

她有着丰富的深潜经验，认识她的人都只当她是兴趣，没人知道她潜水的真正目的。

人人都道抚仙湖底有古城，却极少有人见到；人人都忌惮古城之下的尸库，可真正瞧见尸库真面目的又有谁？

只有触碰到了古城残垣上的厚厚青苔和绵延数公里的断壁，才会知道这一片城池陨落的悲凉；只有在一只只浮游湖底的尸体中穿梭，才会体会到他们永生永世无法见到天日的绝望。

能救治部国强的，除了祈神山上的麝香鼠外，还有就是抚仙湖底这些尸体群上的东西。

蒋璃对陆东深撒了谎，抚仙湖中的白鱼只能做游客桌上的盘中餐，哪会有治病救人的功效。

这是禁区。

不懂行的人进不来也找不到，但有心跟踪的人也终究会窥见这座古城之内的秘密。

蒋璃从不让人跟着，原因也在此。

头灯映亮了古城的残骸，那高高的石柱已是斑驳，却雄伟犹在。就像是盛传在雷雨之天能瞧见故宫百年前的宫娥游走般，置身这古城其中，也仿佛能听见千年前厮杀的声响。

蒋璃没在古城里多逗留，一个纵身朝着更深暗的湖底潜去。

天边吐白时，齐刚已经在车上抽了整整一盒烟，烟屁股掐了一地，又命手底下的小弟逐一拾掇回来，装好扔进垃圾桶。小弟吭哧捡了半天，到齐刚的车子前，说："刚哥，不带你这么折腾人的啊。"

齐刚将椅背压得很低，躺靠在上面，车窗大敞四开，闻言后从里面伸出手狠狠拍了一下小弟的头："不折腾人玩怎么打发时间？"

"兄弟几个可以陪你玩牌啊，咱玩小点儿的。"

"滚！我们来是守着蒋爷的，玩他妈什么牌？要让谭爷知道了废了你！"

正骂着有个保镖上前："刚哥，湖的南侧发现有人下水的痕迹，照架势看，人不少。"

齐刚这边刚要点烟，一听这话马上把烟一扔，暗呼不好，赶忙下了车命人下水。那些人都是会潜水的保镖，一早就候在湖边，一旦蒋璃那边久不露头就马上下水营救。

谭战赶到抚仙湖时，天际是大片的蓝绿色，日出的光半明不明，从暗影的缝隙中慢吞吞地挤出来。

他行色匆匆，走路带风，身后一众保镖，阵仗不小。齐刚这边急得火烧眉毛，见谭战赶来了，立马上前。谭战直接就问："蒋璃呢？"

"已经下水找了一圈了，没见着蒋爷。"齐刚摸了下头上的汗，在派人下水之后他就第一时间给谭战打了电话。

两人说话这么一会子工夫，第二批潜水的保镖也上来了，带头的一瞧见谭战来了，紧张坏了，结结巴巴道："谭、谭爷，还是没找到蒋爷……"

谭战面色倏然沉冷，抬腿就是一脚，那带头的保镖一下子被踹趴在地，再抬头时连嘴角都出了血。

"都他妈的是废物！所有人都给我下水去找，找不回来，我要你们的命！"

所有人都战战兢兢，纷纷准备下水。

齐刚小心翼翼上前："看架势对方是派了专业的水鬼。"

"什么来头？"

齐刚摇头。

谭战盯着微微泛起波澜的湖面，眸底的温度跟寒夜的水般涔凉。

这时就听有人惊喜嚷嚷："蒋爷回来了！"

谭战蓦地转头看过去，湖影间上有几道身影，是两名全身湿透了的保镖，他们一左一右架着蒋璃过来。

蒋璃低垂着头，身上还穿着潜水服，脚步不稳虚脱得很。谭战大步流星冲上前，一把接过蒋璃搂在怀里。

蒋璃的额头抵在他的胸前，有气无力地叫了声谭爷，谭战只觉得她全身湿冷得很，抬手这么一摸，发现掌心里全都是血！

谭战一惊，二话没说将蒋璃拦腰抱起，整张脸阴沉得骇人，齐刚也看见了谭战手上的血，冲着保镖低吼："都他妈杵在那儿干什么？去医院！"

领带被人拉了一下，谭战低头看怀里的女人，蒋璃低语："先送我回车里换衣服。"

蒋璃来时的衣服都在齐刚车里，谭战将她抱上车后，找出衣服递给她，打算亲自开车送她去医院，刚要升隔断板，蒋璃按住他的手，虚弱地说："我没事，不用去医院。"

谭战还要劝说，蒋璃看着他："我要换衣服了。"

他微怔片刻，很快脸上闪过一丝尴尬，说话也不自然："你自己能换吗？"

"那你帮我啊？"蒋璃顶了一嘴。

谭战手攥拳抵在唇上轻咳了一声，借以遮掩不自然，说了句："换好叫我。"

天际最后一抹黑被晨起的光线尽数取代，空气薄凉，还有几缕清雾未散，呼上一口气，能化出大团白雾。

齐刚见谭战从车上下来后赶忙上前问："蒋爷怎么样了？"说着，朝车窗里看了一眼。

谭战喝道："眼睛不要了？"

齐刚这才反应过来，嘻嘻哈哈的。谭战倚靠着车门，摸出支烟斜叼在嘴，刚要点烟，又冲着身边的保镖们喝了一嗓子："都他妈的给我转过去。"

齐刚见谭战也不急着送蒋璃去医院，心想着十有八九是没事，也敢开玩笑了："谭爷，车玻璃都贴着膜呢，外面根本就看不见里头。"

"滚。"谭战叼着烟淡淡地甩出一个字。

齐刚笑着拿过他手里的打火机，主动给他点了烟。火苗一蹿，谭战微微侧脸，吸了一口烟。

"我是觉得吧，这个时候您应该在里头帮忙，您这个人吧，有时候就太那个了。"

"太哪个？"

"对女人太绅士也不好，喜欢她先上了再说，您只要占了她的身子，再野的娘儿们都会对您服服帖帖的。"

谭战抬腿踹了他一下："滚犊子。"

"爷，忠言逆耳啊。"

两人正说着蒋璃开了车门下来，她换了自己的衣服，打湿的长发简单绾在脑后，看上去脸色虽说苍白，但体力恢复了些。将手里的潜水服往齐刚的方向一扔："信不信我把你给阉了，拿你那玩意儿喂狗？"

齐刚稳稳接住她扔过来的潜水服，嘿嘿一笑。谭战从车里拿出瓶水，打开盖子递给她："你怎么样？"

蒋璃接过水，仰头喝了几口，靠在车门上半天才总算缓口气："我没受伤，血是别人的。"

谭战面色一凛。

"对方有六个人，潜水经验很丰富，身手一看就是练家子，他们想要活捉我，没有伤命的架势。"蒋璃伸出拇指蹭了一下嘴角，眼睛里是发了狠的光，"我捅伤了两个人，挑了一个人的手筋，另外两个的伤应该是在腿上，最后一个是他们的头，戴着潜水帽看不清长什么样，快上岸的时候我划破了他的衣服，他在靠近左胸口上有块疤痕，旧伤，挺大的。”

能在抚仙湖里遇袭是她没想到的，不过幸好她习惯在身上插把刀。对方是以守株待兔的方式来候着她，在她取完原料从古城游到湖中央时，那些人就冲着她过来了。

派了六个水鬼来围攻她，真瞧得起她。

谭战闻言脸色更沉了，看了齐刚一眼，齐刚会意：“只要有特征就不难找，您放心，我马上让兄弟们去查，把整个沧陵翻过来我就不信找不到！”说完就去打电话安排了。

一名保镖上前，手里拿着把刀：“蒋爷，您的刀找到了。”

蒋璃接了过来，是她在祈神山带了一路又跟着她下水的芬兰刀，这刀锋利得很，她使得顺手。只是跟那几人从湖中心厮打到快上岸时她已是筋疲力尽，几人怕身份暴露赶忙逃窜，她的刀子也掉在了岸边。

将刀子从刀鞘里抽出来，刀刃上还挂着血，她将喝剩下的水淋上去，洗刷了上面的血迹，动作从容又干脆利落。谭战看着她低叹一声，胳膊横过来握住了她的手，然后在她的注视下将她手中的刀子一点点插进刀鞘里。

“我时常在想，应该让你过上更好的生活才对。”

而不是像现在这样，原本娇美如花的年龄却要跟些男人拼得你死我活，哪怕鲜血淋漓都不皱眉头一下。

蒋璃将刀子往腰上一插，目光落在不远处的树杈上，那里落了只鸟，叫得声声脆，却始终不见同伴，孤零得很，她说：“什么是更好的生活？像以前那样享尽奢华富贵？还是像普通百姓似的平淡祥和？前者我过够了，后者我过不起。我怎样，其实你最清楚。”

她的这番话轻淡，可道尽了多少悲凉，谭战听着心疼，少倾，上前轻轻将她拉在怀中，下巴抵在她的头顶上：“放心，倾我一生，护你周全。”

蒋璃喉咙有点堵，盘旋在周身的冷气就这么被他的怀抱一点点驱散。

良久后她说：“如果是我猜测的原因，部国强很快就能醒，碍你的事吗？”

谭战知道她指什么事，想来她只要踏进凰天，该知道的事也就知道了，他道：“他挡不住我。”

“好。”

稍远处树影间，一辆黑色商务车停在那儿。

车窗未落，透过黑色玻璃，远处相拥的男女身影落在男人的眼里。他眸色黑而沉，薄唇微抿，手搭在扶手上，修长的手指有一下没一下地敲着。

坐在副驾驶位上的景泞也瞧见了那一幕，抬眼看着后视镜，感到周遭沉冷。

“陆总？”她开口。

“把救援队叫回来，我们走。”陆东深命令了句。

蒋璃如约而至。

来医院的时候正是一天之中最好的时辰，阳光不错，暖了沧陵这个季节里的凉，落在冗长的走廊上，晃得耀眼。

部国强还是安静地躺在病床上，身上的仪器都撤了，营养液通过透明的针管一滴滴流入他的血液，保持生命体征。

靠窗的角落堆了不少鲜花和水果，部国强只要吊着气，商场上就不会人走茶凉，三天两头的尽是商贾权贵探病的身影。蒋璃快到病房时，部梓莘正巧送位探病者出来，态度温婉柔和，跟那人说，生意场上的事还请王世伯多多照顾。

能让部梓莘称得上一声世伯的，肯定也不是泛泛之辈，他笑得有意图，轻轻箍住她的肩膀，似有似无地握了握：“好说好说，部老的女儿我自当照顾。”

部梓莘不着痕迹地将他的手拉开，朝前一伸手，笑道：“王世伯这边请。”

蒋璃感叹，一个女人在商场上浮沉多有不易，部梓莘长了张年轻漂亮的脸，想要独闯龙潭虎穴，在男人的世界里拼出一番天地，这种境遇自然是经历不少。

送走那人后，郃梓莘的眉眼尽是厌恶，一转头就瞧见了靠在角落里看热闹的蒋璃，松开了眉角平添尴尬。

蒋璃轻装上阵，只身就有一个贴腰挎包，她将挎包解开搁置床头，见郃梓莘一脸警觉地杵在旁边，便道："我除魔卫道习惯身边没人。"

"你想给我爸用什么东西？"

蒋璃没等回答，一直跟在她身后的蒋小天说："我们蒋爷花了七天七夜才找到的东西能轻易给你看吗？你又看不懂。"他总算扬眉吐气了，因为郃国强的事这几天他活得就跟个过街老鼠似的，酒店里也是传得风言风语，有人还在猜测蒋璃这次是不是束手无策打算跑路了。

郃梓莘的脸色不好看，但终究控制住情绪，冷冷落下句："要是我爸再有什么差错，我一定不会放过你。"

"你爸都已经半死不活了，还能有什么差错？"蒋璃冷笑。

郃梓莘抿抿唇，盯着她眼神不悦。蒋小天趾高气扬地走到门前，开了门："郃总，请吧。"

蒋璃又命守在门口的保镖将房间里的鲜花水果通通扔了出去，营养液也给撤了，然后房门一关，蒋小天靠在门上，挡住了那扇门玻璃，闲杂人等不得擅闯。

但凡学气味的，首要遵循的就是《香史》，这是气味学的根本，但《香史》就跟史料一样分正史和野史。蒋璃大多走偏门，上天入地，凡是跟气味有关的她都涉猎。返魂香是多种气味合并的药效总称，并不记载正史，所以甚少人知。

返魂香的原料只有三味，其中两味就是她用命换来的。一种就是祈神山上的麝香鼠，另一种就是来自抚仙湖地尸库中常年以尸体上青苔为生的尸菌水母。

从没见过抚仙湖尸库的人就绝对不会见过尸菌水母，这种水母只围着尸库中的尸体为生。在加勒比海领域里生长着一种名叫灯塔的水母，身体透明，以浮游生物为食，从水螅体无性反复地繁殖和转化，所以被人称作长生不老的水母。

可蒋璃认为，灯塔水母每转化一次就死亡一次，其实算不上是真正意义上的永生，真正永生的是尸菌水母。它们从沁了千年寒水的尸体中而生，不需要反复繁殖转化，它们就只有一辈子，这一辈子就是永生永世，依附在尸体上，以尸体的怨恨和绝望滋养身心。

人人都知传说中尸库中的尸体不同寻常，尸体的每一处都裹着绿白色的青苔，只有蒋璃知道，那绿色的不是普通青苔，是尸胎菌，而白色的就是每天服食尸胎菌的尸胎水母。

尸胎水母服食尸胎菌后就会产生异味，这种异味即使身处湖底深处也能闻得到，是极致的腐臭味，而这种味道就是蒋璃要提取的。尸胎水母离开湖水不能独活，所以蒋璃取了一小支器皿，剜下一片裹着尸胎菌的骨渣，取了只水母一并装进器皿中，回来后取出水母的内脏，内脏里流出墨绿色如胆汁的液体，晾干凝固碾成粉末再装入器皿。

蒋璃将镏金香炉端好，掀了盖子，在里面的小圆盘中放入这粉剂，再按比例放上从麝香鼠身上取出的已固化好的麝香，最后滴上两滴野悉蜜香作为调和。这野悉蜜香是采用野悉蜜花压榨出油，油脂香滑，唐朝人用它制作合香，就像蔷薇水一般的作用。

香炉以明火燃烧，外罩有防火层，火苗可包围整个炉底，这样既能受热均匀又能很快发挥疗效。很快，有袅袅烟丝从香炉顶盖的香孔中逸出，摇摇曳曳，伸向四平八稳的空间，像是纤长无骨的藤蔓。

极致的香遇极致的腐臭，这才是真正的返魂香。

蒋璃闻不得这气味，气味一出来她就出了内室。外面是休息室，不想陆东深也来了，坐在沙发逆着光线的位置。他在抽烟，部梓莘坐在他旁边。

听见动静陆东深抬眼，视线落在她身上，部梓莘转头一看立马上前：“我爸怎么样了？”

蒋璃刻意没去跟陆东深对视，看了一眼墙上的时间：“是生是死就看未来的一小时了。”

郜梓莘皱眉："你的意思是，连你自己都没把握？"

蒋小天护主心切："治病有风险，哪有百分百保证万无一失的？为了救你家老爷子，我家蒋爷昨天差点连命都交待了，这份情意也算可以了。"

郜梓莘一愣，在她认为蒋璃不过就是采些原料，怎么还有生命危险？

陆东深将抽了半截的烟摁灭在烟灰缸里，目光始终锁着她的身影，随即淡淡地问了句："你有没有受伤？"

这话落下后，引得几人的关注。这些目光里有包罗万象的情感，好奇、疑惑、不解和怀疑，尤其是郜梓莘看过来的眼神，蒋璃都不需要看也能感受到她的不满。

很好理解，在郜梓莘眼里他们是两个阵营，是楚汉之争，有着泾渭分明的立场，在她认为谁都可以问出这番话，唯独陆东深不可能。其实蒋璃自己也震惊，这不是山里，他们回到了现实生活，回归了彼此争斗的局面，他的这番问话就显得暧昧又大胆了。

她搪塞了句："没有。"

蒋小天看不出这里面的情况异常，大大咧咧说："我们蒋爷是谁啊，上天入地无人能敌。"

陆东深似乎闷笑一声："蒋小姐的本事确实高于常人。"

蒋璃转头对蒋小天喝了一嗓子："搭错哪根神经了，话这么多？"

蒋小天没再敢吱声。

就这样，几人在静候这一小时，其间郜梓莘有些急躁，来回来地踱步子，郜业扬拿出郜家长子的风范压了场子，让郜梓莘少安毋躁，又很难得地为蒋璃说话："七天都等了还差这一小时吗？"

在等待的过程中蒋璃和陆东深都没说话，她靠在窗子前玩手机，陆东深坐在沙发那里喝茶，跟郜业扬简单聊上几句也都是关乎商场的话。偶尔她抬头捏脖子的时候，总会跟陆东深的目光相撞。

她不知道是陆东深一直在看着她还是只是偶然，这种目光与目光的碰撞总会让她心底发麻，低头再看手机时眼前总是晃着他的眼神。看似平静，却又好像含着一抹很浅的笑，宛若沉淀了一带银河。

冷不丁手机推送了条消息，是个陌生号码，点开只有四个字：跟我出来。

蒋璃一愣，下意识往陆东深那边看，他这次没看她，放下茶杯，起身推门走了出去。

她看了看手机又看了看门口，等了少许，然后也出去了。

走廊尽头是大片的光亮，陆东深就靠在那儿，双手插兜。他今天穿着一件简单的白衬衫，外面套了件烟灰色V领羊绒衫，深灰色西装长裤，罩在光线里，身影潇洒矜贵。

蒋璃迎着光走上前，叶隙间斑驳的粼光都不及她的眼明亮澄清。陆东深看着她白皙的脸，说："刚刚怎么一副恨不得不认识我的样子？"

"我以为你叫我出来是问部国强的事。"

"有你在，部国强还能有什么事？除非是你故意陷我于不义。"陆东深说着，抬手将她脸侧的发轻轻别在耳后，举止十分自然。

她不着痕迹地朝边上移了脚步，于是他的手便持在半空。

少许他轻笑一声，手收回时顺势掏出打火机，叼了烟在嘴，又想起这里是医院，于是收了烟："我的号码你存着，有什么事可以随时打给我。"

"陆先生一点儿不避嫌啊？"

"为什么要避嫌？"

蒋璃迟疑了一下，她想说因为部国强的事，因为利益纷争之事，因为部梓莘又或者是他的陈瑜，可这些理由在嘴里捯了好几番，终究还是咽下去了，是呀，他是陆东深，没什么好避嫌的。

再抬眼转了话题："昨天发生的事你知道？"

陆东深没瞒她："听说了一二。"

蒋璃瞅着他的侧脸，忽而笑了："陆先生的眼线还真是遍天下，怎么，怕部国强醒不来？"

"怕你出事。"

蒋璃呼吸一卡，有一种类似情感的东西在炸开，裹着暖又挑着疼，细细品来像是甜，可又有种禁忌的危险。

她没说话，恰巧也有医生出入挽救了她失控的心境，看了一眼时间，已经一个小时了。

“你不进去吗？”

陆东深唇角有笑：“我相信你。”

她又陷入沉寂，以往的伶牙俐齿好像一时间不管用。直到蒋小天气喘吁吁地朝这边过来，满脸放光：“爷，醒了！他醒了！”

悬在心头多日的紧绷这么一松，蒋璃的身子就软了下来。蒋小天说医生们在给部国强做检查，蒋璃点头：“行，我知道了，你进去盯着点。香炉收拾一下，里面的香灰扔掉，别被人看见。”

“得嘞！”

等蒋小天跑回病房后，蒋璃终于有了底气：“可以证明我的清白了吧？”

“是酒店的管理失误，这件事我会对外界、对部家澄清。”

蒋璃小声嘟囔：“还真能为你女人扛雷。”一句话轻描淡写让罪魁祸首逃之夭夭，反倒连累得她差点丧命。

“你说什么？”陆东深没听清，高大的身子就侧过来了。

她的耳根子不知怎的就臊了一下，伸手推了他一把：“别离我这么近。”

惹得陆东深爽朗地笑，他瞧见了她耳根的红，像是如脂皮肤里的一抹胭脂，忍不住抬手揉了一下她的脑袋，她朝着他瞪眼，刚要发出警告，就听打远有一道能掐出水的温柔女声：“东深！”

空气里都似乎流动着一股子淡香。

蒋璃转头看过去，冗长的走廊，一女子逆光而来，纯色衣裙配了件未过膝的浅驼色大衣，露在外的小腿纤细白皙，哪怕未看清脸孔都会让人猜想定是美妙佳人。

可蒋璃偏偏就看见了她的脸。

那女子在看清蒋璃后似惊似愕，但也很快敛去，红唇微微扯开时是柔得能进人心窝子里的笑，靠近陆东深时也不像是骄纵女子般死缠着他的身，贴近的程度恰到好处。

陆东深轻语："沧陵天凉，怎么穿得这么少就过来了？"

"不会冷，我又不是温室的花，我从酒店走直接坐上景泞的车再到这里，外面的冷空气一点儿都没沾着我。"她说完这话微微侧脸，"这位是？"

陆东深介绍得简洁："她是蒋璃。"他看向蒋璃又补上了句，"她是陈瑜，是天际——"

"是天际集团的首席调香师，我听陆先生提过。"蒋璃打断陆东深的话。

"是吗？"陈瑜冲着陆东深轻轻一笑，"那你有没有当着蒋小姐的面说过我坏话？"

陆东深只是笑笑没说什么。

陈瑜朝着蒋璃一伸手："很高兴认识你。"

蒋璃看了一眼她伸过来的手，没做回应的举动，淡淡地说："恐怕你不会觉得认识我是件高兴的事，部国强昏迷不醒原因在你，而我是在为你收拾烂摊子，陈小姐，也许你现在最不想见到的就是我。"

陈瑜的手伸在那儿半天都没收回。

蒋璃双臂环抱于胸前，见状冷笑："看来陈小姐不知情。也难怪，陈小姐不想做温室的花，却架不住有人想把你养成温室的花。能理解，易求无价宝，难得有情郎。"话毕转身回了病房。

陈瑜僵在原地，直到陆东深上前她才反应过来："她……什么意思？"

"没什么，别乱想。"

部国强醒了，虽说还在床上躺着，但有了意识，抬胳膊抬腿也尽是自如。医生对于他突然的醒来十分惊讶，检查一番无碍后说："再休息个一两天就可以出院了，窗子开一下吧，这房间里什么味啊。"

医生走后，蒋璃将病床床头升起一些，坐在旁边："部国强，能看清我吗？"

部国强侧过脸，冲着蒋璃点点头。

"知道我是谁吗？"

部国强再次点头："法师。"

蒋小天站在后面老大不乐意："我们蒋爷是神医，什么法师……"

部梓莘和部业扬站在旁边，部国强的右手边站着陆东深和陈瑜，陈瑜闻言蒋小天的话后看向蒋璃，微微吃惊。

部梓莘没立刻开窗，而是询问蒋璃她父亲怎么样。蒋璃没回应，手一伸："蒋小天，闻香盘给我。"

蒋小天从她随身带的挎包里拿出一个黑色的盒子，不大，宛若罗盘大小，打开，里面分有几格，格子里装有符包，只是这符包比平日见到的要小很多。她拿出一枚递到部国强鼻下："什么味道？"

部国强闻了闻："好像是——"

"别好像，知道就是知道，闻不出来就说不知道。"蒋璃打断他的话。

部国强经过前几天相处早就习惯了她这般脾气，舔了舔嘴："百合的香。"

"这个呢？"她又换了个符包。

部国强想了半天，蒋璃问："是闻不出来还是不知道什么气味？"

"不知道是什么气味。"

"能闻到气味是吗？"

部国强点头："对。"

蒋璃如数换了几个符包，有的是部国强马上能答出来的，有的是他描述不出来的，但他都能闻到气味。

她将符包收好，盒子递给蒋小天，看向部梓莘："你父亲没事了，记住，半年不能饮酒，还有……"

她稍稍迟疑了下，从包里拿出一枚红色锦盒，密封得很好，目光扫过部梓莘和部业扬二人，转身将锦盒放到部国强手里，叮嘱："里面是块老香，出院后每晚燃上一个时辰直到老香彻底燃尽，记住，燃香的时候身旁不能有人，每次燃完后再开窗半个时辰。部国强你听好了，我说的是时辰不是小时，明白吗？"

部国强被她的语气震慑了一下，点了头，又忍不住问："法师，我到底是怎么了？”他最后的记忆还在酒店，一睁眼怎么就在医院了。

蒋璃笑得有点冷：“这话你倒是可以问问陆总。”

陆东深也没打算推卸责任，跟郃国强简明扼要地说明了一下导致他昏迷的原因，最后道：“这是酒店的疏忽，还请郃老先生见谅。”

郃国强毕竟是他父亲辈的，就算再不高兴也不至于面露不悦，加上郃家和陆家的关系微妙，有些话他更不方便直说，就象征性地提醒他们日后注意的话，看向蒋璃时倒是诚恳：“有劳法师了。”

蒋小天想要邀功：“郃老爷子，您可不知道，我们蒋爷为了给您看病——”

“蒋小天。”蒋璃看了他一眼。

蒋小天不敢再多说话，恰好手机响了，他赶忙出病房接听。

“想必这段时间连累法师了。”郃国强是什么人？在商场沉浮大半生自然看出些门道来。

蒋璃笑不入眼：“连累谈不上，郃老先生的企业也有不少的调香师吧，以此为戒，精进技术，以后别再麻烦我就行了。”

指桑骂槐。

在场的人没一个是傻子，都是能掐出水的人精来，所以都能听出蒋璃这番话背后的意思。

陈瑜上前，轻声轻语：“郃老先生，真对不起，天际酒店的那款除虫剂是由我来负责调配，是我疏忽了才导致您昏迷不醒，我愿承担一切损失，还有……”

她转头看向蒋璃：“这次多亏了蒋小姐，遇上蒋小姐我才知道自己要学的还有很多。”

蒋璃将挎包收拾好：“这声蒋小姐就不必叫了，真心敬我，就入乡随俗叫我一声蒋爷，心口不一的话无妨，直接叫我蒋璃我也不在乎。不过，等陈小姐嫁到陆家，由一个小小调香师摇身成了陆家少奶奶，那个时候你再喊我一声姓蒋的我也会受着。”

陈瑜脸色尴尬，勉强笑了笑：“蒋……蒋爷说笑了。”

在旁的郜梓莘将这幕看在眼里，虽说她不清楚为什么蒋璃说话这么冲，但多少因为她怼了陈瑜心里舒服点，毕竟当初就是因为这个陈瑜，害得她游走他乡。可在人前，场面上的话总是要说的，她不能像蒋璃似的有一说一。

清清嗓子郜梓莘开口：“陈小姐，现在事情已经发生了，再谈赔偿的事已经于事无补，既然我爸不追究那我也就罢了。我知道陈小姐是千里迢迢赶到沧陵，心意我领了，只是希望陈小姐下次注意就好。”

“很抱歉，我日后会注意。”陈瑜又看向陆东深，温柔如水，“对不起，给你添麻烦了。”

陆东深唇角微勾，看向郜国强：“是郜老先生大度。”

蒋小天推门进来，脸色急匆，他唤了声蒋爷，然后快步到她身边，在她耳边压着嗓子说了句话，蒋璃闻言面色微微一怔，紧跟着拿了包，二话没说打算走。

郜国强叫住了她：“法师辛苦，等我出院了亲自登门拜谢。”

蒋璃没料到他会这般，愣了一下，忽而笑了：“好哇。”这笑是发自内心。

走廊日光偏斜。

蒋璃还没走到电梯间，就听身后扬起一声：“蒋璃。”

她转头。

竟是陆东深跟着出来了，她微怔。他踱步到她面前：“郜国强是不是还有其他情况？”

“陆先生认为还有什么情况？”同样是叫陆先生，这一次，蒋璃的口吻有些疏离。

“刚刚在病房，你迟疑什么？”

蒋璃心头掠过一抹惊讶，不过就是一两秒的光景，他竟看在眼里，眼睛何其之毒。

“他……”话到嘴边还是转了意思，“他的情况你可以问你的陈瑜啊，她不是调香师吗？”

陆东深居高临下地看着她，一言不发，蒋璃也不知道为什么就偏偏想说这句话，胸口滞闷。

他却微微俯身凑近她："你的本事，旁人没有。"

男人气息也随之靠近，呼吸之间纠缠不清，她稍稍后退了一步，淡笑："是吗？陆先生抬爱了。"

陆东深挺直脊梁。

电梯那头蒋小天在叫她，她不想跟他过多纠缠，刚要转身走，他却低声问了句："出什么事了？"

蒋璃很想说你还管我的事干什么？或者说你有什么资格问我的事？这短短的半小时里她塞了满肚子的焦躁，这焦躁又成了绞缠理智的游丝，一圈圈缠下来让她无法呼吸。

可是她就这么看着他，他的脸洇在光影里，深刻的眼，藏着让勾她魂的东西，她讨厌这种感觉，可又无法拒绝这种感觉，像是入了她的骨，哪怕没他在身边，她也会念着这种感觉。

"没什么，小事。"

陆东深看着她，她没直视他，敛目的瞬间似乎有一丝晶莹闪过，微怔，心口不知怎的就攀上一丝疼来，再开口，嗓音低柔："是什么小事值得你这么匆忙离开？"

蒋璃攥了手指："我的事再大都有谭爷顶着，所以只要有谭爷在，一切都是小事。"

说这话的时候陈瑜已经走上前，将这番话如数听进耳朵里。

陆东深眉微蹙，有隐隐的情绪在眸底翻滚。

蒋璃又换了副口吻："陆先生既然美人在侧，有些事还是不要操心了，夜夜笙歌醉卧温柔乡岂不是更好？"

现在想来，那天从祈神山上下来陆东深接到的电话就是陈瑜的，那天她就赶到了沧陵，今天又是来医院做他的贤内助，小别胜新婚。

陈瑜在旁听了这番话，马上道："东深他——"

"只要有谭爷在？"陆东深冷不丁开了口，竟笑了，可眼里还是暗沉沉的，“如果有一天他不在了呢？”

“你什么意思？”

陆东深没再说话，唇角有笑，淡淡的。

这笑让蒋璃很是不安。

陈瑜从中打破了僵局：“蒋爷这就要走吗？如果你今天没时间，改天我请你吃饭吧，顺便也想跟蒋爷讨教这次的配方问题。”

蒋璃将目光从他脸上扯到陈瑜：“我野路子惯了，用的不过是些粗俗上不了台面的法子，入不了陈小姐的眼。”

“怎么会？蒋爷今天让我大开眼界。”

“是吗？”蒋璃笑，“那就留个念想吧，配方讨论的问题不适合你我，陈小姐难道不知道同行是冤家吗？”这一次说完这番话她就头也不回地走了。

陈瑜被呛得不自在，见陆东深的情绪不大对，轻声问：“她口中的谭爷就是谭战吗？听说沧陵的谭爷一表人才，是鸟中鸿鹄人中傲龙，如果真是这样，那跟蒋小姐还挺般配的，你认为呢？”

陆东深收回目光转头看着她，良久后问：“你认识蒋璃吗？”

“当然，今天这不是……”

“我说的是，在这之前。”

她唇角的笑僵了一下：“怎么可能，我这是头回见她。”

“确定？”他看着她，似乎都能看穿人魂。

陈瑜点头。陆东深笑了，可就那么清清浅浅的一抹，足以忽略。

陈瑜小声说：“你怎么了？”

他说：“没什么，既然你说不认识，那我就信你。”

在抚仙湖围堵蒋璃的水鬼被谭战的人查出来了。

其他几只水鬼当时被蒋璃打伤的打伤、刺伤的刺伤，唯独一个伤得轻的在逃的被齐刚抓了回来，也是那群水鬼的头。

蒋璃和蒋小天赶到Meet酒吧时，酒吧门口守了一些保镖，有谭战的人，还有几个是陌生面孔。谭战的手下都认识蒋璃，见她来了纷纷叫了声蒋爷，甚是尊敬。

蒋璃扫了一眼那几张陌生面孔，其中一名保镖回答，龙鬼的人。

Meet酒吧是谭战唯一没停业整顿的地方。

正值午后，酒吧还没营业。蒋璃一进酒吧就有齐刚手底下的人在候着，将她和蒋小天一路带到了走廊尽头的最大包房。

包房里平日营业的时候这里光线柔和，最适合男女情到深处时月朦胧鸟朦胧，但此时灯光大亮，刺眼得很。

房间里的面积不小，酒柜、吧台、休息区和娱乐区分化规整。龙鬼坐在沙发上，一脸的死寂沉沉，在吧台一角竟还坐着郃业帆，衣衫不整，看上去有些颓废。

地上跪了一人，赤着上身，身上有伤，一道道血痕，头发乱蓬蓬的，嘴角也是乌青，最显眼的当数身上的那片刺青。

谭战靠坐在沙发上，跟龙鬼面对面，他一手端着酒，一只胳膊横搭在沙发靠背上，胸前的黑衬衫被扯平绷紧，肌理轮廓健硕又性感。齐刚还有一手下站在旁边，脸上煞气得很。

蒋璃推门进来的时候，包房里有浓烈的烟草味和酒味。见她来了，谭战用端杯的手示意了一下跪在地上的人："看看是不是他。"

那人听见动静后抬眼瞅了一下，见到蒋璃后又赶忙低下头。这一眼蒋璃就确定了，更别提他身上那么明显的一块旧伤。她绕到谭战身边坐下，蒋小天会来事儿，赶忙到蒋璃身边给她倒了杯热茶。

蒋璃抬眼瞄了瞄蒋小天："没看鬼爷也在吗？让我拿茶敬鬼爷吗？"

蒋小天忙给蒋璃斟了杯酒。

一杯烈酒，蒋璃没添冰块，她端了杯子冲着龙鬼笑了笑："在水下的时候我还在想谁水性这么好，原来是鬼爷派了心腹来招呼我啊，没认错的话，是天余吧。"

龙鬼做贼心虚，忙道："误会，真是一场误会。"

"是吗？"蒋璃靠近谭战，下巴冲着地上那人指了指，"是谭爷抓错了人还是天余搞错了截杀的对象？”

谭战含笑：“你倒不如上前看个仔细。”

蒋璃端着酒到了天余面前，探身下来，纤细的手指顺着他胸口上的伤痕划下来，指甲近乎嵌入伤口之中，疼得天余直叫，她手一扬，烈酒泼在他伤口上，这一下犹若身上剜肉，疼得天余在地上直打滚。

她起身，接过齐刚递上来的纸巾，擦了擦手，脸色清淡得很：“你身上的伤是我留的，你当我眼睛瞎？”

龙鬼在旁面子上挂不住了，拍了桌子起身：“杀人不过头点地，蒋璃，你该伤的也伤了，该教训的也教训了，还想怎么样？”

蒋璃转过身，目光似冰冷寒剑，那龙鬼一腔的嚣张之气被她这般眼神压得顿时失色。

“照你的意思，如果我不是有点本事在身，死了也是活该对吗？不妨告诉你，我还真不怕你们那一套！”

龙鬼张了张嘴，然后又是一拍桌子：“这他妈的是我们爷们儿之间的事，该怎么处置还轮不到你在这儿说话！”

蒋璃不怒反笑，可眼里那股子冷并未消散，谭战朝着蒋璃一伸手：“过来。”

她走上前，任由谭战将她拉坐在身边，横在沙发后背的胳膊轻轻搭在她肩上：“哪只手伤的你？”

“左手？右手？”蒋璃故作思考，“不记得了。”

谭战转过头，抿了口酒：“既然是鬼爷的人，那就交给鬼爷处置。”

龙鬼一听这话整个人放松了，走到天余面前，抬腿就是一脚，将天余踹歪了身子：“成事不足败事有余的东西，我只是让你请蒋爷来做客，你倒好，竟带着人伤了蒋爷，这不就是给我找不痛快吗？你过来——”他看了一眼跟在身边的保镖。

那保镖上前，龙鬼指着天余说：“把这东西给我带回去狠打，给谭爷和蒋爷赔罪！”

“鬼爷，我再也不敢了。”

龙鬼烦躁地挥了挥手，保镖将天余搀扶起来，刚要离开，就听谭战放下酒杯：“慢着。”

龙鬼一愣。

“鬼爷不会徇私吧？”谭战似笑非笑。

“怎么会？我龙鬼说一不二。”

“好。”谭战道，“那就在这儿赔罪吧。”

龙鬼一愣。

谭战收回扣在蒋璃肩膀的手，拿起一支雪茄，掐了头，燃了烟头：“齐刚，既然鬼爷不舍得教训手下，你就代劳吧。”

龙鬼没料到谭战会这么做，一时间僵在那儿，天余也没料到会是这样，连连磕头认错，齐刚二话没说冲上前。

一直在旁边绷得紧张的郃业帆听见惨叫声，吓得整个人又缩了缩。

蒋璃起了身，对谭战说：“我可不想脏了眼睛，这样的人让我恶心，真要是吐了，谭爷得赔我一身衣服。”

“想要多少赔你多少。”谭战宠溺。

蒋璃去了走廊外面的洗手间，门刚关好，她就猛地冲向洗手池，胃里一阵翻江倒海，她吐得干净。

苦胆都恨不得吐出来后，蒋璃洗了把脸，血腥味刺激了鼻黏膜，挥之不去。

抓了旁边摆放的方巾擦脸，就听身旁有人在笑，这笑声明明媚得入骨，却也听得出揶揄之味来。蒋璃拿下帕子，镜中是芙蓉的脸，她慵懒地靠在旁边的墙柱上，洋红色的裙装衬得她胜似娇花。

“穿这么少你也不怕冻出毛病来。”蒋璃打湿了手里的帕子，“回头染了风寒，折了你那些入幕之宾。”

“有你在，别说风寒了，疯癫我都不怕。”芙蓉一跟她在一起就没正形。

凰天的姑娘们都喜欢蒋璃，不是因为蒋璃那张会勾人的脸和洒脱的性格，而是因为她把凰天的姑娘们当人看，打心眼里是瞧得起她们的。出入风月场所的姑娘，势必会有一些隐疾，时间一长哪怕去就医人家医院也能猜出个一二，眼睛里自然是透着一股子瞧不上。

蒋璃为她们治病，从生理到心理，虽然说都知道她没什么耐性，有时候说话还不好听，但句句都是为了姑娘们好。就拿芙蓉来说，当年在千城赋被龙鬼逼着陪个富二代，差点被折腾死，要不是有蒋璃给她调理医治，芙蓉的命就交待了。这也是她义无反顾离开千城赋进入凰天的原因，不是跟着谭战走，而是因为有蒋璃在。

芙蓉一步三晃上前，将小挎包往洗手台上一放："要不了多久，谭爷一怒为红颜的事就传个遍地。哎，你说你跟在谭爷身边这么多年，风风雨雨也见过不少了，怎么还不习惯啊？"

蒋璃一把拍掉芙蓉意图往她胸上摸的手。

芙蓉没占到便宜诡笑，帕子往废纸筐里一扔，身子靠在洗手台旁，抬手拢了拢头发："看上去清心寡欲的男人，今天能为你出口恶气，明天就能为你要了他人的命。"她的目光落在镜子里补上一句，"哪怕对方是陆东深。"

蒋璃的手微微一抖，少许道："瞎寻思什么呢？"

"是我瞎寻思最好，青栀的一个旁亲戚就在部国强病房那层做护士，她可是瞧见了你和陆东深两个那叫一个眉目传情，听着这话我都要吓死了，就生怕今天谭爷是来修理你的。"

"你让青栀传话给她那位旁亲戚，眼睛脱了眶就赶紧去看眼科，别有的没的在外面乱嚼舌根，那层住的什么人她不知道吗？说了我的闲话无所谓，把部国强的事到处乱说才危险。"蒋璃转过身，开了水龙头洗了手。

"别人的事你就少操心了，管好你自己的心思吧，你要是乱了心，虽不至于天下大乱，但至少沧陵会乱。"芙蓉点到为止也不多说，手臂像蛇似的滑到蒋璃的肩膀上，"明晚凰天重新开张，你过来帮我镇镇场子。"

蒋璃转头瞥着她，伸出一根手指将她戳到一旁："不去。"

"别呀，姑娘们都盼着你呢，你来，凰天蓬荜生辉。"

“谁通知你明晚凰天重新开张的？”蒋璃并不知道这件事。

芙蓉笑：“当然是接到谭爷的通知了，大老板不发话谁敢擅自开场子呀？不仅是凰天，明天但凡是装修停业的场子全都开。”

蒋璃一愣，是没事了吗？怎么这么快就重新开张了？

再回包厢时天余已经被带走了，房里剑拔弩张，龙鬼指着谭战的鼻尖在跳脚骂：“谭战，你就是要逼死我是吧？我龙鬼半辈子从来没吃过这种亏，你现在背地里整我，算你狠！”

蒋璃不清楚发生了什么事，也没贸然上前，静观其变。

谭战依旧在沙发上慵懒散坐，手里的雪茄燃了小半截，扔桌上一份文件：“逼死你的不是我，而是你自己，你想通过生意场来洗白自己，做梦。我说过给你三天时间，三天时间你不回我，那我只能替你处理。商会的几位前辈你是见不着了，他们也懒得见你，我的决定就是商会的决定，签了吧。”

“别他妈拿商会来压我！我今天就不签呢？”龙鬼开始耍横。

“不签？”谭战冷笑。

接下来的话没说齐刚他们就站出来了，生生挡住了龙鬼，龙鬼的人也进来好几个，见状也迎了上前。齐刚冷喝：“都眼睛瞎是吧？现在什么年代了不知道？有好日子过非要作死是吧？”

龙鬼的人纷纷一愣，很快就失了魄力。龙鬼见状疯了，上前一脚踹一个：“你们这些狗娘养的！”

谭战就任由他去发泄。

末了龙鬼瘫坐在地上，喘着粗气死盯着谭战。谭战朝着桌上一伸手：“请吧。”

龙鬼再不甘也是强弩之末，足足有十多分钟，而在这十多分钟里，谭战就悠闲地抽着烟，却是能逼死人的沉寂。

终于，龙鬼拿过文件签了字。

蒋璃看得清楚，他在签字的时候手都在抖。她不清楚那份文件究竟是什么，但也清楚地知道一件事：龙鬼再也没有威胁谭战的本事了。

谭战的狠蒋璃这些年是看在眼里的，不管是明着狠还是暗着狠，现在，龙鬼就成了典型的牺牲者。

蒋小天凑过来主动告知刚刚发生的事。

“龙鬼之前暗地里抢了不少运口上的货，又挑拨离间坏了商会的不少交易，捞来的油水全都进他肚里。谭爷不动声色地挖了证据出来，商会那些前辈肯定是容不下他，龙鬼只能答应谭爷提出的任何条件，否则估计都没命出沧陵。”

蒋璃暗惊：“提出的任何条件？”

“听说之前谭爷只想要龙鬼的四家营生，再不济沧陵也有龙鬼立足的地儿，但现在龙鬼所有的生意都归谭爷，谭爷做的就是保他一命。”蒋小天贴着蒋璃耳边说，“谭爷被调查全都是拜龙鬼所赐，再加上他自己也得罪过不少人，谭爷出面能保他已经够给他面子的了。”

蒋璃刚才猜得没错，如果龙鬼只是折了些利益的话不会那般歇斯底里。

郜业帆还在，许是经历了龙鬼的事吓傻了，一动不动的。直到谭战从洗手间里洗了手出来，往沙发上一坐，郜业帆才有了反应。

他也知道，处理完了天余，铲除了龙鬼，下一步就是处理他了。

齐刚给谭战倒了杯酒，又要给蒋璃斟上，被她抬手阻止了。郜业帆没等谭战开口，先梗着脖表明了态度：“我这次认栽了，谭战，我任你怎么处置，但是你想利用我从郜家拿点什么别做梦了！”

这番话倒是引起谭战的兴致：“郜公子骨头还挺硬啊。”

“要杀要剐随便你，别废话！”

这样的郜业帆还真是让蒋璃刮目相看，在她认为他就是个典型不着调的富二代，天天不务正业混吃等死，一遇上风吹草动就马上躲到他家老爷子身后避难。没想到还有这傲骨呢。

又不经意想起芙蓉的话，这个郜业帆也知道自己是被人裁的，看来也是个事后能冷静思考的人。

齐刚闻言笑了，晃了晃手腕，扭头看着谭战：“爷，怎么着？练练手？”

蒋璃在旁提了一下心，讲真，谭战现在已经跟陆东深杠上了，再惹上郃家，那处境就很麻烦。

谭战抿了口酒，刚要下令，就见有人敲门进来，是守在外面的保镖，跟谭战说："谭爷，来了。"

郃梓莘来了，风尘仆仆，被人请进包厢时瞧见蒋璃也在，看上去略有尴尬。

郃业帆冲她嚷嚷："你怎么来了？谁叫你来的？赶紧给我走！"

郃梓莘压了一肚子的火，很想回他一句你以为我想管你？但毕竟是谈判场合也就忍住了，没搭理郃业帆，她坐在沙发上，目光冷静："谭爷，生意场上的事我认为您还是不要太咄咄逼人的好，山水有相逢。"

谭战转动着酒杯，笑得不显山不露水："也许你不大了解我，我这个人不喜欢对方讨价还价。"

郃梓莘说："谭爷要的无非就是利益，合作这种事有一便有二，您何必把郃家的这条路走死？"

"我不是跟你们合作。"谭战十分不给面子，"你始终没明白一点，郃公子不守规矩，是你们郃家需要用五个点的利益来换郃公子的安好。"

郃梓莘紧紧抿着唇。

郃业帆见状二话没说，上前将胳膊往桌上一搁，脖子上的青筋凸出："我出老千我卸胳膊，郃家的利益我一分不让！"

蒋璃一愣。

郃梓莘也没料到郃业帆会这般强硬，陡然起身。

谭战饶有兴致地看着他："我要郃公子的胳膊干什么？不过，嘴茬挺硬啊。"话毕身子朝后一靠，"齐刚，既然郃公子铁齿铜牙的，那你就带人先拔了他满口牙。"

齐刚上前，刚要碰郃业帆，郃梓莘马上道："谭爷的要求我们郃家答应了。"

谭战抬手止住齐刚，笑道："郃姑娘果断。"

"什么就答应了？郃梓莘，你疯了？你——"

"这是爸的决定。"郃梓莘咬牙切齿压低了嗓音，"所以你最好别再给郜家惹事了。”

郜业帆像是泄了气的皮球似的瘫在那儿。

齐刚接了通电话，听了少许后脸色微微变了，挂了电话，他弯身下来在谭战耳边说了一番话，谭战听完后只是微微点了下头。

“刚刚收到的消息，郜姑娘有兴趣听吗？”

郜梓莘警觉地看着他。

谭战又倒了一点儿酒：“官阳区的那片地已经被陆东深给拿下来了。”他抬眼似笑非笑，“郜老爷子功不可没。”

郜梓莘震惊。

“官阳区郜家是搭不上了，陆东深绝不会让郜家分去一丁点儿利益，所以，你们跟我联手是对的，至少能保住碗里不空。”谭战朝着郜梓莘一举杯，“既然郜姑娘说是合作，那就祝我们合作愉快。”

等郜家兄妹走了之后，蒋璃问谭战发生了什么事？没了外人在，谭战的脸色就阴下来了，他没回蒋璃的话，反而把蒋小天叫到跟前：“你替陆东深做事了？”

蒋小天一愣，冷不丁想起之前发生的事，脸一下子就煞白：“我、谭爷您别误会，我就是帮着跑了个腿儿传了个话，我、我什么都没做啊……”

谭战猛地将杯中酒泼他脸上，一张脸沉得骇人，起身就是一脚，踹得蒋小天一下子趴地上起不来了：“你他妈是谁的人？”

谭战的这一句话不仅让蒋小天吓断了魂，就连蒋璃都后背生凉。蒋小天赶忙从地上爬起来跪在那儿，一脸的惊慌失措。蒋璃看出蒋小天是真蒙了，但谭战在气头上她也不好将他扶起来，便给谭战倒了杯茶水，让他先消消气。

谭战眉梢怒火未散，蒋璃生怕他一个用力能把茶杯捏碎，少许后才替蒋小天说了话：“整个沧陵小天最崇拜的就是谭爷你，他怎么可能去跟别人？他什么秉性你不知道吗？一天到晚没心没肺的，保不齐是被人利用了。”

能让谭战这般动怒的绝对不是小事，更何况这其中还牵扯了陆东深。

她之所以说这番话，一来是想保住蒋小天，二来是想间接知道究竟发生了什么事。

谭战也没瞒她，压了压气，抿了一口茶："郜国强昏迷不醒，你无声无息地离开了酒店，当时舆论闹得很大，陆东深让那些舆论散到了官阳区钉子户的耳朵里，让他们以为连你这位沧陵巫医都没办法摆平邪祟。不过七天的时间，那些钉子户拿到赔偿金之后撤离的撤离搬迁的搬迁，只有零星死活不肯走的，却被强令执行搬迁，原因是他们签署了同意搬迁的合同。"

说到这儿，他盯着跪在地上的蒋小天："齐刚查到，让他们签字的人就是你。"

蒋璃倒吸一口凉气。

蒋小天大惊失色，连连摆手："不不不谭爷，我不是、我……当时不是这样的，我是让他们签字，但不是什么同意搬迁的合同啊。"

蒋璃在旁看得清透，那陆东深必然是将蒋小天给诓进去了，沧陵的钉子户向来撒泼耍横，陆东深就是利用了蒋小天跟大家都熟识，彻底将那块地捏在了手里。

谭战牙咬得咯咯直响："蒋小天，我再问你，郜业帆是怎么进凰天的？"

蒋小天一激灵："我……就是跟他提过有人会在凰天私开赌局的事。"

谭战的大手倏然攥紧，看得蒋璃直肝颤，一下子按住了他的手："你的意思是，郜业帆的这件事也跟陆东深有关？"

"陆东深早就预谋独吞了官阳区的那片地，他知道郜业帆平时好赌上几把，设计他泛水，表面上看是送了我一个人情，让我从郜家分了一杯羹出来，实际上一箭双雕，让郜家即使占了凰天附近的那块地也没有太多利润可图，而我，即使得到了利益却失去了独占地盘的权力。陆东深，他自从来到沧陵，短短数日这几步棋下得可真够稳准狠。"

最后一个字落下，只听茶杯"咔嚓"一声被他的大手捏碎。这茶杯是上好的白脂瓷，瓷工艺十分讲究，将杯子打磨得通透光亮，由此，那轻薄的瓷片就陷入了谭战的手掌。

吓得蒋小天都快磕头了："爷，我是真不知道这些啊，您饶了我吧……”

“还在那儿嚷嚷什么？赶紧去拿药箱！”蒋璃佯装发怒实则替蒋小天解了围。

等蒋小天离开后，谭战的脸色还是很难看，但也能看得出他是没想把蒋小天怎么样，一杯酒直接倒在捏碎茶杯的那只手上，以酒代水冲掉了掌心里的瓷片碎碴。

蒋璃轻叹，把他的手拉过来，拿过纸巾压了压他手指的划伤。谭战没说话，静静注视着她，少许后说：“当初，不应该让你跟他接触。”

蒋璃呼吸一滞。

凰天重新开张，这一晚热闹非常，来捧场的人非富即贵。其实谭战是凰天的老板这件事大家都是心照不宣，都在暗自议论这次谭战可真是坐收渔翁之利。

被人举报后十分配合地关了自己所有的场子，他落得两袖清风的自在，可谁都没想到他利用这次事给自己解决了龙鬼这个大麻烦，以彼之道还治彼身。

当晚谭战也到场了，与众人谈笑风生，大家给他敬酒的时候也不明着道贺他凰天重新开张，只是单纯寒暄。

十二响礼炮震天，胜景压过苏河路一带。当晚台上各类表演不断，芙蓉出场更是让场子里一片欢腾。

最出色的当数一副好嗓子，一曲《夜来香》唱得几乎能把人的魂魄给勾走，所以从开唱到结束，她收了大概有百十株金莲。

金莲是凰天为客人准备的专门送给姑娘们的礼物，只属于凰天。不是强制性消费，客人来凰天也可以送其他的，如鲜花、珠宝，还有直接甩钱的，但如果遇上这般有大型表演的，那送金莲既是给姑娘们最高规格的礼物，又是极大满足客人们的虚荣心。

每一株金莲都是纯金打造，能收到金莲的姑娘可以将金莲占为己有，或者直接折现，而当晚砸金莲砸得最多的客人就可以获得其接受者的陪伴。

芙蓉在一首曲子完结后，台下还有客人跃跃欲试，但凰天有规定，只能在台上姑娘表演期间砸送金莲，曲终舞毕就不再接受金莲。

给芙蓉砸金莲最多的是名远道而来的富商，两只眼睛亮得跟钻石似的。

但凡这种场子最后都有压轴的，芙蓉离去，大家都在猜测最后出场的能是谁。议论纷纷间全场倏然黑了，台下客人窃窃议论，都不知是怎么回事时，只听一阵编钟的声响扬起。

悠悠的，缓慢，令全场都屏住呼吸。

突然，有一束追光落在台上，只瞧得光亮之中赫然一道女子背影，她一身曼妙红色长纱，那裙尾近乎数米之外的长，她披着长发，脸颊只是微微一侧，就能瞧见弧度优美的脸。

地上匍匐着许多男子，男子们个个精壮，赤裸上身，只着白色长裤。编钟的声响渐起，那些男子便将女子高高托起。

台上四面八方是红色雾气，很轻很淡，又涌着似勾人的香气。女子以男子们搭起的手臂为平台，轻轻起身，长袖拂过，似柔又似力量，那长袖竟呼啸挥向两旁，紧跟着一束红带悬下，她手托悬带，整个人凌空而起。

红色长纱隐约有绰，她曼妙身姿于空中若隐若现，一双足于空中裸露，精巧白皙得让台下客人忍不住伸手去抓。

像是不谙世事又透着风情，像是风情又透着一股子冷傲。她的身段极为柔软，于半空之中松了悬带，长袖一展，整个人又轻松回到男子们的手臂上，如蛇般斜靠，红纱下支起一条白皙纤细的腿，惹得台下一阵疯狂。

她从男子手中接过一坛酒，仰头直饮，台下一片叫好，可她又不好好喝，又将坛口微微一斜，那酒就泼洒在她身上的纱幔上，一时间姣好身材暴露无遗。

喝酒时飒爽英姿，泼酒时千娇百媚。

台下全都疯了，别说是客人了，就连凰天的人也都看呆了，然后有人就在大喊：“是蒋爷！”

没一会儿，全场都在高声大呼：“蒋爷、蒋爷！”

有人开始砸金莲。

想必刚开始砸金莲的客人并不知道蒋璃跟谭战的关系，那些知道他俩关系的客人见状也心里痒痒，都知道蒋璃是绝色美人，今晚这般更让人把持不住，便也跟着砸金莲。

一次性砸10株以上金莲的客人都会在头顶星空屏幕上有显示，某某人送了谁多少株金莲，再多的那就有场子里的主持直接喊话了。蒋璃这么一会儿工夫已经收了300多株金莲，曲子到了2/3时，就见星空屏幕上闪了一下，有人喊话了："沧陵谭爷送蒋璃715株金莲。"

全场哗然。

有知道这其中意味的就不敢再继续砸金莲了，7月15日，这是蒋璃的生日，谭战这时候砸了715株金莲上去，谁还敢跟他争？这么一来，就算不知情的也都明白了。

所有人都以为是这样了。

可就在曲子完结的前几秒，屏幕上再次闪动一下，喊话人的声音高亢："天际陆总送蒋璃999株金莲！"

话音刚落曲子就尽了，赠与999株金莲的这位就成了蒋璃今晚要善待的客人。这般大手笔不但让全场的人惊讶，就连蒋璃都一哆嗦，999株金莲，相当于400多万元，这是一种怎样的吃饱了撑的精神？

离场去了后台，蒋璃在镜子前坐了许久，刚刚她朝台下瞅了一眼，虽说光线幽暗，但她还是瞅见了坐在沙发卡座上的男人，他的脸罩在暗影之中，只瞧见一双修长的腿优雅交叉叠放。

陆东深竟来了这种地方。

正想着，刚刚喊话的人进来了，看见她后恭恭敬敬的："蒋爷，知道您今天是帮着抬场子的，但是陆总那边我们也不好得罪，他在等着您过去给他敬酒呢。"

大厅的卡座主要是供给客人们看表演的，表演结束后很多客人都回了包厢。凰天里的温度高，蒋璃简单披了件外套，到了走廊最尽头的包厢前时，房门只是虚掩，她听见里面有人在说话。

给她带路的经理敲了敲门，她进去后才发现包厢里不是只有陆东深一人，身边还有陈瑜，对面坐着谭战。

经理识相地离开了，室内光线清幽，避了大厅的吵闹声，陆东深坐在那儿似慵懒，没了白日里的严肃，胸前扣子解开三颗，结实的胸肌若隐若现。袖口绾起，露出有力的小臂，他端着酒，明光暗影里是让人移不开眼的潇洒倜傥。蒋璃觉得他的目光落过来时像是带了火苗的，否则她怎么会觉得全身发热。

她身上还是刚刚在台上的红纱，走来这一路身上的酒早就干了，若隐若现的身体曲线被她用一件外套恰到好处遮住。

在谭战身边坐下后她没抬眼，却能察觉坐在对面的男人在看她。陆东深抢先谭战一步拿到了官阳区那块地皮的开发权，这在沧陵已经传开了，今晚又来这么一招，可想而知要不了多久就会满城风雨。

蒋璃不愿做被动的那一个，从旁拎了只空杯，提了酒樽倒了满满的两杯酒，光是用闻她就知道这酒的浓烈。执起一杯："陆先生，这千金砸得豪爽，这杯我敬你。"

陆东深却没立刻端酒，就任由她的手腕举在半空，眼角有似笑非笑的纹路："既然是砸了千金，难道就只有一杯酒的待遇？"

蒋璃心口一窒，骤然抬眼看他。

陆东深微微朝前探过来身子，脸就从暗影里出来了："嗯？"

蒋璃知他强势，但在那几日祈神山上的相处中她觉得他也温厚，今天他身上多了一种叫作侵略性的东西，她才恍悟，其实这才是陆东深。

她刚要反击，就听谭战道："只有一杯酒的待遇。"

"哦？"陆东深微微一挑眉，像是问谭战，可又像是在跟蒋璃说话，"凰天的规矩改了？"

谭战一笑，口吻却不是那么客气："我是凰天的老板，规矩想改也就改了。"

蒋璃在旁尽量从容，实则心惊胆战，这些年她跟在谭战身边，看到的场合都是大开大合，类似在Miss酒吧的那般，像是这种暗里藏着、含沙射影的较量她接触得不多。谭战和陆东深两个，都是强势的主儿，她不知道今晚一旦闹僵要如何收场。

对方的不客气并没有让陆东深变了脸色，他意味深长地叹了声："真是可惜。"

谭战蹙了眉头。

蒋璃这边举着杯子，手腕子都酸了，心想着姓陈的你丫还是不是个女人？还不赶紧出头解了这局面？她抬眼瞄了陈瑜一下，陈瑜倒也聪慧，靠过来轻轻拉了一下陆东深的衣袖："你看蒋爷的杯子都举这么久了，就别为难她了吧。"

陆东深也不知道是听劝了还是良心发现，端起桌上的酒杯，蒋璃这边刚要示意，他闷笑："如果只是一杯酒的待遇，那倒也不急。"话毕又放下酒杯。

一旁的陈瑜愣住，谭战也面色一僵。蒋璃没耐性了，"咣当"一声把酒杯撂桌上。

陆东深被她逗笑："这性子不适合这种场合。"

"蒋璃热心，凰天今天重新开张，她总想帮上一帮。"谭战伸手揽过她的腰，薄唇贴过来，语气温柔，"不过下次不能先斩后奏，陆总的这句话说得倒是在理，这种场合不适合你。"

蒋璃故意扭着水蛇腰朝他怀里靠了靠，嗔笑："谭爷这是在怪我？"

"不敢，你开心就好。"

陈瑜轻轻一笑："蒋爷今天在台上可真好看，之前总觉得蒋爷只是跟花花草草打交道，没想到美人一舞更是惊艳。"

蒋璃对上陈瑜的眼，似笑非笑："那是因为陈小姐不了解我。"

"现在就了解了。"陈瑜笑靠在陆东深身上，下巴轻抵他的肩膀，"你应该提早告诉我一声今天是凰天重新开张，你看你砸了九百九十九株金莲做开张礼，我却什么都没准备。"

陆东深端起酒杯抿了口酒，不动声色地笑了笑："谭爷不会计较这些。”

“是呀。”陈瑜轻轻一笑，惹人怜爱，“谭爷大度，今天有蒋爷这么捧场，就算有人闹事想必谭爷心里都是甜的，这么一瞧谭爷还真是疼蒋爷，想来你们的好事要近了吧？到时候可千万别忘了请我和东深来喝喜酒，我一定厚礼奉上。”

谭战听了这话哈哈一笑，一手拥着蒋璃，一手端起酒杯：“说来说去还是陈小姐把话说到点子上了，来，这杯我敬你。”

陈瑜笑着端酒，陆东深没动。谭战故意问了句：“怎么，陆总不一起吗？”

陆东深手指轻轻转着酒杯：“蒋璃这性子，怕是谭爷降不了。”

陈瑜举着杯子的动作滞了一下，少许放下杯子。谭战也放下了杯子：“听陆总这口气，难不成是抢了我的地盘后又想抢我的女人？”

这番话很是直接，像是开玩笑，又像是质问，听得蒋璃坐不住了。陈瑜忙打圆场：“谭爷，他——”

“不行吗？”陆东深转着酒杯的动作一停，那酒杯就稳稳被他控在掌中，杯中酒丝毫没洒。

一句话冷了气氛。

陈瑜尴尬，蒋璃震惊，谭战的脸色早就变了，冰冷得很：“陆总这话是什么意思？”

陆东深又靠回了沙发上，大半张脸洇在暗影里：“入沧陵，要么利益相杀要么利益互惠，谭爷看上的恰好也是我看上的，既然是不能分享互惠的东西，那我就有打算跟谭爷抢上一抢了。”

他说得含沙射影，像是在说沧陵的地皮，可又像是在说蒋璃，又或者二者皆有，语气不疾不徐，却来势汹汹丝毫不让，这让谭战倏然攥紧了拳头。

像是勒在弦上的冷箭，一触即发，又像是深海之处的暗流，即将惊涛骇浪。就在这时陈瑜轻声开口：“今天是凰天重新开张的日子，我觉得饮酒作乐最好，你们男人的那些生意经我和蒋爷听不懂也不想听，太枯燥了。”她暗自拉了下陆东深的衣袖。

奈何，陆东深刚刚的话的确是触了谭战的逆鳞，哪怕是有陈瑜恰到好处地圆场，也没挽回友好和谐的局面，他朝后一靠，顺势就拉过蒋璃的手，似随意玩弄她的手指：“陆总刚夺了官阳区的地王，怎么还不满足吗？我谭战是个挺别扭的人，别人敬我，我尚算客气；别人若来势汹汹，我也自当奉陪。”

陆东深看了一眼对面两人十指相扣的手，身子再度探前，将杯中酒举起：“知谭爷是真性情，所以一早就送了川阳区那块地作为敬礼，能从郃家嘴里夺肉吃的人不多，谭爷应该领了我陆某这份人情才是。不为别的，只想拜托谭爷一件事，谭爷的林客楼那片地恰巧就落在天际的规划版图里，属于官阳区的东西就是属于我陆东深的，谭爷可否看在敬礼的份儿上相让啊？”

谭战身子也探了前，端起酒杯，跟他的酒杯相互一碰：“不让。”

陆东深笑了：“谭爷爽快，我先干为敬。”话毕一饮而尽。

谭战也饮了酒，笑容隐在酒光之中。

包厢里的气氛看似被两人给圆回来了，但蒋璃知道，实际这两个男人之间已经谈崩了，又或者，这两人刚开始就没冲着谈和的目的去的。

“打蒋爷一进门就能闻到你身上的香，看来蒋爷刚刚在台上喝的酒可不是普通的酒，应该是里面加了迷迭、卷丹、肉蔻和……神秘果。”陈瑜转了话题。

“陈小姐好嗅觉。”蒋璃难得没对她冷嘲热讽，毕竟陈瑜也算是识时务者，“酒气挥发就成了酒臭味，我闻不得那种气味，所以调制了一款酒，保留酒的清香，又有花蕊的尾香，至少不会委屈了自己的鼻子。”

陈瑜点头：“这么做的确会避开酒臭的余味，只是，蒋爷用的这几味香可都是催情用的。”

蒋璃笑了：“在这里工作的姑娘谁不是各个揣着心思的？来这里取乐的男人能有柳下惠吗？一个愿打一个愿挨，我不过是给他们的心思里加点情趣而已。”她随意扫了一下陆东深，却是对陈瑜说的，“陈小姐可得看住陆先生。”

陈瑜看着陆东深浅笑：“看来我也得给你调款酒，让你以后没心思出入凰天。”

陆东深没说话，只是含笑。

蒋璃看向谭战：“要不就把凰天配好的酒给陈小姐拿去一些，陆先生今晚都这么大手笔了，我们没有回礼的话也说不过去。”

谭战笑道：“你做主就好。”

蒋璃也觉得是时候脱身了，重新端起桌上的那杯酒，冲着陆东深道：“凰天难得有陈小姐喜欢的东西，我得为陈小姐取去，这杯酒权当我敬陆先生，我喝了，陆先生随意。”喝完，酒杯一撂桌，起身离开。

台上的那坛酒加上方才的那杯酒，蒋璃鼻腔里和食管中的酒精作祟。她冲到洗手池洗了把脸后才得以缓解，包房里的酒度数太高，烧得她现在还觉得像是吞了刀子。

正遇青栀冲进来，先是一顿稀里哗啦地吐，然后跑到洗手池这边漱口，蒋璃将毛巾递给她，她接过，蹭了蹭嘴，愤恨：“老不死的仗着打赏得多就使劲折腾我。”

蒋璃叹气：“我倒是能帮你避过今晚，那以后呢？”她之前会配一些香料的东西让姑娘们带着，但时间一长是不行的，客人都赶走了怎么办。

“蒋爷不用，之前你没少帮我，我算是看出来了，这越是有钱的就越变态，花在我们身上的钱都恨不得折腾死我们才算回本。”青栀深吸了一口气，“听说今晚砸了999株金莲的陆总风度翩翩，光是那副皮囊就胜过在场的客人，至少不会遭蒋爷你烦，但你跟我们不同，我们哪敢不陪，你想撂挑子还不是一句话的事？大不了还有谭爷帮你撑腰呢。”

她想撂挑子就能撂的吗？等出了洗手间，通往大厅的玄关路冗长又昏暗，音乐声将她的耳膜震得生疼。

青栀的话对也不对。

谭战是可以给她撑腰，但谭战为她担得越多得罪的人也就越多。

头筋跳着疼。

她扶着墙壁往前走，走到玄关尽头刚要拐进大厅，突然被人一把扯了回去，紧跟着一条手臂圈住了她的腰。

蒋璃第一个念头就是反击，却被人猛地压在墙上，抬眼一看，竟是陆东深。

没有惊没有促，就只是愕然划过心头，她没挣扎，背贴着墙，抬头就能看见男人凸起的喉结和性感的下巴。

幽暗中，陆东深一手搭在墙上，一手还控着她的腰，在刚刚的挣扎中她披在身上的外套已经掉地，腰间的皮肤跟他的大掌之间就只隔着一层极薄红纱。风月之地，男女之间任何的近距离接触都沾染了暧昧。

陆东深见她没反抗，低笑："束手就擒似乎不像你的风格。"

"陆先生这一晚费尽心思却没讨到太多好处，想来也不会甘心，所以在这里见到陆先生也并不奇怪。"

"费尽心思？这话怎么讲？"

"你今晚来凰天干什么？"

陆东深眼里的笑意加深了："这才像你的口吻，今晚你是挺漂亮，但这种场合始终不适合你。"

"别说得你好像挺了解我。"

陆东深低下头，唇几乎要贴上她的鼻骨："身上棱角太多，重要的是没什么耐性，在男人间左右逢源推杯换盏是你的强项吗？"

"人有玲珑千面，上一秒你以为挺了解这人，下一秒就会觉得像是在看陌生人。"蒋璃冷笑，"真是难为了陆先生跟着我在祈神山上出生入死，现在想想也是，堂堂陆门太子爷，能让你费尽心思的就只有利益倾轧。你下了一盘好棋，所有人都成了你的棋子，入祈神山成了你的障眼，谁都不会想到你一早就步步为营。"

陆东深听出她话中指责，没恼，但也没解释，苦笑："让我费尽心思的未必只有利益倾轧。"

"也是，陆先生有恃无恐，哪怕情人在侧，还不忘躲在幽暗的长廊里来上一场偷欢。”蒋璃冷言冷语。

“你对我的成见还不是一般的深。”

“我蒋璃讲究的从来都是快意恩仇，最厌恶的是算计人，但也不怕被人算计。”蒋璃眼里没什么温度，“而你陆先生，深谙商场之道含沙射影擅长计谋，要么不出手，出手就会是一剑封喉。我们两人，道不同不相为谋。”

话毕她意欲要走，陆东深却没打算放她，手臂一圈就将她捞进怀里。走廊入口有人过来，嬉笑推搡声音不小。蒋璃急了，在他怀里挣扎推搡，可他手臂结实有力，任由她折腾他的胸膛仍像城墙岿然不动。

“会被别人看到！”她咬着牙低吼。

陆东深似乎喜欢逗她，任凭她是又急又恼，就在那群人即将靠近时，他大手轻轻一扣就将她的头抵在胸膛中，高大的身形一挡，结结实实地遮住了蒋璃。

那群人摇摇晃晃经过，一股子酒气味。灯光不明，又是风月场所，就算墙角有男女在痴缠也不会引起太多关注。

等没了动静，蒋璃的心总算微微放下。

“放开我。”她急了，推他不动，“陆东深你大爷的！”

陆东深闻言手臂又是一紧，勒得她几乎断了气，低笑：“在祈神山上我说过什么？”

蒋璃盯着他的脸，没明白他的话。

陆东深没再说话，脸却倏然压了下来，她心脏猛地狂跳，脸一扭，他的唇就擦着她的脸颊落在耳畔。

她全身僵得要命，脑子里嗡嗡直响，陆东深的唇只做稍稍停顿，然后贴着她的脖颈一路往下。

心瞬间要从嗓子眼里跳出来，她呼吸急促，稍许，她听到他低低的笑：“真香。”

蒋璃用力将他推开，这一次他如她所愿放了手。

“耍人有意思吗？”

“你怎么知道我说的不是真心话？”陆东深见她眉色一厉后又道，“忠言虽说逆耳，但我认为你倒是值得一听。”

“你想说什么？”

“离开谭战。”

“你什么意思？”她警觉。

“都说大树底下好乘凉，但谭战做不成那棵能供你乘凉的大树，要不了多久他自身都难保，所以你现在要做的就是尽快跟他脱离关系，否则惹祸上身。”

蒋璃心口突突直跳：“谭爷最大的祸端就是你，陆先生，做人做事别太绝，就连谭爷都没说要独吞沧陵的利益，你又何必步步紧逼？”

“你以为谭战得罪的人还少吗？这几年他的生意做到了周边不少省市，多少被吞了利益的人都压着气。谭战的胃口越大，想要切他胃的人就越多。”

说到这儿，他抬手将她的一绺发别在耳后，手没撤，顺势滑到她的耳垂，修长的手指摩挲着她的耳郭：“沧陵就要变天了，蒋璃，跟着我吧。”

/ 第七章 /

风云突变

沧陵就要变天了。

在这个寒冬腊月，冬祭的日子即将到来，农历年的红灯快要铺满长街时。

陆东深利用天际酒店闹鬼一事翻身打了个漂亮仗，成功斩获官阳区最有价值的投资地皮，圈内人多少盛传，陆东深之所以将这块地抢得顺风顺水，除了背后的运作筹谋外还有左右手杨远为他在各种关系中奔走，都说杨远是陆东深的一张王牌，早在陆东深远赴沧陵时就已安排他随时待命。

蒋璃的两家店所属古城文化街内，街东和街西脸对脸，中间隔着条上百年的青石板路，这条文化街被囊括在官阳区的范畴，所以这些日子蒋璃每次来店里的时候都听左右商铺在议论这条街将如何进行改造的问题。

虽说大家都是小道消息，但也是当了茶余饭后津津乐道之事。几家欢喜几家愁，大抵就是老百姓面对是重建是扩建的担忧吧。

自从陆东深跟她说要她跟着他的话，已经有一阵子了，蒋璃自认很多事都能如酒肉似的穿肠过，但唯独他的那句话总在她耳边回荡。甚至有时还会在梦中惊醒，然后抬手一摸，额头上都是冷汗。

那天她跟陆东深说：“跟你？陆先生，你有没有想过也许我的胃口比谭战还大？”

谭战对于陆东深的大刀阔斧不为所动，这阵子他在外地待的时间较多，回沧陵也是在积极筹备冬祭的事。他和陆东深这两人看上去像是各忙各的，可相对于川阳区的地皮开发速度，官阳区那边就时不时会明显受阻。

旁人看不懂这其中的道道，蒋璃能看懂，谭战没得到那块地，但也不代表他没能力延缓那块地的开发。

这天午后，有两只猫趴在蒋璃手鼓店的窗台上晒太阳，见她来了连眼皮都不抬一下继续闷头睡，倒是蒋小天从里面出来，朝着店内努努嘴，示意她来人了。

这阵子蒋小天彻底沦为蒋璃的小跟班，他没脸见谭战。

蒋璃往里一瞅，眼里没惊没讶，叮嘱了蒋小天，端壶生茶吧。

来手鼓店的人是陈瑜。

坐在后院扶栏旁的茶椅上，稍稍一抬头就能感受到纳西小院的午后阳光，也顺带地看见蒋璃来了。

蒋璃今天穿得利落，深棕色小羊皮机车夹克，里面深色内搭，配着简单的经典色牛仔裤，裤腿塞进短款的黑色机车靴里。她又戴了短发，深亚麻色，额前有碎发，落在阳光里，衬得她脸更白，眉眼更俊。

她在陈瑜对面坐下，一只胳膊搭在扶栏上，蒋小天端了壶生茶过来，在茶桌上支茶炉，蒋璃搭在扶栏上的手指一下下有节奏地敲着。

手腕上的那枚眼睛形状的刺青有着长长的眼尾，只怪她的手腕太细，所以才显得刺青格外狭长。

蒋小天临撤前疑惑地瞅了一眼蒋璃，按照她的性子顶多就是一杯热茶给打发了，上了生茶，那就意味着两人有话聊？

这头，蒋璃拿起茶钳翻了翻茶炉里的香炭，随着火苗的燃烧和炭的翻动，空气中开始隐隐飘香。

“这个季节还能闻到白兰香很难得。”陈瑜轻声说了句。

蒋璃没抬眼，翻了两下后将茶钳搁置一旁，静等茶开：“我喜欢白兰的香气，所以做了这香炭，对于你来说，不难。”

“有些香是做得到想不到。”陈瑜笑道，“就像是对面神仙饮的饮品，每一道都是你精心调制的吧？还有那家林客楼，听说之前不景气，谭爷接手后生意大火，外人喝的是热闹，内行人喝的是门道，想必林客楼里的每一道茶也都有你改良的气味吧。”

炭火很快热了壶底，偶尔有水在壶里咕嘟的声响。蒋璃嘴角一挑，身子靠在椅背上，潇洒地：“你比我想象中来得要晚。”

没接陈瑜的话，自然就没有跟她切磋香道的打算。

陈瑜脸色尴尬：“其实我也是犹豫了很久，我怕你不想见我。”

“怎么会？打从在医院里看见你的那天起，我就在想着你陈小姐什么时候能大驾光临，没想到这一等倒是等了不少日子，我想，要不是陆东深在凰天出格的行为，你就打算对我避而远之了吧。”

陈瑜咬咬嘴唇，伸手拉住了她搭在扶栏上的手：“蒋璃，你能不能别对我这个态度？”

蒋璃没吱声，看了一眼她的手，陈瑜觉得她的目光阴沉沉的，手又缩了回来。

“你想我什么态度对你？还跟以前一样？啃。”蒋璃笑了，却笑不入眼，“明白了，今天你是找我叙旧的吧？我倒也想有朋自远方来不亦乐乎。但关键是，我现在连你叫什么都拿不准，你让我怎么乐乎啊？倒不如你先告诉我——”

蒋璃的身子朝前探了探，隔着茶壶上方开始腾起的水雾看着她，一字一句问：“我是应该叫你陈瑜呢，还是喊你陈楠楠？”

陈瑜的手指微微一颤：“我只是改了个名字而已……”

“是呀，改了名字，顺带又改了命运。你现在可是天际集团最有前途的调香师，哪还会是以前什么都不懂的山野丫头？陈瑜，有句话我特别想问问你。”蒋璃唇角笑容扩大，“你拿着我的配方扶摇直上九万里的感觉可好？”

陈瑜的脸色尴尬又苍白，眼神惊促无处安生。蒋璃一直盯着她，眼神犀利又有点高高在上。陈瑜终于受不了她的这种眼神，硬着头皮说：“是，当年是我不对，你真心待我，而我起了别的心思……”

蒋璃没说话。

陈瑜深吸了一口气："可是那一年我遇上了东深，我没有别的办法……你那些配方是我能通过应聘的筹码，我想留在他身边。"

茶壶烧开了，茶水在里面翻滚，呼呼的热气从壶嘴冒出。

"那年你跟我说你救了一个快死的男人，就是陆东深？"

陈瑜点头。

蒋璃探身将茶舀拿过来，舀了一下茶壶里翻滚的茶水，嗤笑："也难怪了，都说这女人为了爱情能舍弃一切，你倒是这句话的典范，为了你的爱情，连友情都一并葬送了。"

陈瑜，不，应该叫她陈楠楠，当年她们两人认识的时候也是偶然。陈楠楠家世代中医，父亲在当地被叫作华佗再世，能治好不少医院都治不好的病，就是性子古怪了些。而陈楠楠年纪虽轻，对中医药理却懂得不少，深谙植物的相生相克。

当时蒋璃是患了重感冒，生怕自己的鼻子从此就废了，所以去陈父那里就医，一来二去也就跟陈楠楠相识了。一个是对气味有研究，一个是对植物有兴趣，其实原理上都差不多，也就一见如故。

蒋璃一直觉得陈楠楠是她在人生最晦涩的时候的一道明月光，让她能在即将分崩离析的信念中还去坚信这世上有一种东西叫温暖。

陈楠楠跟她说她不想一辈子都待在个小地方做中医，想去看看外面的世界。有多少次她想跟陈楠楠说，外面的世界并非是你想象的那么精彩。可这话在她纯善的眼神下说不出来，她知陈楠楠对气味挺感兴趣，而且又有对植物了解的根基，便有事没事地教授她些气味调配的技巧等。

曾经陈楠楠问她："你说我有没有可能成为调香师啊？"

她对她说："没什么不可能的，你有基础，有灵性。"

她对陈楠楠甚是信任，直到有一天她偷走了她记着配方的笔记本不告而别。

"蒋璃，你就骂我吧，我知道我有多可恶。"陈楠楠忏悔道，"当年他冲进医馆的时候浑身是血，我就在想这男人得有多少仇家，本来不想惹祸上身，可见着他第一眼我就知道我错了，注定要爱上这样的男人。"

捡回陆东深一命的人是她父亲，当时她不理解他受了那么重的伤为什么不去医院，他跟她说他不能去医院。就这样，她每天为他调理，用药膳，也利用蒋璃教会她的气味疗法。

“我是后来才知道他的身份，陆门在华拓展市场时招聘调香师，当时我就硬着头皮去面试，没想到能在公司里碰见他，我想他也是念着我曾经救他一命的面上让我破格进入公司。”陈楠楠干涩地说。

蒋璃舀了一杯茶：“所以你就对我的笔记本打了主意。”

陈楠楠点头：“只有这样我才能在公司站住脚，蒋璃，我知道那些配方对你很重要，我——”

“那些配方对我来说并不重要。”

陈楠楠愣住。

“怎么？是不是突然发现你那么重视的东西别人却视为草芥？”蒋璃笑了笑，端起杯子抿了口热茶，“所谓的配方不过就是我总结出来的经验而已，你能偷走我的经验，能偷走我脑子里的东西吗？陈楠楠，如果当时你跟我说一声，别说是一本配方了，就算是十本配方我不眠不休也能给你写出来助你在公司里平步青云。可惜啊，你亲手掐断了咱俩的友情。我蒋璃平生最恨的就是背叛，我不管你是为了陆东深还是为了追逐名利，背叛了就是背叛了，这是不争的事实。”

陈楠楠红了眼眶，嘴唇翕动。

“喝口茶吧，我的朋友陈楠楠已经死了，今天我招待的是天际调香师陈瑜。”蒋璃为她添了杯茶。“利益面前人性坍塌，这本来就不是什么奇怪的事，你能一步步爬到天际调香师的位置，这也是你的本事，靠的也不单单只是我的笔记。”

“那……你能原谅我吗？”

蒋璃放下茶舀：“不能原谅。”

陈楠楠的目光一颤。

“既然你改了名字想要重新开始，还是安稳过好你的现在吧。”蒋璃冷笑，“往前走就别那么多的顾虑，又何必再霸着我这位旧人不放呢？”

陈楠楠攥了攥茶杯，少顷轻轻放下茶杯："我明白了。"

等陈楠楠离开之后，蒋小天迫不及待地巴过来了："爷，这女人是不是来威胁你的？"

蒋璃不紧不慢地喝茶："威胁我？"

"是呀，她不是那个陆东深的旧爱吗？当然得来找你这个新欢算账。"

一句话说得蒋璃差点呛着，空茶杯朝着蒋小天扔过去："滚！"

蒋小天还要跟她逗贫，就见一个人匆匆忙忙从外面跑进来："蒋爷可找着您了，您收拾一下跟我走吧。"

是齐刚的一个小弟，大家都叫他平头，平时跟蒋小天的关系也不错，蒋小天道："让蒋爷跟你走？口气够大的啊。"

"不是！"平头急了，"这是谭爷吩咐的，让我们赶紧送蒋爷离开沧陵。"

"出什么事了？"蒋璃惊觉不对，起身问，"谭爷呢？还有齐刚在哪儿？"

"谭爷出事了，被人拦在外地回不来，刚哥他……他被打得只剩半条命了。"平头恨不得给她跪下了，"这伙人不知道是什么势力，只听说来头挺大，蒋爷，您快跟我走吧，谭爷这次估计要栽了，他现在能拼死护着的就是蒋爷你啊。"

在沧陵，白天的体面在官阳区，苏河路千百年的历史沉淀和现代奢华的碰撞，全都湮在天际那一幢一幢的高楼商厦之中；晚上的热闹在川阳区，从凰天到Miss，从歌舞到美食小吃，全都耀在冗长的街面不见头的巷里。

沧陵的白天属于陆东深，沧陵的夜晚属于谭战，是两个男人各自的势力范围。

可今天，仅仅是一个下午的时间，川阳区的大部分餐厅、店铺都被贴上了封条，这次就连林客楼都没放过。有人疯传，谭战这次够呛，翻不了身了。

平头所言非虚，谭战是有心要她离开沧陵，商务车、保镖甚至现金都为她备好。蒋璃坐在车里，冷静地询问平头目前的情况，平头说："这次跟上次被查封不一样，上次是龙鬼造谣生事，谭爷关门大吉只不过是权宜之计，趁机摆脱龙鬼，但这次是强迫性关闭。”

蒋璃听出端倪来：“这次不是市里的行动？”

平头说不是。

蒋璃狐疑又问，省里的？

平头手指头往上指了指：“听说，是再上头的……”

蒋璃心脏一颤，再上头的，比省里的再上头。不祥的预感如蛇在心间蜿蜒，谭战究竟得罪了什么人？

“知道怎么回事吗？”

平头直摇头。

蒋璃皱了眉头，谭战还有什么是能被查的？难道是毒品？可据她所知谭战从不碰毒品。

平头说当时齐刚在凰天，听说出事后马上召集保镖，可还没等出凰天就被一伙人给拦下了。

蒋璃命车子直接去凰天。

平头一听急了，死活都不让，执意要先送蒋璃走，说现在最好就是跟谭爷撇清关系。

蒋璃急了直接骂人：“撇清关系？怎么撇？玩失忆啊？”

平头见她怒了也很害怕，现在整个川阳区都乱了，谭战不在，能管事的齐刚也被扣，像他这种小角色就成了无头的苍蝇，唯独能做的就是听从安排。

凰天平时这个时间都是大门紧闭，到了星辰入夜长街霓虹的时候才会歌舞升平，但今天提前开了门。地面停车场已经被一辆辆横七竖八随便停靠的车辆给塞满了，蒋璃看见了齐刚和他手下们的几辆车，剩下的全是陌生车辆。

蒋璃目光扫过那几辆车的车牌，头忽悠一下。

凰天意外地没被封。

她正要往里进，就瞧见从里面走出几个人来，是商会的几位前辈，被几名保镖拥着，面色各异。

那些保镖脸生得很，见蒋璃硬闯，生生给拦下。平头和蒋小天两个见状马上上前护着，身后还有四名保镖，是打算护着蒋璃离城的人。

蒋璃拦了蒋小天等人，直面拦着她的保镖：“进去告诉你们的主子，我就是沧陵蒋璃，替谭爷要回齐刚。”

守门的保镖眼睛锋利，也看出蒋璃身上的气势，便转头同里面的保镖说了，里头的保镖又进去通报，没一会儿就通知蒋璃进去，但只允许她一人入内。

蒋小天等人为她捏了把汗，想要冲进去却也是胳膊和大腿的区别。

进了凰天之后蒋璃才察觉这里竟有这么多保镖。

之前进去通报的保镖带着她一路穿过楼梯，还没等入大厅，就听得见里头的音乐声，偶尔还夹杂着女人的惊叫声。

她心里一咯噔。

大厅灯光闪耀，跟平时营业时的情景一样。蒋璃刚进去就一眼瞧见了舞台上的一幕。

原本是平时用来做表演的台子，此时追光大亮，照在七八名男子身上，耷拉着脑袋，伤痕累累。

最前头的男人被打得厉害，是齐刚，他身后的那几个都是他的手下，做事十分果决，平时也是能帮着谭战平事的人，随便叫出一个都能独当一面。

怪不得平头那么惊慌，谭战在沧陵所有能办得了事说得上话的手下都被人抓了，剩下的小弟们自然成了无头苍蝇。

即使隔着那么远的距离，蒋璃也能闻得到血腥味。还有浮飘着的酒香，是她为凰天专门调配的那款酒。

有人笑道：“哟，蒋爷啊，怎么？谭爷这是折在外面了？让他的女人过来平事？”

蒋璃听着耳熟，微微眯眼朝着不远处的卡座一看，心中暗惊，竟是龙鬼。他手拿支雪茄，笑得猥琐，腿上趴伏着一女人。

蒋璃看清后心头大骇，是芙蓉。

芙蓉在龙鬼的怀里呜咽，挣扎，龙鬼一把揪住她的头发，恶狠狠道："还当自己是凰天的台柱子呢，当年不是瞧不起老子吗？"

蒋璃攥紧了拳头，目光一转就落在了龙鬼身旁的卡座上，那卡座几乎是陷在黑暗中的，看不见里面坐着什么人，只能隐约看见身穿西装裤的腿交叉叠放，还有只手搭在腿上，手里夹着支雪茄，骨节分明的手指随着音乐的节奏一下下敲着。

那卡座里的男人才是正主，龙鬼只不过是个狐假虎威的木偶，自从他被谭战打击惨败后，听说他的手下几乎是一哄而散了，就连最得力的天余也离开了沧陵。

现在，那个天余竟出现了，却是站在卡座旁边，很显然，是跟着那个男人的。

蒋璃看见芙蓉在这儿，心里就明镜了。八成凰天的姑娘都在这儿，再加上谭战的人，龙鬼这些人还不定怎么折磨报复他们。

"龙鬼，你趁着谭爷不在，背地里搞这些小动作算什么？我看你干脆改名叫龙龟得了，哦不，'龙'字你配不上，换个'虫'字可好啊？"

蒋璃的声音清冷，说话间恰逢场上的音乐转小，所以她的声音轻易被卡座里的男人听到，打节奏的手指停了下来。

龙鬼听了这话后怒了，一把将芙蓉推开。芙蓉身心不稳趴在地上，蒋璃这么趁机一看，脸色骤然冷了，芙蓉的嘴角有血，脸颊青肿，看来是被龙鬼打了。

怒火盘旋，燃了双眼，蒋璃恨不得一刀捅在龙鬼身上。可现在这里人多势众，她这么做无疑是吃亏。龙鬼上前扣住她的下巴："臭娘儿们，你还当谭战在你身边呢，牙尖嘴利，平时挺嚣张啊，我看你今天还怎么嚣张，来人——"

身边的保镖不动。

龙鬼尴尬，倒是站在卡座旁的天余示意了保镖一下，那保镖才上前。

龙鬼指着蒋璃："把这娘儿们也给绑了，跟凰天的姑娘放在一起！"

保镖刚要伸手抓蒋璃，蒋璃冷喝："你敢碰我个试试！"

那保镖被她凛冽的眼神惊呆了，愣是一时间没继续。龙鬼眉头一皱："愣着干什么？"

"龙鬼，你算什么东西在这儿大呼小叫？只不过是条被谭爷踩在脚底下的虫而已，今天我来是跟正主谈的，有你说话的份儿吗？"蒋璃冷喝。

被个女人当场训斥，龙鬼再不济也是要脸，一时间恼羞成怒，刚要一巴掌下来，却在瞧见她盛气凌人的目光后改了主意："我是被谭战踩在脚底下的虫，那你是什么？"他手伸过来了，"这么漂亮怎么能便宜其他人——"

下一秒一声惨叫。

他的手还没等伸到蒋璃的脸上，就被她一个手劲控住，迅速抽出芬兰刀，利落一划，锋利刀刃扫过龙鬼的胳膊，紧跟着抬腿一踹，龙鬼就被她踹飞，擦着地面朝那个卡座飞了过去。

龙鬼胳膊上的血甩在男人光亮的皮鞋上，整个人撞在卡座上，疼得龇牙咧嘴。

守在场子里的保镖们纷纷一愣，谁都没料到一个女人出手会这么狠这么利落。

龙鬼当众吃了亏，疯了，起身就要冲着蒋璃过来。

就听从卡座里扬起男人的低喝："龙鬼。"

龙鬼一僵，不敢再轻举妄动。

卡座里的男人抽了口雪茄，吐出大团烟雾。音乐声停了，场子里瞬间安静。天余给龙鬼甩了个眼神，龙鬼顺着天余的眼神落下来，瞧见男人的鞋面后顿时大惊，也顾不上自己流血的胳膊，赶紧抽出纸巾，也没敢起身，跪着擦净了男人鞋上的血。

男人的腿落下来，龙鬼马上撒开手，这才避免了被他踩踏的命运。

"什么女人？胆子够大的。"卡座里是沉沉的笑。

龙鬼没敢起身，仍旧匍匐在地："谭战的人，叫蒋璃，这婊子一直有谭战罩着，所以无法无天。"

“呵，有意思，天余。”

天余的双手藏在袖子里，看来是彻底废了，他冰着脸朝保镖示意了一下，两名保镖上前一下子擒住了蒋璃，将她一路押着走。

蒋璃也没反抗，总要见背后的正主。就这样她被扯到了卡座前，还没等抬眼去瞧男人，腿弯就被人踹上一脚，双腿一软跪在地上，膝盖磕得生疼，想起身，肩膀却被两个保镖死死按住。

“抬头。”头顶上，男人的嗓音慵懒。

她的头发被保镖揪住，一扯，她只能高高仰起脸，顺带地，就看清了卡座里男人的长相。

一张邪气的脸，典型的风情眼，浮荡着能勾住女人魂魄的坏。他慵懒地靠在那儿，像是纨绔子弟的轻佻，可又有高贵的气场。

明明是张让女人忍不住注视的脸，却让蒋璃惊喘一声。

男人捏住了蒋璃的脸。

“龙鬼，你刚刚说她叫什么？”

龙鬼忙道：“尊少，她叫蒋璃。”

“蒋璃？他说你叫蒋璃？”男子像是听到了笑话似的，下一秒就收了笑，目光转为阴沉，“是吗？”

男子的阴晴不定让龙鬼摸不透心思。

蒋璃呼吸急促，没开口回答，盯着男人像是盯着索命鬼。男人俯下身来，又吸了口雪茄，捏着她下巴的拇指微微一用力就掰开了她的唇齿，他朝着她的红唇吐了烟雾：“谭战的人？”

蒋璃一扭脸，避开了雪茄的浓烟。

男人缓缓起了身，却抬腿狠狠地给了龙鬼一脚：“你刚刚骂谁是婊子？”

突如其来的变故让全场人都愣住了。

龙鬼这一下子被踹得不轻，疼得他龇牙咧嘴却不敢哼哼，更不敢起身，就那么匍匐在地，心头却是惊涛骇浪，不知道就那么一句话怎么得罪尊少了。

男人示意了一下押着蒋璃的两名保镖，他们放手，撤到旁边，却有先见之明地将她手里的芬兰刀夺了下来。

蒋璃被他拉起来，他的大手控着她的后颈，靠近她："好久不见了，蒋……最后是什么字？"

蒋璃没抬眼看他："琉璃的璃。"

"是吗？像你的眼睛一样？"他的拇指轻轻摩挲着她的脖子，"我倒是觉得离开的离更适合，你认为呢？"

"饶尊，你放了齐刚他们。"

饶尊微微俯下身："你叫我什么？"

蒋璃的呼吸微促："饶尊。"

饶尊低笑："好久没听到你叫我的名字了。"

蒋璃一把将他推开，同时后退了几步。保镖上前按住她的肩膀，她猛地回身，一手控住保镖的手腕狠狠一掐，对方只觉虎口一疼手指一松，那把芬兰刀就稳稳落回蒋璃的手里，紧跟着蒋璃一个抬腿，正中对方要害。

一切发生只在短短数秒，快到令对方毫无防范，保镖捂着裤裆疼得连连后退，其他保镖见状上前，却听饶尊低喝了声："别碰她！"

保镖忙退到了一旁。

饶尊坐回到沙发上："你来捞谭战的人就凭着一把刀？我借你一把枪，这么多人你也不能如愿。"

"捞不出谭爷的人，我也没打算活着出去。"蒋璃一手还死攥着刀柄，手心里都是冷汗。

饶尊微微眯眼："你知不知道谭战的事？这几年他的野心太大了，他的事是一个女人能摆得平的吗？"

"谭爷野心再大也大不过你这位爷。"蒋璃说，"现在他不在，齐刚他们的事就是我的事。"

来之前她想过种种，能跨省行动的并非等闲，所以在看到凰天停车场上那些车并未震惊，但饶尊的出现令她惶惶不安。

饶尊不涉黑，在他的履历表中，饶尊这个名字只是跟华力集团挂钩。华力是本土企业，旗下涉及六大支柱产业，所以通俗点说这饶尊就是个富二代。

这年头富二代太多，可就独独饶尊轻易得罪不起，因为家族世代背景深厚，所以饶尊头上的光环不是一般富二代可比拟的。

谭战的手从不往华北一带伸，怎么就能把饶尊招来？

饶尊斜靠在沙发上，抬手支着脸，食指摩挲着下巴："天余的手就是拜那个叫齐刚的人所赐吧？谭战做事太狠太绝，总得有人出面给他点教训才行啊。"

蒋璃倏然看向天余。

原来饶尊能来并非是龙鬼的缘故，这个天余什么背景，竟能惊动饶尊？

"该封的都封了，该打的也打了。"蒋璃僵直地站在那儿，"你还想怎么样？"

"谭战自身犯险，被封是早晚的事。至于那些人，不过是挨了打，别人可是废了手。"

蒋璃看得清楚，是挨顿打，可下手不轻，能让齐刚他们几个奄奄一息的人不多。

"既然你要替谭战出面，好。"饶尊目光灼灼盯着她，"他们的手换天余的手可好啊？"

蒋璃的心忽悠一下，脱口说："不行！"

饶尊笑了，似乎被她的样子逗笑，又像是被她的话逗笑，总之是笑了。可蒋璃是了解这人的，他笑，未必是好事。

果不其然，他看向龙鬼："我也觉得太血腥，不好，但我也不能让你们心里不痛快。"之前掐了的雪茄现在又点上了，烟雾从他眼旁过，狭长的眼角洇了锋利，"龙鬼，还有什么办法能出了你们心头的恶气啊？"

蒋璃心头骇浪。

龙鬼心里舒坦了，想了半天道："谭战这个人势力毁了不怕，可一旦名声和威望毁了，那他就会生不如死。"

"哦？怎么个毁法？"饶尊似有兴趣。

龙鬼扫了一眼台上，又看了看身边的芙蓉，笑得诡异猥琐："当年凰天成立，谭战立下规矩，命令手下谁都不准碰凰天的姑娘，哪怕是在言语上轻薄凰天的姑娘都要受到重罚，现在倒不如……”

蒋璃的脸唰地白了。

饶尊吐了一口烟雾：“龙鬼，你也不看看台上什么情况。”

“尊少，我有办法。”龙鬼爬到饶尊脚下，“一个愿打一个不愿挨，这样才有意思，到时候别说台上那伙人的面子搁了，谭战这辈子也别想翻身。”

一听这话蒋璃也明白了，刀子一亮，咬牙切齿：“龙鬼，我杀了你这个卑鄙无耻的家伙！”

龙鬼一下子躲在饶尊身后，饶尊一个眼神过去，保镖们冲上前按住蒋璃。蒋璃挣脱不开，冲着龙鬼怒喝：“你还是个男人吗？想这些下三烂的招数来对付谭爷你算什么本事？你个有娘生没爹教的㞞货！”

龙鬼听了这话当然是气，如果不是被饶尊刚刚踹了一脚，他肯定冲上前好好教训蒋璃，可他也不傻，饶尊的目光就一直盯着蒋璃，这两人没事才怪。

饶尊听蒋璃左一口谭爷右一口谭爷，眉间就转冷了，龙鬼何其会察言观色：“尊少您看……”

“天余。”饶尊开口。

天余上前。

“你是受害人，这种方式能解气吗？”

“都听您的。”

饶尊这才把目光落在龙鬼脸上，龙鬼吓得一激灵，半天听饶尊冷笑：“龙鬼，你还真是卑鄙啊。”

龙鬼面色一惊，误以为自己又把他给得罪时，又听饶尊语气淡淡地说：“随你们高兴。”

蒋璃心口一凉，如万箭穿心。

曾几何时蒋璃都不愿再去回忆今天台上所发生的事，她的挣扎和怒斥都无济于事，最后只能趴在地上，全身都在颤抖，愤怒、悲痛，还有一种她不想承认却存在的预感：谭战的大势已去。

她用力挤出一丝声音，跟饶尊说：“放过他们。”

饶尊走到她面前，瞧见她满是梨花带雨的脸，笑了笑：“以后别再躲着我，别再走了，好吗？”

蒋璃抖着唇，一个字吐不出来。饶尊拭去她眼角的泪，眼里多了些怜惜，压下脸。

唇即将相触，就见外面的保镖跑进来了，神情略有慌张：“尊少，陆东深来了。”

饶尊动作一滞，眉头皱起。

蒋璃听到“陆东深”这三字后，不知怎的心头就忽地敞开了，那种绝望、悲凉和无助在听到他名字的瞬间化为乌有。就那么预感他是为她来的，这种预感油然而生，自然地，毫不犹豫。

很快，幽暗中有一丝光亮，是大门敞开时照进来的光，男人的身影在这抹光线里更显颀长。

果然是他来了，只身一人。

身旁都是饶尊的保镖，可也没人敢轻易拦他。就这样，陆东深走上前，眉眼看似清淡，却在这场纷扰之中独显从容。

“稀客啊。”饶尊微微眯眼，“今天陆总来这儿有何指教啊？”

陆东深对周遭的喘息惊叫声置若罔闻，似笑又似未笑：“没什么，路过这里，顺便进来捞个女人。”

说到这儿他顿了顿，目光落在饶尊脸上，补上句：“我陆东深的女人。”

饶尊冷笑，有四两拨千斤的意味：“哦？这凰天的姑娘里原来有让陆总看上眼的。”紧跟着冷喝：“龙鬼！”

龙鬼一激灵连忙上前。饶尊没看他，目光落在陆东深脸上：“怎么办事的？陆总看上的女人你也敢往台上抓？”

龙鬼愣住。

“陆总，倒不如你亲自上去看看。”饶尊笑，“我初来乍到，对这里的姑娘实在不了解，如果哪里有得罪陆总的地方，我自当赔罪。”

陆东深笑了笑没依着他的话继续："蒋璃，过来。"

这一声让蒋璃身心都为之一颤，她像是在暗黑间行路太久而迷了路的人，突然看见遥遥升起的灯火，让她知道他着实是为她而来，这是一种她从未有过的感觉，不是感激涕零却又胜似感激涕零。

饶尊扣住蒋璃的手没放，蒋璃一挣扎，他的手臂收得更紧。

陆东深缓步上前，与饶尊一臂距离。两个男人同是高大，压得蒋璃透不过气来。

一个横跨国际的商界大腕，一个背景深厚的太子爷，两人都是在商道上摸爬滚打习惯了的人，所以行事作风自然就跟谭战不同。

陆东深的目光落在蒋璃脸上，轻描淡写地说："你怎么得罪尊少了？"

还没等蒋璃反应过来，就见陆东深长臂一伸控住她的胳膊，一个用力，她身心不稳踉跄冲前，饶尊没想到他这么直接夺人，有了反应，蒋璃已经擦着他的指尖被陆东深拉了过去。

饶尊哪是吃亏的主儿，第一个念头就是生夺，可念头刚起就听陆东深开口："尊少，我的女人平时被我惯坏了，今天如果得罪了尊少，我替她向你赔罪。"

刚刚饶尊的话陆东深又原封不动地还给了他。

蒋璃在他怀里没动，心头却是惊涛骇浪。他看似随意，手臂却圈紧了她，原来，在与饶尊的这场对决中他也是打起了十二分的警惕。

"整个沧陵都知道她跟谭战的关系，怎么就成了你的女人了？"

陆东深云淡风轻："没办法，看上了。"

蒋璃心口一颤。

饶尊笑："那我也看上了呢？"

"是吗？"陆东深低头，捏起蒋璃的下巴故作端详，"你这张脸还真是惹祸端，硬生生逼着我跟尊少结梁子啊。"

蒋璃看着他的眼，想去判断他哪句话真哪句话假，这么近的距离，他凝着她有笑意，掬了多少光亮，多了几分风情，一并揉碎了洇在宛若江南晨光的一抹温柔里。

可结梁子的话不是简单说说，生意场上的人最怕就是结梁子。

果不其然，饶尊开口："看来陆总今天来是准备撕破脸的。听说陆总刚刚被调到天际，内地生意不好做，外来的和尚想要念好这本经哪是容易事，而且我也听说陆门多虎狼之将，怕是陆总身在其中也不好过吧。"

陆东深稳稳接招："听说华力集团积极拓展海外市场，以能源为胜，凑巧得很，陆门在能源这一块也涉足了些，不凑巧的是陆门的海外经验比华力多了些。尊少在华力一人之下万人之上不假，就不知道独闯海外市场时是不是也能独当一面啊？"

言语间的浮光暗影形同刀子，嗖嗖而过裹着寒风冷雨。蒋璃经过太多风浪，两人的这番话虽是听着没什么，可仔细品来就觉后背发凉。

背景深厚的饶尊，想要捏死刚刚进入中国的天际易如反掌，别管背景是不是陆门，只要他想，他都能在无声无息间断了陆门进入内地的前哨。

而陆东深，有着强大海外市场做背景，对于想要抢滩国际市场、国际背景却薄弱的华力自然也有生杀大权，别管华力在内地的资源有多雄厚，只要他愿意，他也能在谈笑风生间利用国际资源打得华力措手不及。

两个男人，势均力敌，这场博弈一旦真的开始，谁都没有把握能占上风。

饶尊和陆东深在对峙，在衡量，一个女人也许能引起男人间的战争，但男人在博弈在厮杀时考虑的可不单单是个女人。

龙鬼有心巴结饶尊，上前冲着保镖们叫嚣："尊少办事还需要别人在这儿指手画脚的？傻站着干什么？还不把闲杂人等给我——"

陆东深蓦地扼住了龙鬼的脖子，令龙鬼剩下的话淹在喉咙里上不去下不来。

这番突如其来的举动令全场警惕起来，蒋璃震惊地看着这一幕，心惊胆战。

饶尊也没料到陆东深会这么做，但面色未曾有变，任由他掐着龙鬼，掐得对方直翻白眼脸色酱紫。

天余上前，饶尊抬手阻了他的脚步，他又退回到昏暗的灯影中去。

龙鬼的挣扎由激烈到缓慢，目光开始发直发木，就在蒋璃担心陆东深是不是真要掐死他的时候，陆东深松了手。龙鬼软塌塌地倒在地上，下一秒捯上来一口气，紧跟着剧烈咳嗽，脖子上有了一道红印子，十分骇人。

这龙鬼典型地做了炮灰，陆东深这一举动无非是想警告饶尊，虽说这是他的主战场，但他陆东深也不惧他，也警告在场的人，谁都没资格在他面前指手画脚。

陆东深松手后也没看地上的龙鬼，淡淡说了句："聒噪。"

"听说之前陆总跟谭战明争暗斗了不少时日，果然也是学了谭战的下手狠辣。"饶尊也没再生夺蒋璃，回沙发上坐下，靠在那儿依旧一身邪。

"见不得有人在我面前大呼小叫，怕吵。"陆东深语气平淡。

饶尊长腿交叠："陆总今天来得唐突，提出的要求又很过分，我没法答应。道不同不相为谋，陆总还是请回吧。"

陆东深未恼："我做生意多年，养成个不好的习惯，喜欢强人所难。今天，蒋璃我势必是要带走，唐突也好过分也罢，尊少，只能得罪了。"

袖子被人拉了一下。

他低头。

蒋璃抬眼看着他，小声说："还有齐刚他们……"她知道陆东深没那个义务帮她捞谭战的人，可现在她唯一的希望就只有他了。

陆东深凝视她的脸，她目光有了示弱："求你。"

他唇角的弧度柔和了，这一松动，蒋璃就缓了口气。

陆东深看向饶尊，似笑非笑："尊少听到了？再无理取闹我也只能由着她，只为博红颜一笑。"

饶尊冷笑："都说陆门公子不好女色，尤其是长子，十年如一日绯闻不缠身，现在看来传言还真不能相信。今天我不开这个门，陆总也未必出得去。"

"是吗？"陆东深不紧不慢。

刚刚带他进来的保镖上前，俯身在饶尊耳边说了句话，饶尊闻言嘴角抿紧，目光落在陆东深脸上时有些发沉了。

等那保镖撤到一旁，陆东深直截了当：“谭战现在墙倒众人推，所以尊少这趟来顺理成章，怎么做都不为过。我是商道，怕是尊少也没本事趁着这次的事动我分毫，真要是在这里大动干戈，尊少也很难收场吧？”

“陆东深，我这个人最讨厌的就是有人触我逆鳞。”

“所以我敬尊少三分。”陆东深松开蒋璃走到饶尊面前，两人之间隔着酒台，台子上放着酒，他拎起其中一瓶酒，打开示意了一下，“人，我全部都要带走，这瓶酒我喝了，当是给尊少赔罪。”

蒋璃全身一僵，他拎着的可是一整瓶酒，连酒杯都没用，直接对着瓶子吹。在对付天际的时候她查过他的资料，虽少，但有一点倒是说得很肯定，他除了不好女色，在酒桌上向来敬酒不超三杯。

向来都是别人敬他，他哪会去敬着别人。

想来连她都听说过的话，饶尊不会不知道。

果不其然，饶尊的脸色凝重。

一瓶酒见底，陆东深将酒瓶往下一倒，滴酒不剩，又把瓶子一转，勾着瓶口将酒瓶放到桌上。

饶尊盯着陆东深，少许后突然笑了：“好，陆总爽快，我们来日方长。”

蒋璃就等着饶尊松口，一听这话，所有的不安都烟消云散，直接冲到了台上。

龙鬼没想到饶尊会同意放人，但也没敢再多吱一声，天余上前压低了嗓音：“这些人不能放，一旦放了——”

饶尊抬手阻断了他的话，故意呵斥：“陆总都亲自赔罪了，怎么，这么大个面子还抵不了你一肚子的委屈？”

天余低下头：“不敢。”

陆东深从容不迫：“多谢尊少成全。”

想带走齐刚一群人不是件容易事。

但很快，有七八名利落的身影冲上来，蒋璃看得清楚，不是饶尊的人。他们将齐刚等人架出凰天，无声无息却是利落干脆，那群姑娘也都允许离开了，芙蓉被龙鬼折磨得身上全都是掐痕抓痕，蒋璃将她搀扶起来的时候，盯着龙鬼恨不得杀了他。

龙鬼一抬眼正好撞见了蒋璃的眼神，被她这番杀气给惊得一哆嗦。

快离开凰天的时候饶尊叫住了蒋璃。走到她面前，俯下脸："你想忘却前尘，前尘却因你而来，你能逃得过吗？"

蒋璃后背蓦地一僵。

"蒋璃。"陆东深站在不远处，语气跟眼神一样淡定，"我们走了。"

打破了饶尊对她的禁锢，从容不迫地将她拉出深渊。

等出了凰天，蒋璃这才明白饶尊的顾虑是什么。原本就满当当的停车场现在更是恨不得车摞车，甚至都挤到了凰天门口。

继她之后来了一批保镖，个个负手而立于车前，神情冷漠肃穆，人数不少，至少，能跟饶尊带来的人抗衡。

都是陆东深的人。

不管是饶尊还是陆东深，其实在凰天都不占优势，但相比陆东深，饶尊还有一层顾虑，一旦两方交手，那谭战的人会不会也趁机而上，远水解不了近渴，这也是饶尊在衡量之后同意放他们走的原因。

一群黑衣中有个男子上前，他穿着休闲，眉眼线条硬朗，很有北方男子的气魄。陆东深向蒋璃介绍他："杨远，天际集团副总经理。"

蒋璃这时哪还顾着谁是谁，点了下头当作打过招呼，倒是杨远瞧见她满身是血，惊愕："这怎么个意思？里面的那位太子爷还动刀子了？"

蒋璃还搀着半死不活的芙蓉，自己也累得够呛，说了句："别人的血。"

杨远暗惊，重新审视眼前女子。

刚及一眼时只觉得她比照片上还要漂亮，是那种能糅进骨子里的魅，可又能被她眉眼英气折服。再开口清冷淡然，像极了染了鲜血的玫瑰。

杨远看人向来看得准，等蒋璃搀着芙蓉上了车，他一把拉住满身酒气的陆东深："红颜祸水，你可千万别栽进去。"

千里迢迢调人过来，看似像跟饶尊的人明杠，暗里却是为了谭战的人，杨远只怕陆东深失了理智，势必要先提醒一句。

齐刚一行人被送到医院，还有凰天的几位姑娘都被医务人员带着处理伤口了，芙蓉身上的伤不轻，等蒋璃去看了才知道，龙鬼那个变态的因为痛恨谭战，痛恨芙蓉跳槽凰天，所以在她赶到之前就没少折磨芙蓉。

蒋璃看着一屋子受伤的女人，看着齐刚等兄弟昏迷不醒，她意外地没像之前义愤填膺咬牙切齿，只是站在窗子前看着窗外，手指一下又一下地蹭着腰间的芬兰刀。

看得杨远直肝颤，顾不上才头回见面，上前说："蒋姑娘，你要是气愤的话就喊出来，咱没事别老摸刀行吗？"

蒋璃没搭理他，目光落在窗外花园，跃过摇曳在阳光里的扶柳，落在遥远的尘埃里，冷冽清寒。

就是这般常人女子不会有的眼神，才叫杨远担忧。

陆东深在医院里留了人，经过一番治疗，姑娘们倒是没什么大碍，但齐刚等人的情况不是很好，他们被人打得太重，只能留院观察。

蒋璃决定回家一趟。

陆东深始终坐在车子里，他那瓶酒喝得急，在凰天的时候酒劲就上来了，被他强压着，现在头昏昏沉沉，景泞生怕他有事，一杯杯解酒茶往他嘴里灌。

见蒋璃出来了，景泞下了车，蒋璃朝车子里看了一眼，然后走了过来。

上了车，车门一关，从踏进凰天的绝望悲凉到在医院里的愤怒无助，等等情绪瞬间如潮流袭来。

她蜷起双腿环抱，整张脸都埋在膝盖里，颤抖由心到体，控制不住压抑不了。陆东深靠在后座，解酒茶帮他清醒不少，但酒气还是重，充塞着这一方空间。

他横过手臂将她的手拉了过来，她的手冰凉，从指尖到手心，一点儿温度都没有。她抬头，惨白的脸，看了他良久问："你怎么样了？"

陆东深眼里仍有醉意，但也没到醉话连篇的程度，说了句没事。蒋璃想他那么一大瓶酒下肚怎会没事，见解酒茶还在那儿放着，就倒了一杯让他继续喝。

可手抖得厉害，解酒茶在杯子里溅开，她控制不住，相比陆东深来说，她更像是个喝醉了酒的人。

陆东深夺过她手里的杯子，搁置一旁，又顺势拉过她的手，握紧："不管你愿不愿意，你现在只能离开谭战。"

她问："谭爷这次出事，是不是跟你也有关系？"

问得突然，陆东深听了却没惊讶。

一股子凉似蜈蚣从后背爬过，啮齿了她的肌肤，蚕食了她的骨骼。她从他掌心中慢慢抽回手："为什么？"

陆东深侧身看着她："今天龙鬼只是个跳梁小丑，真正将饶尊招过来的是天余，他是饶尊的远房亲戚，谭战命人对付了天余，这就是打了饶尊的脸。"

蒋璃没想到天余会有这背景，一时气短，太阳穴一涨一涨地跳："也就是说，你早就知道他们的关系？"

"是。"

"当时我在抚仙湖遇袭，这件事你是知道的？"

"我是后来知道的。"陆东深嗓音很低。他接到消息时第一时间派了专业水鬼赶往抚仙湖，与此同时自己也驱车赶往，却还是慢了谭战一步。

蒋璃呼吸急促："所以，天余能很快被齐刚查出来也不是偶然，对吧？"当时她那么努力记住来袭者的特点，的确是没打算放过那伙人，齐刚办事利落，可她没想到能那么利落，三下五除二就查到了带头袭击她的是天余，毕竟是龙鬼的人，虽能怀疑，但想找到证据也不是一两天就能办到的事。

陆东深知道她想问题向来都能说一想三，也没打算瞒她："不是。"

蒋璃盯着他，不可思议。

陆东深抬手捏了捏发涨的额角："天余是带头的，谭战必然不会对他手软，连带地也会打击龙鬼势力，这对于谭战来说是一箭双雕的事。让我没想到的是，谭战竟能说服商会吞了龙鬼的利益，每一份证据拿出来都能让龙鬼翻不了身。”

蒋璃明白了。

这一环扣一环的事件中，陆东深虽不是始作俑者，可所有事件最后走向的结果他都是预料到的，在别人只看到三时他已经看到了十，他不过就是依照事态发展，在最关键点适当地推了一把，以保证最后的结局是依照他所设想的进行。

例如天余。

只要齐刚能第一时间找到天余是当时水鬼的头儿，只要谭战能处理天余，那就是跟饶尊结下梁子。唯一他没把控了的就是谭战反将一军，可这又影响到他什么呢？最后的结果不还是一样引来饶尊？不还是一样让谭战身陷囹圄。

她笑了，先是无声，最后笑出声来。

陆东深眼里多了不忍，压了情绪道：“你要明白，在这场战争里谁都不是无辜者。饶尊能够钳制谭战，我能够钳制饶尊，谭战又能钳制我，我们一个咬一个的状态势必是要打破的。”

蒋璃一哆嗦，看着他像是在看着陌生人。她这种眼神令他很不舒服，伸手想要将她拉近。可手指刚碰到她，她就一把将他推开。

“别碰我！陆东深你太可怕了！你步步为营，将所有人都设在棋局里供你支配，每走一步都是陷阱，都是生死，你就在别人的生死中利益筹谋，你……你怎么可以这样？”

她颤着手去开车门急欲离开，她宁可要那明刀痛快地厮杀一场，也不愿看这暗箭无声无息间难防。陆东深的手段太高明，一切都在他掌控之内，他却又能置身事外。

车门将开，却被身后的男人一把控住，关紧，紧跟着上了锁。蒋璃惊喘一声，下一秒手腕就被陆东深箍住，他压过来，一手绕到她的后颈，微微一用力就令她不得不仰面看着他。

“你以为谭战是省油的灯？蒋璃，我是看你被所谓的恩情蒙了眼，让你压根就看不见谭战的手段。你认为我是造局者，他谭战之前何尝不是把我逼得形同困兽？谭战这几年身价飞涨，你以为他是在做正经生意？”

蒋璃心里一咯噔，她有预感，接下来的话会超出她的承受范围。

“只有军火的巨大利润才能满足他的胃口。”

“不可能！”

“是我在撒谎还是你也在怀疑？”陆东深微微眯眼，“能把谭战扣住的罪名是什么？勾结商会打压异己？又或者商业贿赂违规操作？别天真了。”

蒋璃惶惶：“放开我……”

“放开你做什么？事情没你想得那么简单。”陆东深眼睛里翻腾着黑色的浪，“谭战触犯法律，是死罪。”

她僵直在车座上，只觉得后颈一片凉。

“蒋璃。”陆东深松开手，念她的名字似轻叹，“你该睁开眼睛看看了，谭战一手给你撑起来的不是万顷晴天而是血雨腥风。你是清白无辜的，我会想办法把你从谭战的世界里择出去，保你安稳，只要你乖乖听话，别再插手谭战的事。”

“所以……你想要我为你做什么？”蒋璃倏地冷笑，“谭战一除，整个沧陵对你来说尽收手底，我这个被你顺带收来的战利品又能做什么？”

蒋璃性子里有柔软的东西，所以才会在凰天最走投无路时同他说那么一句“求你”，可并不意味着她是个没脑子的女人，相反她理智聪慧，越是在险境和走投无路下她就越是清醒，像是此时此刻，她犹若一个即将溺死之人，而他明明就是能拉她上岸的人，可她第一时间做的不是先拉住他的手，而是质疑他背后的目的。

她不轻易信人，所以一旦信了对方都能把命豁出去。

这种女人不讨喜，至少大多数女人在这种际遇下会示弱到底，然后像是藤蔓一般死死缠住最后一根救命稻草。

一个很不讨喜的女人，甚至她脑子里的弯弯绕绕和她身上的狠劲儿远远超出了她是个女人的身份。所以他不打算瞒她：“没错，我的确对你有企图。”

蒋璃盯着他，等着他继续说下去。他笑了：“看来，你并不认为我是看上你了。”

“陆先生，你当我是傻子好骗是吧？还是平常围绕在你身边的女人智商太低，顺带地也拉低了你的智商？”蒋璃毫不客气。

陆东深没恼，经过这么一折腾酒劲儿也散了不少。

“第一，你有天分，继续留在沧陵只会浪费你的时间和青春；第二，你跟谭战走得太近会受到牵连，现在要把你择出去也是为了避免你被调查。”

“那你又知不知道沧陵对我来说是最后的乐土？我不知道谭战在外面到底做了什么，我只知道是他给了我三年安稳的时光，陆东深，你……你们不能这么自私。”

她的歇斯底里通通都淹没在这种苟延残喘的无力中，陆东深托高她的脸，命她看着自己：“你想要的是安稳，但谭战最给不起你的就是安稳。蒋璃，谭战能给得起你的我陆东深都能给得起，谭战给不起你的我陆东深也能给得起。跟我回京，去过正常人该过的日子，你年轻，还有大好的时光，你的安稳和前途，我来负责。”

回京……

蒋璃眼里有一丝惶悾：“不……”

“你还能选吗？或者你想陪着谭战一同坐牢？”陆东深眼里严苛，“谭战犯的是死罪！”

蒋璃一激灵，警觉地看着他：“你很早就知道谭战会出事，所以他一旦出事，你就绝对不会让他有翻身的机会，对吗？”

“对。”

“为什么……”

“利益相杀在所难免。”

“是一条命，陆东深，那是一条命！”

陆东深不急不躁，抬手摩挲着她的脸，每一下都是轻柔，指下是肌肤的柔软细腻，些许微凉，如白瓷。他能感觉到她的颤抖，她的四面楚歌，进退难行。

“蒋璃，审时度势是商人的本性，我只谋利益不谋命，谭战是作茧自缚，否则怎么会引来饶尊？”

蒋璃避开他的手，靠着车门：“我明白了，你是利用齐刚他们……”

“是。”

蒋璃将脸掩在掌心里，笑得绝望，又有无从发泄的愤怒。果然是陆东深，他救下齐刚他们不是因为她开口相求，他明面上像是防饶尊的人前来捣乱，暗地里却是抓住了谭战的软肋，让他不敢肆意妄为。

良久后她抬头，眼眶泛红：“你能保他没事吗？”

“不能。”陆东深眉头未展，“现在即使是饶尊出面，谭战都不能相安无事。”

“保他性命！”蒋璃一把抓住他的胳膊，“只要能保他不死……”

陆东深低头看着她，沉默。

蒋璃一直在等他点头，或说什么都行，她惧怕于这种沉默，让她形同黑夜行于荒野，没了方向，茫茫壁垣放眼都是死亡的气息。拉扯着她的是无尽的悲凉，眼前的男人既是她的救星也是她的灾星，她无法再对他说出那个“求”字，他的不言不语彻底把她激成个疯子。

她扑到他怀里，狠狠咬住了他的肩膀。透着恨、裹着狠，牙齿隔着他的衬衫，死咬着他健硕的皮肉，尝到了血腥，近乎入骨。

陆东深闷哼一声，却没推开她，任由她像个疯子似的在他怀里撒野。忍着疼，抬手扣住她的后脑，一下又一下轻抚她绝望痛苦的情绪。

蒋璃取了换洗的衣服，几乎是不眠不休地守在病房里，加上齐刚共有八名谭战的手下，饶尊下手果然狠，将谭战最得力的八名手下一网收尽。其他人还好，转到病房继续治疗，只有齐刚手术台上了三次，等终于熬过危险期时，蒋璃觉得恍若隔世。

蒋小天也跟在蒋璃身边，时不时会朝楼底下看一眼，然后问蒋璃：“爷，现在有陆总的人守着，那位太子爷的人就不敢上来抓人了吧？”

蒋璃无法告诉蒋小天的是，他们现在的境遇是刚出了龙潭又入了虎穴。

这两天蒋璃一直在想办法，想着怎么把齐刚他们转移出去，但这不是件容易的事，她知道陆东深的眼睛看得远，一直能伸到她内心深处，怕是她这边一行动他就早有防范。

就在冥思苦想不得解时，不想这一天的后半夜出事了！

经过这两天的治疗，齐刚等人恢复得很好，再加上蒋璃以气味养身、以药膳续气，虽说几人还没到活蹦乱跳的程度，但至少病情有明显好转。只是齐刚终日郁闷，最担心的还是谭战的情况。蒋璃在为他调配香料的时候也旁敲侧击地问过他有关谭战在外面的情况，齐刚是跟在谭战身边最久的人，所以谭战的事他最清楚，可他就是不说。

问急了就来了句："你就别问了，谭爷之前叮嘱过我们，但凡他在外面的事都不让我们跟你说，连提都不准提。"

"为什么？"

"让你能够清清白白不受牵连。"

莫大的悲怆如海浪袭来，她讨厌这种穷途末路的绝望。

齐刚怔怔地看着窗外的夜色，叹道："还有三天就冬祭了吧，想想这几年冬祭的时候谭爷何等威风，我总该为谭爷再做点儿事才好啊。"

蒋璃不知道齐刚想要为谭战做什么，直到后半夜，睡在病房外室的她突然被一阵纷杂的脚步声惊醒，睁眼时冷不丁一个寒战，利落起身，下意识地摸了摸腰间的芬兰刀。

看了时间，凌晨两点。隔着病房门，她闻到了血腥味。刚要冲出去看个明白，病房门就被人一脚踹开，紧跟着是蒋小天被人扔了进来。

蒋小天趴在地上，全身都是血，朝着蒋璃歇斯底里大喊："爷，快带刚哥走！"

可已经晚了，门口已经被五六个保镖堵住，隔壁几间病房里传出打斗的声音，来人应该不少。隔壁的几间病房住着的都是谭战的几名手下，这些人明显就是冲着他们来的。蒋璃心头一凛，攥紧了刀子打算来个鱼死网破。很快人群里走出两个人，蒋璃定睛一看，竟是天余和龙鬼。

陈瑜端了一碗汤羹进书房的时候，陆东深靠在皮椅上合着眼，像是睡着了。桌上还有份文件是摊开来的，签字笔搁在旁边。陈瑜放轻动作，将汤羹放下，上前合上文件。

书房面积不小，地毯也被撤了，他有强迫症和洁癖，见不得房间里乱，更受不了地毯里匿藏着的螨虫，哪怕是天天清理的地毯，他见了也会皱眉，关于这点陈瑜很清楚。

所以这里干净得没一丝活人气。

只有一角落地灯。

光亮鹅黄，落在大理石地面上氲出一摊摊的光圈，浅色的光影落在陆东深微侧的脸颊，像是时光在慢慢游走。他冲了澡，头发还未干，有几绺发垂于额前，身上白色睡袍有些松了，隐约露出精壮健硕的胸膛轮廓。

这样的陆东深，静谧、美好，有着致命的诱惑。

听说他自从来到沧陵就忙成陀螺，一天连着五场会议下来，就算是铁打的人都受不了，更别提他天刚亮就赶赴建筑现场、盯设计图纸、与银行的人谈融资、跟政府方面会面，与此同时还要面对天际国际各个市场、销售渠道的高级经销商、分销商等等。

打从陈瑜认识他那天起，他的工作就是生活，生活就是工作，好像每分每秒都不停歇。三年了吧，他连一天假期都不曾有过。

陈瑜无法买通景泞，并不能够知晓陆东深每一天的详细行程，景泞在这方面做得滴水不漏。她看着他，目光不经意落在他的脖颈处，想起管家前两天跟她说的话：陆总喝了不少酒，衬衫上有血，肩膀的位置。

陈瑜上前，轻轻拉开他的浴袍领口，肩膀果然有道疤，管家当时不敢深问，陆东深也没叫医生，所以陈瑜在看过之后蹿入脑中的念头就是：咬痕。

十足的力道，出了血结了痂，留下青紫的痕迹。

陈瑜莫名地嫉妒。

这般亲密，怕是只有女人吧。

手刚刚收回，陆东深就睁眼了，眼里是清醒幽亮的光，哪有醒来的蒙眬？陈瑜惊喘一声，她没料到他始终是醒着的。

“这么晚了，怎么还没睡？”陆东深问。

“我让厨师给你煲了汤，怕你工作太累，想着如果你已经睡了，我就明早温给你喝。”陈瑜绕到他身后，乖巧地为他捏肩，“你是又失眠了吗？”

陆东深有失眠的毛病，有时候会连着几天难以入睡，就算睡着了也不过两三个小时，其余的时间就是工作。陆门里经常流传着一件事，说陆东深的办公室永远是最晚灭灯的一间，好像陆东深从不睡觉一样。

陈瑜进入集团后第一件事就是解决他的睡眠问题，可也就帮忙缓解了他两三个月的样子，然后他又回到了失眠状态，她求助过集团气味构建师季菲，季菲却说安眠药都挽救不了陆总的失眠。

陆东深没喝汤，只是说了句习惯了，然后催促她去睡。陈瑜见他并未露出不耐烦的神色，轻声说：“你睡不着我也没心思睡，我给你调的助眠香你不喜欢？还有，我看你怎么又抽回市面烟了？”

她想尽一切办法只愿他能安然入睡，室内香甚至是烟草她都加了大量的鼠尾草，可自从她来了沧陵后就发现他并没使用她调配的助眠香。

陆东深轻声说了句：“忘了。”

“那我就经常在你身边提醒你，或者……”陈瑜葱段手指轻轻滑入他的浴袍里，“我夜夜为你熏香也可以。”

“陈瑜。”陆东深按住了她的手，“助眠香对我不起作用，所以，不用在这上面浪费时间和精力了。”

陈瑜的手动弹不得，听着他的话心也是慌得不行。陆东深这般轻描淡写，让她心生恐惧，也许就是他肩头上的咬痕，让她有了强烈的危机感，她是深知陆东深的，他不是一个纵容女人在他身上放肆的男人。

“或者，我还有其他的办法。”陈瑜绕到他的身前，双臂一伸圈住了他的脖子，又顺势坐在他腿上，“东深，我想成为你的药。”

女人如水这般形容用在陈瑜身上十分恰当，她身段软，嗓音犹若春水，眉眼婉约，眸光流转恰似粼粼水波，佳人如此，让男人怜惜疼爱。

陆东深控住她的腰：“这些年你一直都是我的药。”

明明是在眼前的，可又够不着，这就是陆东深对她的诱惑，他贴在她腰间的手看似暧昧，但实际上是微微用了力的，让她无法再与他亲近。

“东深，你明白我什么意思。”

陆东深微微一笑：“当然，你放心，找个合适的机会我会安排你到总部学习，跟着季菲，以你的聪明应该两年左右就能入职总部了。”

“我只想在你身边，东深，你……”

你爱不爱我？你想不想娶我？我在你心里是不是特殊的？等等这些话，陈瑜着急想问却又不敢问出口。三年了，每当这么看着他的时候她就在想，这个男人终究会不会属于她？她嫉妒出现在他身边的每一个女人，生怕他的心被别的女人勾了去。可又觉得他是疼爱她的，只要是她想要的、提出的要求他都满足，不遗余力。

除了，承诺。

在当今物欲横流的社会，承诺是最不值钱的东西，有多少人宁可为金钱奔波，也不愿为承诺努力。可陈瑜知道陆东深的承诺最金贵，只要是他答应的事必然会去履行，

当年她说，我想要一份光鲜亮丽的职业。他说，好，我给你一个大好前程。所以她摇身一变，从乡野丫头到天际赫赫有名的调香师；当年她说，我不想被人看不起。他说，好，我许你名贵，所以她所到之处都受人仰慕敬重。

正因为陆东深一诺千金，她才迟迟不敢跟他说，东深，当年你那般为我，现在能否许我一个婚姻？

陆东深见她欲言又止，开口道：“别说孩子气的话，人总要为自己前途多做打算。”

“我……”

门铃响了，打断了陈瑜的话。

“去开门。”陆东深轻轻拍了她一下。

陈瑜再心有不甘也知道适可而止，陆东深对女人没太多耐性，尤其不喜欢女人的痴缠，这些陈瑜都了解，这几年陆东深最大的耐性和纵容都用

在了她身上，所以她相信只是时机未到，她在他心里还是占着位置的。

来人是杨远。

站在门口，穿得休闲，走廊的光照得他身形颀长。他没料到会是陈瑜开门，微怔了一下，然后调侃：“我是不是来得不是时候？打扰你俩好事了？”

陈瑜脸一红。

里头是陆东深浑厚的嗓音：“废什么话？进来。”

杨远跟陆东深是校友，也是多年好友，自打被陆东深派到天际扛起集团事务后，这两人又成了好搭档。不过杨远很多时候都发怵与陆东深共事，用他的话说就是：陆东深这人工作起来不要命，别人的身子是肉做的，他的身子是铁打的。所以，当杨远得知陆东深被派遣大中华区管辖、以总经理身份出席了天际集团高层管理人员会议时，他就明白自己的逍遥日子到头了。

陆东深已经出了书房，坐在会客厅的沙发上，杨远瞧见他胸前蹭红，还有略微凌乱的睡袍，笑得有点不正经：“我说你要不要先继续你的正事？我站在门口再等个一时三刻也没关系，顺便说一句，这酒店的隔音做得特别好。”

陆东深一个眼神过去，杨远摸了摸鼻子不说话了。

他转头看向陈瑜：“已经很晚了，回房睡吧。”

陈瑜知道这两人碰面是离不了公事的，除非这公事是跟她有关，否则陆东深并不喜欢谈公事时有无关人员在场。

等陈瑜离开后，杨远实在忍不住好奇：“什么情况？你俩不住一个房间啊？”

陆东深从烟盒里摸出支烟来，想起陈瑜的话后又改拿了特制烟：“静惯了。”

烟头燃了朵橙色花，他吸了一口吐出烟雾，那香气徐徐地往他呼吸里钻，却让他不经意间想起蒋璃那晚的烟，柔和静谧，安抚心神。

杨远诧异地看着他：“你可千万别告诉我，你不知道她大半夜进你房里的目的。”

陆东深还是掐了只抽了一口的烟，重新点了支普通烟：“藏了心思的女人，我不会碰。”

杨远一愣：“当年你可是为了她跟陆门又拼命又拒婚的，现在怎么个意思？”

陆门长子极少有风流韵事，却有一段一怒为红颜的雅事，他跟那个陈瑜的事被陆门阻了又阻，甚至一度逼得他妥协跟部家小姐成婚。最后他还是赢了，她留在他身边，杨远以为这两人好事将近。

杨远也能理解时间一长相看两生厌，更何况以陆东深的身份和地位，太多莺红任他采撷，可他了解陆东深，从不是能在女人身上耽误事的人，所以，他不清楚这陆东深现在是移情别恋了还是另有隐情。

陆东深弹了下烟灰：“你来找我什么事？”

杨远一听这话就知道问不出什么来了，转了正题：“医院那头，饶尊的人闯进去了。”

“饶尊的人？”陆东深夹烟的手一滞，“他本人呢？”

“没出现，是天余和那个叫龙鬼的带着人闯进去的。”杨远伸手来拿茶几上的烟盒。

陆东深按住了烟盒，阻了他的打算，眉头微蹙：“现在？”

“对啊。”

陆东深脸色一僵：“发生这种事你还有心思跟我谈别的？”

“你急什么？我还没说完呢。”杨远不惧他的冷脸，顺过烟盒点了支烟，深吸了一口，吐出，“谭战带着一群人也去了医院，估计现在两伙人打得不亦乐乎，我已经命咱们的人撤出来了。”

陆东深眉头皱得更深。

杨远见状心中不妙，马上道：“我可提醒你啊，咱们不能去蹚这趟浑水，当时你派人守着医院的目的很明确，现在有饶尊的人替我们办事，我们以逸待劳就行了。”

陆东深沉默，夹着烟好半天不抽上一口，烟头上的灰白渐渐成了大截。杨远越发心里没底："谭战现在是强弩之末，你在凰天亲自出面捞人已经得罪了饶尊，现在饶尊就是冲着谭战来的，咱们不出面不阻拦，也算是还了饶尊这个情分，你可别想不开。"他伸手在茶几上敲了两下，一字一句，"你一向顾全大局。"

烟头撑不住重量，大截烟灰落地，陆东深随手摁灭烟头，拇指和食指用力一搓，烟头被碾得粉碎："我们的人在医院里有多少？"

"十几个，不多。"

"调人过去的话需要多久？"

杨远微微一怔："看你要多少人了。"

"饶尊的人有多少？谭战又带了多少人过去？"

"谭战有五十多号人呢，饶尊有三十几号人吧。"

陆东深眼眸一眯："咱们的人再调二十个过去。"

"你要帮饶尊？"杨远笑了笑，"我觉得不用，我估计着很快警车就到了，到时候谭战和他的那群手下一个都跑不了。"

陆东深起身，扔了句话："帮谭战。"

杨远坐在沙发上僵了，等陆东深都进了更衣室他这才反应过来，蓦地起身，冲着更衣室方向喊："不是，你什么意思啊？"

很快，陆东深就从更衣室里出来了，换好了衬衫西裤，整个人肃穆清冷，抬手系好了袖口上的扣子："调我们的人过去，帮谭战能多顶一阵是一阵，就是这个意思。"

杨远瞪圆了双眼："陆东深你疯了？你帮谭战？眼前什么局势你不是不清楚？你跟饶尊对着干不就是跟他背后的势力杠上了吗？"

陆东深没理会他的话，抄起大衣外套："开你的车，去医院。"

杨远身形一闪拦住了陆东深："你这么坏规矩，是想帮谭战还是为了那个女的？"

陆东深盯着他："杨远，你人近中年，废话果然太多。"

医院里成了人间炼狱。

天余和龙鬼带着的那伙人是冲着齐刚等人来的，蒋璃所在的病房住着齐刚，听见动静后，还缠着纱布的齐刚就翻身下床要跟他们拼命，天余心中有恨，一个眼神过去，一伙人就冲上前。

其他病房里住着的弟兄大多数身缠纱布，浩浩荡荡三十几号人来对付他们几人，实力相差悬殊。

蒋璃拼尽全力，想着能保一个是一个，可她被对方的人围了个瓷实，加上蒋小天，她就算以一敌五都是吃力。对方的人显然是要齐刚的命，刀刀冲着要害来，蒋璃几番拼杀，芬兰刀上都见红了，血顺着刀尖往下淌。

有对方的血，还有她的血。

她筋疲力尽，单膝跪地，刀子插进地毯支撑着全身，齐刚伤势加重，被四个保镖按着趴在地上起不来，蒋小天也是伤痕累累被人制服。医院里除了消毒药水的味就是血腥味，许是对方的人已经控制了医院，连报警都无法报，科室的医生护士们都吓得堵在走廊门口不敢上前一步。

龙鬼身上也有伤，他被蒋璃的芬兰刀伤了，伤口在流血，但不致命。

天余作为旁观者满脸戾气，给龙鬼一个眼神，龙鬼上前，命人揪起齐刚，从地上抄起一把刀子照着齐刚的胸口就捅了进去。

“不要！”蒋璃疯了，朝着齐刚的方向就冲过去，可没等上前就被人揪住，一把又给扯了回来。

两名保镖死按着她，夺了她手里的刀子，她死盯着天余，眼睛里一片血红。蒋小天往这边艰难地爬，被其他保镖一脚踩住，他痛苦呻吟：“你们他妈的碰个女人算什么能耐！”

天余冷笑着与蒋璃对视，懒洋洋说：“龙鬼。”

那把刀子被龙鬼抽了出来，齐刚胸口洇了大片的血出来，奄奄一息。龙鬼上前，蹭了一把刀面，也忍了天余直呼他姓名。天余道：“你不是一直惦记着谭战的马子吗？”

龙鬼搓了搓手，笑得猥琐：“没错，我倒真想尝尝这女人是什么滋味。”

天余蹲下身，仔细端详着蒋璃，啧啧了两声：“以前我都不敢正眼瞧这女人，长得还真漂亮，怪不得你惦记她这么多年，这样吧，先让我尝尝鲜，长夜漫漫，龙鬼，你不急。”话毕命令了句，“把她衣服给我扒了！”

保镖上去下手，蒋璃死命挣扎，惶惶愤怒间齐刚一声歇斯底里，拼尽全力朝着这边过来，只听天余闷哼了一声。蒋璃整个人血液都在倒流，目光能及的就是大片的血。

龙鬼惊呼一声，拎起刀子刚要上前，只听砰的一声巨响，房门被人踹飞，直直撞向龙鬼。蒋璃整个人绵软倒地，倒地之前看见了一尊高大身影。

是谭战。

血糊了蒋璃的睫毛，她不知道究竟是谁的血，只知道齐刚拼了命地冲过来捅了天余，而谭战赶来了。

他身后浩浩荡荡地跟了一群人，有一拨人冲着其他病房去了，而他先是一脚踹飞了上前的保镖，又在龙鬼的惊恐神情下抄起地上的圆棍，狠狠一抡就砸在龙鬼头上。

龙鬼的惨叫声吓人，倒在地上捂着头，血从指缝里流了出来。

自己的兄弟奄奄一息，自己深爱的女人衣衫不整，眼前的这幕令谭战近乎发狂，整张脸铁青扭曲，周身都散发着压死人的嗜血和骇然，其他保镖被他的人给按住，他一把揪起龙鬼，手里的棍子照着他的心口就扎下去。

蒋璃一声嘶喊：“不要！”

后来，蒋璃听医院的目击者说，当时谭战闯入医院的时候可用声势浩大来形容。那群人都是沧陵的人，谭战在外地被扣，齐刚等人又重伤入院，那群人失了主心骨不知所措。而谭战就是他们的龙头，龙头再现，再散的沙子也聚成了团。

谭战成了亡命之徒，凌晨之后风大，他带着人马闯进医院，风吹得他身上的风衣猎猎作响，一身的杀伐之气。这样的谭战像是一头穷途末路的兽，光是狠辣决绝的眼神就能逼得对方退避三舍。

天余和龙鬼带了三十余人只为了干掉齐刚等人，那几名兄弟伤得不轻，谭战的人赶到后一路打杀都红了眼，尤其是谭战，将房门踹飞的那一刻他的风衣上沾着的都是血，他没带任何工具，可每一脚下去、每一次拳头抡下去都是将人往死里招呼。

齐刚趴在地上已然没了生气，蒋璃不知道他是不是死了，只知道谭战抡起棍子扎向龙鬼的时候她空前绝望和恐慌，她的歇斯底里刚起，那边谭战已经将手里的棍子扎进了龙鬼的胸口。

蒋璃大脑“嗡”的一声响，紧跟着看到的画面全都是染了红的。龙鬼瞪圆了充血的双眼，嘴巴张了又合，伸手想要抓谭战，谭战一手揪住他的脖领子不放，一手再一用力。

血从龙鬼的嘴里喷出来，谭战一抽棍子，胸口瞬间被血染红，紧跟着龙鬼倒地，抽搐了几下后就再也没了动静。

蒋璃只觉得血腥气如荒草，在这间医院里野蛮生长，又似利爪，穿透她的皮肤生生入了骨髓。每一下呼吸都痛得要命，她匍匐在地，全身颤抖。天余还靠坐在墙壁上，腹部还插着把刀，是刚刚齐刚拼尽全力护她的那一刀。他捂着腹部，还没死，但也濒临死亡。

她拼命地叫着谭爷，可每一声都卡在喉咙里出不来。

房间里的其他保镖都被谭战的人打得晕死过去，蒋小天费力地爬到齐刚面前，用尽全力晃了他几下，带着哭腔地喊了一嗓子：“谭爷，刚哥他……他……”

谭战冲到齐刚身边，颤着手探向他的大动脉，然后脸色倏然僵冷。好半天，他缓缓起身走到天余面前。蒋璃全身抖得跟筛子似的，谭战的身影让她嗅到了死亡，她疯了似的上前，可双腿再没了力气，只能跪在地上死死抱住他的腿。

可谭战没看她，就任由她那般颤抖和无助，他猛地掐住天余的脖子。天余像是条垂死挣扎的鱼，蒋璃目光能及的就是他被谭战掐住脖子后双脚渐渐离地，发不出一点儿动静，一只皮鞋都被他蹬掉了。

蒋璃拼尽全力将那一声冲出喉咙：“谭爷！”

蒋小天也被谭战全身的煞气给惊住了，顾不上身上的伤，一下下给谭战磕着头：“谭爷……松手啊谭爷！”

谭战的确是松了手，但是在天余彻底不动之后。

天余倒地的时候，血滴在蒋璃的发丝上、脸颊上，还带着温度，却令蒋璃感到无比寒凉。天余的脖子有一道骇人的勒痕，双眼还死瞪着。

蒋璃的胸腔如炸开似的疼，觉得前方有深渊，不见底，自己不停地下坠，只等着骸骨碎裂的那一刻。她想痛哭，哭不出来；她想大喊，又叫不出来；她想抓住些什么，但触手能及的除了血还是血。

直到有人跑进来说："谭爷，外面来了不少警察，把医院包围了！"

蒋璃觉得自己终于摔入了崖底，是荆棘满地的崖底，她的身体被刺穿，千疮百孔。

走廊的玻璃窗上扫过灯束，横七竖八，又被警灯晃得刺眼，有人在喊话，也有纷杂的脚步声。蒋璃在恍恍惚惚间似乎听见有人在跟谭战说，是陆东深的人拦着医院大门，饶尊也来了，想进进不来。

"趁着现在，谭爷您快跑吧。"一名手下着急忙慌地说。

谭战蹲身下来，将蒋璃拉起，蒋璃仰头看着他，嘴一直在颤。

"谭爷！"手下催促。

谭战抚上蒋璃的脸，擦拭她发丝和脸颊上的血迹，可他的手也是染了血的，终究还是擦不干净。末了，他将她的衣衫整理了一下，低低地说："我要食言了，你会怪我吗？"

蒋璃的眼泪终于还是砸下来了，嘴唇翕动。

谭战笑了，抬手拭她的眼泪，良久后叹道："对不起，弄脏了你的脸。"

她悲痛难忍，拼命地推搡着他，唯一的念想就是让他赶紧走。谭战却抓住她的手腕，顺势将她搂在怀里，任她如何挣扎他都不放手。

他发狠地圈着她，在她耳边说："蒋璃，我给你留了东西在凰天，记住，是你的生日。"然后微微将她拉开，双手箍着她的脸，让她直视他的目光，他说，"记住没有，你的生日！"

"谭爷……"

"说你记住了！"谭战喝道。

蒋璃泪眼蒙眬，点头。

隔着泪雾，她看到谭战微微扬起嘴角，眼里如释重负。

有杂乱的脚步声由远及近。

蒋璃全身一颤，以为是警察冲了进来，门口一道身影晃过，她抬眼一瞧，是陆东深。

病房里血腥的一幕令他身体一僵，跟在他身后的杨远也倒吸了一口凉气。陆东深的脸色难看到了极点，一字一句说："谭战，你是疯了！"

谭战松开手，起了身，与陆东深面对面而站，许久后谭战说："陆总，一事相托。"

蒋璃如脱了骨，只剩下双手撑着身体的力气，她看到谭战离开的脚步，也看到了陆东深踩在血泊中光亮的皮鞋。

陆东深看着她，她也仰头看着他，嘴抖得厉害，他俯身下来，长臂一伸将她拉了起来。

蒋璃整个人都绵软无力，陆东深托住她的身子，任由白衬衫被她身上的血染红，她一手撑着他的手臂，一手紧紧揪着他的衬衫领口："陆东深……"剩下的话一个字都吐不出来。

陆东深一手圈紧她，一手攀上她的脸，粗粝的拇指轻轻蹭去她嘴角的血，她的绝望他看在眼里，她的颤抖他感受得到，她什么都说不出来，他却明白她想说什么。将她脸上的血擦干净后，他说："杨远，看住她。"

说完这话他就松手离开，蒋璃一伸手没能抓住他的衣角，只留了一抹血在他的袖绾之上。

被杨远一路架着出了医院，蒋璃才看清楚外面的情况。

一辆辆警车一字排开，医院所有的出口都被警方围个严实，警察个个荷枪实弹，手拿防爆盾，处于一级警备状态。警灯交织，恍若白昼。

还有一队人马，西装革履。灯光闪过一辆车，饶尊在车前负手而立。

光影间，蒋璃就看见了他。

悲痛和绝望瞬间化作愤怒、戾气，她发了疯似的冲上前去，杨远一惊，紧跟其后。

饶尊也看到了蒋璃，还未等她冲过来就先看到她身上的斑斑血迹，大踏步迎上，刚要问她伤到哪里，蒋璃一个耳光甩过来。

响彻夜空，惊讶四座。

饶尊僵住，脸颊红了半边，他身后的保镖见状要往前来，被饶尊喝退。

杨远也带着人迎过来。

蒋璃恨不得将他挫骨扬灰，饶尊的脸色也好看不到哪儿去，冰冷得很。杨远不想节外生枝，在旁说了句："蒋小姐，上车吧。"

夜色萧萧。

直到蒋璃的身影吞没在无边的夜色里，饶尊依旧站在原地。许久有手下过来，是跟在他身边多年的高全，压低了声音说："里面的情况大致了解了。"

饶尊冷着脸回到了车里。

高全也跟着上了车，跟饶尊汇报医院里的死伤情况。

饶尊倒了点红酒，借着光亮轻轻一晃杯，红色酒液就挂了杯子，很快又朝四下散去，这让他想到蒋璃身上的血迹，还有她眼里的猩红。高全说："还有天余，他……"

饶尊抬眼。

高全硬着头皮："他救不过来了，死在谭战手里。"

饶尊抿唇时下巴的弧线冰冷，一字一句："他咎由自取！"

"天余自作主张调了尊少你的人，他死得利索，却留了烂摊子给尊少。今晚又是陆东深亲自出面，看来他跟我们的梁子是结定了，只是夏小姐那边——"

饶尊拿纸巾的手一顿，抬头看了高全一眼。高全马上改口："蒋小姐怕是对尊少已经误会了，要不要我过去解释一下？"

饶尊垂下眼沉默不语，直到将手擦干净，才道："不用，我和她来日方长。"

八名弟兄，两名当场身亡，两名被医生下了病危通知单，剩下的四名也是命悬一线。

蒋璃不敢闭眼。

因为只要一合上双眼，就能想起齐刚临死前的一幕，还有谭战那双杀红了的眼睛，谭战自从那晚之后就再也没出现过。

还是天际酒店的那间房，落日余晖，曾是她即使感到孤独却又想去触碰的时刻，她还记得那一天夕阳的光亮穿过手指时的温暖，可这温暖终究转瞬即逝，原来，夕阳西下原本就是薄凉。

她对杨远说："劳烦将那六名弟兄送到我的住所，医院救不活的我来救。"

谭战冒死露面就是为了齐刚他们，哪怕耗尽心力，她能救活一个是一个。

杨远震惊，但还是应允了。

陆东深再出现的时候，窗外已隐隐擦黑。蒋璃蜷起腿，双臂环抱双膝坐在落地窗前，看着天际最后一点儿光亮被夜色吞噬。华灯初上，夜色阑珊，沧陵的大街小巷又会是熙熙攘攘。她的目光透过玻璃窗跃过冗长的街、绚烂的霓虹，看尽最深处的夜色星河，那个方向，是川阳区。

整个川阳区洇在黑暗之中。

那一片承载着沧陵最热闹的风情之地，最有人情味的地方，终究繁华不再，坍塌了华丽的辉煌。

直到男人在她身后站定，她才开口："他还活着吗？"

房间里只着一盏细弱的灯，不及夜色玄明，所以，陆东深能看清玻璃上映着的那张惨白色的脸，长发披散，几乎能吞没了她的身躯。蒋璃也能看到玻璃上那道颀长身影，他没来得及换衬衫，上面还留着斑斑血迹。

陆东深看着玻璃窗上的脸，说了句："活着。"

蒋璃努力挤出一点儿笑，却笑得苍白，良久后抬手指着对面的川阳区："你看，这是你们想要的。"

陆东深一言不发。

蒋璃抱回膝盖，脸埋在膝盖里许久，抬头："还有三天就是冬祭，这是沧陵的大日子啊。"

"蒋璃。"陆东深居高临下，"看着我。"

蒋璃将目光落在玻璃窗的那双眼上，阒黑，比那夜色还要深不可测。他也对上她的目光：“三天后冬祭的主祭人还是谭战。”

她一愣，下一秒转过身盯着他的脸，不可置信。

“我能保证谭战出现在冬祭现场，但是蒋璃，你不能轻举妄动。”陆东深说。

蒋璃好半天才问出一句：“真的吗？”

“我说得出做得到。”陆东深弯下身来，轻轻掐住她尖细的下巴，目光沉稳，“那么你呢？我能相信你吗？”

蒋璃被迫与他对视，良久后点头。

在沧陵人人都有信仰，他们尊崇天地敬畏神灵之力，哪怕是在民风开化的当今社会，沧陵人也还是守着祖辈信仰。冬祭是沧陵人最重视的礼仪活动，祭品没有硬性要求，唯独要有诚意，所以很多时候沧陵人会用一整年的时间准备祭品，例如酒，从市面上买来的自然算不得诚意，必须是自家酿的才叫好，所以冬祭若是以酒做祭，那筹备起来就是耗时耗力。

这几年冬祭的主祭人都是谭战，带着沧陵所有的男丁登上天周山。在冬祭中，唯一的女性就是蒋璃，以巫医身份，这也是沧陵人对蒋璃敬重有加的原因。

蒋璃回到住所后，除了将封存在白兰树下的五月醉逐坛搬出来，就开始昼夜不停疗养那六人的身体，蒋小天在医院里受的外伤居多，所以说什么都要跟在蒋璃身边帮忙。

手鼓店和神仙饮是蒋璃开的两家店，平时不住店里的时候她就回到住所，她的住所远离喧嚣，是一处种满花草的宅院，曲径通幽，若是盛夏时节，放眼都是绿绿葱葱，再远处就可见天周山巍峨的山峦轮廓。房前屋后都堆满和挂满了各色植物、物料，很多是常年种植的，但大多数都是她这几年游走各地采集而来，在市面上见不到的气味原料。

她如果不去古城，就会在这里待上几天，过着近乎隐世隔绝的生活。

在她的住所里，一处是最传统的气味原料的采集储备，一处是最先进的气味提取设备，这里更像是一座香库。

六名弟兄全部被安置在大厅，头枕着的香枕都是蒋璃连夜赶制出来的，蒋小天粗略观察，六个香枕里面除了苦荞外，还分别放了十四味植物，可每一个枕头里的十四味植物又不完全相同。

大厅里燃了四支蜡烛，分别占据了东南西北四个方向。就算蒋小天再不识货也知道那四支蜡烛的不简单，有两寸见方，烛身之上又覆有五色纹饰，一经点燃竟能昼夜不熄。气味格外浓烈，哪怕在宅院之外都能闻得到，馥郁芳香余烟袅袅。

这四支蜡烛燃了一天一夜，而在此期间，那两名被医生下了病危通知单的兄弟还是没能保住性命，蒋璃亲自为他们合了眼，然后静坐了好久。她从回来到救人，说过的话屈指可数，蒋小天知道她在抢时间，可终究还是没能赶在死神之前留下那两人的命。

然后蒋璃更是闷头调理剩下的四人，她的眼神沉得可怕，蒋小天从没见过这样的蒋璃。

那四人在医院里也是等死。除了正常服用蒋璃亲手调配的汤药和膳食外，蒋璃又在四人舌底分别塞入一枚恰似黄豆粒大小的药丸，气味不同，有的淡若水，有的香馥浓。蒋小天之前在香枕上就看出端倪，但没敢问，他知道蒋璃这么拼命实际上就是为了让谭战安心。可两名兄弟走了，他见她整个人的状态不对，生怕她想不开，便主动找话说，问及这些药丸为什么都有不同。

“不是药丸，是香丸，这是中国最古老的愈病方式，香丸压舌，靠着舌根的津液使其慢慢融化，融化的过程就是气味散发的过程，真正续命吊气的就是这些气味。”蒋璃的声音平淡如水，正是这样，蒋小天才更是担心她在压抑情绪。

“香丸之所以不同，是因为四人的身体状况不同。就算不用看病理报告，他们体味也能说明他们生理器官的现状。四人之中，氨基酸代谢不良的有焦糖的体味，蛋氨酸代谢不良的是水煮菜的体味，其他两位一个隐隐有啤酒的气味还有一个有些烤面包的体味，说明一个出现高氨基酸血症，一个肠胃系统严重受损，所以，给他们的香丸也要对症下药。”

蒋小天听她这么一说，凑上前拼命去闻，却没闻到她所说的又是焦糖又是啤酒的气味，但他知道，蒋璃闻得到的别人是闻不到的。

在给四人抢命的时候，蒋璃又拿出些香丸来，都封存在密封袋里，为数不少。这些东西蒋小天认的，是用来冬祭的香料，分别为衙香、婴香、延安郡公蕊香、韵香、神仙合香、清妙香和古香等，汇集气味原料七七四十九种，有的需要用瓷器盛在地窖中数月，有的需要经过焚烧再煮炼历经春夏两季，有的需用提取器皿压制放凉放硬，有的用金箔裹成香衣搁衬着焚烧。

但蒋璃这期间又在研制一种气味。

她在仪器室里待了挺长时间，再出来时手里多了几大个玻璃器皿，里面是深绿色的液体，又将之前要蒋小天去后院选的生栈香、乳香、甘松、茅香、香附子及碎陵香经大火煮沸，然后在仪器室里待了一天一夜，一个个原本是深绿色液体的玻璃器皿就成了透明色。

蒋小天闻了一下，没气味，不解：“今年冬祭要多一味香？”

蒋璃点头，十分仔细地将那一个个玻璃器皿码放整齐，封箱。

“怎么像水似的无色无味啊？”

蒋璃神情清淡：“水也是有色有味的，只是你看不到闻不见而已。”

蒋小天看了半天，不得其解。蒋璃又将箱子检查了一遍，确定封好后说：“有时候越是看不见的东西就越危险，像是命运的手，无身无影，却能将一个人彻底推进深渊，永世不得翻身。”

蒋小天听着这话觉得瘆得慌，他隐隐感到蒋璃不对劲，但具体什么地方不对劲他又说不出来。蒋璃没再多说什么，起身去看那四人的情况，蒋小天许久听不见动静，出去一看，见蒋璃匍匐在地，肩头微颤。

“爷，这是怎么了？”蒋小天吓了一跳，赶忙上前搀扶，“他们四个……”

蒋璃没起身，额头抵着地面，好半天才哽咽地说：“四个人救过来了，我对得起谭爷了。”

景泞在旁静候。

办公室里的气氛不大好。

杨远站在落地窗前，一手叉腰，一手夹烟，他看上去挺焦躁，来来回回地走了好几趟，晃得景泞眼晕。

相比杨远的动荡情绪，陆东深还是一如既往地平和冷静，他在看文件，末了会在旁修改几笔，是未来三个月的行程安排，景泞一直候着等他批示签字。开始没发表任何意见，后来见他笔锋又是一画，便在旁提醒了句："陆总，徐行长已经约了您有一个月了。"

陆东深将后一页的行程调整到前一页，笔尖在上面敲了敲："徐行长的不急，把王秘书长的提前。"

景泞见他发话，就没说多余的话，她知道陆东深是一个很会权衡的人。

在敲定回京的行程时，陆东深给了具体时间，景泞扫了一眼日期，微微一惊，又暗自细算了一下，竟是在沧陵冬祭后的第二天。思忖间，就听陆东深吩咐了句："回京的话安排专机。"

景泞恭敬道："是。"又将怀里抱着的另一厚摞文件搁在办公桌上，抽出其中一份，"陆总，这是市场部等着急要的。还有，十分钟后您该出发了，市里那边的人已经在路上了。"

等景泞出了办公室，杨远手里的那支烟也抽完了，将烟头往烟灰缸里一摁，拎着烟灰缸走上前，往办公桌上重重一放。陆东深头也没抬："下午的应酬你也要去，如果我是你的话现在就回休息室换件衣服。"

杨远把椅子拉过来，坐在他对面："你到底怎么想的？"

"什么怎么想的？"陆东深翻了页文件，他看文件的速度极快，这也是他工作效率极高的原因，但快并不意味着走马观花。

就正如，他在回杨远这句话的时候，眉头已经微微一蹙。

杨远可不管他皱没皱眉头："你调人手到医院，当时情况紧急我也不好多问什么，现在呢，你总得说说你的想法吧？还有出面保谭战这件事，你知不知道已经捅到董事局那边了？把陆起白调来的原因你不是不清楚，本来沧陵官阳区地皮到手这件事你都已经打了个翻身仗了，现在又因为谭战的事你被拖下水！”

“你想问什么？我的想法或者知不知道董事局的态度？想法就是先保谭战，至于董事局的任何决定我都只能接受。”陆东深言简意赅地回答了杨远，伸手按下座机的免提键：“进来一下。”

杨远一听这话疯了：“谭战是你的死对头，你保他？他现在杀了人！暂且不说你这次是跟饶尊的梁子结定了，就说谭战犯的事任何一样拎出来那都是死罪！你怎么保？还有，什么叫董事局的决定你接受？现在天际的发展是陆门总部的关键，你就这么想拱手把利益让给陆起白？”

陆东深不急不躁：“我想让，他也要有本事接住才行。”

杨远盯着陆东深，冷不丁说：“那个女的，不是简单的角色！”

这个话题转得很突然，但陆东深并不意外：“我知道。”

“那你还……”

办公室的门被敲了两下，景泞进来：“陆总。”

陆东深将手里的文件扔到桌上，语气转淡：“这份报告打回市场部重做，里面有处数据出错了，是31.51%份额，不是30.51%，差了一个百分点，怎么统计的？”

景泞一惊，市场部怎么会出这种错误。

“负责统计份额数据的工作人员辞退，市场总监扣除全年奖金，部门奖金扣除半年。”

景泞对于陆东深的铁腕早已习惯，点头，拿着文件出去了。

杨远来回来地走：“我真是服了你了，都什么时候了还能看出自己丢了一个点的份额？”

陆东深风轻云淡的：“丢了一个点的份额就是丢了上千万出去，杨少爷，我是个商人，不是个慈善家。”

杨远晃到办公桌前，双手往桌上一撑：“一个天赋远远高出季菲的人，却能让自己失踪得干干净净，这种女人你要敬而远之。”

陆东深在文件的末尾签了字，合上文件，看了一眼时间：“咱们该出发了。”

葬齐刚和另一名兄弟的棺木已经准备好了，只等着冬祭当天抬上天周山，这件事由蒋小天全权负责，除此之外，他还要管理好冬祭用的所有香品，倒也是信手拈来的事，因为以往这都是他要负责的工作。七种香丸被分门别类地放好，多出来的那一味蒋璃没让蒋小天保管，蒋小天虽一肚子疑问，但也不敢多问什么。

冬祭的前一天，蒋璃把蒋小天叫到跟前，给了他两份文件。蒋小天打开一看，竟是神仙饮和手鼓店的转让合同，承接人一栏写的是他的名字。他一惊："爷，这是……"

"以后这两家店就是你的了。"蒋璃说，"神仙饮的配方不难，回头我给你，手鼓店我只带走门口的那只，剩下的你就继续经营吧。"

蒋小天一听这话急了："爷，您要走吗？"

走……

蒋璃看着院内的那两口棺材，目光淡淡。人穷极一生四处奔走，但最终还是没能走出这一口棺材的距离。

沧陵的一天之中，蒋璃最喜欢的就是午后。

不论四季如何流转，沧陵的午后都能透着一股子慵懒。不怪那些背包客不愿离开，就是蒋璃这么个洒脱之人都情愿在沧陵待上一辈子。沧陵冬日的午后尤为温暖，没了夏日的燥热，温温凉凉总适合窝在庭院里打个瞌睡。

蒋璃推门进入阳阳理发店的时候，店老板也正在打瞌睡。靠着一把宽大的木椅，椅子上铺了张豹子皮，阳光从玻璃窗上透下来，落在挡着老板脸的西部牛仔帽上。

这是家不大的理发店，甚至都没她手鼓店的庭院大，却是在沧陵开了有些年头的老店了。门口竖着陈旧的红蓝白三色条纹玻璃转筒，门脸上"阳阳理发"这四个字白天看着还好，到了晚上灯管一亮，"阳阳"就变成了"日日"，老板也懒得修理，或许他觉得"日日理发"是个生意兴隆的好兆头。

事实上这家理发店是整个沧陵市最火的一家。

关于老板的传奇只是沧陵当地人茶余饭后的谈资，他们虽承认老板手艺不错，却并不觉得他有多牛，沧陵人觉得那么牛的人应该待在大城市里才对。

只有蒋璃知道这老板并非等闲之辈，她在店里的墙壁上看见过一个用相框裱起来的证书，在很多沧陵人眼里那只不过是张写满英文的纸，但蒋璃看得清楚，那是来自英国皇家的一张聘书。

明明就是个高人，偏偏在沧陵这里开了家再普通不过的理发店，而且店名起得如此接地气，每次蒋璃一看这几个字，总能想起大北照相馆。

老板姓何，三十多岁，从店里店外只有他一个人来看应该是单身，长得不错，个头挺高，宽肩窄腰的，性子有点儿冷傲，还有点儿任性，喜欢旅行，有时候店门一关就是半个多月。

今天蒋璃运气不错，何老板不但没关门，店里也没其他客人，许是这个时间大家都午睡。

听见动静后，何老板抬手往下拉了拉帽檐，见是蒋璃，问："剪发还是做营养？"

蒋璃径直走到洗发池，说了句："剪头发。"

老板没有给客人洗头发的习惯，但凡进店的客人都是自己动手。何老板起身晃到洗发池跟前，双臂环抱斜靠在那儿："前一阵子不才修剪过吗？"

蒋璃是店里的常客，每次来店里大多数都是做营养护理，头发长了做一下修剪，她对头发的长度有要求，就必须固定在一个长度上，不能长一寸也不能短一分，有时候何老板都恨不得拿尺子给她量着剪。

蒋璃打湿了头发，手指停滞了一下，然后说："这次是剪短，跟我假发的长度一样短。"

何老板一怔。

少许后他上前来，替她压了些洗发液，她刚要抬头，他就轻轻按住了她的头："别动。"

何老板亲自给她洗了头。

坐到镜子前，穿好理发衣，何老板将裹在她头上的毛巾拿下来，盯着镜子里的蒋璃问："怎么突然想着要剪短了？"

蒋璃说："三千烦恼丝，剪去了是不是就能了断前尘？"

"那你干脆去当尼姑多好。"何老板拿了吹风机在手，"真想好了？"

"嗯。"

何老板就不说话了，开始给她吹头发。吹得差不多时，手里的剪刀就开始飞舞了。许久后说："你的发质特别好，剪短可惜了。"

蒋璃看着他在头发间的修长手指："那你这么高的造型本事，窝在沧陵开家小店岂不是也可惜了？"

何老板瞅了镜子一眼："彼此彼此。"

蒋璃品着这话，突然觉得还真是彼此彼此。

"明天的冬祭能正常进行吗？"何老板问。

青丝簌簌而落，蒋璃目光肯定："能。"

何老板也不多问了。

倒是蒋璃问他："看来今年你又不打算参加了？"照理说到了这个时候，家家户户都会拿出祭品搁在窗前屋后，这里倒是干净。

何老板动作利落："我不是沧陵人，又没有信仰，所以冬祭对我来说没太大意义。"

"毕竟是沧陵的传统，也是一个时代的印记。"蒋璃说。

何老板听了这话却笑了，看了她一眼："你以为这种传统还能延续多久？"

蒋璃一愣，看着镜子里的他。

何老板又是一剪子下去："在时代和人的从属关系里，时代为主人为次，所以没有所谓的属于谁的时代，人终将没有，但时代仍旧继续，最后，属于某个特定人的时代也早晚淹没在记忆的长河里，不留痕迹。"

这话落在蒋璃心里，陡然剜出一片悲怆来。

/ 第八章 /

孤注一掷

冬祭，如期举行。

虽说只是为了这么短暂的一天，但要耗尽沧陵人足足一年的时间筹备。

这一天，沧陵的男丁们在天不亮的时候就出发到了天周山，寥寥暮霭间，遥遥相对的就是祈神山的山影。

沧陵冬祭，于天周山最高处，对着祈神山和抚仙湖的位置拜祭，祈祷未来一年五谷丰登家和万事兴。而在这一天，如果有亲人离世的家庭，也会将亲人的棺木扛到天周山的峰顶，接受天地的祝福，死得安乐。

有主事的人早早就将祭台布置好，最显眼的当数悬挂在祭台之上的巨大牛皮鼓，据说这只鼓的年头几乎跟沧陵的历史一样长，鼓槌为牛骨所制，槌头已经磨得发亮发白。

祭台之上的四面八方拉起长长的风马旗，五色经幡迎风而起，哪怕是在山下都能瞧得真切，于苍穹与大地间猎猎而响，成了连接人境和天境的介质。

祭台的四个方向分别竖有七根粗壮香台，每一根香台都是一个成年人怀抱般粗细，有两米高左右，紧挨着三米高的长明灯台。

祭祀期间，除了七天七夜不灭的长明灯外，那四个方向共28处香台的作用也至关重要，香品要伴着长明灯一同烧上七天七夜，香品一燃，这期间不能再有人随意添加。

蒋璃没来之前，沧陵冬祭中燃香一事其实是搁浅的，因为没人懂得将气味能延续那么久。冬祭的香台是祖祖辈辈传下来的，青铜座琉璃盏，制作十分精良，看着粗壮，但实际上盛香的香碗就那么一小点儿，这就要求制祭祀香的人有超高的技艺，需要制作容量小气味却持久的祭祀香。

蒋璃来了沧陵后就帮着大家解决了这个问题，这也是她作为女性可以参加祭祀的原因。

时辰一到，敲鼓人咚咚扬鼓。

那鼓声低沉悠远，似天地的声音，又能抵达九霄至上。

鼓声一过，谭战和蒋璃就出现了。

冬祭之前，蒋璃是做了两手准备的。

陆东深跟她承诺他会保证谭战能够准时参加冬祭，她虽知道像陆东深这样的人不会将承诺当儿戏，但她清楚谭战犯的事，不仅她知道，整个沧陵都知道谭战的这条船翻了，所以这场冬祭让所有参与者为之担忧。

她想做的就是万无一失，在冬祭之时，她的权威性自然是不及谭战，可也总好过冬祭被取消。

冬祭有宏场。

所谓宏场，说白了就是冬祭之前的休息室更衣室，是冬祭之前临时在山下建的一处场地，面积挺大，除了存放冬祭时的服装，还能存放不少物品，这个地方的作用很大，准备冬祭的人员也都在这个场子里休息。

沧陵冬祭的开始时间要跟日出保持一致。

冬季日出较晚。

蒋璃却是一晚没睡，早早赶到宏场。

鸡鸣未起之时，就见蒋小天风风火火地跑进来跟她说，谭爷回来了！

蒋璃一激灵，起身就冲了出去。

宏场有一处是专门供棺材停放的地方，因为每年冬祭都会有那么一两家有亲人过世的，于是棺材就先抬到这里，然后再由壮丁一并扛上山。

谭战站在棺材前。

之前在蒋璃住所为齐刚二人准备的棺材抬过来了，加上后来没救回来的两名兄弟，一共四口棺材，齐刷刷地一字排开。

谭战一动不动地注视着这四口棺材，听到动静后也没回头，轻轻摩挲着每一口棺材的边沿。

蒋璃跑得很急，在看到他后止了脚步，气喘吁吁，目光虽只及他的背影，可这几天压抑在胸腔里的各种情绪就迅速发酵扩散，然后一并拧成激动如泉涌、如山洪、如雪崩。然而这莫大的惊喜和激动冲出口时就成了小心翼翼："谭爷。"

谭战抚着棺木的手微微一滞，少许，转身过来。

他又是曾经的谭战了。

没了在医院时的狠气，没有让人闻风丧胆的杀气。在他背后是成团的黑暗，天际一角的云海于山峰间半隐半明，浪涛般隐隐浮动跌宕。他的眉眼沉痛，又在看到蒋璃后落成温柔，如落在日月长河里的白沙，轻轻徐徐。

他朝她一伸手。

蒋璃只怕眼前看到的是场梦，所以不敢莽撞冲前，她一步步朝着他过去，直到她的手被他攥紧。

眼眶陡然红了。

谭战怜惜地看着她，抬手拭了她眼角的湿意，低低地说："傻丫头，哭什么。"

她垂下头，努力压下一场倾盆而来的泪水。再抬眼时嘴角微扬："现在所有人都在等着谭爷你呢。"

谭战看着她，有好几次恨不得将她拉入怀中，他想抱紧她，感受她的气息和温度，也想问一句那你有没有想我，有没有等着我，等等这般话和冲动都被他死死摁在心的谷底，他知道，纵使自己再多渴望，也不过是水中月雾中花，碰触不能，奢望不得。

末了，他只说了句："这些天辛苦你了。"

所有厚重的情感，终究汇集成了"辛苦"二字。

蒋璃哽咽："是我该做的。"

谭战转过身，目光落在这四口棺材上，他牵着蒋璃的手不曾放开，这是他唯一想做而又能做到的事，就这么将她的手轻轻握于掌心。

她的手其实真的很小，第一次抓她手的时候他就在想，怎么能有这么小的手呢，又柔软得很，指骨也细得精致。他每次攥她的手都轻则又轻，生怕一不小心抓疼了她，弄伤她的手。

哪怕是到了现在，他还是不舍太过用力，她是他这辈子唯一心动的女孩，如长空皓月，如山间清泉，他拥在怀中，呵护心头。

"他们四个有你在也算走得安详了。"谭战说。

蒋璃倏然攥紧他的手："谭爷。"

谭战转头看她，她嘴唇翕动了几下，似有千言万语，最后在谭战的注视下说了句："我不会让你有事的。"

谭战目光如鸽子般柔和，对她的话也尽是宠溺，摸了摸她的头，低叹："傻瓜，我已经出事了。"

蒋璃咬着唇，用力。她从谭战的轻描淡写里终究嗅到了绝望，可她从不是认命的那一个。

皑皑夜色里，出现在这宏场里的何止是谭战一人，在不远处停放着数十辆车，有一些她看着眼生，但有一辆她眼熟。

谭战作为主祭人没有太多时间伤春悲秋儿女情长，很快就得进入准备工作中去。谭战离去的时候，她看到从那些车里下来些人，跟在他左右。

她心头涌起悲怆。

看着他被夜色吞噬了的身影，蒋璃在心里说，谭爷，你护了我三年，这三年的时光我总要还你的。

掩在夜色下的那辆车没动。

幽幽的，如同鬼魅。

宏场是天周山的一处中转地，承上启下之用。沿着长长的盘山路就可开车下山，顺着窄窄的山路就可脚程上山。

蒋璃朝着那车子过去。

微荡的空气里，有烟草味，若有若无，细若游丝。

她认得那司机，车开得平稳，同时也是身手不错的保镖。他见她过来就下车，将后车门一拉，做了个请的手势。

车门一开，从里面涌出大团男性气息，清冽逼人，疏远又性感，像是风月下的冰层，七分理智三分诱惑。蒋璃深吸一口气，钻进了车里。

陆东深坐在后座，手旁有烟灰缸，里面躺了个烟头。车厢里烟味的气息不大，许是她在跟谭战说话时，他已开窗散了烟味，所以那空气里的烟味就像是他的爪牙，无时无刻不在黑暗中注视着一切沧海桑田。

司机没上车，将车门关了个严实。

车里温暖的气流无孔不入，阻了黎明前的阴冷。她对陆东深说了声“谢谢”，谭战能出现不是易事。

陆东深却低笑：“蒋璃，你欠我的怎么可能只用一个‘谢’字就偿还了？”

蒋璃抬眼看他，他的眼隐在暗影里，笑纹极淡，如浮游粼粼水纹中的鱼群。可很快他眼里就有了疑惑，抬手朝着她脸颊过来。

她先是一愣，反应过来想躲没能如愿，他宽厚的掌心贴着她的脸颊擦过去，修长的手指穿于她的发丝间，他低问：“不是假发，剪头发了？”

蒋璃微怔。

他的掌心温度恰好，不凉也不热，用“温暖”二字来形容最合适。贴着她微凉的脸，修长的手指似有似无捻着她的发尾，手腕上的机械表指针一下又一下敲动，不紧不慢，像是他给别人的感觉，他的气息就成了无所不在。

每个人都有属于自己的气息，这气息来自平时的生理习惯和心理习惯，透过肌理成了体味。

陆东深的气息十分干净，似水，透着清冽，又似冰，这种气息哪怕是车厢里有烟味，或是他喝了酒都存在。蒋璃一直觉得他身上有一种像是钩子的东西，不是他的眼神，不是他的权威，而是他的体味。能有这般干净清冽气息的男人，说明他对平时的饮食和锻炼十分注重，换句话说就是极其注重生活质量，而在心理上也特别平稳。

正因为人的体味是由内而外，所以体味是暴露人的习惯和秘密的最直接方式，陆东深身上的气息太过干净，只能说明两点，要么他是个单纯至极的人，要么就是城府极深的人。

能被人称作商场战神的男人可能单纯至极吗？

蒋璃避开了他的手，可避不开他的气息。这世上有种暧昧不是肢体接触，而是彼此气味纠葛，正因为体内融了对方的气息，所以才会情迷，也所以才会心乱。

陆东深见她不语，轻捏了一下她的下巴："答应我的事没忘吧？"

她于暗影之中对上他的眼，良久后说："没忘。"

陆东深端详着她，许久才松手："跟在谭战身后的那些人都是便衣。"

"我知道。"

"知道就好。"陆东深的目光如鸠，"看清形势远比聪明更重要，蒋璃你记住，不要把自己搭进去。"

蒋璃呼吸有些促，但终究掩住了，点了下头。许久她问："冬祭之后，谭战活命的概率有多大？"

头顶是沉默。

蒋璃明白了一切，没再追问，轻声说了句："不管结果怎样，我都要感谢你的。"

窗外最遥远的天际有浅浅开明。

蒋璃深吸一口气，压下心头滞闷，转身去开车门。

"蒋璃。"

她转头看他。

陆东深盯着她的眼神里有一丝让人捉摸不透的东西，他似乎有话要说，可最终蒋璃也没能等到他真正想要说的，末了，他摸了摸她的头，说了句："把头发留长吧。"

鸡鸣三声，黎明散，天际线就亮了。每一年，沧陵冬祭的时间都是如此。

鼓声大作，如春响的雷，炸开后就是一片鸟语花香。

冬祭以白色为尊。

所以，前来参加冬祭的人都是身着白衣。哪怕是暂时站在外围死盯着谭战的便衣们，也为了敬重传统而身穿白衬衫。

鼓声过后，谭战作为主祭祀出现。

他身穿白色长褂，双手托着绘有祥云和符文的祭杖，从人群两边分开的祭道缓缓踏上祭台。鼓声阵阵直达天际，风声萧萧直入人心。有一线光从云层之中挤出来，最遥远的天边开始了明与暗的交织翻滚。

每一次天明，都是一场与黑暗的厮杀。

谭战伟岸于天地间，承载着所有沧陵人的希望，所有男丁单膝跪地，手托五彩祭条高于头顶，仰视谭战的身影。

蒋璃跟在谭战的身侧。

以往冬祭她都以长发示人，一袭白衫如最美的画、最遥不可及的诗，那华服的光亮缀在她的眉眼，是不可亵渎的美。但今年她剪了长发，褪去华丽白衫，身着跟谭战同样的中式白色长褂，一身素白如她，风扬衣角，英气逼人。

通往祭台的路百米长。

蒋璃随谭战的脚步徐徐而走，想起第一次跟谭战参加冬祭时的情景。

那一年她紧张得要命，谭战是牵着她的手一路走向祭台。也是在这条如人生漫长的通路上，她小声问谭战："如果一会儿我出错了怎么办啊？"

谭战虽没看她，但嗓音含笑："怕什么，还有我呢。"

没走几步她又小声说："其实就算我上去胡乱舞弄一遭，他们也看不出来吧？"

谭战就笑了，跟她说："放肆。"

她就是这般放肆，在沧陵放肆了三年，谭战就纵了她三年。

可每次踏上这条通往祭台的路她都不曾放肆过，每一次都做足了诚意，因为她心有所图，她向天地间求的是一个安稳。然而安稳许是这世上最奢侈的念头，饶尊有句话说对了，她想舍弃前尘，可前世会因她而来。

躲不开避不掉，这就是命运。

沧陵冬祭是按照最原始的周制祭祀礼来进行的，所以在步骤上也极为烦琐，分为斋戒、就位、迎神、祭帛献祭、饮福、辞神和望瘗。

在行文念祭词后，谭战和蒋璃就登上了祭祀台。

以往在祭台上，副执事是齐刚，现如今被蒋璃取代，在谭战携众人对着天地进行四拜礼后，蒋璃手提壶樽为谭战盥洗双手。之后需要焚香和瘗毛血，焚香的重任自然是交到蒋璃手中，而在沧陵百年之前，是需要以阴物迎神，但在现如今，这一环节就改成了以酒祭祀。

迎神是整个冬祭中最重要的环节。

蒋璃点燃了四方长明灯，然后净手，再去焚香。

香是迎神的关键。

她手持火烛，逐一将长明灯旁的琉璃香炉点燃，风吹火摇曳，她的手跟她的眼一样四平八稳。背后是流光暗窜的天际线。火光落在她的眉颊，清冷得很。随着火光跃跃，空气中开始浮游香气。

经她一手炮制的香丸被她放置香炉之中，还有那一味看似无色无味的，逐一滴在众香之中。

香气初起时似浓郁芬香。

随风流转又成了清淡幽明。

对沧陵老一辈负责制作祭祀香料的人来说，再稳定的香气总要经过前味和中味的转换，最后才能悠远绵长。可蒋璃只经过前味的转换就能稳定香气，并且能让这香气一直维持到冬祭结束，这便是旁人无法练就的本事。

不远处的便衣们个个都提着神，盯着谭战，不敢有丝毫放松。这一众白色行衣皆是沧陵民众，一旦谭战真的趁机生事，人多眼杂就麻烦了。

只有陆东深始终在注视着蒋璃。

他与那些便衣离得不远，但也不靠近。跟他们一样，他也为了尊重冬祭而身穿一件白色大衣，于天地间负手而立甚是潇洒，光落他眼，却也不及他自身的光亮，很少男人敢这般穿，他就将这颜色穿得高雅，颀长如姿，竟是不染俗尘的清冷脱羁。

他的眼里没有天地，没有一众身穿行衣的民众，只有手持香火的蒋璃。哪怕隔着百米，瞳仁之中也倒映着她的身影，像是绽放了一朵白色幽兰，香气是传于她的手，他微微眯眼时，眼里幽兰就再也跑不掉了。

鼓声依旧，主乐为笙。吹笙的都是沧陵的老人了，他们祖祖辈辈以吹笙为乐，到了年底，他们自然也是迎神之中最重要的人选。奏乐时恰巧就是天明，黑暗被彻底撕开，天际的那角就如天神的眼缓缓睁开，万丈晨光沿着祈神山巍峨的山峰徐徐而下，将整座祈神山笼罩在茫茫光亮之中，从天周山这边看过去，那就是神祇降临之地。

乐奏一半时，一身白色行衣的谭战率沧陵一众男丁先是朝着祈神山的方向朝拜，四次拜兴之后，其余三个方向分别朝拜。

祭帛起，蒋璃将五月醉倒于酒樽之中，谭战手持酒樽，身后徐徐而上几名捧帛的人，几人朝向祈神山的方向，跪祭帛，祭酒。

奏乐鸣响，庄重，深沉，于天地间回荡。

陆东深的手机震动了一下。

他微微侧身，风吹了他额前发，接起手机："说。"

是景泞："陆总，查到那个叫蒋小天的正带着一群人候在祭台南侧，他们没穿白色行衣。"

陆东深转过头，目光落在祭台之上正在斟酒的蒋璃身上。祭台一侧的平台之上，上百只青铜酒樽，她手持酒舀不疾不徐逐一将酒樽填满，不见丝毫端倪。他的脸色沉了些，嘴唇微抿。

"还有件事，我们安排在山下的人已经联系不上了。"

陆东深眉心一蹙。

"陆总，现在这种情况您真的不适合再插手了，万一遇上危险——"

"晚了，我已经来天周山了。"

从通话到结束，他目光未曾离开蒋璃须臾，果真，他还是低估她了。

跪饮福酒受福祚，谭战在祭帛之后再与天地间祭拜，众人也再次跪拜，之后沧陵男丁便一一入祭台献祭礼，领祭酒，众饮。

很快，蒋璃带了一小众人鱼贯而下，到了便衣们的面前。

蒋璃转身端过酒樽，对带头人说：“既然随了冬祭的规矩，那诸位就请饮杯酒吧，在沧陵，任何酒都可以不喝，但冬祭的酒一定要喝，新年即将伊始，讨个吉利，也冲冲身上的煞气。”

带头人礼节得当：“心意领了，但这酒我们不能喝。”

蒋璃轻轻一笑：“怕我在酒里做文章？”话毕她将杯中酒一饮而尽，当着他的面酒杯一倒，“现在如何？一杯酒而已，喝不醉你们。”

带头人也只能接过，抿上一口意思一下，其他手下见状也一一拿过酒樽。

“多谢赏脸。”

蒋璃端着酒樽过来时，陆东深的脸上已是无风无浪。

“陆先生肯赏脸吗？”

陆东深没动，盯着她。

蒋璃浅笑，酒樽送到他唇边：“亲自喂你吗？”

酒气钻了陆东深的呼吸，有一丝气味若有若无，不属于酒气，陆东深的脸色微微一变，如果不是之前闻过，他现在必然会浑然不知。蒋璃将他的神色全然入眼，朝他靠近了几分：“陆先生太高了，我的手都举酸了。”

陆东深抬手，一并将她的手控在酒樽上，目光先是落在她系于白袍上的符包上，然后又扫了祭台的谭战一眼，他身上也同样系着符包，是刚刚焚香时蒋璃为谭战系上的。

他收回目光，低叹一声：“别再胡闹了。”

蒋璃于他手心里的手指微微一僵，对上他的眼，直截了当说：“如果我就是想胡闹呢？陆先生是准还是不准？”

陆东深下巴微绷，僵持半分多钟，直到她的手腕真举酸了，他忽而一笑，似无奈又似妥协，手指一拎，酒樽就从她手心脱离，没多说一句一饮而尽。

蒋璃没料到他会这么痛快喝下，愣住。

倒是陆东深，杯中酒尽后似笑非笑：“满意了吗？”

一句低语令蒋璃恍惚一下，心头却是猛地一颤，像是被只手掬了一把，她有点清晰，这手，就是陆东深的手。忙拿过酒樽，道了声谢，不敢再多看他一眼，转身回了祭台。

祭台之上，谭战等她返回，低低地说了句："他们是外人，不需要喝祭酒。"

蒋璃轻声说："还好，他们都给了情面。"

也还好，他们都喝了酒。

谭战看着她目光绵长："蒋璃，以后……"话说了一半止住。

她看着他，不知怎的总觉得他眼里的光黯淡深邃，如夜空里最遥不可及的星辰，让她触碰不到，猜测不透。谭战微微挑起嘴角，抬手揉了揉她的头："不能再这么胡闹了。"

蒋璃心就慌了一下，像是一种诀别，如菟丝草似的在心底蔓延。深吸一口气，压了心头的不安和急促，整理了一下谭战衣角的符包，布角扯动时就会有气味钻出来，很深沉的气味，不香却绵长，奇异地能压住四周如海浪般游走的香气。

"谭爷，我们该进行最后一道程序了。"

她以后是不能再胡闹了。

谭战将他所有的耐性和荣宠都给了她，这三年来她不是不知道他的心意，可他日日夜夜尽是敬重，从没对她轻薄过半分。她爱他，是发自内心的敬爱，是能抛了一切的敬爱。

这世上有一种超出爱情和友谊的男女关系，便是她对谭战吧。

他是她的爷，一辈子的爷。

谭战凝视她许久，然后说："好。"

望瘞是整个冬祭的最后环节，也是遥祝亡灵的最好时机。

齐刚等四人的棺木已摆放整齐，旁有祝文、锦帛，只待谭战亲手为他们盖上棺椁，焚烧祝文和锦帛，上达天方才礼毕。谭战步履沉重，明明不过几步的距离，却恰似隔了千山万水沧海桑田。

蒋璃没上前，静静地看着他的背影。

哪怕不看他的眼神，她也知他内心楚痛，他的脊梁僵直，看得让人心疼。曾经为他打拼的兄弟，如今就这么躺在他眼前，再无声息。以往，他送走不少亡灵，而今天，他送走的是自己的兄弟。

谭战站在齐刚的棺椁前，一手撑着棺木的边沿，一手死死扣在棺盖上，迟迟无法落下。只怕这一落，他跟这些兄弟的情义就彻底隔了前尘来世。

蒋璃轻步上前，她看到他的手背青筋凸起，罩在光影里的侧脸是极力压制的悲痛，她喉咙堵，心口酸，少许说："时间到了。"

谭战咬咬牙，这才稍稍松了手指，可落棺盖的手都在颤抖。

蒋璃伸手压在他的手背上，这才察觉他的手温低得很。她深吸一口气，帮着他用了力，棺盖最后一声响，棺木扣死。谭战像是被抽光了所有力气，许久说了句："谢谢。"

所有人都在等着谭战焚烧祝文和锦帛。

可他双手撑着棺木迟迟未动，低垂着头。蒋璃离他最近，所以能察觉出他的不对劲，她移了下身子，恰到好处地挡住了那些便衣的视线。

"蒋璃，今天不管你要做什么，都停手。"谭战低低地说。

蒋璃心头一凛。

谭战微微侧头瞅她，语气很重地补上了两个字："听话。"

蒋璃知道瞒他不过，开口："任何时候我都可以听你的话，但今天，不行。"

谭战眉心一蹙。

"既然谭爷迟迟不肯焚祝文，那我就代谭爷来做，权当我来送这弟兄四人最后一程。"话毕她持起祝文和锦帛，长明灯中火光熊熊而烈，映亮了她的眉眼。

这一刻，她比谭战更决绝。

谭战一把拉住她："你想做什么？"

这一举动令祭台下所有人都愣住，便衣们发觉事情不妥，开始悄无声息地接近祭台，陆东深还站在原地，微微眯眼眉心紧锁。

“你护我周全，我保你安好。”蒋璃手一扬，那些祝文和锦帛就被扔进了长明灯盏之中，紧跟着就听几声巨响，如天际的闷雷炸开般，惊得祭台地动山摇。

是长明灯盏爆开。

眼前是大团浓雾升腾，很快就将祭台围在其中，阻隔了祭台下的视线。沧陵男丁们震惊，想冲上祭台看个究竟时却发现动弹不得，不光是他们，那几名便衣也是为时已晚，双脚双手像是被人捆绑了似的无法移动，头脑还清晰得很，就是神经如同麻痹，只能眼睁睁地看着祭台被浓雾缭绕。

陆东深试图动动手指，无法如愿。蒋璃这一招来得聪明果决，真正的端倪就藏在长明灯盏的这一炸上，香炉里的香气和酒气不过是催化剂，他只想到了香炉里香丸会被做手脚，原来，真正刺激酒气和香炉里的香丸相克的东西藏在长明灯盏和祝文中。

那白雾气味怪异，是与周遭香气混合一起的结果，浓烈逼人。

蒋小天带着一众弟兄跃上祭台，他们个个身穿便装，没戴符包，祭祀的酒他们没喝，所以眼前的香气对他们来说并不起作用。蒋小天意气风发：“蒋爷，一切都备好了，陆东深和饶尊的人现在山下鬼打墙呢。”

谭战愕然。

蒋璃没跟他解释，说：“谭爷快走。”

毕竟不是害人伤命的东西，所以这香雾对人的钳制也有时间限制，时间一到，那些便衣就可自由活动，到时候她就功亏一篑了。

谭战料到蒋璃不会甘心，可没想到她会动作这么大，阵仗也这般大。眉心紧皱：“你这算什么？豁出自己来还我的人情债吗？”

蒋璃又急又促：“再不走来不及了！”

谭战见她眼眶湿润，一时心就软了，走上前轻抚她的眉骨：“就算你拼尽全力我还能躲去哪儿呢？我能躲得了一时还能躲得了一世吗？”

“能保谭爷一时是一时。”

谭战摇头：“大势已去了。”

“谭爷！”蒋璃见香雾渐渐转薄，朝后一退跪在地上。蒋小天等人见状，纷纷跪地："求您快走吧！"

谭战迎风而立，居高临下低喝："都给我起来。"

蒋璃跪地不动。

"蒋璃！"谭战喝道。

蒋璃抬头，对上谭战的眼："谭爷，今天你走也得走，不走也得走，蒋小天！"

蒋小天肯定是站在蒋璃这边的，在此之前蒋璃问他："蒋小天，我交给你个任务你敢做吗？"蒋小天这孩子聪明，许是从她前几日准备东西时过于沉默的态度里看出了端倪，没等蒋璃明说他就表态："没有谭爷和蒋爷就没有我蒋小天的今天，所以，蒋爷您随便吩咐。"

蒋璃又问："如果是丢命的事呢？"

蒋小天笑了说："我不怕丢命，只怕丢脸。"

所以在今天，蒋小天一早就准备好了。他起身，带着一群弟兄拥上前，用蒋璃最后叮嘱他的话就是"到时候哪怕用绑也要把谭爷带走"。

可他刚冲上前，衣领就被谭战揪住，几乎是贴着他的脸低问了句："你是不想让你们蒋爷活命了吗？"

蒋小天一愣，又被谭战的眼神凛了一下。

谭战只用了两人能听见的声音，所以蒋璃并没听见他说了什么，见蒋小天停住了动作，急声喝道："蒋小天你磨蹭什么呢？"

蒋小天也想到了种种可能性，一时间左右为难，身后的弟兄左等右等不见他动弹，自是着急，但也不敢轻举妄动。蒋璃见状，蓦地起身冲上前。

香气相克有时间，香雾一旦散尽，她就再也没办法保住谭战了。所以一时间急火攻心，竟朝着谭战就动手了。

她出拳的速度极快，看得出是打算破釜沉舟，要不然平时哪敢对谭战下手。谭战偏头躲过她的拳头，大手一抓，试图钳住她的胳膊，岂料她的反应也快，身形一闪就避开了谭战的进攻。

蒋小天直跺脚："两位爷别打了！"帮谁都不行，他还从来没这么为难过。

蒋璃也不指望蒋小天上前帮忙了，全力以赴钳制谭战。但就算她再能打，面对谭战也是吃力，跃起准备再次擒住谭战的手臂时，谭战抓住机会反手一控，她的手腕就被钳住，还未做出反击，谭战手劲一收，紧跟着将蒋璃一把拉了过来。

蒋璃再动，腰就被谭战搂个结实。

“谭爷，你——”

她话音未落，他的脸就压下来，吻上了她的唇。

蒋小天等人都震惊了。

蒋璃心中一惊，紧跟着谭战的大手就扣住了她的后脑，仍旧是唇贴着她的唇，却只是这么贴着，不曾探开她的唇齿。他的唇微凉，轻颤，似磐石般压着她，一直压进她心头。

她没再动，鼻腔却酸了。

他的决绝、他的执意，就尽在这一吻之中了。

清晨风大，祭台又是在山顶处，香雾便被吹散了。很快祭台之上清晰可见，台下的人将这一幕尽数看在眼里。

陆东深盯着祭台，遗世独立，眉色沉重，手指费尽全力才能动上一动，斜对面的那几名便衣惊愕，他们没以为香雾散了谭战还在。

祭台上，谭战抬了脸，松了她的腰，扣在她后脑的手轻轻拂了她的额前发，低低地说：“任何时候都不能哭，记住了吗？”

“谭爷，你不能……”蒋璃哽咽得要命，一手紧紧攥着他的衣袖，“我求你了。”

谭战笑了：“你从来都没求过我，这是你的第一次吧。”

蒋璃红了眼眶。

谭战将她搂在怀里，下巴抵在她头顶：“蒋璃啊，我不会走，我甘心伏法。”

还有一句话是留在心底的：我走了，所有的为难就落你头上，蒋璃，我不忍你为难。

"还记得你第一次参加冬祭时你说过的话吗，你说哪怕是割破手指见点血也算是祭祀，只拿酒来糊弄老天爷，老天爷会不高兴的。想来你是对的，所以安稳的日子才过得这么匆忙。不知今天血祭过后老天会不会满意，不求别的，只愿你能一生安稳。"

蒋璃心脏漏跳一下，紧跟着就听见蒋小天一声歇斯底里："谭爷！"

她一惊，用力想要推开谭战看个清楚，却被谭战搂得更紧。她不知道到底怎么了，只觉得他的身体渐渐沉了，拼命唤他。最后一个拼尽全力推搡，谭战终于松了手，高大的身子踉跄了两下，倒在祭台之上。

风过，血腥味摇曳，像是荒草抓了蒋璃的呼吸，她只觉心口一窒，像是被人生生捅了一刀似的剧痛。

可这一刀是捅在谭战的身上。

一把匕首直插他身上，血沿着锋利的刀刃洇了他的一身白衣，渐渐地摊开了大片红，宛若开了一片彼岸花，吞噬着天地间的绝望和悲凉而生得异常妖孽。

蒋璃双腿一软瘫在地上。

蒋小天等人冲了上去。

香气彻底被吹散了，只有香炉中的气味飘飘摇摇，伸向远方。

台下的人有了反应，手脚都能动了，见这幕后都纷纷惊骇。

几名便衣想往上冲，被带头的拦下，然后第一时间叫了救护车。可带头的心里明白，谭战一旦不逃不逸，按照他的性子也未必愿意将脸面搁在牢狱之中。

祭台之上，蒋璃艰难地跪爬过去，每靠近一步，纠缠着她喉头的血腥味就更浓烈了些。三年来她身上沾的、鼻子里闻的都是别人的血，没想到今天是谭战的。

她抓住谭战的手，方才还是温热的掌心，现在正一点点转凉，她用了力气，抓得更紧，试图能留住他的一点儿手温，可这凉就透过肌肤寒着她的骨骼。胸口如被人撕扯，痛却无法畅快地痛，闷得歇斯底里。她没想到的是，谭战在宽大的白衣之中竟藏了匕首。

眼泪在眼眶里打转，她气、她痛、她悲凉、她绝望，可种种情绪压着喉咙里倒不出，想要咽下眼泪的苦涩，却也无能为力，眼泪坠落，打湿衣襟，砸落祭台。

这祭台，这天地，这荒芜，被祭奠的就有血有泪了。

谭战吃力抬手覆上她的脸，泪水顺着他的指尖滑落，他微微扯开唇角："刚刚说过了，别哭……"

蒋璃痛哭："为什么？你为什么要这么做！"

谭战的气息渐弱，嘴巴一张一合，蒋璃抓住他另只手，拼命摇头："不行，我不能让你死，不行。"

"蒋璃……"谭战无力地唤着她的名字，用尽最后一点儿力气攥着她的手，"这样挺好。"

"谭爷！"蒋璃将脸埋在他的胸口，呜咽。

谭战抽出手，轻轻扣住她的头，半晌后低叹："今生算是欠你的了，如果有来生……"他便不说了，眼神开始涣散，可脑子里一遍遍闪过的还是初见她时的那幕。

那是她最无助的时候啊，蜷缩在角落里，眼里有恨有痛，还有近乎被人逼到悬崖边上的疯狂，所有人都说她疯了，只有他知道她没疯。他跟她说："你跟我走，我帮你做你想做的。"

她说："我要报仇。"

他说："好。"

可在沧陵待了半年后，她说："我想忘了一切，想要安稳。"

他说："好。"

她骨子里有狠劲，可又那么渴望安逸，他许诺，现在却食言了。

是呀，今生都无法履行的诺，他怎敢再奢望许来世的愿？

蒋璃死死揪着他的衣服，痛不欲生。

台上台下一片惊恐。

风过，天阴沉。周遭飞沙走石，树叶簌簌直响。

便衣们冲上了祭台。

陆东深虽能动，但他没动，静静注视祭台之上发生的一幕。蒋璃的泪、蒋璃的声嘶力竭、蒋璃的拼命等等他都看在眼里，眉间不见波动，就这么看着她肆意宣泄。

谭战，终究还算是条汉子。

想他陆东深踏上人性争斗这条路后就很少有佩服的人，谭战算是为数不多的一个，如果不是利益相争，说不定他和他还能把酒言欢。只可惜世间太多无奈，有人的地方就有利益，利益之下厮杀难免。

想他谭战当时在医院里杀人杀红了眼，那一刻他就从谭战眼里看到了诀别。

他有一事相托。

其实并不用谭战多言，他也知道他相托之事。

当天，谭战也只是寥寥几句，却道尽了身上的担子，他说："陆总，希望你能保下蒋璃。"

所以今天的冬祭，是蒋璃的生，也是谭战的死。

只是……

蒋璃那一声几乎划破长空的悲恸，令陆东深蹙了眉，心口也像是被捅了一刀似的，生疼。

沧陵变了天，冬祭之后整个沧陵人心惶惶。

谭战自尽，齐刚等人殡天，谭战所有的产业被搁浅，其他一干弟兄都被相关部门带走，其中也包括蒋璃。

蒋璃作为跟谭战走得最近的人，自然会深受牵连，尤其是在冬祭上的行为，如果当时一旦谭战逃脱，那等着蒋璃的将会是无妄之灾。

蒋璃在审讯室里宛若枯草。

她还穿着祭祀时的白衣，身上留着谭战的血，如同个死人般听不进任何话。

市局的人负责审讯，谭战的罪行明朗，自杀也不会隐藏太多案情，警方要做的就是从谭战周边人嘴里挖出更多东西。

饶尊赶到时，透过玻璃看见蒋璃一副生不起死不了的模样后急了，朝着市局拍桌子，市局的人虽说跟饶尊都熟识，但不能徇私，说："现在是审讯期间，我们该走的程序还是要走的。"

饶尊只能压着脾气。

等时间差不多的时候，他从外面进来说："该问的都问了吧？她能知道什么？谭战是谭战，她是她。"

蒋璃始终浑浑噩噩的，也没时间概念，被人拉起来的时候才有了知觉。她抬眼，是饶尊。

饶尊见她脸色白得吓人，压了一身的嚣张，放低了嗓音说："我保释你出去。"

蒋璃却一用力，抽回胳膊。

饶尊愣住。

她盯着他，缓缓吐出一个字："滚。"

饶尊脸色一僵："你别不知好歹！"

"滚。"蒋璃只重复这一个字，声音寒凉得很。

现场不少人在，饶尊的脸面挂不住，咬牙切齿："好，你愿意在这儿待着是吧？那你就待着吧！"

负责审讯蒋璃的刘队上前来："就算今天走了，你也要随时配合我们警方调查，还有祭台上的事，蒋璃，你这是在妨碍警方办案，情况严重是要被拘留的。"

"她不是蒋璃。"

一声低沉嗓音扬起，陆东深竟出现在警局，身后跟着景泞。

刘队一怔，饶尊倏然转头看过去，眸光一厉。

陆东深风轻云淡，走了进来，看了一眼蒋璃，目光跃过饶尊落在刘队脸上："物有相同人有相似，刘队抓错人了。"

刘队知道陆东深："陆先生这话说得有意思，你说她不是蒋璃？那她是谁？"

"陆门集团气味构建师，夏昼。"

原本半死不活的蒋璃闻言后肩头颤了一下，抬眼看陆东深，眼里多有惊愕。

饶尊也有怔愣，但只是片刻。

刘队的眼睛也不是白长的，自然看得出其中端倪，笑道：“夏昼？什么夏昼？随便叫来个沧陵人都认得她是蒋璃。”

“那刘队不妨找几个沧陵人来认认。”

刘队一愣，陆东深朝前走了两步，宽厚的背影恰到好处地挡住了蒋璃：“刘队要是嫌麻烦也好办，倒不如直接问尊少。我记得尊少与我集团的夏昼有过一面之缘，想来辨她是蒋璃还是夏昼倒也不难。”

饶尊寒着脸抿着唇，下巴绷得很紧，相比他的剑拔弩张，陆东深看上去风轻云淡，可两个男人之间已是汹涌暗流。刘队在旁看得清楚，饶尊是被陆东深架了起来。

许久后饶尊的脸色才回缓：“没错，她是夏昼。”话毕走近陆东深，用近乎两人能听见的声音，“陆总，领教了。”

陆东深这一招用得极狠，他澄清她是夏昼，那就连带着向外人承认她是陆门集团的夏昼，除非他否认陆东深的话，咬死她就是蒋璃。但事实上他也不想让蒋璃三天两头被相关部门提溜，毕竟谭战的事跟她无关，她是无辜，最怕的就是人言可畏。他于心不忍，所以势必要给执法机关一个交代，与陆东深站在同一条战线上。

陆东深不动声色：“承让。”

刘队也明白陆东深的心思，无非就是想要维护蒋璃的平静生活，改名换姓的确是很聪明的做法。

陆东深看了一眼景泞。

景泞走上前，将手中的文件逐一摊在刘队眼前：“三年前夏小姐就任我集团的气味构建师，这是集团的聘请书和夏小姐的合同原件，另外还有夏小姐这三年来在集团的工作记录。”

“真是煞费苦心。”

陆东深眼里的笑始终浅浅：“景泞，给刘队一份证明文件。”

景泞将最后一份文件从文件夹里抽出来："这是夏小姐相关身份证明文件，里面有原件和复印件，夏小姐被带进了局子里，陆总带走夏小姐的时候总要提交夏小姐的身份文件的，所以复印件已经为刘队准备好了。"

一切不疾不徐，一切都是有备而来。

对于陆东深带来的所谓聘书和合同等等，明眼人都知道这些不过就是个幌子，然而身份证明文件就不同了，复印件能造假，原件是有备案的，也有造假的可能，可落在局子里一旦造假风险就太大。

所以饶尊僵直了脊梁，刘队微微惊讶，看来这个蒋璃的身份还真是有待商榷。

蒋璃相比在场人的反应已是平静了，即使陆东深使出了撒手锏她都毫无反应。她只是用拇指捻着袖口上的血迹，一下又一下，直到捻到手指生疼都不停止。

怎么出警局的连蒋璃自己都记不清了，只知道脚跟一酸的时候，陆东深稳稳接住了她。

陆东深命景泞先回去，他亲自开车。

车行一路都是沉默，她不知道他要把她带到哪儿，想问，喉咙是堵着的。直到车子途经了川阳区，经过了通往凰天的路口。

蒋璃猛地去开车门。

陆东深一个急刹车，长臂一伸拦住了蒋璃前冲的身子。

"不要命了？"他低喝。

蒋璃靠在后座上，肩头在抖，如此近的距离，陆东深都能听到她牙齿相撞的声音。他低叹了一声，放缓语气："我的意思是刚才太危险了，你想做什么跟我说。"

蒋璃的眼泪一下子就下来了："我想下车，下车……"

陆东深没料到她能哭，一怔，然后赶忙抓过纸巾给她擦眼泪，他处理过商场上大大小小的难题，棘手的、要命的，就是从来没处理过这种情况："行，下车，我们现在就下车。"

在谭战手下产业被查封之际，唯独凰天被搁浅，缘由是外界虽然都知道凰天的幕后老板是谭战，但没有直接证据能证明凰天是谭战的产业，所以凰天成了漏网之鱼，仍旧由明面上的老板伍哥来打理，然而看得出凰天的辉煌已经过去。

蒋璃进来的时候，凰天没营业。

工作人员基本上已经被遣散，只留下几名保洁员。伍哥这么个五大三粗的汉子，见蒋璃来了眼眶都有点泛红，她进凰天之前已经压了眼泪，进了凰天见到眼前的光景鼻子又是一酸。

伍哥很快看见了陆东深的身影，面色一僵，蒋璃轻声说了句无妨。伍哥点头，告知她，谭爷和齐刚的葬礼蒋小天在负责，要她一切放心。

蒋璃说她要参加。

伍哥轻叹说："谭爷泉下有知也不会让你出面的。"

蒋璃压了好久才又把悲怆压下，她跟伍哥说想在这儿待一会儿，伍哥扫了一眼陆东深，但也没说什么就先离开了。蒋璃绕过舞池去了走廊深处，大厅的光线幽暗，她的身影就被那条宛若人生漫长的黑暗渐渐吞噬，黯淡得形同一张老旧的岁月照片。

陆东深耐着性子等候，没急，没催。

又过了一会儿，蒋璃出来了。

原本就没什么血色的脸变得更苍白，尤其是在幽暗的光影里，那张脸惨白如纸。她没多言一句，坐回贵宾区的沙发座里，双腿屈起双臂环抱膝盖，一瞬不瞬地看着那中央舞池。

人人都说，凰天的舞池是用金子垒起来的，当姑娘们在上面曼舞轻歌时，一株株金莲就是搭建舞池的基石。

蒋璃看着看着笑了。

她似乎听见凰天曾经的热闹，能听见下面的客人疯狂地在喊芙蓉的名字。她似乎又看见了谭战，匿在沙发里，燃上支雪茄，藏于凰天的热闹之中。她还看见了自己，没事总喜欢到后台去调戏姑娘们，她们围着她腻着小嗓子叫她蒋爷。

往日的热闹和此时的安静相互拉扯，曾经与现实层层叠叠交织如海浪。“触景生情”这四个字真是要不得，它是一把利剑、是锋刃，能将整颗心剖得鲜血淋漓还甘之若饴。

陆东深双手插在西装裤兜里，于光影下而立，晦涩不明的浮动暗影落在他宽阔的肩膀上，他的脸几乎噬在暗处。他看着她，任由她在歇斯底里的平静，形同枯槁的木，沉默、悲凉。

直到手机响，蒋璃的肩头颤了一下。

陆东深接起，那边说完后他回道：“知道了。”

他走到沙发前，蒋璃的视线被他挡住了，但也没移开，似乎她原本就不在看舞台，只是沉浸于悲凉的过往里。

许久，她才说：“陆东深，我累了。”

“累了，我就带你回去。”

“回去？”蒋璃仰头看着他，眼里是迷茫是彷徨，喃喃，“我还能回哪儿去……”

“明天跟我回京。”

蒋璃一怔。

“在沧陵城的是蒋璃不是夏昼。”陆东深看着她，“夏昼只是来解决天际酒店中邪一事，她不认识谭战，也不知道冬祭的事。”

“不……”蒋璃失声，“我不能走，谭爷的葬礼——”

“既然都不认识谭战，为什么要参加他的葬礼？”

蒋璃盯着他，突然起身就要往外走，下一秒陆东深长臂一伸将她揽住。这两日压在心头的愤恨和悲凉瞬间井喷，蒋璃发了疯似的推搡着他：“放开我！”

陆东深绷紧了下巴，任由她怒吼、嘶喊，她拼命想要冲出他手臂的桎梏，他却是用了力的，紧跟着将她摁回沙发上，双臂朝两旁一搭，将蒋璃结结实实困在他胸膛和手臂圈成的狭小空间里。

“陆东深你浑蛋！”蒋璃成了彻头彻尾的疯子，捶打他的胸膛，推搡他的肩膀，他身上一丝褶皱都没有的衬衫凌乱了，但仍岿然不动，任凭她在他怀里嘶吼。

直到他脖颈被她尖细的指甲抓伤，洇出了血迹，直到她红了眼质问他凭什么这么做，陆东深控住她的后脑勺：“凭你现在已经不是谭战的女人了。”

蒋璃怔怔地看着他，很快眼眶聚集成泪，滑落。

陆东深松开箍着她的手，为她拭泪。可泪水像是场倾盆而下，控制不住，他就一点点给她擦拭，耐性十足。

蒋璃的内心终于崩塌，抱住他，狠狠咬了他的脖子。

陆东深没动，任凭她的发泄，他闻到腥甜的血腥味，她这一下子咬得不轻。

许久，蒋璃才松口。

他脖颈就赫然出现道血印子。

她的额头抵在他的胸口，有气无力地说：“陆东深，算是我求你了，让我送谭爷最后一程吧。”

陆东深将她的头揽过来：“不行。”

蒋璃从他怀里抬头，死盯着他。

陆东深居高临下，轻轻捏住她的下巴：“除非，你不想让谭战的葬礼顺利举行。”

午后天阴了下来，遥远的天际线坠着沉云，大坨遮着光亮。

下了雪，触目皑皑。

沧陵鲜少下雪，往年冬季雨水较多，再恶劣的天气也不过是雨加雪，哪像是今日这般鹅毛大雪。

蒋璃被陆东深带回了天际酒店，房门口守了两名保镖，除了陆东深外，只有房间管家能自由出入。照理，如果蒋璃想要硬闯，两名保镖不是她的对手。但她选择缄默，一直待在房间里没为难管家和保镖。

长窗被飞雪迷了视线，整个沧陵城上了白妆，飞檐青瓦都改了颜色，那一条条见不到头的长街也披上白霜，从房间这个高度看下去，宛若整座城池都挂上了挽联，飘摇在冬季冷风之中。

蒋璃洗完澡后就一直坐在长窗前，凝在发梢的水珠承受不了重量滴在她棉白色的衣衫上。她怀里抱着那件沾血的长衫，目光透过玻璃，跃过呼啸的冷风，穿过层层叠叠的飞雪，静静注视着这座城，这座给了她三年安逸的城。

房间里的电视开着。

吵吵嚷嚷的，是当地的电视台，里面沸沸扬扬的尽数都是谭战于冬祭自尽的消息。电视台倒也好，一些报道都知道收敛着来，不偏不倚报道，对于谭战暗地里所做之事没有隐藏，对于沧陵的悲凉也如实报道。

但网络上的消息就五花八门了，褒贬不一。

那些跟风的帖子就犹若雨后春笋，夹枪带棒，还有质疑蒋璃的，甚至有开玩笑说，谭战是被蒋璃的巫术给害死的，等等言论，对方一句无心的玩笑话，却成了蝴蝶效应，流言四起，伤人于无形。

当整个沧陵城闹得沸沸扬扬时，陆东深正在酒店的最高层开会，从落雪的午后到天色将暗他都没有停歇。

其间接到房间管家的电话，那边在说，他在听，过程中没说一句话，最后才道了句："好，我知道了。"通话结束后他看向大家说了句："继续。"

陈瑜作为天际集团的调香师参与会议始终，可心思并不在会议的内容上。她零星听到一些消息，说是陆东深只身前往警局捞了一个女人回来，关在酒店房间并且有人把守。

她有预感，那女人就是将沧陵城搅得天翻地覆的蒋璃。

陆东深开会的时候向来一丝不苟，参会人员都在高度紧张，陈瑜怎会不知陆东深的喜好，但脑子里就是万马奔腾，尤其是陆东深微微扭头时，他脖子上那一半掩在衬衫里的血印就会显现。

陆东深有严重的洁癖，不喜欢被人碰的地方就很多，尤其是脖子。那一道血印子就在他的脖子上，一看就是咬上去的。暂且不说对方下口有多狠，就说陆东深纵容对方咬了自己的脖子这件事就引起她的警觉。

陆东深出生陆门，作为陆家长子又是极其注重仪态仪表，怎会任这道痕迹显露人前。

她又想起他肩膀上的咬痕。

她明白，其实这是陆东深的一种宣告，至于他想宣告什么，陈瑜不敢去想，也不愿去想。

这是陆东深在沧陵天际酒店的最后一场会议，他在沧陵的时间不长，可足以让人心惊胆战。先是解决了酒店中邪危机，无声无息间将酒店中高层大面积换血，果断决绝地拿下官阳区最有价值的地皮，更重要的是彻底瓦解了谭战在城中的势力，而邰家，因为之前跟谭战合作的川阳地皮项目也受到牵连，导致一时间的元气大伤。

在座的各位虽然嘴上不说，但心里都明镜似的，坐在会议桌正中间的这个男人，论步步为营谁都不及他，这次连邰家都折进去了。商场之上一箭双雕已是难得，但他一箭多雕，平静之下藏了让人战栗的铁腕。

散会时已经是晚上七点。

陈瑜留在最后，陆东深问她："还有事？"

陈瑜没靠近他，因为不知怎的就觉得他陌生了。今天一下午的会议事宜走下来她才骇然惊心，陆东深对于商场之道的深谙令人脊梁骨发凉，她甚至怀疑，自己是不是也在这玲玲棋局之中而不自知？

陈瑜直截了当问他："房里的是不是蒋璃？"

陆东深抬手松了松领带，毫不掩藏："是。"

一个是字成了一座山，压得陈瑜透不过气来，一时间她不敢再多问别的了。恰巧景泞敲门进来："陆总，今晚您还有应酬，大约十分钟后出发。"

等陆东深离开后，陈瑜的不安形同荒草，无限蔓延。

晚十点半应酬才结束，陆东深酒喝得不多，景泞给他挡了不少酒。

回酒店的途中，陆东深又处理了五六份文件和两份商场建址的合同，杨远彻底喝趴下了，蜷在后车座，时不时拍陆东深的肩膀，大着舌头："那个叫蒋璃的……到底给你下什么迷幻药了？我看你是不想要前程了……你啊，先是得罪饶尊，然后……又跑去警局……不是我……咒你，你要是把她带、带回京，早晚得被她害死。"

陆东深头也没抬，利落地在文件末页签上名字："景泞，一会儿先送杨副总回房间。"

处理完公事后已是深夜了，接到房间管家的电话，陆东深就下了楼。

管家早早地等在门口，见陆东深来了后像是见了救星，跟他汇报情况："姑娘疯了，把能砸的东西都砸了，然后就一直喝酒。"

的确是疯了。

房门一开，铺天盖地的酒气袭来。陆东深发誓，这是他这辈子见过的最糟乱的房间！

除了陆东深所在的房间被要求撤下地毯外，整个天际酒店的房间都铺地毯。所以，陆东深进门第一脚踩到的就是碎玻璃，散落在地毯里，在银色铮铮的银雪映衬下闪着光。

他的脚反复收回放下了几次，每每锃亮的皮鞋踩在地毯里的玻璃时他都觉得脊梁骨跟着发直发硬。一方面很想逃离这个房间，一方面又见不得房间糟乱，恨不得将房里所有的东西都清空出去才算舒坦。

房间管家也听说这位新任总经理的一些习性，见状忙说："陆总，我还是叫保洁员来清理一下您再进去吧。"

陆东深压下头皮发麻："不用，太晚了，你去休息吧。"

这房间里的东西果真是能砸的都砸了。

上到巨幕的3D电影屏，下到一只玻璃杯无一幸免，更别提房里的电器、餐具等等，客厅里的名画、壁画都毁了，陆东深试图去开灯，可摸了一手黏糊糊的东西。这一刻他的内心是崩溃的。强忍着不适开了灯，这才看清眼前的状况。整面墙被涂鸦得乱七八糟，红乎乎一片，定睛一看竟是番茄酱。

陆东深忙洗了手，洗手间里尚算能忍，除了被砸碎的镜子外，其他的还算完整。

蒋璃果真还在喝酒。

玄关的光亮打不到面积更大的客厅，可衬着皑皑白雪的光线也足够清楚。应该是被芬兰刀破腹的沙发，那一道划痕从沙发头到沙发脚，豁开的大口子昭示着沙发的报废。

她靠在长窗旁，苍白的脸映在玻璃上，脚旁和四周散落了不少酒瓶子，啤的、红的，手里拎着的是瓶白的。反常的不吵闹，许是所有怒火都用在砸东西上了。

陆东深走上前，环视了一圈她的战果，他还真是小瞧她了，看来这女人的酒量不浅啊。

低叹一声，蹲身下来。

她合着眼没动静，那件带血的白衫还搂在怀里，拎酒瓶的手搭在腿上。陆东深细细打量过她不是一次两次了，像是这般光景倒是头一次。她有多面，或工于心计或义薄云天，她狡猾又狠毒，她直爽又矫情，等等如七窍玲珑，可陆东深最能记住的就是她在祈神山上抓麝香鼠的模样，不服输、执拗和骄傲。

再看到醉酒后的她，让陆东深终于明白，其实她不过就是个孩子，所有的多面都缘于她的单纯和天真。

应该是痛恨他的吧。

如果他在场的话，估计沙发上的那一刀会扎在他身上。

陆东深想到这儿，不知怎的竟笑了。他放轻动作，将她手里的酒瓶拿了下来，原本想找个位置搁好，但一看周围环境也就作罢。

怀里的那件长衫刚被抽走，她就突然醒了，转头看着他，瞳仁涣散。陆东深也看着她，窗外是簌簌而落的飞雪，悄无声息，室内是清浅的呼吸，男女之间，吐息之间静若幽兰，交织交缠。

蒋璃晃晃悠悠起身，陆东深伸手来扶，她就势勾住了他脖子，瞅着他的眼睛半天，突然吃吃笑了，伸出食指指着他："你眼睛里有我啊。"

一句醉话，却像是一把极小的钩子，轻轻在陆东深的心口上钩了一下，不疼，有一丝莫名的痒无声扩散。

他低笑："是呀，有你。"

蒋璃就笑得花枝乱颤，许是头晕，额头抵在他的锁骨上："为什么啊？真是奇怪，我怎么进你眼睛里了？"

陆东深唇角始终含笑，将她轻搂入怀，低声道："是呀，真是奇怪。"

蒋璃在他怀里摇头，也不说话了。没一会儿，陆东深就觉得胸口微凉，托起她的脸一看，她哭了。哭得无声无息，眼泪颗颗砸落，好半天低语："为什么要这么对我？我做错什么了？"

陆东深没由来地心疼。

卧室的床已报废，床垫连着床单被开膛破腹，枕头被那把芬兰刀死死扎在床头上。

陆东深终于承认，醉酒后的女人力气真是不小。

怀里的女人还一直在哭，眼泪鼻涕一大把，他不用低头去瞧都能想象得到身上的衬衫应比抹布有过之而无不及。

想都没想，抱着她转身出了酒店房间。

刚走到电梯前门就开了，里面有三男俩女，像是在谈公事，能往上面走都是总统套房的客人了，陆东深见里面的人帮按着电梯，也不方便再等下一部或转身去走楼梯，只能硬着头皮进去。

其中一人认出了陆东深，惊喜："您是陆总吧？"

陆东深怀里还抱着哭得一塌糊涂的蒋璃，一时间略有尴尬，只点头致意。

那人像是中了彩票似的，忙道；"您可能不记得了，咱们在宴会上见过，我——"

"你要带我去哪儿……你要干什么？"怀里的蒋璃哭得更悲凉。

陆东深脊梁一僵，不用回头，也能察觉身后那几人诧异的眼神，他尽量面不改色，内心早是波涛汹涌。上前说话的那人狐疑地打量着陆东深，深更半夜，抱着个醉酒的女人，回房间……

电梯门开了，那人刚要自我介绍一番，陆东深淡淡地道："幸会。"

电梯门在他身后又缓缓关上，他长长松口气。

他也不知，电梯里的人开始有了议论："都说陆门公子不喜女色，尤其是长子更是洁身自好，看来传言不能尽信啊。"

回到房间，放眼满室的整洁和一尘不染，陆东深觉得自己总算活过来了。

抱蒋璃回床上，她揪着他的衬衫不放，擦眼泪擤鼻涕，看得陆东深那叫一个于心不忍，甚至一度都相信自己成了人贩子。

她哭，他就相陪，后来干脆倚靠在床头，她就趴在他身上泪流成河，他一手搂着她的腰，一手轻抚她的头，像是在慰藉个孩子。

"你们怎么能这么自私呢……"

陆东深低叹，看来真是醉得不轻，要是搁平常，这句话她是绝对不会哭着说出来的，最大的可能就是手举着芬兰刀手起刀落，然后狠狠补上一句："再让你们自私！"

长窗之外还在落雪，如四月鹅白的樱花，铺满悠悠的长巷，填满寂寥的人生。银雪取代了霓虹，将这夜衬得更是宁静。

这般安静的夜，陆东深在此前从未细细品味过，在他认为，哪怕是入夜，压在他人生里的也不过是繁忙、是匆匆，哪有时间停下来看看窗外被繁星围绕的冷月和被霓虹点亮的长街。

他从没想过会有这么一个夜晚，放下公事，放下防备，放下算计来陪着一个女人，同样是无眠之夜，今晚的无眠似乎来得与众不同。

衬衫打湿后，他能清晰感觉到她五官的轮廓，他告诫自己这不过是误觉，可这误觉清晰可见。他感觉到她的睫毛在翕动，感觉到她鼻梁的高挺，感觉到她唇瓣的柔软，甚至是她身体的曲线。

所以，当她炙热的呼吸与他的心跳纠缠时，当她柔软的发丝像是触角似的钻进他的衬衫里时，陆东深的呼吸变得深沉了，他不再轻抚她的头，贴在她腰间的大手也逐渐升温。

等蒋璃的号啕大哭转成低声抽泣时，陆东深将她拉躺身边，他招架不住她在自己身上的磨蹭，体内有只兽在跃跃欲试。他自认不是登徒浪子，但也不认为自己能成为柳下惠，看着蜷缩在他身旁的女人，他脑子里一遍遍过的画面和欲望支使下想要做的事都那么赤裸直接。

陆东深深吸一口气，压下即将脱缰的欲念，侧身下来，擦拭她脸颊的泪，低语：“别哭了。”

蒋璃也是哭累了，昏昏沉沉间瞧见头顶上的男人，窗外雪影与室内暗影相撞，男人的脸就在这场恢宏的光影交替间越发棱角外捉，他的眼却像是收敛了世间所有的光华，深沉又遂亮，温柔又长情，像是风月中的景色远在天涯，又像是岸柳清风近在咫尺，这般种种都尽在他的这双眼里了。

她觉得这人熟悉又陌生，醉语喃喃：“你是谁？”试图去抓他的脸。

陆东深就顺势低下脸，任由她的手贴在他的脸上，沉笑：“你说我是谁？”

她细细端详，手指描绘他的眉骨、他的鼻梁，醉眼相笑：“你长得可真帅……比我见过的任何人都好看。”

“是吗？”

“你的鼻子真高……”

陆东深拉过她不安分的手，十指相扣，低问：“知道我是谁了吗？”

或许他该安慰自己说，今晚其实他也是喝了酒的，所以他觉得她眼角嵌湿的模样异常勾人。

蒋璃似乎在认真地想这个问题，可醉得太厉害，眼前的男人脸又是恍惚重影。“你是……”她迟疑。

他终究不能自控，低下头吻上了她的唇。

她细细嘤咛，像是猫。

这一声极轻，却成了拆除堤坝的强力，情感如深海鱼雷炸开，她的唇微凉，舌是温热，他恨不得吸她入腹。

男人由温柔到强势不过数秒，许是弄疼了蒋璃，她想要逃，可他迫着她的手臂圈上了他的颈部，然后他的吻就又回归缠绵。

“别……”

这个字像是棒子抡在陆东深的后脑，令他的一腔热情强迫性地戛然而止，他止住恣意宣泄的情流。

他刚刚想对她做什么？是，他很清楚，如果不是她的那个“别”字，他一定会对她做什么。手指轻轻插于她的发间，粗哑低问：“现在知道我是谁了吗?

蒋璃侧过脸，磨蹭着他的枕头，嘀咕了句什么，就合眼睡着了。

陆东深哑然失笑。

许久后，食指弯起轻轻摩挲她的脸，轻声道：“我不管你的过去，只要求你的将来，以后你的人生里没有左时没有谭战，记住了吗？”

季菲在给集团调香师做完培训后已经过了午饭时间，作为陆门集团高薪聘请的气味构建师，她首要任务就是培养自家集团的调香师，并从中选拔出专业人选分派到集团各个产业、各个领域之中。

她是集团关于一切气味的总领队，除了选拔人才外，对集团旗下大型商场的气味空间、气味产品，以及子公司下所拥有品牌产品的气味构建规划都是她的工作范畴。

季菲的每一天都在高速运转，恨不得一分钟掰开两半来用，所以，当助理敲门进来通知她下午有一个专访活动需要出席时，季菲不悦。

助理知道她平日里不喜欢面对媒体，气味构建师这种职业外界人了解甚少，想要外界了解那势必要付出时间，季菲没有这个时间。

命助理将采访推掉后，季菲刚喝了口水润润喉，手机就响了。她扫了一眼来电，迟疑了一下后接通。

“听到风声了吗？”电话那头男人的声音低沉。

“什么风声？”

“听说夏昼回来了。”

季菲一愣：“夏昼？开什么玩笑？”

那头嗓音更沉：“我哪有时间跟你开玩笑？好像就是冲着陆门去的。”

“什么？”

男人说：“季菲，如果她真的是夏昼，那你很清楚她回来的目的。”

季菲脊梁骨一凉，手指控制不住抖了一下，手机滑落。

图书在版编目（CIP）数据

致命亲爱的 / 殷寻著. -- 天津 : 百花文艺出版社, 2020.7

ISBN 978-7-5306-7887-9

Ⅰ. ①致… Ⅱ. ①殷… Ⅲ. ①长篇小说－中国－当代 Ⅳ. ①I247.5

中国版本图书馆CIP数据核字(2020)第097484号

致命亲爱的

ZHIMING QINAI DE

殷寻　著

责任编辑：魏　青　**特约策划：**DORIA

特约编辑：落　溪　**装帧设计：**小　茜

封面绘图：符　殊　**版式设计：**刘珍珍

封面设计：46设计

出版发行：百花文艺出版社

地址：天津市和平区西康路 35 号　**邮编：**300051

电话传真：+86-22-23332651（发行部）

+86-22-23332656（总编室）

+86-22-23332478（邮购部）

主页：http://www.baihuawenyi.com

印刷：北京美图印务有限公司

开本：146×210 毫米 1/32

字数：287千字

印张：10

版次：2020年 7 月第 1 版

印次：2020年 7 月第 1 次印刷

定价：45.00元

如有印装质量问题，请与北京美图印务有限公司联系调换

地址：北京市顺义区南彩镇九王庄村兴华街 79 号

电话：（010）6041815

邮编：101300

图书在版编目（CIP）数据

独裁者手册：为什么坏行为几乎总是好政治 /（美）梅斯奎塔 (Mesquita,B.B.D.)，（美）史密斯 (Smith,A.) 著；骆伟阳译．—南京：江苏文艺出版社，2014.5 （2021.1 重印）

ISBN 978-7-5399-7347-0

Ⅰ．①独… Ⅱ．①梅… ②史… ③骆… Ⅲ．①领导学 ②管理学 Ⅳ．① C93

中国版本图书馆 CIP 数据核字 (2014) 第 071516 号

书　　名	独裁者手册：为什么坏行为几乎总是好政治
著　　者	（美）梅斯奎塔 （美）史密斯
译　　者	骆伟阳
责任编辑	黄孝阳
出版发行	凤凰出版传媒股份有限公司 江苏文艺出版社
出版社地址	南京市中央路 165 号，邮编：210009
出版社网址	http: //www.jswenyi.com
经　　销	凤凰出版传媒股份有限公司
印　　刷	北京玺诚印务有限公司
开　　本	880 毫米 × 1230 毫米　1/32
印　　张	12.75
字　　数	220 千字
版　　次	2014 年 5 月第 1 版
印　　次	2021 年 1 月第 12 次印刷
标准书号	ISBN 978-7-5399-7347-0
定　　价	56.00 元